www.ingramcontent.com/pod-product-compliance
Lightning Source LLC
LaVergne TN
LVHW010540160826
845677LV00013B/2938

* 9 7 8 9 9 4 8 8 7 4 1 2 6 *

جماعت اخوان المسلمین

ابتدائی اور بنیادی حالات

پہلی اشاعت2020

Order No.: 02-01-8350392

ISBN: 978-9948-8741-2-6

ٹرینڈز ریسرچ اینڈ کنسلٹنگ مرکز

http://trendsresearch.org

مرکز ٹرینڈز ریسرچ اینڈ کنسلٹنگ سینٹر

ایک نظر میں

مرکز ترینڈ ز ریسرچ اینڈ کنسلٹنگ سینٹر ایک آزاد تحقیقی ادارہ ہے اسکی بنیاد ۲۰۱۴ میں رکھی گئ۔ اسٹراٹیجک سیاسی اور معاش کے مستقبل پہلوں پر بحث و تحقیق کو اہمیت دیتا ہے مشترکہ انسانی مسائل کی عالمی طور پر پیروی کرتا ہے مختلف مواقع اور چیلنجوں کا تجزیہ کرنا ہے سائنسی اور موضوعی مسائل میں ممکنہ تبدیلیوں کا اندازہ لگانے کی کوشش کرتا ہے اس سے تجزیہ تنقید اور بحث و تحقیق کے پہلوں کو مد نظر رکھتے ہوئے واقعات کے رجحانات کو متاثر کرنے میں مدد ملتی ہے

اور مرکز اپنی علمی تحقیق کی مہارت کی بنیاد پر مستقبل میں پیش آنے والے واقعات کے بارے میں مستحکم تحقیقات پیش کرتا ہے اور یہ بین الاقوامی اور علاقائی پیش رفت کا گہرا علم رکھنے والو کو ممکنہ متابادل پیش کرتا ہے اور فائدہ اٹھانے کے موقع فراہم کرتا ہے، کیونکہ مرکز اسٹریٹیجک معاشی علاقائی اور بین الاقوامی رجحانات اور تبدیلیوں کا اندازہ لگاتا ہے اور اس کے مستقبل کے اثرات کی پیشنگوئی کرتا ہے ان سائنسی ضوابط کے مطابق جو عالمی سطح پر فکر اور سائنسی تحقیق کے قدیم مراکز سے سند یافتہ ہیں۔

ایگزیکٹو خلاصہ

- جماعت اخوان المسلمین کی بنیاد ۱۹۲۸ میں حسن البنّا کے ہاتھوں رکھی گی جواس وقت شہر اسماعلیہ میں مدرسہ ابتدایۂ میں مدرس تھے جب مصر برطانوی حکومت کے قبضہ میں تھا

- جماعت اخوان المسلمین کا ظہور سماجی آبادیاتی بلدی معاشی اور معاشرتی تبدیلیوں کے ایک ایسے مجموعہ کے نتیجہ میں ہوا جس کا مشاہدہ مصر نے بیسویں صدی کے ابتدائ ثلث میں کیا۔اس دوران جماعت نے متعدد دینی اور معاشرتی تحریکات کو زندہ کرنے کہ لیے متحرک حالات پیدا کیے جس نے حکومتی طبقہ کے معاشرتی مسائل کا مؤثر حل تلاش کرنے میں ناکامی کے بعد اس صورت حال کو تبدیل کرنے کی کوشش کی.

- اس وقت جماعت اخوان المسلمین نے اس اجتماعی معاشرتی سیاسی اور معاشی بہران کا فائدہ اٹھایا بیسویں صدی کے ابتدائی ثلث میں مصر نے جسکا مشاہدہ کیا تھا۔اوران نادار اور فقیر طبقوں کو اپنا حامی بنانے میں کامیابی حاصل کرلی جو جماعت کے اغراض ومقاصد پرے قین رکھتے تھے۔

- مصری معاشرہ کی اکثریت جو بیسویں صدی کے ابتدائی ثلث سے پسماندگی اور فقر کی حالت میں زندگی بسر کررہی تھی اس کی سماجی حیثیت پر خراب معاشی صورتحال اور معاشرتی عدم انصاف اور شدید طبقاتی تفاوت کا گہرا اثر ہوا۔اوراس صورت حال نے اخوان المسلمین کے ظہور کی راہ ہموار کردی۔

- بیسویں صدی کے ابتدائی ثلث میں مصر میں مشنری تحریکات کی سرگرمیاں اخوان المسلمین کے قیام کی ایک اہم وجہ تھی ۔ لھٰذا جماعت کے بانی حسن البنّا نے اس بات کا فائدہ اٹھایا اور وہ ان تحریکات کا مقابلہ کرنے میں لگ گئے۔

- حسن البنّا اور اُنکی جماعت کے لائحہ عمل میں تعلیم ایک اہم کڑی تھی جسکو وہ لوگ اپنے مقاصد کو بروئے کار لانے کے لیے اور زیادہ تر اس صورتحال کی بہتری کے لیے استعمال کرنے لگے جو برطانوی دور حکومت میں مصر کی ہوئی تھی۔ لھٰذا اخوان المسلمین کا اپنے افکار اور آئیڈیولوجی کو نشر کرنے کے لیے تعلیم بہترین وسیلہ رہا۔

- فکری سیاسی اور اجتماعی نشاط کے اعبتار سے تاریخ کا وہ دور ممتاز ہے جسمیں جماعت اخون المسلمین کا ظہور ہوا۔ شناختی مسئلہ اور جدید مسائل اور حکومتی نظام اور علمی ترقی کے معاملہ میں جو مختلف لہریں اٹھ رہیں تھیں انکے درمیان جماعت اخوان المسلمین نے کام کیا اور انکے افکار و نظریات کا جدید طوفان مغرب کے سامنے واضح تھا۔ اور ایسی دینی جماعتوں کے ظہور کے لیئے ایک اہم کردار ادا کر رہا تھا جو ان مقاصد اور افکار سے ٹکرلیں اور ایک ایسا متبادل اسلامی نظریہ پیش کریں جو سیاسی مقاصد سے خالی نہ ہو

- اخوان المسلمین کے افکار و نظریات کی جڑیں دور تک پھیل گئیں۔

- جیسے :ابن تیمیہ اور خوارج کے نظریات اور قریبی افکار جو اسلامی نشاۃ کی بنیاد پر مرکوز تھیں جیسے جمال الدین الافغانی محمد عبدہ اور محمد رشید رضا اور ابوالا علی مودودی کے نظریات

- جماعت اخوان المسلمین اپنی ابتداء سے ہی ایک مظبوط انتظامی ڈانچہ میں منظم ہے۔ علاقائی اور مرکزی اداروں پر مشتمل اسکے مختلف منظم شعبہ ہیں۔ان اداروں میں سے ایک ادارہ نے "النظام الخاص" کے نام سے ایک فوجی نظام قائم کیا۔ اور اخوان المسلمین کا سماجی تعلیمی اور معاشی سرگرمیوں کا نئے ممبروں کے لیئے تعلیمی پروگرام کے ساتھ ایک نیٹورک ہے جو نظم وضبط اور باہمی روابط پر منحصر ہے یہ خفیہ نیٹورک اور رابطہ کا نظام آج تک قائم ہے۔

- ابتدائی مرحلہ ۱۹۸۲ سے ۱۹۵۲ کے انقلاب تک جماعت اخوان المسلمین جماعت کے بانی حسن البنّا کے قدیم افکار سے متاثر تھی جو قانونی چارہ جوئی اور اسلامی معاشرہ بنانے اور مستقل طور پر مختلف مراحل میں اسلامی حکومت قائم کرنے پر مرکوز تھی

- جماعت کے مرشد سید قطب نے ایک متشدد اور مصر میں ابھرتی ہوئی قوم پرستی کو مسترد کرنے والی فکر پیش کی۔ اُس وقت وہ پہلے اسلامی شخص تھے جنھوں نے مغرب کے خلاف ایک ثقافتی جنگ کا اعلان کیا۔ انکا یہ نظریہ کہ اسلامی معاشرے دور جہالت کی طرف پلٹ گئے تھے جیساکہ ظہور اسلام سے قبل انکی صورت حال جزیرۃ العرب میں تھی۔

- اور اپنی تحریروں میں ان کا نقائص ظلم اخلاقی انحطاط اور انسانی تسلط اور اقتدار کی تصویر کشی کرنا انکی مصلحتوں اور نظریہ کے عین مطابق ہے۔

- گرچہ بہت سی اہم شخصیات ہیں جنھوں نے جماعت اخوان المسلمین اور اسکے عام مقاصد کی تشکیل میں کسی حد تک تعاون کیا ہے۔ اور یقیناً حسن البنّا اور سید قطب کو ان شخصیات میں سب سے اہم سمجھا جاسکتا ہے۔ سب سے پہلے حسن البنّا نے تنظیم کی بنیاد رکھی اور اسکے عام مقاصد طے کیے

دوسرے بنیادی خیالات کے ساتھ جن سے بیشتر دہشت گرد تنظیموں نے دہشت گردی کرنے کی مشق کی اور منظم حکومتوں کا تختہ الٹنے کا جواز تلاش کیا۔

- حسن البنّا کے افکار و نظریات اخوان المسلمین کے انتظامی ڈھانچہ کے ستون ہیں جس نے ان نظریات اور اصولوں کو زمین پر جمانے کی کوشش کی۔ خاص طور پر اس کے سیاسی منصوبوں کو اقتدار اور دنیا کے گوشوں میں پہنچانے کے لیے۔

مشمولات

جماعت اخوان المسلمین۔ابتدائی اور بنیادی حالات

تعارف

عالم عربی نے بیسویں صدی سے کے اوائل سے ہی بنیادی سیاسی معاشرتی اور معاشی تبدیلیوں کا مشاہدہ کیا جس نے اس عربی فکری پہلو کو متاثر کیا جو مختلف رنگوں میں رنگی ہوئی تھی۔آخری دور میں اسلامی بنیاد پرستی کا ایسا غلبہ ہوگیا کہ اس نے اس کے علاوہ لبلرزم سوشلزم اور قوم پرستی کا خاتمہ سرگرمیوں کے سبب اس علاقہ کی تاریخ کا ایک اہم حصہ بن گیا چاہے مخلافین کا علاقہ رہا ہو یا حکومت کی ماتحتی والا علاقہ ہو۔جیسا کہ مصر اور تونس میں الربیع العربی نامی واقعات کے باد ظاہر ہوا۔

سیاسی اسلام کے عنوان پر عربی اور غیر عربی علمی اور صحافتی تحریروں کی بڑی تعداد کے باوجود اب بھی ضرورت ہے کہ ان اغراض و مقاصد کے بارہ خاص طور پر اسلامی تحریکوں کے سماجی اور سیاسی حالات کا اندازہ لگانے کے لیے علمی حلقوں میں محدود دلچسپی کی روشنی میں مزید تحقیق کی جائے جن سے اسلامی تحریکیں ابھر کر سامنے آئیں اور جس نے ان کے دائرہ کو عالمی سطح تک دراز کیا[1]

اس تناظر میں اخوان المسلمین نے اپنے افکار و نظریات کے ذریعہ ان تمام سیاسی تحریکوں کی نمائندگی کی ہے جو اسلامی افکار کی حامل ہیں اور ایک قائدانہ رول ادا کیا ہے۔یہ ایک وسیع سیاسی، مذہبی اور معاشرتی

---

1. دیکھے:

Masoud Tarek , Counting Islam: Religion, Class, and Elections in Egypt. Cambridge University Press, 2014.p5.

نظریہ ہے اور اس میں بہت سے مشن اور مقاصد ہیں۔ اسکی ابتداء مصر میں سنہ 1928 میں حسن البنّا کے ہاتھوں ہوئی[2]

اور عالم اسلام کے مشرق و مغرب میں یہ پھیل گیا اور وسیع ہوتا چلا گیا[3]

اس نے متعدد ممالک میں سیاسی پیشرفت اور اقتدار کے قیام پر گہرا اثر کیا۔ اسلیے اخوان المسلمین کے ذریعہ علمی اور تحقیقی دلچسپی کی تجدید ہوتی رہیگی۔ اس نے قومی سطح پر حکومتی نظام کی تشکیل اور علاقائی توازن کو متاثر کیا ہے. اور شاید الربیع العربی نامی واقعات نے اور جس نے گزشتہ ایک عشرہ میں متعدد حکومتوں کو تباہ کر دیا تھا سیاسی اسلامی طاقت کو بہترین موقع دے دیا کہ وہ سیاسی میدان میں اپنی جگہ بنائیں اور تباہ ہونے والی حکومتوں کی جگہ لے لیں تونس میں ۱۷ دیسمبر ۲۰۱۰ کے انقلاب کے بعد اور مصر میں اخوان المسلمین کے باقتدار میں آنے

تک ہوا ۲۵ جنوری ۲۰۱۱ کے انقلاب کی کامیابی اور اسکے نتائج کے بعد حالانکہ اسکے آغاز میں

جماعت نے شرکت نہیں کی تھی۔ اسکا معاملہ بھی تونس کی ترقی کی طرح ہو گیا حالانکہ ۳۰ جون ۲۰۱۲ کو مصر میں پھر بغاوت ہوئی اسکے غاصب حکمراں کے خلاف ملک کو لیبیا سوریا اور یمن کی طرح کے نتائج سے بچانے کے لیے فوج کو اس پر قابو پانے کا حکم دیا گیا

---

2. صر میں اخوان المسلمین کی تعداد گننے میں ایک فرق ہے، جیسا کہ پانچ لاکھ و 2،5 ملین کے درمیان ہے الاہرام سینٹر برائے اسٹریجک اسٹڈیز کے ضیاء رشوان کے ذریعہ کے گئے ایک مطالعہ سے پتہ چلتا ہے کہ "مصر میں اخوان المسلمین کے ممبروں کی تعداد 20 لاکھ سے 2،5 ملین افراد کے درمیان ہے" جبکہ مصر کی سیاسی قوتوں کے بارے میں ایک اور تیپورٹ، جو مصری اخبار الاحرام نے 8 اکتوبر 2005 کو شائع کی تھی، اس سے ظاہر ہوتا ہے کہ اخوان کی تعداد 7،50،000 ہے https://bit.ly/3nxFWF8

3. عرب ممالک میں اخوان المسلمین کے پھیلاؤ کی حد تک، دیکھیے "الاخوان المسلمین 22 عرب ممالک": میں زہراء مجدی، "الاخوان المسلمین 22 دولۃ عربیۃ": مصر میں اقتدار تک پہنچنے والے انہوں م نے مراکش میں سیسی کو مبارکباد پیش کی اور امریکہ سے عراق میں ہی رہنے کا مطالبہ کیا۔ سیاست پوسٹ ویب سائٹ 11 اپریل 2015 لنک پر: https://bit.ly/2lrCKHs

سیاسی اسلامی تحریکات کا معاملہ اس وقت سنگین ہو گیا جب انہوں نے وسیع معاشرہ کے جائز مطالبات اور انکے فطری دین حکومت پر قبضہ کرنے کے لیے غلط فائدہ اٹھایا اسی طرح ان کو خطرہ لاحق ہو گیا جب انہوں نے خصوصی منصوبہ میں جسے وہ معاشرہ پر مسلط کرنے کی کوشش کر رہے تھے اور اسکی صلاحیتوں کو سماجی رابطہ میں ڈھالنے اور مختلف ایجینسیوں کو اس ایجینڈے کی خدمت کے لیے متحرک کرنے اور بھرتی کرنے کے طریقوں کو متنوع بنانے میں لگ گئے تھے

اخوان المسلمین کا خطرہ صرف عالم عربی اور عالم اسلام تک محدود نہیں رہا بلکہ دنیا کے دوسرے خطوں کی شرکت سے اور خاص طور پر یورپ کی شرکت سے جہان اہم اور فعال مسلم اقلیتیں ہیں وہاں تک بڑھ گیا ۔لہذا دہشت گردی کے وہ واقعات جو مغربی ممالک کے ایک گروپ کو معلوم ہیں

وہ اس جماعت کے نمائندوں کے لیے اور اس منہج پر چلنے والوں اور اس جماعت کے نظریات کو اپنانے والوں کے لیے صرف دھمکی ہے. اخوان المسلمین کے پر تشدد سر گرمی سے تاریخی تعلقات ہیں۔ سید قطب جو کہ اخوان کے بڑے مرشدین میں سے ہیں انہوں نے موجودہ نظام کو تبدیل کرنے کے لیے.

تکفیر معاشرت کی فکر کو عام کرنے میں مدد کی۔ اور کنویئر بیلٹ تھیوری سے ظاہر ہوتا ہے کہ اخوان المسلمین نے بہت ساری تحریکوں کو انتہاء پسندی کی راہ پر گامزن کر دیا۔ اس طرح اس نے ممکنہ دہشت گردی کی تعداد میں اضافہ کر دیا۔ اس جماعت کا نظریہ سید قطب اور ان کی وراثت کو مانا جاتا ہے۔

سیاسی اسلام کے موضوع کے ء بارہ میں وسیع تر تفہیم کے مرکز ٹرینڈس سنتر فار رسرچ اینڈ کنسلٹنگ اخوان المسلمین کے بارہ میں متعدد خصوصی تحریروں کو شائع کرنے کا ارادہ رکھتا ہے۔ اسکی ابتداء ہمارے سامنے موجود تحریر سے ہو رہی ہے جو اخوان المسلمین کے ابتدائی اور بنیادی حالات سے متعلق ہے اور مختلف سطحوں پر تغیرات کے اثرات سے متعلق ہے جو اس کی تشکیل میں پیش آئے

1. مطالعہ کی اہمیت:

موجودہ مطالعہ کی اہمیت اس کی عکاسی کرتی ہے کہ اخوان المسلمین کے قیام کے بارہ میں ایک جامع نقطہ نظر تاریخی معاشرتی اور ثقافتی تناظر میں پیش کیا جائے ماضی کی اہمیت کے پختہ یقین پر مبنی اس کی فکری جڑوں اور اس کے ظہور اور پھیلائو کے اہم عوامل کو اجاگر کیا جائے.

تاکہ پڑھنے والا اگرچہ وہ ایک خاص محقق ہو یا محض دلچسپی کی بنیاد پر اس کا مطالعہ کر رہا ہو یا جماعت کی تاثیر اور اسکے نظریات کے بارہ میں حقیقت پسندانہ تصویر بنانے میں دلچسپی رکھتا ہو اس کے لیے کمیونٹی ڈیٹا اور اس کی کامیابی کے عوامل اس کو فراہم کیے جائیں.

2. مطالعہ کا مقصد:

مجوزہ مطالعہ علمی معرفت اور مضبوط تجزیہ کے تناظر میں انتہاء پسندی اور شدت کا خاتمہ کرنے اور امن سلامتی کو نافذ کرنے میں اہم رول ادا کرتی ہے، اس کے علاوہ اخوان المسلمین کی تنظیمی اور نظریاتی پیدائش کو متاثر کرنے والے عوامل کو بہتر طور پر سمجھنے میں مدد کرتی ہے.

یہ عام طور پر سیاسی اسلام کے رجحان کی نشو نما کے لئے صحیح جائزہ پیش کرنے اور اس کے تجربات میں اس کے مستقبل کے امکانات کا اندازہ لگانے کے لئے ہے

3. مطالعہ کے سوالات:

اس مطالعہ میں دو بنیادی سوالوں کا جواب دینے کی کوشش کی گئی ہے:

- اخوان المسلمین کا ظہور کن حالات میں ہوا؟
- تنظیمی اور فکری طور پر جماعت کی ابتدائی علامات کب ظاہر ہوئیں؟

4. مطالعہ کی بنیادیں اور مفروضات:

یہ مطالعہ بنیادوں اور مفروضوں کے ایک مجموعہ پر مشتمل ہے، جو مندرجہ ذیل ہیں:

- جماعت اخوان المسلمین کا ظہور تبدیلیوں کے ایک ایسے سلسلہ کے نتیجہ میں ہوا جس نے دوسری عالمی جنگ کے دوران مصر میں معاشرتی ڈھانچہ کو متاثر کیا تھا، اس میں سرفہرست جدید تشکیل شدہ وہ معاشرتی طبقات تھے جو اس وقت سیاسی زندگی میں رہنے کے ساتھ ساتھ معاشی سرگرمیوں کو بڑھاوا دے رہے تھے اور اس کے علاوہ ایک وسیع آبادیاتی تحریک اور دیہاتی عالاقوں سے شہر کی طرف ہجرت میں شریک تھے.
- اخوان المسلمین کا ظہور مصر میں سیاسی و ثقافتی اشرافیہ میں حکومت کی مستقل ناکامی اور بقیہ عرب اور اسلامی ممالک کی اپنے معاشروں کی تجدید اور ترقی کی ناکامیوں کے سبب ہوا.
- بیسوی صدی کے ابتدائی ثلث میں مصر نے جس سیاسی معاشی اور معاشرتی صورت حال کا سامنا کیا ،اس نے حسن البنّا کو بہترین موقع فراہم کر دیام، اور وہ مختلف طبقوں بالخصوص غریب اور پسماندہ طبقات میں اپنی جماعت کو فروغ دینے میں کامیاب ہوگئے.
- علاقائی اور عالمی پیش رفت جو بیسویں صدی کے ابتدائی ثلث میں پیش آئی اور اس نے بہت سی دینی جماعتوں کو سیاسی مقاصد کے ساتھ ابھرنے کا مناسب ماحول فراہم کر دیا، جیسے اخوان المسلمین جس نے خود کو فروغ دینے کے لئے اسلامی خلافت کے خاتمہ کا فائدہ اٹھایا اور مذہب اسلام کا علم بلند کیا.
- عربی قومی ریاست بحیثیت ایک جدید سیاسی مؤسس کے حکومت سے حاصل کردہ معاشرتی امور کو سنبھالنے اور معاشرتی تعلقات میں ناکام رہی، جس نے ممتاز حلقوں میں شکایت کے جذبات کو بھڑکا دیا للہذا مذہبی حوالے سے احتجاجی مظاہروں کا ظہور ہوگیا.

- اشرافیہ کا اختلاف اور انفرادی اور مجموعی شناخت کے معاملات پر ان کے مختلف خیالات اور ترقی کے حصول اور معاشرتی ہم آہنگی کو برقرار رکھنے کے ذرائع میں ان کے اختلافات، وہ اشرافیہ جو انیسوی صدی سے لیکر بیسوی صدی کے درمیان تک تجدید کے عمل کی نگرانی کر رہا تھا وہ ایک لبرل اشرافیہ تھا جو ثقافتی طور پر یورپ کے سامنے کھلا ہوا تھا، حالانکہ تقلیدی اشرافیہ تجدید عمل سے خارج تھا بلکہ اس موقف بعض تجدیدی اور مغربی دنیا پر کشادگی کی وجوہات کی بنا پر تنقیدی اور اختلافی تھا، اس دوران مذہبی روشن خیالی کا نظریہ اشرافیہ کی خصوصیت تھا جو انیسوی صدی کے دوران جمال الدین افغانی اور محمد عبدہ کے ساتھ ظاہر ہوا، لیکن مصری معاشرے میں وسیع پیمانے پر اس کی اشاعت نہ ہو سکی، یہ ایک فکری اور ثقافتی تحریک بنی رہی اور سماجی تحریک میں تبدیل نہ ہو سکی جب تک کہ اس نے دوسری جماعتوں اور پارٹیوں کی طرح اپنا ایک منہج اختیار نہیں کر لیا، جیسے: جماعت اخوان المسلمین.
- اخوان المسلمین مصری معاشرے کے فطری دینی جذبہ کو استعمال کرتے ہوئے مختلف طبقوں کا ایک مضبوط گروہ بنانے میں کامیاب ہوگئی جس نے بعد میں ایک معاون تیار کر دیا جماعت نے اپنے سیاسی مقاصد کے حصول کے لئے اس کو استعمال کیا۔

5. مطالعہ کا منہج:

اس مطالعہ میں معاشرتی /تاریخی، نقطہ نظر کو اختیار کیا گیا ہے جس میں اخوان المسلمین جیسی اسلامی تحریکوں کے بارے میں بحث کی گئی ہے، جس میں ان کے اس معاشرتی ثقافتی اور تاریخی پس منظر کی نشان دہی کی گئی ہے جس میں ان کی ابتداء ہوئی، اور عربی معاشروں میں دین اور سیاست کے مابین تعلق کو سمجھنے کی کوشش کی گئی ہے اس بنیاد پر کہ اخوان المسلمین فکر اور اسلامی عربی ثقافت میں دینی اور سیاسی تعلق کا ایک مظہر ہے

اسی طرح یہ نقطہ نظر جماعت اخوان المسلمین کا مکمل تحریری تعارف پیش کرنے میں اخوان المسلمین کے ظہور کے معاشرتی اور تاریخی پس منظر سے بھی تعلق رکھتا ہے جیسا کہ اس کا تعارف اس کے بانی حسن البنّا نے ایک جامع فکر کی حیثیت سے کروایا ہے جس میں تمام اصلاحی امور شامل ہیں لہٰذا یہ ایک سلفی دعوت ہے اور ایک سنی طریقہ ہے ایک فعّال جماعت ہے اور ایک عملی اور ثقافتی انجمن ہے اور ایک معاشی جماعت ہے[4] لہٰذا اس جماعت کو تمام فکری سیاسی اور ثقافتی امور میں توجہ دینی چاہئے

اس نقطہ نظر میں تین چیزیں آپس میں ملتی ہیں: معاشرتی ڈھانچہ اور تاریخ اور سیرت لہٰذا معاشرتی ڈھانچہ کا نقطہ نظر معاشرتی تعلقات کی اس نوعیت کو واضح کرتا ہے جو افراد کا طریقہ کار اور ان کے خیالات کو متاثر کرتی ہے، جبکہ تاریخی پس منظر اس بات کی طرف رہنمائی کرتا ہے کہ معاشرتی ڈھانچہ وقت اور جگہ کی تبدیلی سے مشروط ہے جبکہ بایو گرافی نقطہ نظر (سیرت افراد) کا تعارف سماجی اعداد و شمار اور تاریخی تبدیلی کے عمل سے ہوتا ہے اور اس کے نتیجہ میں اس کا اثر پڑتا ہے.

یہ نقطہ نظر اس جماعت کے خروج کے صحیح معاشرتی تناظر میں مضبوط بناتا ہے خاص طور پر جو معاشرہ میں دینی رول کی نوعیت سے متعلق ہے اور اس میں مرکزی اور محوری رول ادا کرتا ہے. اور دوسرا ستون دینی غلبہ ہے. جس نے دینی سوشیولوجی نقطہ نظر اور اس کے تصورات کی بنیاد پر جماعت اخوان المسلمین کو سمجھنے اور اس کی وضاحت کرنے میں ہمیں بہت فائدہ پہنچایا ہے

6. مطالعہ کا منصوبہ:

مطالعہ کے موضوع کو سمجھنے اور اسکے مضامین کا احاطہ کرنے کیلئے کتاب کو مقدمہ اور پانچ ابواب اور خلاصہ پر تقسیم کیا گیا ہے، پہلا باب "سیاسی اسلام کے رجحان کیلئے قریبی نقطہ نظر" کے نام سے موسوم ہے

4. دیکھو لنک پر: https://bit.ly/3jSwavg

جو سیاسی اسلام اور جماعت اخوان المسلمین کے رجحان کے مناہج اور نظریات کا ایک خلاصہ ہے۔

دوسرا باب جو "اخوان المسلمین کے قیام کیلئے معاشی اور معاشرتی ماحول" کے عنوان پر مشتمل ہے اس میں مصر کے عام حالات مختلف طبقات اور ان کے تغیرات کے متعدد درجات کے اعتبار سے جو صورت حال تھی اس کی تصویر کشی کی گئی ہے، اور ماضی کی ان جڑوں اور اسکے اثرات کو سمجھنے کی کوشش ان واقعات اور حادثات کے ذریعہ کی گئی ہے جو جماعت الاخوان المسلمین کے ظہور کے وقت پیش آئے.

تیسرا باب "اخوان المسلمین کے فکری اصول پر مبنی ہے جو جماعت کے فکری نظریات کی نشاندہی کرتا ہے کیونکہ اس کو بعید نظریات میں تقسیم کیا گیا ہے جو قدیم سنی طریقہ کا اور خوارج کی فکر پر مبنی ہے اور ان قریبی نظریات پر مبنی ہے جو اسلامی نشاۃ ثانیہ پر مرکوز ہے، جیسے جمال الدین افغانی اور محمد عبدہ اور محمد رشید رضا، ابوالاعلیٰ موودودی کے فکری رول کو اخوان کے نظریات کا نظام وضع کرنے میں دیگر معاصر مصنفین کے مقابلہ نظرانداز نہیں کیا جاسکتا.

چوتھا باب جو" بانیین: حسن البنّا اور احمد السکری اور سید قطب" کے عنوان پر ہے اس میں جماعت اخوان کے بانی اور سید قطب کے نظریات اور جماعت کو مسلح تشدد کی راہ پر ڈالنے اور اپنے خطابات میں اس طرز کو اختیار کرنے کے بارے میں بات کی گئی ہے تاکہ ہم تحریکی اور معرفتی اعتبار سے اخوان المسلمین کے افکار اور نظریات کا جائزہ لے سکیں.

پانچواں باب جو" جماعت اخوان المسلمین... فکری نظریات" سے متعلق ہے یہ اخوان کے افکار کے سب سے اہم ستونوں سے متعلق ہے کیونکہ اس میں اخوان المسلمین کے بنیادی مقاصد اور مصطلحات کا پتہ چلتا ہے جو ان کو عمومیت اور مبہمیت سے ممتاز کرتا ہے، اور اسکی بنیاد کا شرعی ماحول اور فقہ اسلامی میں ہونے کا دعویٰ کرتا ہے

پہلا باب

سیاسی اسلام کے رجحان سے متعلق نقطہ نظر کا فریم ورک

اس باب میں ایک تنقیدی نظریہ کے ساتھ عمومی، سیاسی اسلام اور خاص طور پر اخوان المسلمون کے رجحان کے مطالعہ میں کام کرنے والے انتہائی اہم ادب اور علمی شراکت کا جائزہ لیا گیا اس کا مقصد ان نظریات اور طریق کار کی جانچ کرنا ہے جو اس کے نظریہ، گفتگو اور عمل کے مختلف اور تشریح کرتے ہیں۔

جہتوں کا تجزیہ اس کے وجود کی پہلی پانچ دہائیوں کے دوران، ستر کی دہائی کے آخر تک، اخوان المسلمون کو اتنا مطالعہ نہیں کیا گیا جو مصر اور بیرون ملک اس کے پھیلاؤ اور سیاسی و معاشرتی میدان اس کے اثر ورسوخ کی عکاسی کرتی ہے۔ میں اسلام اور مذہبی رجحان عام طور پر ایک غیر اسکا واقعہ رہا جس نے محققین کی طرف سے صرف معمولی توجہ حاصل کی*۔ اس کی وجہ سیاست اور نظریہ کی حیثیت سے جدیدیت پسندی کے غلبے کی ہے، اس کے دو حصے فعال ہیں ساختی اور مارکسی، مغربی - معاشرتی علوم پر اور عرب دنیا میں ان کی توسیع محققین میں سے ایک نے کی دہائی میں 1950/1960 جدیدیت کے۔

---

* یہاں بات بہتر ہے کہ اس سے پہلے کہ جدیدیت کے نظریات نے معاشرتی علوم کے میدان پر غلبہ حاصل کیا تھا اور اپنی کچھ توجہ مذہبی مظاہر اور اسلامی تحریکوں کے مطالعے پر صرف کر دی تھی، بعد میں یہ اورینٹلسٹ کے مختلف مکاتب کا موضوع تھا جو اسلامی علوم یا اورینٹل علوم کے نام سے اسلام کا مطالعہ کر رہے ہیں، اور یہ انیسویں صدی کے وسط سے ہی ہے۔ اس بات کی نشاندہی کرنے کے لئے کہ یہ مستشرقین کا رجحان ستمبر کے گیارہویں واقعات کے بعد سے بحال ہوا ہے۔

نظریہ کے پہلے ورژن کی وضاحت کی ہے کہ اسے ایک ایسے پروگرام کے طور پر ڈیزائن کیا گیا تھا جس کا مقصد غیر مغربی دنیا میں، واضح طور پر بنایا گیا تھایعنی یہ مغربی اداروں اور اقدار کی برآمد کے لئے وقف تھا۔ ان مطالعات کی ایک مثال ڈینیل لرنر کا روایتی کام ٹریورسنگ ٹرڈیشنل سوسائٹی ہے۔[5]

اوران نظریات نے ہمیشہ، مذہبی مظاہر پر غور کیاہے خواہ وہ مغرب میں ہو یا عرب اسلامی دنیا میں، ماضی کا اور ان کے زوال سے۔ کاہے جدیدیت کے نظریہ معاشرتی تبدیلی کا ایک اہم محور معاشروں کو سیکولر کرنے کی ناگزیر ہے جس میں مذہب کو عوامی حلقوں اور بالخصوص سیاست سے الگ کیا جاسکتا۔ اگر مغربی معاشروں نے سیکولرائزیشن کی راہ میں لمبی لمبی منزلیں طے کیں ہیں، تو پھر عرب معاشروں کے یہ صرف وقت کی ال بات ہو گی۔

اور اس مفہوم کی حوصلہ افزائی کس چیز نے مغربی تسلط سے سیاسی آزادی کے بعد بہت سارے عرب ممالک، مصر، الجیریا، عراق، شام سابقہ جنوبی یمن، تیونس کو اپناناہے۔

ستر اور دہائی کے آخر سے عرب اور اسلامی دنیا میں رونما ہونے والے اہم واقعات اور پیشرفتوں نے مبصرین اور محقق پر ان کی موجودگی پر مسلط کیا اور انہیں سمجھنے اور ان کی گیس کو سمجھنے اس کے سامنے کے لئے چیلینجیں پیدا کیں۔ ان حقائق اور واقعات میں سب سے اہم بات یہ ہے کہ 1979 میں ایران میں اسلامی انقلاب اور افغانستان کی سوویت یونین کے خلاف جنگ اور ایک مذہبی طالبان ریاست کے قیام کا۔ اور الجیریا، مصر اور سعودی عرب میں پر تشدد اسلامی سیاسی تحریکوں کا عروج اور 11 ستمبر کے واقعات عرب بہار کے واقعات اور اس کے نتیجے میں مذہبی سیاسی تحریکیں برسر اقتدار آگئیں۔ ان واقعات اور پیشرفتوں نے اخوان

---

5 . دیکھو:

Wolfgang Zapf, Modernization Theory and the Non-Western World, Paper presented to the conference "Comparing Processes of Modernization, University of Potsdam, December 15-21, 2003., 2004. https://www.econstor.eu/bitstream/10419/50239/1/393840433.pdf, page5.

المسلمون سمیت سیاسی اسلامی کے رجحان کے بارے میں مطالعے اور تحقیقات کی بھڑک اٹھایا۔[6] ان مطالعات میں معاشرتی اور انسانی علوم کی شاخیں اور تخصص شامل تھیں، یہ سب مذہبی سوشیالوجی کی ہیں۔ جس نے عام طور پر مزہبی رجحان اور کاص طور پر اسلامیات کے مظاہر کو سمجھنے کے لئے دورکیام[7]، فیبر[8] اور مارکس جیسے بانی ماہرین معاشیات کے کلاسیکی نظریاتی ماڈل استعمال کرنے کی کوشش کی۔ بشریات برائے نفسیات، نفسیات، سوشل سائنس اور پولیٹیکل سائنس۔

۔ علماء اسلام اور اخوان المسلمون کے مظاہر کے نظریاتی نمونے اور نظریاتی ماڈل میں درجہ بندی کرنے میں فرق رکھتے ہیں۔ ان میں سے کچھ نے اسے دو بنیادی سمتوں کے تحت، رکھا: مادی اور ثقافتی[9] پہلے اصلاحات اور اسکولوں، کا ایک مجموعہ شامل ہے اور ان میں سب سے اہم یہ ہیں: مارکسسٹ / نو مارکسسٹ، سیاق و سباق تاریخ دان، اور معاشرتی تحریک کے نظریات، جو تاریخی، معاشی، مادی اور ادارہ عوامل اور قوتوں کو فوقیت دیتا ہے۔ اسلامی تحریکوں کو ان عوامل کے مطابق سمجھانے کے لئے دوسرا گروپ نظریات، معنی اور ثقافتی اجزاء کی مادی تغیر پر فوقیت رکھتا ہے[10]۔ دونوں نقطہ نظر کو

6. مذہبی رجحان کی واپسی صرف اسلامی معاشروں تک ہی محدود نہیں تھی

Casanova Jose', Public Religion in the Modern World, Chicago University of Chicago Press, 1994.

7. دیکھوں؛

Emile Durkheim, Les Formes elementaires de la vie religieuse: le systeme totemique en Australie, Paris, Felix Alcan, coll. <Bibliotheque de philosophie contemporaine, 1912.
Max Weber, The Sociology of Religion, (Boston: Beacon Press, 1993) 8.

9. دیکھو

Dr. Husnul Amin, Making sense of the Islamist Social movements: A Critical Review of Major Theoretical Approaches, https://bit.ly/36uuBMA, page7.

10. دیکھو

Michael J. Thompson, ed., Islam and the West: critical perspectives on modernity, (Maryland: Rowman & Littlefield Pub Inc., 2003).

جزوی مقالات اور نظریات میں تقسیم کیا گیا ہے، کیونکہ مادی تجویز خاص طور پر اور خاص طور پر اخوان المسلمون کے سیاسی اسلام کے ظہور اور اس کی نوعیت کی وضاحت کرنا ہے۔ مارکسی تجویز کے علاوہ اس میں جدیدیت کے نظریاتی نقطہ نظر کا ایک حصہ شامل ہے، اسی طرح ثقافتی نقطہ نظر کے تحت متعدد نظریات بشمول نظریات کی تاریخ کے نظریہ کو بھی شامل کیا گیا ہے۔

محققین کی ایک اور ٹیم ادب کی ایک اور درجہ بندی پیش کرتی ہے جس نے مطالعے اس سلسلے میں، محقق خلیل العنانی نے اپنے کام کو "اخوان المسلمین کے اندر سے "[11] تین بڑی سمتوں میں تقسیم کیا ہے: بحران کا نقطہ نظر، ثقافتی نقطہ نظر (جس کو لازمی نقطہ نظر بھی کہا جاتا ہے) اور معاشرتی تحریکوں کا نقطہ نظر[12] کے دوران اس موضوع سے نمٹا۔ اسی بنا پر، محققین نے اس مطالعے میں ایک ایسی درجہ بندی تجویز کی ہے جو مذکورہ بالا درجہ بندی کا نتیجہ ہے جو مختلف نظریاتی اور فکری رجحانات کے اندر کچھ نقطہ نظر کو دوبارہ ترتیب دینے کے ساتھ غور طلب ہے کہ سیاسی اسلام اور اخوان المسلمون پر تحقیق کی نوعیت کی بیشتر تعلیمی درجہ بندی ایک دوسرے سے آپس میں ملتی ہے اور ایک ہی نقطہ نظر کا حوالہ دیتے ہیں، اگرچہ مختلف ناموں کے ساتھ۔ اسی بنا پر، محققین نے اس مطالعے میں ایک ایسی درجہ بندی تجویز کی ہے جو مذکورہ بالا درجہ بندی کا نتیجہ ہے جو مختلف نظریاتی اور فکری رجحانات کے اندر کچھ نقطہ نظر کو دوبارہ ترتیب دینے کے ساتھ اسی مناسبت سے، ہم مندرجہ ذیل درجہ بندی کی تجویز کرتے ہیں۔ جدیدیت پسند نظریاتی سیاق 1- ادارہ تاریخی ماڈل 2-جسمانی ماڈل 3- ماڈل ثقافتی 4- وسباق ماڈل۔ معاشرتی تحریکوں 5- ماڈل اور سیاسی مواقعوں کا ماڈل۔ ان میں سے ہر ماڈل میں متعدد ذیلی نظریات اور نقطہ نظر شامل ہیں۔

11. دیکھو:

Khalil Al-Anani, Inside the Muslim Brotherhood, Oxford University Press, 2016. Page19.

12. Quintan Wictorowizc, ed, Islamic Activism: a Social Movement Theory Approach, Bloomington, IN: Indiana University Press, 2004.

1-1 جدید ماڈل

یہ معاشرتی علوم میں ایک بنیادی نظریاتی موجودہ ہے جو ریاستہائے متحدہ میں دوسری جنگ عظیم کے بعد ابھرا، جب مؤخر الذکر ایک اہم قطب بن گیا۔ سوویت یونین کے شانہ بشانہ پھر ضرورت پڑی کہ خود نو آزاد معاشروں کو سمجھنے اور ان کا مطالعہ کیا جائے۔ مراکش کی مرکزیت پر مبنی جدیدیت کا نظریہ اپنے معاشروں کے تجربات کے لئے تشکیل اور تشکیل دیا گیا تھا تاکہ معاشرتی تبدیلی کے ایسے ماڈل کو سمجھنے اور پیش کرنے کی کوشش کی جا سکے جو جدید آزاد معاشروں کو تیسری دنیا جس وقت کہا جاتا تھا (جدیدیت کی ترقی اور تکمیل کے قابل بنائے گی[13]۔ معاشرتی علوم میں علم کے بیشتر شعبوں میں اس ماڈل نے عالمی سطح پر دانشورانہ پیداوار کو حاوی اور شکل دی۔ یہ ایک بنیادی بنیاد پر مبنی ہے کہ معاشرے پسماندگی سے ترقی تک، روایتی سے جدیدیت تک، اور سیدھے سادے سے پیچیدہ تک کے لکیری راہ پر گامزن ہیں۔ جہاں تک تیسری دنیا کے، معاشروں کا تعلق ہے معاشی، تکنیکی اور سائنسی لحاظ سے پسماندہ ہیں، اور ان کے معاشرتی ثقافتی اور سیاسی ڈھانچے روایات) مذہب سمیت (کے زیر اثر ہیں ان حالات سے نکلنے کے لئے ان معاشروں، ان کے اشرافیہ ،اور ان کے سیاسی نظاموں کو جدیدیت کا ایک جامع عمل اپنانا ہوگا، جیسا کہ ترقی یافتہ ممالک نے کیا تھا۔34 بیشتر نئی آزاد ریاستوں نے آمرانہ نظام کو جدید بنانے کی پالیسیاں اپنائی ہیں۔ تاہم، دو دہائیوں)1950 اور، کی دہائی کے بعد 1960 ایسا لگتا تھا کہ ستر اور اسی کی دہائی کے آخر میں اس ماڈل کو شدید بحرانوں کا سامنا کرنا پڑا، جس نے معاشرتی اور سیاسی اپوزیشن کی تحریکوں اور انقلابات کو جنم دیا، جن میں سے بیشتر ایک مذہبی سیاسی کردار تھے۔ اس رجحان کی نمائندگی کلاسیکی کاموں میں سے ایک ہے۔ ان تحریکوں میں سب سے اہم تحریک یہ ہے کہ ایران میں اسلامی انقلاب برائے الجیریا مصر، سعودی عرب، تیونس اور افغانستان میں سیاسی اسلامی کی تحریکیں ہیں۔

---

13. یہ اس رجحان کا ایک کلاسک ہے۔

David Lerner, the passing of traditional society: modernizing Middle East, Free Press of Glencoe, New York, 1959.

جدیدیت کا نظریہ جدیدی عمل میں کثیر جہتی بحرانوں کے ساتھ اسلامی تحریکوں کے ابھرنے کی وجوہات سے ان ممالک میں سیاسی نظاموں نظاموں سے تعلق رکھتا ہے۔ جدیدیت کی چھتری کے تحت متعدد نقط نظر سامنے آئے، جن میں سے ہر ایک نے عرب اسلامی معاشروں میں اسلام پسند تحریکوں کے ظہور اور معطل ہونے کی وجوہات کی وضاحت کرنے کی کوشش کی۔ جس نے بہت سے محققین کو بحرانوں کے نام کے تحت ان طریقوں کی درجہ بندی کرنے کا اکسایا[14]۔

2-1-1 بحران کے نقطہ نظر[15]

ان طریقوں نے اعتراف کیا ہے کہ اسلامی تحریکیں بیسویں صدی کے دوسرے نصف عرب ممالک میں معاشی معاشرتی اور سیاسی جدید کاری کے ناکام تجربات کے سوا کچھ نہیں ہیں۔ ان میں سے ہر ایک نقطہ نظر بحران کے طول و عرض پر مرکوز ہے، جس کا ہم مختصر طور پر جائزہ لیتے ہیں

سیاسی قانونی جواز کے بحران کی طرف رجوع کریں: اس دلیل کے حامیوں کا خیال ہے کہ اسلامی تحریکوں کا ابھار اور نمو عرب دنیا میں سیاسی نظاموں کے سیاسی قانونی جواز کے خاتمے کا نتیجہ ہے، خاص طور پر 1967 اسرائیل کے سامنے عرب فوجوں کی شکست کے بعد میں یہ ان میں سے بیشتر حکومتوں کی آمرانہ اور آمرانہ نوعیت کے علاوہ ہے[16]۔

---

14. مثال دیکھیں

Moaddel, M, The Study of Islamic culture and politics: An overview and assessment, Annual Review of Sociology 28:359-386, https://bit.ly/2GO59a9 اور بھی

15. بہت سے ماہرین تعلیم اسلامی رجحان کو سمجھنے کے لئے بحران کے نقطہ نظر کو اپناتے ہیں، جن میں سے سب سے اہم یہ ہیں

Dekmejian RH, Islam in Revolution: Fundamentalism in the Arab World. Syracuse, University Press, 1985.

Deeb MJ, Militant Islam and the politics of redemption. Ann. Am. Acad. Of Polit. Soc. Sci. (Nov): 52-65,1992.

16. اس موضوع پر مزید مکمل تفصیلات کے لئے ملاحظہ کریں

Michael Hudson, Arab Politics: the Search for Legitimacy, Yale University Press, New Haven & London (September 10, 1979).

- عرب قومی نظریاتی بحران اور اس کی ناکامی: ساٹھ کی دہائی کے آخر اور، ستر کی دہائی کے اوائل میں نوآبادیاتی اور غیر ملکی تسلط کے علاقوں میں سیاسی اشرافیہ کے ذریعہ اختیار کردہ قومی نظریہ پر مبنی متحرک منصوبے کو اس وقت ایک بڑا دھچکا لگا جب وہ اپنی آزادی کو برقرار رکھنے میں ناکام رہا۔ اور جیسا کہ یہ ذکر کیا گیا ہے، تین عرب ممالک نے 1967 میں جنگی قیدیوں کی حیثیت سے اپنے علاقوں کا کچھ حد اسرائیل سے کھو دیا تھا۔
- ریاستی ادارہ کا بحران: عرب لشکروں کی شکست صرف اسلامی تحریکوں کی نشو ونما کا سبب نہیں تھی بلکہ معاملہ عرب اس خطے میں ریاست کی نوعیت سے گہرا تعلق ہے، جو ایک طرف اس کی ادارہ جاتی تعمیر میں کمزوری اور خصوصیت کا حامل کردار ہے جو معاشرے کو[17]، بیچوان کے بغیر غلبہ دیتا ہے جو سیاسی شکایات کا سبب بنتا ہے۔ اور اسلامی تحریکوں کے پھیلنے اور پھیلانے کے لئے معاشرتی استحصال۔
- شہری سماجی واقتصادی بحران:

محققین کا ایک بہت بڑا گروہ معاشی اور معاشرتی جدیدیت کے بحران کے نقطہ نظر کو اپناتا ہے کیونکہ عرب دنیا سیاسی اسلامی کی نقل واضافہ کی وجوہات میں حرکت میں ہیں یہ تجویز جدیدیت کی ضرورت کے لئے مختلف نقطہ نظر اپناتے ہیں۔ ان میں سے کچھ لبرل اور سوشلسٹ معاشی نمونہ کی معاشی ترقی کے حصول اور قومی دولت پیدا کرنے میں ناکامی پر توجہ دیتے ہیں اور ایک اور ٹیم قومی دولت کی غیر منصفانہ تقسیم کی تصدیق کرتی ہے، کیونکہ سماجی گروہوں کے مابین قومی آمدنی کی تقسیم میں وسیع پیمانے پر اختلافات موجود ہیں۔ اس کی وجہ سے آبادی کے وں کو بڑے حص، پسماندگی کا سامنا کرنا پڑا

---

17. دیکھو

Ziad Munson, ISLAMIC MOBILIZATION Social Movemen t Theory and the Egyptian Muslim Brotherhood, Forthcoming in The Sociological Quarterly 42(4), January 2002, p. 12 https://bit.ly/31KqKde

Lisa Anderson, "Fulfilling Prophecies: State Policy and Islamist Radicalism." In John L. Esposito, ed., Political Islam: Revolution, Radicalism, or Reform? (Boulder, CO: Lynne Rienner, 1997).

جس نے اسلامی تحریکوں شامل ہونے کے عمل کو آسان بنایا، جو جانتے تھے کہ ان مظلوموں کو کس طرح استعمال کرنا ہے جس سے ان محروم گروہوں کا سامنا ہے۔ میں اور خدمت اعانت کے نیٹ ورک کے ذریعہ ان کی زندگی کی کچھ ضروریات کا جواب دے کر مثال کے طور پر، مصر میں، اخوان المسلمون نے بین الاقوامی مالیاتی اداروں کی طرف سے عائد اقتصادی استحکام اور تنظیم نو کی پالیسیاں اپنانے کے بعد معاشرتی شعبے کی حمایت ترک کرنے میں ریاست کے چھوڑے ہوئے خال کا فائدہ اٹھایا۔ متوازی معیشت اور معاشرتی تعلیمی اور صحت کی خدمات کا قیام عرب اور اسلامی ممالک میں متعدد تجربات سے معلوم ہوا کہ سیاسی اسلامی کی تحریکوں کے معاشرتی اڈوں کو وسعت دینے میں خدمات یا امداد میں پیش کردہ مادی مراعات کی اہمیت کا انکشاف ہوا۔

اس سلسلے میں، محقق مارک ٹیسلر کا خیال ہے کہ اسلامی تحریکوں کو حاصل کردہ حمایت کی بنیادی وجہ مذہبی اور ثقافتی عوامل کی بجائے معاشی اور سیاسی عوامل ہیں[18]۔

اُن طریقوں کی اہمیت کے باوجود جو اسلامی تحریکوں کے عروج کو کثیر جہتی بحران سے جوڑتے ہیں جو عرب معاشرے سن 1960ء کے آخر سے لے کر آج تک، جانتے ہیں، وہ دیگر ثقافتی نظریاتی اور مذہبی پہلوؤں کو نظرانداز کرتے ہیں۔ خاص طور پر اگر ہم جانتے ہیں کہ اخوان المسلمون کا ظہور ستر کی دہائی اور اس آگے کے بحرانوں سے قبل تھا۔ نیز، بحران کے نظریات معاشی اور سیاسی عوامل اور اسلامی تحریکوں کے بڑھنے کے مابین براہ راست اثر و رسوخ کے تعلقات کو ثابت کرنے میں ناکام رہے تھے[19]۔

---

18. دیکھو:

Mark Tessler, "The Origins of Popular Support for Islamist Movement, in John Pierre Entelis, ed., Islam, Democracy, and the State in North Africa (Bloomington: Indiana University Press, 1997), 93-95,"

19. دیکھو:

Mansoor Moaddel, The Study of Islamic Culture and Politics, op. cit. P. 372.

2-1 مادیت پرستی/مارکسزم

مارکسزم ، نظریہ جدید کی طرح ، مذہب کو معاشرے میں مخصوص مادی عوامل اور قوتوں)پیداوار اور معاشرتی ڈھانچے / معاشرتی طبقات (کا متغیر ماتحت مانتا ہے۔ لہذا، مارکسسٹ نظریہ عام طور پر مذہبی رجحان اور خاص طور پر اسلامی آزادانہ تحریکوں کے ل نقطہ نظر نہیں رکھتا ہے۔ مذہب کو اس کے ایک بہت سے اجزاء میں سے ایک سمجھا جاتا ہے جسے وہ سپر اسٹرا کشن کہتا ہے، جس میں معاشرے کے سارے غیر ضروری عنصر شامل ہیں، جیسے اقدار، قانون، آرٹ اور اس طرح کے۔ روایتی مارکسی نظریہ کے مطابق مذہب ایک نظریہ اور جھوٹا شعور ہے[20]۔ اگر کلاسیکی مارکسی نظریہ اسلام کے مطالعے پر صرف معمولی توجہ دیتا ہے، جو اسے نظریے کے سوا کچھ نہیں سمجھتا ہے جو اقتدار میں رہنے والوں کے طبقات ی مفادات کی تائید اور حمایت کرتا ہے۔ نئی مارکسی دھاروں نے مذہبی عنصر کو بگاڑا، جس کی موجودگی خاص طور پر اسلامی معاشروں میں نمایاں ہوگئی ہے ،اور وہ اس میں متحرک ہونے اور سیاست کرنے کی طاقت کو دیکھتے ہیں۔اسلام پسندوں کی کامیابی کے طور پر،ان کے مذہبی عالمات اور تقریر کی طرف سے قبضہ کر لیا گیا ہے ان کے پاس ایسی زبان ہے جو معاشرتی و اقتصادی شکایات کا اظہار کرنے اور انھیں بنیادی سیاسی تبدیلی کے ذریعہ استعمال کرنے کی صلاحیت رکھتی ہے[21]۔ سیاسی اسلام ،اس تناظر کے مطابق ، طبقاتی ، معاشی اور معاشرتی قوتوں اور بیرونی تسلط کے تصورات سے متعلق ہے،خاص طور پر، یہ مندرجہ ذیل عوامل کا نتیجہ ہے:

---

20. مذہب کی اصطلاح کو باطل شعور سے متعلق

Lukacs, Gyorgy History and class consciousness: History and Class Consciousness Studies in Marxist Dialectics Translated by Rodney Livingstone, MIT Press, 1999.

21. دیکھو

Bryan S. Turner, Class, Generation and Islamism: Towards a Global Sociology of Islamism, British Journal of Sociology, 54, No. 1, 2003, p139. (Cited in Husnul Amin, Making Sense of Islamic Social Movements: A Critical Review of Major Theoretical Approaches, p.8 Website:https://bit.ly/2xaEgZv.

- مداخلت اور سامراجی تسلط جس کی سربراہی ریاستہائے متحدہ امریکہ نے کی، جس نے اسلامی گروہوں کی سرپرستی اور سیکولر قوم پرستی کے خلاف اور بائیں بازو کی افواج کے خلاف انھیں فروغ دینے میں فعال کردار ادا کیا۔ ماتحت سیاسی حکومتوں اطاعت، اسرائیل اور براہ راست فوجی محاذ آرائیوں کے ذریعہ استعمار کے خاتمے کے بعد بھی شاہی تسلط جاری رہا۔

- اندرونی تضادات اور سیکولر اور بائیں بازو کی قوم پرستی کی ناکامی جس نے ایک سیاسی خال پیدا کیا۔

- بیشتر عرب ممالک میں معاشی بحرانوں کے بڑھ جانے کی وجہ قومی ترقی کے سرمایہ دارانہ طری قوں کی ناکامی ہے[22]۔ اسلام پسند، اپنے خیراتی اداروں کے وسیع نیٹ ورک کے ذریعے، چھوٹے بورژوازی کے درمیانے طبقوں اور کلاسوں سے بھرتی کرکے، اسلام پسندی اور نمو کے حل پیش کامیاب ہوگئے۔ کرنے میں اس طرح، اسلام پسندی ایک چھوٹا سا بورژوا نظریہ ہوگا جو معاشرتی متحرک اور سیاسی اقتدار میں حصہ لینے کی خواہش مند ہے۔ مذہبی رجحان[23]، اور خاص طور پر سیاسی اسلام میں نومارکسسٹوں کی دیر سے دلچسپی کے باوجود، اور بعد کے نظریات کی ایک خاص شکل کے طور پر غور کرنا جو متحرک ہونے اور سیاسی عمل کارآمد ثابت ہوا ہے۔ میں اور یہ کہ وہ معاشی اور معاشرتی عزم سے نسبتہ آزادی حاصل کرتا ہے، آخرکار، یہ انحصار متغیر ہے جو عام طور پر معاشرتی تبدیلی کی وضاحت کرنے اور خاص طور پر سیاسی اسلام کے مظہر کے ظہور اور توسیع میں اپنایا نہیں جاسکتا[24]۔ نقطہ نظر، اسلامی رجحان کے پیچھے معاشرتی اور معاشی قوتوں کو بے نقاب کرنے میں اپنی

22. دیکھو

Deepa Kumar, Political Islam: A Marxist analysis, International Socialist Review, no 76, March 2011, https://bit.ly/38iV2Gw

23. دیکھو: Husnul Amin, Op.cit. P.8.

24. نئے مرکزی اسکول میں ایک موجودہ ہے جو نظریات اور نظریے کو وزن دیتا ہے اور حقیقت اور معاشرتی تعلقات کے واقعات میں اس کو حقیقت کی ایک مسخ شدہ تاثرات اور اس میں کام کرنے والی قوتوں پر غور کرنے کی بجائے ایک اہم کردار ادا کرتا ہے، مزید معلومات کے لئے ملاحظہ کریں۔

اہمیت کے باوجود، بہت سارے اعداد و شمار سے اسلامی تحریکوں کی غیر طبقاتی نوعیت کا پتہ چلتا ہے، کیونکہ اس میں اس کے متعدد سماجی مظاہرے شامل ہیں جو معاشرے کے اکثریتی طبقات کی نمائندگی کرتے ہیں۔ 37 یہ بھی ظاہر کرنے سے قاصر ہے کہ اسلامی تحریکیں کس طرح ان کی متحرک، تنظیم اور سیاسی عمل میں ان کا استحکام اور استحصال کرتی ہیں۔

3-1 تاریخی نمونہ:

اسلامی مظاہر کی ترجمانی کرنے کا یہ انداز معاشروں کے مخصوص تاریخی عزم یا حالات پر منحصر ہے جس میں یہ رجحان پیدا ہوتا ہے۔ لہذا، ادارہ جاتی تاریخی نقطہ | نظر کے مطابق، بظاہر اسلام پسندی، سیاسی، معاشرتی اور معاشی حالات ک معاشی مشرق وسطی اور شمالی افریقہ کے ممالک میں خوشحالی اور سیاسی آزادی کی عدم موجودگی[25] جیسے بہت سارے عوامل، کیونکہ سیکولر آمرانہ حکومتیں جنہوں نے زوال کے دور سے ہی اس خطے پر غلبہ حاصل کیا تھا، وہ معاشی نمو، معاشرتی انصاف، سیاسی حقوق اور معاشرتی خوشحالی مہیا کرنے میں ناکام رہے تھے، اور وہ افرادی قوت کا ایک بڑا حصہ جذب کرنے میں ناکام رہے تھے۔ خاص طور پر جدید معاشی شعبے کے نوجوان اس سے آبادی میں ہونے والے دھماکے کے علاوہ بے روزگاری اور بدعنوانی کے پھیلاؤ نے ان شرائط کے نتیجے میں مشرق وسطی کے معاشروں کے بڑے گروہوں میں سخت ناراضگی پیدا کر دی ہے اور ان میں سے بہت سے لوگوں کو سیاسی اسلام کی طرف رجوع کر کے اپنی شکایات کا اظہار کرنے پر مجبور کیا ہے۔

Bourdieu, Pierre, "Genesis and Structure of the Religious Field", Comparative Social Research, Volume 13, JAI Press, 1991, pp. 1-43.

مثال دیکھیں

Gramsci, Antonio, Selections from the Prison Notebooks, London: Lawrence and Wishart Ltd, 1998.

25. دیکھو

Sami Zubaida, Islam, the People and the State, (New York: I.B. Tauris & Co. Ltd, 2009).

4-1 متعلقہ شکل

یہ ایک ایسا نقطہ نظر ہے جو اسلامی معاشروں کی معاشرتی اور ثقافتی خصوصیات کے مطابق اس رجحان کا مطالعہ کرتا ہے، نہ کہ صرف معیاری نصوص اور مباحث کے مطابق، جیسا کہ مسلمانوں میں بنیادی طور پر مغربی اور بنیاد پرستوں نے کیا ہے۔ جواہر پرستوں نے اسلام کو مسلم معاشروں کی معاشرتی اور ثقافتی خصوصیات سے الگ کر دیا ہے جس نے حقیقت کو حقیقت میں عملی جامہ پہنایا ہے۔ اسلامی لوگوں کے مابین جو اسلام رواج پایا جاتا ہے اسے ایک توحید پسندانہ اور سخت طرز پر کم نہیں کیا جاسکتا۔ مثال کے طور پر انڈونیشیا یا مغربی افریقہ میں سعودی عرب میں اسلام ایک جیسے نہیں ہے۔ اسلام اور اسلامی معاشروں کے مطالعہ کے میدان میں متعدد ممتاز محققین نے مستشرقین کی اسلام کے بارے میں دقیانوسی تصورات کو ختم کر دیا اور اسلام کو زندگی کی حقیقت سے جوڑنے کی کوشش کی [26]۔ محققین جو اس نقطہ نظر پر قائم ہیں اس پر غور کرتے ہیں کہ سیاسی اور ان ثقافتی عوامل کی نمائندگی کرنے والے ان کی پیچیدگی انیسویں صدی کے دوران ابھرنے والی سیاسی اسلام کی تحریکوں کے ظہور کے لئے ذمہ دار ہے جو "اصلاحاتی تحریک" میں نمائندگی کی تھی جس نے گھر میں مغربی اور روایتی دونوں اسلامی خطرات کی مخالفت کی تھی۔ دوسری بار، اخوان المسلمون کی نمائندگی آخری صدی کے تیس اور چالیس کی دہائی کی گئی تھی۔ سیاسی اسلام کی تیسری لہر میں مصر کی شکست 1967 کے بعد آئی، اس کے بعد ایران میں اسلامی انقلاب آیا، جبکہ چوتھا لمحہ میں خلیجی جنگ اور 1990 ستمبر

---

26. انسانیت کے محققین کا ایک گروپ، نشت، بشریات میں سیاسی موجودہ کی نمائندگی کرتا ہے

Clifford Geertz, Observer I'islam, Changements religieux au Maroc et en Indonesie, Paris, Ed. La Decouverte, 1992.

سیاسی علوم میں

Gilles Kepel, Jihad: the trail of political Islam. (I.B. Tauris, 2006) Oliveir Roy, L'echec de l'Islam Politique, Edition Seuil 1992.

2001 کے واقعات کے بعد آیا۔ میں 1979 محقق حسن امین، "جو برینان تورنر[27] سے اوپر مذکور سیاسی اسلام کے لمحات کو، "اپنی طرف متوجہ کرتے ہیں پانچویں لمحے کا اضافہ کرتے ہیں جسے وہ اسلام کے بعد کا اسٹیج کہتے ہیں، جو سیاسی اسلام کی قوتوں کے زوال اور انحطاط کی خصوصیت ہے[28]۔

ایک اور نقطہ نظر ہے جس میں اسلام کی طرف زیادہ توجہ نہیں دی جا رہی ہے اگر آپ اخوان المسلمین کی نمائندگی کرتے ہوئے سیاسی اسلام کے عروج کو ارضیاتی جدوجہد کے متعدد عوامل میں سے ایک عنصر کے طور پر دیکھتے ہیں جو متضاد مفادات رکھنے والے ممالک کے مابین ہو رہا ہے۔ اخوان المسلمین کی لہر کا عروج یا سکڑنا خطے کے ممالک کے مابین مفادات کے تصادم اور مغربی طاقتوں کی مداخلت کا نتیجہ ہے، جس کا سب سے اوپر ریاستہائے متحدہ امریکہ ہے۔ اس تجزیے کی توسیع کے طور پر، بہت سے لوگ جو مشرق وسطی اور خلیج عرب میں خطے کے بڑے ممالک کے مابین ایک جیوسٹریٹجک تنازعہ کے نتیجے میں فرقہ وارانہ تنازعات کو دیکھتے ہیں۔ جیو پولیٹکس، بیشتر حصے میں مشرق وسطی میں تنازعات کو ہوا دیتا ہے۔ مثال کے طور پر امریکہ اکثر اپنے دشمنوں (سوویتوں کے) خلاف افغان جنگ کا دور کے خلاف اسلامی قوتوں کا استعمال کرتا ہے، لیکن خاص طور پر اسلامی مظاہر اور بھائی چارے کی جغرافیائی، تعبیر کی اہمیت کے باوجود یہ خطے میں جاری معاشرتی تبدیلیوں کی عظیم رفتار کو کم نہیں کر سکتا ہے۔

5-1 ثقافتی/بنیادی نقطہ نظر (Essentialism)

بنیاد پرستی ایک فکری اور فلسفیانہ اصطلاح ہے جو اس نظریے پر مبنی ہے کہ لوگوں اور چیزوں کی فطری خصوصیات موروثی اور غیر متزلزل ہوتی ہیں۔ ثقافتی بن یاد پرستی ایک ثقافت یا دوسرے ثقافتوں سے

27. Bryan S. Turner, Op. Cit.

28. Husnul Amin, Op. cit.

لوگوں کے گروہوں کو ضروری خصوصیات کے مطابق درجہ بندی کرنے کا رواج ہے۔ اس میں بعض عناصر اور بنیادی، مستقل اور غیر متزلزل خصوصیات کے پیچیدہ معاشرتی عمل کا خلاصہ پیش کیا گیا ہے۔ کرتے ہیں جواہر پرست اس بات پر غور کہ تبدیلی کے ذریعہ اسلام کا کوئی جداگانہ جوہر ہے اور اسلامی معاشروں کو یکساں اور جامد ہستیوں کے طور پر مانتا ہے، جو روایت میں کھڑا ہے اور ماضی سے جکڑا ہوا ہے۔ اسی مناسبت سے، اسلام اپنی تمام سیاسی قانون سازی اور نظریاتی جہتوں میں، جدیدیت کا مخالف ہے۔[29] میں اورینٹل اسٹڈیز 11 ستمبر کو پیش آنے والے 2001 واقعات کے بعد، میدان عمل واپس آنے کے بعد، خاص طور پر ایڈورڈ سعید[30] کے ممتاز کام کی وجہ سے، ان پر سخت طریقہ کار تنقید کا نشانہ بننے کے بعد تعلیمی میدان میں پیچھے ہٹ گئیں۔ اور اس مستشرق کی اس لہر کی قیادت تین مشہور امریکی مفکرین: برٹرینڈ لیوس سموئل ہنٹنگٹن، ڈینیئل پیپ نے کی، جو اسلام کو ایک ایسا بند نظام سمجھتے ہیں جو اپنے وقت اور اس کے ابتدائی حوالوں تک محدود رہتا ہے اور اس طرح جدید دور کے تقاضوں اور اقدار سے نمٹنے اور ان کا مقابلہ کرنے میں ناکام رہا ہے۔ جس کی وجہ سے مغربی تہذیب سے تصادم ناگزیر ہو گیا۔ مستشرقین اس موجودہ کے بہترین نمائندے ہیں، کیوں کہ وہ اسلام کے بنیادی/سخت پڑھنے کے ذمہ دار ہیں۔

اورینٹل ازم، ایڈورڈ سعید کی رائے کے مطابق ہے، جو یہ سمجھتا ہے کہ اورینٹل ازم مشرق "اور اسلام کے بارے" میں نظریات کے ایک گروہ کی حیثیت سے تسلط اور ثقافتی کمتری کے رشتہ کی عکاسی کرتا ہے،

---

29. اسلام کے جوہر پر مزید معلومات کے لئے ملاحظہ کریں۔

Bernard Lewis, what went wrong? Atlantantic Monthly, JANUARY 2002, https://bit.ly/2xNBdce.

Bassam Tibi, Islam between Culture and Politics, New York: Palgrave Macmillan, 2001.

Samuel Hutington, The Clash of Civilizations and the Remaking of World Order, SIMON & SCHUSTER, 2011.

30. دیکھو: ایڈورڈ سعید اورینٹل ازم محمد عنانی کی ترجمہ (قاہرہ دار رویہ 2017)

اور اس کا استعمال مشرق میں مغربی تسلط کے منصوبے کے جواز کی حیثیت سے ہے۔ ایڈورڈ سعید کا تجزیہ مشیل فو[31]کوالٹ کے نظریہ پر مبنی ہے کہ گفتگو اور علم کا طاقت اور طاقت سے بہت گہرا تعلق ہے۔ ایڈورڈ سعید نے اس عمومی مقالہ کو ایک مخصوص شکل میں تبدیل کیا، جو خاص طور پر اورینٹل اسٹڈیز پر الگو ہوتا ہے۔

اسلام، اس تناظر کے مطابق سے متصادم جدید طرز زندگی ہے۔ تضاد کی بات ہے کہ سیاسی اسلام کے نظریاتی اور نظریاتی ماہرین مستشرقین کے ذریعہ اسی طرح کا نظریہ اپناتے ہیں، کہ اسلام نظریات، عقائد اور اقدار کا ایک ایسا نظام ہے جو ہر وقت اور مقام کے لئے موزوں ہے اور تبدیل نہیں ہوتا ہے اور وہ طرز زندگی اور مغربی سوچ کے منافی ہے۔

6-1 تہذیب/ثقافتی نقطہ نظر

معاشرے میں دخل اندازی میں ثقافتی تشریح اور اخوان المسلمون کی کامیابی ان کے مقالوں کی قربت، ان کے نعرے اور معاشرے کے بیشتر ارکان، کے مابین موجودہ اقدار طری قوں اور نظریات کے ساتھ ان کے فکری اور قدرتی ہم آہنگی پر مبنی ہے۔ ثقافتی انداز میں متعدد مقال شامل ہیں:

- ایک زندہ مہذب مکالمہ جو اسلام اور مغرب کے مابین تہذیبی تنازعہ کی طرف مرکوز ہے۔ اسلامی تنظیموں خصوصا اخوان المسلمون کی بڑھتی ہوئی موجودگی، اپنے تمام فوجی، معاشی اور ثقافتی جہتوں کے ساتھ مغربی تسلط یا مغربی عالمگیریت کے خلاف رد عمل کا نتیجہ ہے۔

---

31. دیکھو

Michel Foucault, Power Essential Works of Foucault, 1954-1984 James D. Faubion (editor), New Press, 2001.

- دوسرے مطالعات میں اخوان المسلمون بنیادی طور پر ایک نظریاتی رجحان پر غور کرتی ہے جو اس کے فکری جہت اور مشموالت پر مرکوز ہے۔ جن لوگوں نے اس نقطہ نظر کو اپنایا وہ گذشتہ صدی کے دوران اپنے نظریات کے نظام پر فوکس کرتے ہوئے اس گروہ کے تاریخی راستے پر چل پڑے۔ تجزیہ کاروں میں وہ بھی شامل ہیں جو جدید اسلام کوئی پسند دھاروں کے ل کرڑی یا فکری حوالہ تالش کرنے کے لئے فقہی فکر میں پھنس جاتے ہیں.

1-7 سماجی تحریک کا نقطہ نظر۔

سماجی تحریک کا نقطہ نظر معاشرتی علوم میں ایک قدیم نظریہ ہے* جس کا مقصد بنیادی طور پر ریاست کے خلاف ہدایت یافتہ، اجتماعی مخلاف طرز عمل کی وجوہات اور نوعیت کی وضاحت کرنا ہے۔ یوروپ میں ساٹھ اور ستر کی دہائی کے دوران معاشرتی تحریکوں کی نشوونما اور توسیع کے ساتھ، اس کے، ساتھ ایک نظریہ تیار ہوا جو معاشرتی تحریکوں کی ترجمانی کرنے کے لئے عقلیت پسندوں کے طرز عمل کو حساب کتاب کی حکمت عملی سے مشروط کرتا ہے۔ نئی سماجی تحریک کے نظریات میں دو بنیادی انداز شامل تھے: سنر چناتمک اور معاشرتی تعمیری کام (social constructivism)۔ پہال نقطہ نظر ان اجتماعی عمل کے سیاسی جہتوں میں نمائندگی کرنے والے تنظیمی اور سیاسی پہلوؤں میں موجود وسائل کو متحرک کرنے پر انحصار کرتا ہے۔ دوسرا نقطہ نظر اس بات پر مرکوز ہے کہ افراد کس طرح معاشرتی عمل کو جانتے اور، اس کی ترجمانی کرتے ہیں اور اس تنازعہ کے فکری اور جذباتی پہلوؤں پر توجہ دینے کی ضرورت ہے[32]۔ معاشرتی تحریک کے

* اس نظریہ کا پہال ورژن فرانسیسی ماہر نفسیات le bon نے انیسویں صدی کے آخر میں مظاہرے اور بڑے پیانے پر الیا brought بدامنی کے ل تھا، جسے انہوں نے ایک ٹیڑھا رویہ سمجھا اور اسے بھیڑ کا نظریہ کہا۔(crowd theory)

32. دیکھو:

Jacquelien van Stekelenburg and Bert Klandermans Social Movement Theory: Past, Presence & Prospect.

نئے نظریات اور اس تحریک کی شناخت اور سول سوسائٹی کے ساتھ اس کے تعلقات کی شناخت کے میکانزم میں جو دلچسپی ہے اسے سیاسی تنازعہ میں معاشرتی تحریک کے کردار سے زیادہ دلچسپی سے زیادہ فرق ہے[33]۔ اجتماعی سیاسی عمل کے ذریعے عوامی طاقت کا مقابلہ کرنے سے معاشرتی پرورش اور تحریک کی شناخت کو بڑھانے میں دلچسپی اور گروپ ممبروں کی روزانہ کی بات چیت کے ذریعے معنی اور گفتگو کی تیاری اسلامی تحریکوں کو سمجھنے کے لئے یہ ایک اہم داخلی نقطہ ہے۔

اس نظریاتی نقطہ نظر کو حال ہی میں اسلامی رجحان کے علاج کے لئے استعمال کیا گیا ہے، کیونکہ اس نے اسلامی مظاہر کے یکطرفہ نظریات پر قابو پانے میں اہم کردار ادا کیا ہے اور اسے ایک کثیر جہتی مظہر سمجھا ہے۔

یہ ایک ایسا طریقہ کار اپنایا ہے جس میں یہ سماجی اداکاروں کے مابین روزانہ ہونے والی بات چیت اور ثقافتی سیاسی اور نظریاتی جہتوں پر اس کے اثرات اور اجتماعی تشخص کی تشکیل پر مرکوز ہے۔ سماجی تحریک اپنے شرکاء کو اپنے اصولوں کو واضح کرنے اور ان کو مستحکم کرنے کا موقع فراہم کرتی ہے۔ اور اخوان المسلمون کے بارے میں ایک نیا علمی کام جو تحریک کے نئے نظریات کو کمال کے ساتھ لگایا گیا ہے[34]۔

8-1 سیاسی موقع کی ساخت کا نقطہ نظر.

عصری سوشیالوجی میں معاشرتی تحریکوں کے مطالعہ میں سیاسی مواقع کا ڈھانچہ ایک غالب تصور کے طور پر ابھرا ہے۔ سیاسی مواقع کے ڈھانچے کا تصور ایک مخصوص معاشرتی تحریک اور اس کے ماحول، خاص طور پر

33. دیکھو:

Iberto Melucci, Nomads of the present: Social movements and individual needs in Contemporary Society, (Philadelphia: Temple University Press, 1989).

34. دیکھو:

ASEF BAYAT, Islamism and Social Movement Theory, in Third world Quarterly, Vol. 26, No. 6, pp 891-908, 2005.

موجودہ سیاسی ماحول کے مابین تعلقات پر مرکوز ہے۔ اس ماڈل کا مطلب یہ ہے کہ معاشرتی تحریکوں اور سیاسی اداروں کے مابین تعلقات پر فوکس کرتے ہوئے بڑے پیمانے پر متحرک ہونے کو صرف سازگار سیاسی حالات میں ہی حاصل کیا جاسکتا ہے۔ سیاسی اسلام پر لکھے گئے کاموں میں اس سوال کا واضح جواب نہیں مل سکا کہ اخوان المسلمون کس طرح کی دہائی میں عوامی 1930 حمایت کو متحرک کرسکتی ہے۔ سماجی تحریک نظریہ میں سیاسی مواقع کی ساخت کا نقطہ نظر ممکنہ متبادل وضاحت پیش کرتا ہے۔

سیاسی موقع کے ڈھانچے کے دالئل چار اہم جہتوں پر مبنی ، . تھے [35] اور وہ تھی۔ ریاستی جبر کا خاتمہ ، سیاسی میدان تک رسائی میں اضافہ اشرافیہ کے اندر تقسیم اور نفاذ اتحادیوں کی موجودگی۔ لیکن اخوان المسلمون کے معاملے میں یہ چار جہتیں دستیاب نہیں تھیں۔ اخوان المسلمون کی زیادہ سے زیادہ نشو و نما کے دوران ریاستی جبر میں اضافہ ہوا۔ صدر جمال عبد الناصر کی حکومت نے تشدد کی متعدد وارداتوں میں ملوث ہونے کے بعد ان کی حکومت کی طرف سے عائد پابندیوں کی وجہ لے ، اس عرصے کے دوران انھوں نے سیاسی نظام میں حصہ لینے کا امکان نہیں رکھا تھا۔ اخوان المسلمون ایک ایسی عوامی تحریک تھی جس نے اشرافیہ کی طرف سے مصر سے باہر یا اندر سے کسی حد تک وابستہ یا واضح حمایت حاصل نہیں کی تھی۔

ہیں جن کے یہ دیکر کہ اخوان المسلمون کے آس پاس کے حالات آن حالات سے مختلف بارے میں زیادہ تر محققین اور سماجی تحریکوں میں دلچسپی رکھنے والے افراد نے بات کی ہے ، مذکورہ بالا مشاہدات کی بنیاد پر سیاسی مواقع کے ڈھانچے کے ماڈل کو مسترد کرنا درست نہیں ہے۔ اس کے بجائے ، زیاد مونسن [36] سیاسی مواقع کے ڈھانچے کی اہم جہتوں کو اخوان المسلمون کے معاملے کے مناسب دیکھتے ہیں۔ اس دورانیے کے دوران

---

35. دیکھو:

Sidney Tarrow, Power in Movement: Social Movements and contentious Politics (Cambridge: Cambridge University Press, 1994).

36. دیکھو: Ziad Munson, op, cit. p.13

مصر: کی سیاسی تاریخ میں تین اہم محور ہیں جن کے بارے میں: گفتگو کی ہے مطالعہ میں گئی (1) مصری سیاسی زندگی میں انگریزوں کا کردار. (2) اس نے وافڈ پارٹی سے جواز کھینچ لیا، جو مقبول تھی۔ (3) اسرائیل کے قیام سے متعلق نظریاتی جد وجہد مذکورہ بالا کی بنیاد پر، اس عرصے میں پیش آنے والی سیاسی پیشرفت اخوان المسلمون کے عروج کو سمجھنے کے لئے سیاسی مواقع کے ڈھانچے کے وژن کی تائید کرتی ہے۔

دوسراباب

اخوان المسلمون کے قیام کے لیے سماجی معاشی اور ثقافتی ماحول

ثقافتی ماحول۔

بیسویں صدی کے پہلے تیسرے مصر میں جس معاشی معاشرتی اور ثقافتی تناظر میں رہتا تھا اس سے واقف ہونا اخوان المسلمون کے ظہور اس کے پھیلاؤ اور مصری معاشرے میں دخول کی وجوہات کو سمجھنے کا ایک اہم عزم ہے۔ میں اس در حقیقت، بعد میں بہت سارے عرب ممالک میں توسیع ہوئی، خاص طور پر یہ کہ مصر، خطے اور دنیا نے اس عرصے کے دوران جو پیشرفت دیکھی، وہ بہت مالا مال تھی اور اس نے اس کے واضح اثرات اس عرصے میں ظاہر ہونے والی مختلف سیاسی و مذہبی قوتوں اور داراوں پر چھوڑ دیئے۔ ان میں سے اخوان المسلمون بھی ہے، جس کے بانی حسن البنا، ان پیشرفتوں کو استعمال کرنے اور اپنے گروہ کی تشہیر میں ان سے فائدہ کامیاب ہوئے کیونکہ اس نے مصری معاشرے کے ان مسائل کا حل تشکیل دیا جو معاشی، معاشرتی یا سیاسی تھے اٹھانے میں۔

حسن البنا نے سیاسی، معاشی اور معاشرتی ماحول میں دیکھا کہ مصر نے اس دور اپنی برادری قائم کرنے کا ایک مثالی موقع دیکھا جس کو انہوں نے معاشرے اور اس کے جی اٹھنے کو بچانے کے لئے اور ایک مذہبی اور معاشرتی گفتگو کو اپنانے کا مطالبہ کیا جو اس کے گروپ کو اپنے عرب اور اسلامی وطن اور قوم کے مسائل سے دوچار ہے[37]۔ تبدیلی کی بر گیڈ کی قیادت میں غریبوں اور پسماندہ افراد کا دفاع اور اس وقت پھیلی انجیلی بشارت کی تحریکوں کے سامنے اسلامی دین کا دفاع اور اسلامی خلافت کی بحالی کا مطالبہ۔

---

37. حسن البنا بیغام اخوان المسلمین ویکیپیڈیا لنک پر: https://bit.ly/2UKiMzq

بیسویں صدی کے پہلے تیسرے، کے دوران مصر میں سیاسی
معاشی، معاشرتی اور ثقافتی تبدیلیاں۔

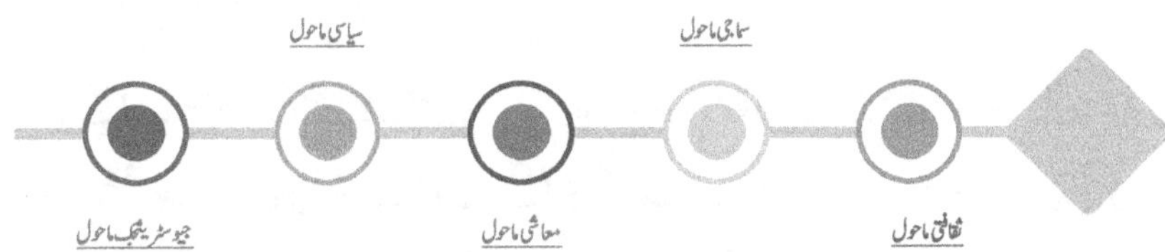

2-1 اخوان المسلمون کے ظہور کے پیچھے داخلی متغیرات.

اس میں کوئی شک نہیں کہ مصر نے بیسویں صدی کے پہلے، تیسری کے دوران، سیاسی معاشی، معاشرتی اور ثقافتی سطح پر جن حالات کا مشاہدہ کیا، اس نے ماحول مہیا کرنے میں بڑے پیمانے پر کردار ادا جس نے اخوان المسلمون، کے ظہور میں مدد ملی، خاص طور پر حسن البنا ان شرائط کو اپنے گروپ کو فروغ دینے میں بہتر طور پر استعمال کرنے میں کامیاب رہا۔ اور کیا کو اپنے گروپ کو فروغ دینے میں بہتر طور پر استعمال کرنے میں کامیاب رہا۔ اور اس نے اس عرصے کے دوران باقی تمام سیاسی دھاروں اور قوتوں سے

مختلف طور پر روشنی ڈالی، ایک گروہ کی حیثیت سے جس نے قومی مفادات کا دفاع کرنے اور مصر کی آزادی اور مصری عوام کے حقوق کا دفاع کرنے کا عہد کیا ہے، اور معاشرتی ناانصافی کو مسترد کرنا جس سے مصری معاشرے کے بڑے شعبوں کو **متاثر کیا گیا ہے، اور یہ متغیرات اس طرح ہیں:**

2-1-1 برطانوی قبضہ: مصر کو اپنے تمام منفی معنی کے ساتھ، 1882 سے ہی برطانوی قبضے کا نشانہ بنایا جا رہا ہے، چاہے وہ ملک کے معاشی وسائل پر قابو پانے اور ان کو مفلوج کرنے کے لئے کام کر رہا ہو، یا اس کی ایسی پالیسیوں کے حوالے سے جو معاشرتی انصاف کی عدم موجودگی کا باعث بنی اور (مالی دولت مندطة مصر کو اپنے تمام منفی معنی کے ساتھ، 1882 سے ہی برطانوی قبضے کا نشانہ بنایا جا رہا ہے، چاہے وہ ملک کے معاشی

وسائل پر قابو پانے اور ان کو مفلوج کرنے کے لئے کام کر رہا ہو، یا اس کی ایسی پالیسیوں کے حوالے سے جو معاشرتی انصاف کی عدم موجودگی کا باعث بنی اور جاگیر دار دولت مند طبقے کے وجود میں آنے والی طبقاتی عدم مساوات کا باعث بنی۔ مصر کی بیشتر دولت۔

یہی وجہ ہے کہ یہ استعمار ایک مسئلے کے آس پاس سیاسی اور معاشرتی قوتوں کے لئے متحد عنصر کا انخلاء اور قومی آزادی ہے[38]، جہاں برطانوی قبضے کے خلاف ایک قومی تحریک سامنے آئی جس میں مصری نیشنل پارٹی کی بنیاد رکھنے والے مصری نیشنل پارٹی کی بنیاد رکھنے والی متعدد ممتاز قومی شخصیات شرک بنیاد رکھنے والی متعدد ممتاز قومی شخصیات نے شرکت کی، جو ایک محدود پروگرام کے ساتھ مصر میں قائم ہونے والی پہلی جماعت ہے، اور وہ زندہ نہیں رہی۔ مصطفی کامل اپنی پارٹ ی کے قیام کے بہت عرصے بعد، اور اس کے بعد محمد فرید نے اس کی حمایت حاصل کی، جس نے مصری تجدید نو کا مطالبہ کیا، کیوں کہ وہ عرب یونیورسٹی کے قیام کے لئے، ثقافت پھیلانے اور عوام کو خود ارادیت سے وابستہ کرنے کے مطالبے کرنے والوں میں سے ایک تھے[39]۔

اور منوفیا کے ایک گاؤں میں کچھ برطانوی افسران اور کسانوں کے مابین سن 1906 میں ہونے والے ڈنشوائے واقعے نے برطانوی قبضے کے خلاف[40] قومی جدوجہد کے ایک نئے مرحلے کا آغاز کیا، اور اس کے ساتھ ہی نئی سیاسی قوتیں قومی جدوجہد کی رہنمائی کر رہی تھیں، جس کی نمائندگی سعد ظغلوال نے کی تھی، جس نے آزادی اور آزادی کا بینر اٹھایا تھا۔ الوحد کی نمائندگی سعد ظغلوال نے کی تھی، جس نے آزادی اور آزادی کا بینر اٹھایا تھا۔ الوحد پارٹی نے مصری حکومت کو اس وقت، مصر کے معاملے کو پریس کانفرنس میں پیش کرنے کے لئے پ یرس جانے کی درخواست کے ساتھ، اور اس پر اتفاق کیا، لیکن برطانیہ کے بادشاہ نے

38. احمد عوف، مصر کی حیثیت اسی دور سے دوسرے دور تک، آج کے دور سے فرعون کے دور تک (د۔ت۔ قاہرہ: عربی براءے اشاعت و تقسیم) صفحہ 42

39. محمد صبری مصر کی تاریخ محمد علی سے جدید دور تک ط2 (قاہرہ: مدبولی، 1990) صفحہ 237

40. دنشوای حادثے کے حالات کے بارے میں مزید تفصیلات کے لئے، دیکھو:

Kimberly Alana Luke, peering through the Lens of Dinshwai: British Imperialism in Egypt 1882-1914, https://bit.ly/2HYoEOA, 2011, p.113.

اس درخواست سے انکار کردیا اور 8 مارچ 1919 کو سعد ظغلوال اور وفد کے کچھ ارکان کو گرفتار کرکے اگلے ہی دن مالٹا جزیرے میں جالوطن کردیا گیا، اور یہ پھٹ گیا۔ 1919 کا انقلاب۔ سعد ظغالل کو جزیرے مالٹا میں جالوطن کرنے کے بعد، برطانوی نمائندہ ایڈمنڈ ہنری ہین مین مصر کی غیر مستحکم صورتحال سے نمٹنے کے لئے قاہرہ پہنچے، اور ان کا خیال تھا کہ اکیلے طاقت ہی مسائل کو حل کرنے کی صلاحیت نہیں رکھتی ہے، اور اس نے صورتحال کو پرسکون کرنے کے لئے سعد ظغولول اور آنے والے رہنماؤں کو رہا کرنے کی ضرورت کو دیکھا اور آنے والے رہنماؤں کو رہا کرنے کی ضرورت کو دیکھا اور انہیں 31 مارچ 1919 کو بھیج دیا گیا۔ انہوں نے برطانوی حکام کو مشورہ دیا ہے کہ وہ انھیں رہا کریں اور انہیں مصری معاملہ پیش کرنے کے لئے یورپ کا سفر کرنے کی اجازت دیں۔ درحقیقت، سعد ظغولول اور وفد نے لندن اور پیرس کا سفر کیا اور مصر کی آزادی کے لئے ایک پروجیکٹ، جس میں کہا گیا ہے کہ جب مصر اپنی آزادی حاصل کرلے گا تو عوام کو بادشاہت یا جمہوریہ حکمرانی کا انتخاب کرنے کا حق حاصل پیش کیا ہے[41]۔

لیکن برطانیہ نے مصری وفد کے مطالبات کو مسترد کردیا، اور ایسا لگتا تھا کہ یہ 1919 میں انقلاب کے اثرات کو جذب کرنے کے مقصد سے جوڑ توڑ کر رہا ہے، لی کن سعد ظغلوال اور اس کے ساتھی مصری کیس پیش کرتے رہے، یہاں تک کہ اس کے نتائج برطان یہ کے 28 فروری 1922 کو مصر کے تحفظ کو منسوخ کرنے کے معاہدے میں آنے تک، پھر میں لیکن برطانیہ نے مصری وفد کے مطالبات کو مسترد کردیا اور ایسا لگتا تھا کہ یہ 1919 انقلاب کے اثرات کو جذب کرنے کے مقصد سے جوڑ توڑ کر رہا ہے، لی کن سعد ظغلوال اور اس کے ساتھی مصری کیس پیش کرتے رہے، یہاں تک کہ اس کے نتائج برطانیہ کے 28 فروری 1922 کو مصر کے تحفظ کو منسوخ کرنے کے معاہدے میں آنے تک، پھر برطانوی مالزمین کو وہاں سے نکال لیا گیا۔ لیکن یہ متعدد مطالبات پر قائم رہا، جن میں سے سب سے اہم یہ ہیں: (مصر میں برطانوی سلطنت کے لئے نقل وحمل کو محفوظ بنانا اور کسی غیر ملکی مداخلت کے خلاف مصر کا دفاع، اور اقلیتوں اور غیر ملکیوں کے

41. فخری عبدالنور، فخری عبدالنور کی یادیں، 1919 کا انقلاب، قومی تحریک میں سعد زغلول اور وفد کا کردار (قاہرہ دارالشروک، 1992) صفحہ 16

مفادات کا تحفظ)۔ پھر فواد اول، مصر کے حکمران، نے اس وقت، آزادی کی دستاویز کا اعلان کیا اور بادشاہ کا لقب لیا[42]۔ پھر آئین کے مسودے کے لئے ایک کمیٹی گئی، جو 1923 کے آئین کے نام سے جانا جاتا تھا اور سعد اور اس کے ساتھیوں کو رہا کر دیا گیا، انتخابات ہوئے، لہذا اس وفد نے بھاری اکثریت حاصل کی، اور پارلیمنٹ کا افتتاح 15 مارچ تشکیل د پھر فواد اول، مصر کے حکمران، نے اس وقت، آزادی کی دستاویز کا اعلان کیا اور بادشاہ کا لقب لیا۔ پھر آئین کے مسودے کے لئے ایک کمیٹی تشکیل دی گئی، جو 1923 کے آئین کے نام سے جانا جاتا تھا اور سعد اور اس کے ساتھیوں کو رہا کر دیا گیا، انتخابات ہوئے، لہذا اس وفد نے بھاری اکثریت حاصل کی، اور پارلیمنٹ کا افتتاح 15 مارچ 1924 کو ہوا، اور سعد ظغول نے اپنی پہلی پارلیمانی وزارت تشکیل دی۔ شاہ فواد اس وزارت سے مطمئن نہیں تھے، لہذا اس نے نئی جماعتوں کی حمایت کر کے وفد کو کمزور کرنے کی کوشش کی، ان میں سب سے نمایاں پیپلز پارٹی تھی، جس کی بنیاد نومبر 1930 میں رکھی گئی تھی اور اس کی سربراہی اسماعیل صدیقی نے کی تھی[43]۔ 28 اپریل، 1936 کو، شاہ فواد فوت ہو گیا، اور فاروق کا اعلان کیا گیا۔ مصر کو شاہ

1923 کا آئین مصر کی سیاسی تاریخ کے ایک اہم قدم کی نمائندگی کرتا ہے، کیوں کہ اس نے ایک ایسا مرحلہ تشکیل دیا جس میں نظام حکومت کا اقتدار مطلق حکمرانی کے مرحلے سے آئینی حکمرانی کے مرحلے میں تبدیل ہو گیا تھا۔ اس وقت موجود قوتوں اور جماعتوں کے سیاسی وزن کی بات کی جائے تو، سیاسی زندگی میں وحدت پارٹی سب سے 1923 کا آئین مصر کی سیاسی تاریخ کے ایک اہم قدم کی نمائندگی کرتا ہے، کیوں کہ اس نے ایک ایسا مرحلہ تشکیل دیا جس میں نظام حکومت کا اقتدار مطلق حکمرانی کے مرحلے آئینی حکمرانی کے مرحلے میں تبدیل ہو گیا تھا۔ اس وقت موجود قوتوں اور جماعتوں کے سیاسی وزن کی بات کی جائے تو، سیاسی زندگی میں وحدت پارٹی سب سے زیادہ اثر ائندہ تھی، اور بیشتر حکومتیں تشک یل پاتی تھیں۔ 1952 میں جولائی انقلاب تک مصر کی یکے بعد دیگرے حکمرانی. اور وہ سیکولر حب الوطنی پر یق ین رکھتے تھے، اور ان کا نظریہ

42. محمد صبری پچھلا ماخذ صفحہ 499

43. لطیفہ محمد سالم، فاروق اور مصر میں بادشاہت کا خاتمہ 1936-1952م، دوسرا ایڈیشن، (قاہرہ مدبولی لائبریری، 1996) صفحہ 220

آزادی کے حصول، قومی اتحاد کی حفاظت اور آئینی حکمران ی کے بنیادی اصولوں کے ایک سیٹ پر مبنی تھا جو انفرادی اور عوامی آزادیوں کا تحفظ کرتا ہے[44]۔ بہت سے قبطی عیسائی اس میں شامل ہوئے، اور وہ اس میں اعلی قائدانہ عہدوں پہنچے[45]۔

ویڈیو کا عنوان:
مشرق وسطی میں یورپی اثر
اس لنک پر:
https://www.youtube.com/watch?v=0-94R2Ufj2w

اٹھارہویں صدی میں، اسلامی دنیا میں، خاص طور پر مصر میں، نہر سویز میں یورپی اثر ور سوخ ظاہر ہوا، جہاں بڑی تعداد میں یورپی باشندے (برطانوی اور فرانسیسی) تکنیکی ماہرین اور انجینئر کی حیثیت سے کام کر رہے ہیں۔ اور انہوں نے اپنے رسومات کو لایا اور مصری معاشرے کو متاثر کیا۔

- مصرمین یوروپی اثر ور سوخ کا مقابلہ کرنے کے لئے، اخوان المسلمین کے بانی، حصن البنا، جو جمال الدین الافغانی کے افکار سے متاثر تھے، خلافت اسلامیہ کے لئے مطالبہ کرتے نظر آئے۔
- اخوان المسلمون ُ لے لظریات قلیل عرصے میں معاشرے میں تیزی سے گھس جاتے ہیں۔ اپنے اہداف کو حاصل کرنے کے لئے، اس گروہ نے ایک فوفی بازو قائم کیا اور مصری حکومت کے خلاف متعدد ہلاکتیں کیں۔
- اخوان لمسلمون نے سیاسی طور پر مصر میں اسلامی نظام حکومت کے اطلاق کے مطالبے کے مطالبہ کیا ہے، حالانکہ ےہ ایک لچکدار گورہ تھا جس میں یہ واقع معاشرے کے مطابق اپنے نظریات کو رنگین کرنے کے قابل تھا، اور اسے 2012 تک اقتدار حاسل کرنے کا موقع نہیں ملا۔

https://www.youtube.com/watch?v=0-94R2Ufj2w

44. فخری عبدالنور پچھلا ماخذ صفحہ ص ص 51-55

45. اس پہلو سے متعلق مزید تفصیلات کے لئے، براہ کرم ملاحظہ کریں:

Hafez Ghanem, Egypt’s Difficult Transition : Options for the International Community, https://brooks.gs/2vYNqaS. P.5-6

ان سیاسی حالات نے انگریزوں کے قبضے میں چھوڑے ہوئے مذہبی جذبات کو ہوا دینے میں اہم کردار ادا کیا، خاص کر چونکہ اس دور میں اخلاقی زوال کے بہت سے مظاہر ہوئے ہیں، یہی وجہ ہے کہ گذشتہ صدی کی بیسویں میں حسن البنا نے اپنے گروہ کی تشہیر میں خوب استعمال کیا کیونکہ یہ برطانوی قبضے کے تسلسل کو مسترد کرنے والی چونکہ اس دور میں اخلاقی زوال کے بہت سے مظاہر ہوئے ہیں، یہی وجہ ہے کہ گذشتہ صدی کی بیسویں میں حسن البنا نے اپنے گروہ کی تشہیر میں خوب استعمال کیا، کیونکہ یہ برطانوی قبضے کے تسلسل کو مسترد کرنے والی قومی قوتوں کے صف اول میں کھڑا ہے، بلکہ اس نے اس منصوبے سے وطن کی آزادی کو اسلامی منصوبے کا ایک اہم مقصد قرار دیا اور کام کے سلسلے میں چوتھے نمبر پر بنادیا۔ "ہر بیرونی اقتدار سے وطن کو آزادی ہے[46]۔" حسن البنا کو یہ احساس ہوا کہ غیر ملکی قبضے کی مزاحمت کے معاملے پر توجہ مرکوز کرنے سے اس کی آواز معاشرے میں اس وقت تقویت پائے گی جب مصری عوام سیاسی، معاشی، معاشرتی اور سائنسی حالات کے خراب ہونے کے پیچھے اس قبضے سے جان چھڑانے کے درپے تھے۔

2-1-2 سیاسی قوتوں کے مابین تنازعہ: ایسے وقت میں جب برطانوی قبضے کو اس عرصے کے دوران قوتوں اور سیاسی دھارے کو متحد کرنا تھا، کیونکہ وہ ایک قومی مقصد کا دفاع کرتے ہیں، جو قابض کا انخلا اور قومی خودمختاری کا حصول ہے، یہاں تک کہ اس دور تک فورسز، جماعتوں اور سیاسی دھاروں کے مابین اختلافات اور اختلافات کی عالمت ظاہر تھی اور یہ بات ان کا بوت ایسے وقت میں جب برطانوی قبضے کو اس عرصے کے دوران قوتوں اور سیاسی دھارے کو متحد کرنا تھا، کیونکہ وہ ایک قومی مقصد کا دفاع کرتے ہیں، جو قابض کا انخلا اور قومی خودمختاری کا حصول ہے، یہاں تک کہ اس دور وتک فورسز، جماعتوں اور سیاسی دھاروں کے مابین اختلافات اور اختلافات کی عالمت ظاہر ہوتی تھی، اور یہ بات ان کے مصری شناخت کے نقطہ نظر سے بھی ظاہر ہوتی ہے۔ اس سلسلے میں چار اہم فکری رجحانات سامنے آئے۔ پہلا، عالقائی قوم پرستی جس نے رہائش کے شہری تصورات کی بنیاد پر ایک نئے معاشرے کی تشکیل کا مطالبہ کیا۔ اور دوسری بات، حب

46. حسن البنا نے انگریزوں کے قبضے کی وجوہ کو کس طرح استعمال کیا ہے اس کے بارے میں مذید معلومات کے لئے، آپ مندرجہ ذیل لنک کے ذریعہ اخوان المسلمون کی وکی پیڈیا کی ویب سائٹ، بغیر تاریخ، اس لنک پر: https://bit.ly/2ujC6IG

الوطنی اور حب الوطنی جس نے "عظیم تر مصر" کے قیام کی کال اپنائی۔ اور تیسرا، عرب قوم پرستی، جس نے مصریوں کی عرب شناخت پر زور دیا۔ چوتھا، اسلامی قوم پرستی، جس نے سرحد پار اسلامی شناخت کے ساتھ مصری شناخت کو مفاہمت کرنے میں جلد بازی کی[47]۔

جیسے اسی دوران، شہریوں میں تشویش غریبوں کے لئے قیمت پر پارٹی زندگی پر ذاتی مفادات کا تسلط واقعات میں ہوا جب وافد، آئینی لبرلز اور نیشنل پارٹی سمیت بیشتر واقعات زرعی اراضی کی ملکیت کا تعین کرنے کے منصوبے کی تجویز کے خلاف کھڑے ہوئے، کیونکہ اُن جماعتوں نے مہنگائی افراط اور بدعنوانی کے مسائل کا عملی حل پیش نہیں کیا۔ انتظامی اور مالی جو اس دور میں غالب تھا[48]۔ اخوان المسلمون نے بعد میں ان جماعتوں کی حب الوطنی پر سوال کرنے کے لئے استعمال کیا، کیوں کہ وہ معاشرتی انصاف کے معاملات سے قطع تعلق نہیں رکھتے ہیں، اور وہ ہمیشہ دولت مندوں اور کاروباری افراد کے مفادات کے لئے متعصبانہ رہتے ہیں، جب کہ وہ غربت سے لڑنے اور غریبوں کے ساتھ ناانصافی اور تعصب کے خاتمے کے نع رے اخوان المسلمون کے بعد میں ان جماعتوں کی حب الوطنی پر سوال کرنے کے لئے استعمال کیا، کیوں کہ وہ معاشرتی انصاف کے معاملات سے قطع تعلق نہیں رکھتے ہیں،، اور وہ ہمیشہ دولت مندوں اور کاروباری افراد کے مفادات کے لئے متعصبانہ رہتے ہیں، جب کہ وہ غربت سے لڑنے اور غریبوں کے ساتھ ناانصافی اور تعصب کے خاتمے کے نعرے بلند کرتے ہیں تاکہ اس کے تانے بانے پھیل سکیں۔ سن 1930 کی دہائی میں متعدد سیاسی جماعتوں اور قوتوں خصوصاوافڈ پارٹ ی کے ساتھ تصادم کی ایک وجہ مصری معاشرے اور یہ تھی۔ در حقیقت، البنا نے بہت سارے مضامین لکھے جن میں انہوں نے سیاسی جماعتوں کی کارکردگی کو تنقید کا نشانہ بنایا، یہاں تک کہ ان میں سے ایک میں یہ بھی کہا: کسی بھی سیاسی رہنما سے پوچھیں: وفد کے سربراہ، لبرلز کے سربراہ، یا

47. ان پیشرفتوں کے بارے میں مزید تسیلات کے لئے دیکھوں:

Paul Brykczynski, Radical Islam and the Nation: The Relationship between Religion and Nationalism in the Political Thought of Hasan al-Banna and Sayyid Qutb, https://bit.ly/2Mx69VR

48. محمد موتولی، مصراور، پارلیمنٹ اینڈ پارٹی الئف سے پہلے، ایک تاریخی 1952: اور دستاویزی مطالعہ، (قاہرہ دار الثقافہ برائے طباعت واشاعت 1980) صفحہ 162

پیپلز پارٹ ی کے سربراہ، یایونین پارٹی کے سربراہ سے، اس نقطہ نظر کے بارے میں جو اس نے قوم کی ترقی کے لئے تیار کیا ہے اور جس طرح اس نے اپنے مقاصد کو پورا کیا ہے۔ کچھ بھی نہیں[49]، اس کی کوشش میں کہ وہ اپنے گروپ کو ایک وژن کا مالک اور مصر کی ترقی کے لئے ایک پروگرام کا مالک بنائے اور اس کو درپیش تمام پریشانیوں کا ازالہ کرے، اور اس سے یہ بھی اشارہ ملتا ہے کہ اس گروپ کے ظہور کے آغاز سے ہی البنا کی تقریر ایک واضح سیاسی عزائم کا اظہار کر رہی تھی، جو بعد میں واضح طور پر ظاہر ہوا تھا۔

3-1-2 معاشی متغیر.

اس میں کوئی شک نہیں ہے کہ مصر نے بیسویں صدی کے پہلے تیسرے دور میں جن معاشی حالات کا مشاہدہ کیا، اس نے، اخوان المسلمون کے خروج خاص طور پر معاشرے میں غربت کی بڑھتی ہوئی حالت نوجوانوں میں بے روزگاری کے پھیلاؤ، اور قومی صنعت کی تباہی کو مصری عوام کے بڑے شعبوں میں عدم اطمینان پھیلانے میں بڑی حد تک اہم کردار ادا کیا۔ یہ وہی چیز ہے جس کا اخوان نے اخوان المسلمون نے اس عرصے میں خوب فائدہ اٹھایا اور اپنے آپ کو مصری درد سے وابستہ قومی گروہ کی شبیہہ میں پیش کیا اور اس کا حل تلاش کرنے کے لئے بے چین ہے۔

شاید اس دور میں مصر نے جس معاشی حالات کا مشاہدہ کیا اس کی نوعیت پر ایک سرسری نظر ڈالنے سے اس بات کی تصدیق ہو جاتی ہے کہ اخوان المسلمون نے ابتدائی آغاز سے ہی معاشی اور معاشرتی خدمات کی فراہمی اور رفاہی کاموں کے ذریعے معاشرے میں دخل اندازی میں مشکل معاشی اور معاشرتی حالات میں کیسے سرمایہ کاری کی ہے[50]۔ درحقیقت، معاشی صورتحال اخوان المسلمون کے معاشرے تیار میں پھیلنے

49. اخوان المسلمون اور وافڈ پارٹی۔ تاریخ کے خطوط سے متعلق حقائق، ویکیپیڈیا برادرانہ ویب سائٹ، تاریخ کے بغیر، مندرجہ ذیل لنک کے ذریعے https://bit.ly/37v38vr

50. اخوان المسلمون کے ظہور کے حالات کے بارے میں مزید تفصیلات کے لئے ملاحظہ کیجئے، اسلامی خطرہ "خرافات یا حقیقت"؟ ترجمہ: عبدو قاسم (قاہرہ، طلوع آفتاب، 2002)، دوسرا ایڈیشن، صفحہ 43

کے ل تھی، کیوں کہ بیسویں صدی کے دوسرے عشرے کے دوران مصری معیشت، جیسے کہ ایک محقق نے اس کی وضاحت کی تھی، اسے قرض دہندگان کی خدمت کرنے کی ہدایت کی گئی، کیونکہ مصر اس کے لئے درآمد کرنے کی بجائے سرمائے کے لئے ایک ماخذ ملک میں تبدیل ہو گیا۔ اور یہ برطانوی قبضے کے تحت معاشی انتظام کا ایک اہم مقصد بن گیا جس میں قرضوں کی تکمیل کے لئے خاطر خواہ آمدنی پیدا کی گئی جس میں مصر ملوث تھا۔ برطانوی حکومت کی جانب سے مصر پر اپنے قبضے کو جواز پیش کرنے کے لئے پیش کی جانے والی پہلی دلیل یورپی قرض دہندگان کے حقوق کا تحفظ تھا اور اسی وجہ سے اس دور کو "ترقی کے بغیر قرض کا دور" کہا جاتا تھا[51]۔

بیسویں صدی کے ابتدائی دو دہائیوں کے دوران مصری معیشت کی توجہ کا مرکز زراعت تھا، اور اس عرصے کے دوران زرعی شعبے اور بنیادی ڈھانچے کو دی جانے والی سرمایہ کاری محدود تھی جبکہ اس مدت کے دوران نمو ان صنعتوں تک ہی محدود تھی جو کاٹن جننگ اور دبانے جیسے قدرتی تحفظ سے لطف اندوز ہوتے ہیں۔ سیمنٹ اور شراب خانہ، برطانیہ نے صنعت کے ڈھانچے میں کسی قسم کی تبدیلی کی اجازت نہیں دی۔ مصری معیشت یورپی دارالحکومت کے کنٹرول اور دخول سے مشروط تھی، اور یورپی بینکوں کی بہت سی شاخوں کے پھیلاؤ، تجارت پر غیر ملکی کنٹرول، نیز برطانوی فوج اور منتظمین کی موجودگی، اور برطانوی فیکٹریوں کی خدمت کے لئے روئی کی کاشت میں توسیع کے ذریعہ اس کی دخول سے مشروط تھی، اور یورپی بینکوں کی بہت سی شاخوں کے پھیلاؤ، تجارت پر غیر ملکی کنٹرول، نیز برطانوی فوج اور منتظمین کی موجودگی، اس مدت کے دوران مصری معیشت غیر ملکی سرمائے کے کنٹرول سے مشروط تھی، جس نے یورپی بینکوں کی بہت سی شاخوں کا قیام عمل میں لایا، کیونکہ غیر ملکی تجارت پر تسلط رکھتے تھے۔ اس دوران، قابض حکام نے برطانوی مفادات کی

51. مصری معیشت کی ترقی کے مراحل کے بارے میں مزید تفصیلات کے لئے ملاحظہ کیجئے، جلال امین، مصری معیشت کی داستان محمد علی کے دور سے لے کر مبارک کے دور تک (قاہرہ دارالشروق 2012) صفحہ 3938.

خاطر کپاس کی کاشت کو بڑھایا، جس کی وجہ سے معاشی سرگرمیوں کی نوعیت میں تبدیلی آئی اور اس کے بعد محمد علی اور اس کے بعد ان کے کچھ بیٹوں کی حکومت کے خاتمہ تک یہ پرانے پیداوار کے نمونے گر گئے [52]۔

یہ حیرت انگیز تھا کہ برطانوی قبضے نے مصر میں معاشی ترقی کے کسی بھی امکان کو ختم کرنے، اور مغربی سرمایہ داری [53] پر انحصار اور پیشرفت کے تناظر میں ترقی کے امکانات کو محدود کرنے کے لئے کام کیا، کیوں کہ سرکاری فیکٹریوں کی بندش اور روئی کے مکانات اور ٹیکسٹائل فیکٹریوں کی فروخت جو کچھ دن پہلے باقی تھی۔ محمد علی، برطانوی حکام نے اسلحہ خانے میں بھی کام روک دیا جو رائفلیں اور گولہ بارود تیار کرتے تھے، اور بحری جہاز کی بحالی کے لئے سمندری بیسن میں بھی کام روک دیا تھا، اور جو ورکشاپس اور فیکٹریاں موجود تھیں وہ فروخت کر دی گئیں اور ٹکسال کا مکان منسوخ کر دیا کرتے تھے، اور بحری جہاز کی بحالی کے لئے سمندری بیسن میں بھی کام روک دیا تھا، اور جو ورکشاپس اور فیکٹریاں موجود تھیں وہ فروخت کر دی گئیں اور ٹکسال کا مکان منسوخ کر دیا گیا تھا، اس واضح اشارے کہ برطانوی قبضے کا مقصد مصری صنعتوں کو اپنے مواد سے خالی کرنا، اور مصر کو محض ایک محل بنانا تھا۔ ایسی معیشت جو خام مال کی فراہمی کرتی ہے، یا اپنی مصنوعات کے لئے کھلی منڈیوں کو [54].

میں ایسے وقت میں جب برطانوی مصنوعات، خاص طور پر اور عام طور پر یورپی مصنوعات مصر میں داخل ہوئیں، مصری مصنوعات کو کسٹم کے تحفظ سے محروم رکھا گیا تھا اور برطانوی حکام نے بیرون ملک صنعتی مشن

52. سابقہ ماخذ ص ص 40-45.

53. جلال امین، محمد علی کے عہد سے لے کر مبارک کے دور تک کی مصری معیشت کی کہانی، سابقہ ماخز ص ص 60-77 اور مجید تفصیلات اس پہلو پر اس سے رجوع کر سکتیں ہیں محمود متولی، مصری سرمایہ داری کی تاریخی اصل) جنرل اتھارٹی برائے (ثقافتی محالت قاہرہ 2011) صفحہ 83

54. جالل امین، مصری معیشت کی کہانی، پہلے بیان کیا گیا. ماخذ، صفحہ 45

بھیجنے کو منسوخ کر دیا تھا[55]۔ مصری مارکیٹ یورپی صنعتی پیداوار کی مارکیٹنگ کے لئے ایک جگہ جنت اخت اگر کمک مصر میں داخل ہوئیں، مصری مصنوعات کو کسٹم کے تحفظ سے محروم رکھا گیا تھااور برطانوی حکام نے بیرون ملک صنعتی مشن بھیجنے کو منسوخ کر دیا تھا۔ مصری مارکیٹ یورپی صنعتی پیداوار کی مارکیٹنگ کے لئے ایک جگہ، کی حیثیت اختیار کر چکی ہے اور یوں مصری حکومت کپاس کو یورپ میں برآمد کرنے پر کام کر کے مقامی صنعت کی، حفاظت نہیں کر سکتی ہے بشرطیکہ یورپ مصر سے آنے والی صنعتی درآمدات کے ساتھ کپاس کی قیمت ادا کرے یا برطانیہ کے ذریعے۔ اس نے تمام کاٹن ٹیکسٹائل پر فیصد ٹیکس عائد کیا، جو ان ٹیکسٹائل کی درآمد پر عائد، کسٹم ڈیوٹی کے مترادف ہے جس کی وجہ سے روئی کی کتائی اور بنے ہوئے صنعت میں افسردگی پیدا ہوئی[56]۔

پہلی جنگ عظیم کے سالوں کے روزان صنعتی شعبے کے لئے ایک بار پھر عروج کا موقع تھا جب بہت سارے یورپی مصنوعات کی درآمد بند ہو گئی، اور کچھ صنعتیں اس عرصے کے دوران قائم ہوئیں، یہاں تک کہ ان میں سے زیادہ تر افرادا انفرادی نوعیت کے تھے جو پرانی فنکارانہ پیداوار کے طریقوں پر عمل پیدا تھے، اور یہ اس حقیقت کی وجہ سے ہے کہ بڑی فیکٹریوں کو بھاری رقم کی ضرورت ہوتی ہے[57]۔

اس دور میں بینکاری سرگرمی کے بارے میں مصر کو معلوم نہیں تھا، اور یہاں یورپی بینکوں کی شاخیں اور کچھ کریڈٹ ادارے تھے جو صرف مصر کے لئے بیرونی تجارت کو مالی اعانت فراہم کرنے اور اس کے ساتھ بیرون ملک جمع مصریوں کی بچت کو ملازمت دینے اور مصر میں کسی بھی صنعتیں سرگرمیوں کو مالی اعانت

---

55. اسابقہ ماخذ ص 77-82، اس عرصے کے دوران صنعتی شعبے کی ترقی کے بارے میں مزید تفصیلات کے لئے ملاحظہ کیجئے:

Ropert Mabrow & Samir Radwan: The industrialization of Egypt (1939-1973) policy and performance. Clarendon press, Oxford, 1976, P.5.

56. ابراہیم البیومی غنم، امام، حسن البنا کی سیاسی سوچ قاہرہ: مدارت ریسرچ اینڈ) پبلشنگ، 2012) پہلا ایڈیشن صفحہ 55

57. ، ڈاکٹر.. سعید اسماعیل علی مصری سوسائٹی کے دوران برطانوی قبضہ ایرا، 19231882)، قاہرہ: اینگلو مصری لائبریری، 1972) ص ص 163-164

دینے سے پرہیز کرنے سے وابستہ تھے۔[58] یہی وجہ ہے کہ متعدد مصری قومی شخصیات نے مصری بینک کو قومی منصوبوں کی مالی اعانت کے لئے پیس کے طور پر قائم کرنے پر غور کرنے پر مجبور کیا[59]۔ اور طلعت حرب نے 1920 میں بنک مسر قائم کرنے میں کامیاب ہوا جس کی سرمایہ 10 لاکھ پاونڈ تھی، اور اس بینک نے ایسے صنعتی منصوبے قائم کرنے کے لئے کام کیا جو ذاتی حیثیت سے آزاد ہوں اور ایک بجٹ اپنے بجٹ سے مختلف ہو، لیکن اس سے ان کی مدد اور مدد ملتی ہے، انہوں نے اپنی زندگی کے پہلے عشرے میں 14 کمپنیوں تک رسائی حاصل کی، جن میں وہ تھا آپ کے لئے یورپی طرز کا طازہ ترین وقت[60]۔

بنک مسر ایک مشہور قومی رجحان کی عالمت تھی، جس نے تجارتی اور صنعتی مالیاتی منصوبوں میں مصری فنڈز کی ملازمت کی حوصلہ افزائی کے لئے ایک نئی روح تشکیل دینے کا کام کیا، کیونکہ اس نے اس وقت حکومت کے ساتھ چھوٹے مصری صنعتی منصوبوں کی مالی اعانت کے لئے خصوصی نظام کے قیام میں تعاون کیا تھا، اور بینک بھی سرمایہ کاروں کے لئے نئے شعبے کھولنے کامیاب ہوا تھا۔ ، جہاں مصر میں بڑے مالکان کی کلاس کو اتنی پرواہ نہیں تھی کہ وہ اپنا پیسہ صنعتی اور تجارتی منصوبوں میں لگائے جانے کی سمت لے سکے لیکن بینک کی سرگرمی میں توسیع کے ساتھ، اس نے بہن ساری سرگرمیوں کو مالی اعانت فراہم کی جس سے اس عرصے میں مصری معیشت کو فائدہ ہوا[61]۔

مرکزی کام کی طاقت کے بارے میں، غیر ملکی معاشی سرگرمی کے مختلف پہلوؤں پر قابو رکھتے تھے، جس کی وجہ سے مصری گریجویٹس ملازمت حاصل کرنے کے لئے مسابقت کی جنگ سے ہار جاتے ہیں۔ اس رجحان کا

---

58. پچھلا ماخذ، ص166

59. دیکھو:

Robert L. Tignor, Bank Misr and Foreign Capitalism, International Journal of Middle Eastern studies, Vol., 8, No. 1977, P.161.

60. ڈاکٹر احمد بدیع بلیح پچھلا ماخذ، ص.84

61. سعید اسماعیل علی ایک سابقہ ماخذ، صفحہ 175-174

واضح اشارہ مصری حکومت میں تجارت اور صنعت برائے کمیٹی برائے کمیٹی نے جاری کیا ہے جس انکشاف ہوا ہے کہ مصر میں آبادی میں اضافے کے نتیجے میں بے روزگاروں کی تعداد میں نمایاں اضافہ ہوا ہے۔ میں [62] بے روزگاروں کی تعداد میں اضافہ صرف شہری شہروں تک ہی محدود نہیں رہا، بلکہ دیہی علاقوں تک بھی بڑھا، کیونکہ مزدوری کی کثرت اور طلب کی طلب میں اضافے کے نتیجے میں زبردست شرح ہوگئی، اور زرعی اجرت کی شرح میں بہت زیادہ کمی واقع ہوئی، جس سے ان اور ہے روزگاروں کے درمیان فرق کرنا مشکل ہوگیا۔ 1907 کی مردم شماری سے معلوم ہوا کہ اس وقت آبادی میں ان کی تعداد 11.190.000 تھی، کم از کم 5.338.000 افراد یعنی نصف شاگردیا ایسے افراد جن کا کوئی پیشہ نہیں تھا[63]۔ اور یہ صورتحال 1914 میں پہلی عالمی جنگ کے شروع ہونے تک جاری رہی، جس کی وجہ سے غیر ملکی کاروباری مالکان اور مصریوں کے مابین ایک تحریک ابھری، خاص طور پر اس کے ابتدائی سالوں میں متاثرہ پیشوں اور صنعتوں میں، جس کا مقصد اجرت کو کم کرنا اور مزدوروں کی فراہمی تھی، اور اس تحریک کی قیادت، اس جنگ سے جنگ میں سے متاثرہ پیشوں اور صنعتوں میں، جس کا مقصد اجرت کو کم کرنا اور مزدوروں کی فراہمی تھی، اور اس تحریک کی قیادت، اس تحریک میں رکاوٹ پیدا کرنے جیسے دیگر عوامل کے درمیان ہوئی۔ غیر ملکی تجارت، کچھ غیر ملکی کاروباری مالکان کی رخصتی، ان کے کاروبار میں تخفیف اور عمارت اور تعمیراتی منصوبوں کا خاتمہ، جس سے مصری اور غیر ملکی کارکنوں میں یکساں طور پر بے روزگاری کا خروج اور بڑھتا ہے[64]۔ 1920 میں 13 ملین افراد میں سے 250 ہزار پیشہ ور کارکن موجود تھے، جبکہ زراعت میں مزدوروں کی فیصد آبادی کا 70 فیصد کے قریب پہنچ گئی ہے، اس بات کو دیکھتے ہوئے کہ مصری معیشت زرعی معیشت ہے[65]۔

.62 71 کمیٹی برائے تجارت وصنعت، مصری حکومت کی رپورٹ، تاریخ، صفحہ 57.

.63 سعید اسماعیل علی سابقہ ماخذ، صفحہ 234-235

.64 اَمین عزالدین، مصری ورکنگ کلاس کی تاریخ اپنے قیام سے لے کر انقلاب تک 1919 تک،) قاہرہ: عربی کتاب گھر برائے طباعت واشاعت بغیر تاریخ (صفحہ 137)

.65 David Johnson, Egypt's 1919 Revolution, April 3, 2019, https://bit.ly/2MI.Eoczc

اسی اثنامیں ،اس عرصے کے دوران انفرادی ملکیت تشکیل دی گئی جس کے ذریعہ معاشرتی تنظیم کے ستون نے پیداوار کے ذرائع، خاص طور پر زرع اراضی کی ریاستی ملکیت کے متبادل کے طور پر قبضہ کیا،اور قبضہ کے حکام نے انفرادی ملکیت قائم کرنے اور نئے زمینداروں کے طبقے کو ایک ماتحت طبقے میں تبدیل کرنے کے لئے کام کیا جو اپنی پالیسیوں کو نافذ کرتا ہے اور اس طبقے کا اشرافیہ میں تبدیل ہونا فطری تھا۔ تمام مصریوں کے مقابلے میں مخصوص اور معاشی طور پر مالدار[66]۔

ان مشکل معاشی حالات جنہوں نے مصریوں کے ایک بڑے شعبے پر اپنے انتہائی اثرات چھوڑے ،اور غربت بیروزگاری اور معاشرتی کا خدمات کی سطح میں باعث بنی ،اخوان المسلمون کے ظہور کے پیچھے ایک اہم عامل تشکیل دیا،اور حسن البنا کو اس طرح سے ملازمت کرنے کے بارے میں سوچنے پر مجبور کیا جس سے یہ یقینی بنتا ہے کہ اس کے گروپ کی پشت پناہی ہے۔ مضبوط معاشرتی۔اور یہ اس معاشرتی ریڑھ کی ہڈی کی تشکیل کے طور پر غریب اور پسماندہ طبقوں کو امداد فراہم کرکے اور پھر اس گروپ نے اسکولوں ، اسپتالوں ، اور اشیائے خورد و نوش ببرڈ شی ری اور ریڈی میڈ کپڑوں کی تھوک فروشی کے لئے کمپنیاں[67]۔

اخوان کے معاشرتی کام کا قیام صرف مادی امور تک ہی محدود نہیں تھا، بلکہ اس نے لوگوں کے گروپوں خصوصا مزدوروں اور کسانوں کو راغب کرنے کے لئے مذہبی، معاشرتی اور سیاسی گفتگو پیدا کرنے کے لئے کام کیا کا تعلق اخوان کے بانی، حسن البنا سے تھا،اور بعد میں آنے والے اس گروہ کے رہنماؤں کے ساتھ جاری رہا۔ ، یہ معاملہ جس اور اس نے مواصالت کے ذرائع کی ترقی کے ساتھ بہت سی شکلیں اختیار کیں، لہذا حسن البنا خطوط یا انقلابات میں اپنے نظریات اور تعلیمات کو عام کرنے پر انحصار کرتا تھا۔ اس کے بعد آنے والے اس گروپ کے نظریات پرنٹ کرنے اور اس کی تاریخ لکھنے اور لوگوں خصوصا یونیورسٹی طلبا میں شائع کرنے میں دلچسپی رکھتے تھے۔ پانچویں رہنما، جو قطبی سمت کے قریب ہیں، مصطفی مشہور نے "دائود کی

66. رابرٹ تزنود، مصری آمدنی کی تقسیم کی سیاسی معیشت (قاہرہ: جنرل مصری کتاب اتھارٹی، غیر تاریخی)، صفحہ 20

67. عمار علی حسن، "اخوان کی گہری سوسائٹی اور مصر میں سلفیوں، " (اسکندریہ، اسکندریہ لئبریری)، میڈیالوں کی سیریز) آبزرویٹریز شمارہ (29) صفحہ 27

راہ پر کمانڈر اور سپاہی کے بیچ" کے نام سے ایک سلسلہ لکھا، اور تیسر ا رہنما جو عمر اعتدال پسند اور معاشرے اور ریاست سے مطابقت رکھتا ہے، نے پیشہ ور اتحادوں میں گروپ کی موجودگی کو تقویت دیتے ہوئے اس مسئلے کو نظرانداز نہیں کیا[68]۔ جیسا کہ یہ واضح تھا کہ گروہ کے رہنما معاشرے میں غریب اور پسماندہ گروہوں کو راغب کرنے اور پھر انہیں گروپ کے سیاسی اہداف کی خدمت خاص طور پر، serve کے ل انتخابی اوقات میں استعمال کرنے کے لئے متحرک سماجی گفتگو اپناتے ہیں۔

2-1-4 معاشرتی حالات

بیسویں صدی کے پہلے تیسرے کے دوران مصر نے جس معاشرتی حالات کا مشاہدہ کیا وہ مذہبی سیاسی تحریکوں، خاص طور پر اخوان المسلمون کے خروج کے لئے ماحولیات کی تیاری کر رہا تھا، چاہے وہ معاشرتی انصاف کی عدم موجودگی، شدید طبقاتی تفاوت، یا مصری عوام کے وسیع شعبے میں غربت کے پھیلاؤ سے وابستہ رہے۔ بحیثیت مجموعی، یہ مصر میں برطانوی قبضہ کی پالیسیوں کی عکاس ہے، جیسا کہ پہلے ذکر کیا گیا ہے۔

انگریزوں کے قبضے کی پالیسیوں نے مصر میں طبقاتی رجحان کو اور گہرا کر دیا جب زمینوں پر انفرادی ملکیت قائم کی گئی، جس کا مقصد مصر پر اپنے نئے معاشی کنٹرول کو مزید مستحکم کلاس میں تبدیل کر کے برطانوی قبضہ کی پالیسی اور مغربی سرمایہ داری عام طور پر تبدیل کیا گیا[69]۔ اس پالیسی نے مصر میں طبقوں کے مابین تفری ق کو بڑھاوا دینے میں مدد فراہم کی، جہاں ایک معاشرتی طبقے میں متمول اور بااثر افراد کا ایک طبقہ نمودار ہوا، جس کے نتیجے میں قابض حکام نے ریاست کی زمینوں کو دولت مندوں اور دولت مندوں میں تقسیم کر دیا، جس کی وجہ سے لوگوں کی اکثریت کے خرچ پر ایک چھوٹی سی فیملی زمین کے بڑے حصے کو اکٹھا کرنے میں

68. عمار علی حسن، سابقہ ماخذ، ص ص 32-33

69. رابرٹ تزنود، مصد میں آمدنی کی تقسیم کی سیاسی معیشت، (قاہرہ کے مصری جندل اٹھارٹی برائے کتاب، بغیر تاریخ) ص ص 25-20

کامیاب ہوگئی۔ مصری[70] اس کا ثبوت یہ نہیں ہے کہ کھیتی والے علاقوں میں 0.4% مالکان تقریبا 35 % مالک تھے۔ تقریبا 0.0 مالکان 0.076% تقریبا 6.19 فیصد زرعی اراضی کے مالک ہیں، جن کی اوسطا 550 ایکڑ صلاحیت ہے جبکہ مصری عوام کی اکثریت بے سہارا ہے[71]۔

اسی دوران، اس دور نے مصر میں متوسط طبقے کی تشکیل کے آغاز کا مشاہدہ کیا، لیکن یہ قابل ذکر افراد کے لبادے سے باہر آگیا، اور کسانوں کے بچوں کو مصری فوج میں ضم کرنے کی وجہ سے، ایک قسم کی معاشرتی حرکات کے لئے تعلیم یافتہ کیڈر اعلی انتظامی عہدے سنبھالنے میں کامیاب ہوگئے اور وقت گزرنے کے ساتھ ساتھ یہ طبقہ دولت اور خود آگہی کو یکجا کرنے میں کامیاب ہوگیا۔ اور یہ نجی، زرعی اور صنعتی یونینوں میں اظہار یکجہتی کرنے کے قابل تھا[72]۔ مذکورہ بالا کے علاوہ، برطانوی قبضے کی پالیسیاں غریبوں کی قیمت پر دولت مندوں کے مفادات کو مد نظر رکھتی ہیں۔ اس کا ثبوت اس بات سے نہیں ملتا ہے کہ کسٹم محصوالت اور مزدوری کی پالیسیاں بنیادی طور پر ان غریبوں کے[73] بوجھ برداشت کرنے والوں میں امیروں کے حق میں تھیں، اور موجودہ حکومت اس وقت یورپیوں کے مفادات کے لئے متعصبانہ قیمت پر خرچ کرتی تھی۔ تمام شعبوں میں مصری[74]۔

ان معاشرتی حالات کی روشنی میں جس میں انصاف غائب ہے، طبقات داخل ہیں اور غربت کی شرح مصریوں میں بڑھ رہی ہے، اس گروپ کے بانی، حسن البنا کی تقریر سادہ اور پسماندہ افراد کے مطالبات پر

70. مصر میں طبقاتی جدوجہد کی خصوصیات کے بارے میں مذید تفصیلات کے لئے، مصر میں طبقاتی جدوجہد، محمود حسین کا حوالہ دیا جا سکتا ہے، جس کا ترجمہ احمد واصل (بیروت، دارالطلیعت 1971)

71. محمد عبدالفضیل دیہی، علاقوں میں سماجی و معاشی تبدیلیاں، 1930-1970، (قاہرہ مصری جنرل اتھارٹی برائے کتاب 1978) ص 12

72. اس حصے کے بارے میں مذید تفصیلات کے لئے، ماجدہ برکہ، جو 1919 اور 1952 کے دو انقلابات (قاہرہ، ترجمہ برائے قومی مرکز 2009) کے درمیان اعلی طبقے کے حوالہ دیں۔

73. مصر میں طبقاتی جدوجہد کی ترقی کے بارے میں مزید معلومات کے لئے، ہم عبدالعظیم رمضان کا حوالہ دے سکتے ہیں، مصر میں طبقاتی جدوجہد 1937-1952 (قاہرہ فیملی لائبریری 1997)

74. رابرٹ تزنود، مصد میں آمدنی کی تقسیم کی سیاسی معیشت، (قاہرہ کے مصری جندل اتھارٹی برائے کتاب، بغیر تاریخ) ص 20

بات چیت کرنے آئی۔ اپنے گروپ اور اس کے اصولوں اور نظریات کو طلب کرنے کے جو انہوں نے معاشرتی اور سیاسی اہداف کے ساتھ گزارے، اور اس نے اس کی مدد کی تاکہ اس عرصے دوران مصری معاشرے کی تشکیل کا ایک بڑا فیصد محدود آمدنی والے کسانوں اور مزدوروں کا تھا۔

حسن البنا معاشرے کے مختلف گروہوں میں داخل ہونے کے لئے ان معاشرتی حالات کا استحصال کیا ہے، اور وہ ہزاروں غریب لوگوں کو بھرتی کرنے میں کامیاب رہا تھا جو اسلامی مذہب کے اصولوں کے مطابق اپنے رہائشی حالات کو بہتر بنانے اور ان کے لئے معاشرتی انصاف کے حصول کا حل تلاش کرتے ہیں، اور اسی وجہ سے اس کی وضاحت کی گئی ہے کہ البتہ اپنے مطالبے کو ایک جامع مذہبی تحریک کے طور پر بیان کرنے کے خواہاں تھے جس میں دلچسپی ہے۔: زندگی کے مختلف پہلو معاشرتی، معاشی، اور سیاسی۔ اسی کے ساتھ ہی، اس نے اپنے گروپ کے لئے معاشرے کے مختلف گروہوں خصوصا غریب ترین، پسماندہ، اور معاشرتی ناانصافی کی عالمتوں کو شامل کرنے کے لئے کام کیا تاکہ وہ معاشرے میں اس کے گروپ کے بہترین فروغ پانے والے ثابت ہوں یہی وجہ ہے کہ اس گروپ کے بانیان اس گروپ کے بانیوں میں شامل تھے جب 1928 میں اعلان کیا گیا تھا) بڑھئی حجام، ملکی، ڈرائیور، جینی اور میرے پہیے (، جو یہ گروہ سادہ پیدائشی اسلام سے زیادہ متاثر ہیں، جبکہ جاگیر دار طبقے اور بورژوا مغربی نظریات اور ثقافت سے زیادہ متاثر تھے کیونکہ وہ مغربی تہذیب کے بارے میں جاننے اور اس کی دعوت کے ساتھ کھلے رہنے کے قابل تھے اس پر[75]۔

بلکہ، ایک مطالعہ سے یہ ظاہر ہوتا ہے کہ اسماعیلیہ میں برادری کے ابھرنے کا آغاز کسی خال سے نہیں ہوا تھا، کیونکہ اس شہر میں مزدوروں اور کسانوں کی ایک بڑی جماعت کی موجودگی کی وجہ پسماندگی، ناانصافی اور ظلم وستم کا شکار تھی۔ اور انھوں نے البنا کی تقریر اور ان کے ساتھ ان کی قربت کو ایک ایسے گروپ کے قیام میں ان سے رجوع کرنے کا موقع مال جو ان حالات سے چھٹکارا پانے کے لئے کام کرتا ہے۔ درحقیقت، 1928 میں اس کی تشکیل کے بعد، اس گروپ نے اپنے اہداف میں سب سے آگے رکھا، ہر شہری کے ل انصاف

75. کسانوں محمد عمارہ، رفاع التھاوی کی مکمل کام، حصہ دو، قومی: پالیسی اور تعلیم،) قاہرہ عرب فاؤنڈیشن فار اسٹڈیز اینڈ پبلشنگ، 1973) پہال. ایڈیشن، صفحہ 95

اور معاشرتی تحفظ کی، اس نے مصر کے معاشرے کو درپیش چیلنجوں، جیسے ناخواندگی، بیماری اور غربت سے نمٹنے پر توجہ دی۔ حصول اور جہالت، بیماری اور غربت سے نمٹنے کے لئے کام کر رہا ہے۔ اس نے مزدوروں اور کسانوں کے مسائل پر بھی توجہ دی اور اپنے تنظیمی اور انتظامی ڈھانچے میں مزدوروں اور کا محکمہ اپنے عمومی مرکز میں قائم کیا[76]۔

2-1-5 البنا اور معاشرتی امور میں سرمایہ کاری (خواتین۔ تعلیم)۔

بیسویں صدی کے پہلے تیسرے میں مصر میں خواتین کے حالات بگڑ رہے تھے، دوسرے، عرب ممالک کی طرح معاشرتی اور قدر کے لحاظ سے، اور وہ ان کے بنیادی حقوق سے لطف اندوز نہیں ہوئے، مثال کے طور پر، ان کی تعلیم بہت کم تھی، اور بیسویں صدی کے اوائل میں سنی اسکول سمیت مصر میں لڑکیوں کے لئے صرف تین اسکول تھے[77]۔ روایات اور روایات کے وارثت میں ملنے والے نظام کی وجہ سے خواتین اس دور میں معاشرتی حیثیت سے لطف اندوز نہیں ہو سکتی تھیں۔ معاشرے اور اپنے آبائی وطن کے اندر خواتین کی نقل و حرکت پر پابندی عائد کرتے تھے اور معاشرے کی ترقی اور نشوونما میں ان کو تفویض کردہ اپنے کردار کو پورا کرنے سے روکتے تھے [78]۔

اس کے نتیجے میں، مصر نے اس دور کے دوران ایک نسوانی تحریک کی طرف سے کہا کہ وہ ان مشکل حالات میں جس سے وہ رہ رہے تھے، خواتین کے آزاد ہونے اور مردوں کے ساتھ ان کی مساوات پر زور دیتے ہیں، کیونکہ بہت سارے مفکرین نے حقوق اور فرائض کے لحاظ سے خواتین اور مردوں کے مابین برابری کا مطالبہ کیا تھا۔ خاص طور پر سیاسی حقوق بشمول قاسم امین اور حقوق نسواں کارکن منیر اثبت[79] روم سے واپسی کے

76. اخوان المسلمون، ویکیپیڈیا سائٹ، اخوان المسلمون کے لئے سیاسی تعلیم مندرجہ ذیل لنک کے ذریعے: https://bit.ly/36eOMhf

77. ڈاکٹر محمد علی عطا اخوان المسلمون کی سایہ میں خواتین کا مستقبل، وکی برادرز کی ویب سائٹ، بغیر تاریخ کے مندرجہ ذیل لنک کے ذریعے: https://bit.ly/2TF2k2L

78. قاسم امین، خواتین کی تدوین، (قاہرہ: ادبیات طباعت، اشاعت اور تقسیم 2009) صفحہ 52-44

79. حماد اسماعیل، حسن البنا اور اخوان المسلمین کے درمیان، مذہب اور سیاست 1928، 1949 (قاہرہ: دار الشوروک 2010)، پہلا ایڈیشن، صفحہ 25

بعد خواتین کی آزادی کے لئے جدوجہد کرنے والی اس کہانی میں اس تحریک کے نتیجے میں خواتین کی مشہور شخصیات جیسے ہوڈا شاروی جو جدید مصری تاریخ کی سب سے نمایاں خواتین میں، سے ایک سمجھی جاتی ہیں کی قیادت کی ہیں۔ تعلیم اور کام دونوں میں مصری خواتین کا کردار، اور ان کا حق کھونے کے بعد مردوں کے ساتھ ان کی مساوات وقت کی سب سے بڑی رکاوٹ ہے[80]۔

اس میں مغربی ثقافت کے فقد نادت بخلع الحجاب مواکبہ للثقافہ الغربیہ والی انعاش دور المراہ المصریہ في کل من مجال التعلیم والعمل ومساواتھا بالرجل بعد ضیاع حقھا حقبہ کبیرہ من. الزمن ساتھ ہم آہنگی برقرار رکھنے اور تعلیم اور کام دونوں میں مصری خواتین کے کردار کو زندہ رکھنے اور طویل عرصے تک اپنا حق کھونے کے بعد مردوں کے ساتھ برابری کرنے کا مطالبہ کیا گیا۔

حسن البنا نے اس معاشرتی تحریک کے ساتھ بات چیت کی جس میں خواتین کی آزادی اور معاشرے میں ان کے گروپ کو خواتین کے معاملات پر اعتماد ظاہر کرنے اور معاشرے میں ایک مرد کا اہم شراکت دار کی حیثیت سے ان کا دفاع کرنے کی ضرورت پر زور دیا گیا ہے کیونکہ وہ معاشرے میں پھیلنے کے لئے گروں کے اہداف کو خواتین کے معاملات پر اعتماد ظاہر کرنے اور معاشرے میں ایک مرد کا اہم شراکت دار کی حیثیت سے ان کا دفاع کرنے کی ضرورت پر زور دیا گیا ہے کیونکہ وہ معاشرے میں پھیلنے کے لئے گروپ کے اہداف کی تکمیل کے لئے اس مسئلے کو ملازمت کرنے کی کوشش کر رہا تھا، کیونکہ وہ شروع سے ہی واقف تھا کہ یہ ممکن نہیں تھا۔ بہر حال، اس گروہ کے لئے جس کو وہ قائم کرنا چاہتا ہے اس کے لئے صرف مردوں کا تحفظ ہوگا، خواتین کو چھوڑ کر خواتین کی طرف ان کی سمت اور ان کی حالت کی طرف توجہ دالنے کے لئے یہ پہال، اور قابل ذکر اصل اقدام تھا "تاکہ انھیں مومنین کی ماؤں اسکول کے قیام کے نئے خیال کی طرف راغب کیا جاسکے اور اس کے نام کے انتخاب سے اس اسکول میں فراہم کردہ تعلیم کے معیار اور معیار کا واضح اشارہ اور اس کا مفہوم، تھا۔ پھر، اس نے توبہ کرنے والی خواتین کے لئے ایک گھر قائم کیا جس نے جسم فروشی

80. رہمادیا، عرب عورت: 8 صدی آزادی کی طرف ایک، 2019 صدی سے بھی زیادہ، درج ذیل لنک: https://bit.ly/2NWJeSj

چھوڑ کر ان میں سے کچھ کو اچھے پیشوں کی تعلیم دی اور دوسروں سے شادی کر لی[81]۔ 21 اخوان کے حقیقی ارادے اس وقت واضح ہو گئے جب، اس نے اپریل 1933 میں اسماعیلیہ میں، پہلی بہنوں کی تقسیم کے قیام کا اعلان کیا، اور گائڈنس آفس کے ایک مسلم سسٹرس گروپ کے قیام کے فیصلے میں، جو جنرل سنٹر کی پیروی کرے گا اور مصر میں تمام بہنوں کے کی نگرانی کرے گا۔ گروپوں[82]

اخوان المسلمون نے خواتین کے معاملے کو مکمل طور پر، عملی نقطہ نظر سے نمٹایا ہے کیونکہ یہ ان اہم وسائل میں سے ایک ہے جس کے ذریعے وہ اس گروہ کو پھیلانے اور معاشرے میں اس کے دخول میں مددگار ثابت ہو سکتی ہے۔ ظہور کے آغاز میں گروپ کے، ادب میں مختلف شعبوں میں خواتین کے حقوق پر واضح توجہ دی جارہی تھی، لیکن اس دلچسپی نے نہ صرف اس کے بعد واضح انداز میں انکار کر دیا، بلکہ اس گروپ نے عوامی شعبے میں اور خاص طور پر سیاسی حصے میں خواتین کے کام پر پابندیاں عائد کرنا شروع کر دیں۔ سے جیسا کہ حسن البنا کا خیال تھا کہ عوامی دائرے اور سیاسی میدان خواتین کے لئے موزوں جگہ نہیں ہے اور یہ اس کی نسواں الگ ہو جاتی ہے اور یہ کہ عورت کا انتخابات میں حصہ لینا حق نہیں ہے اور اس کی امیدواریت اسلام کے خلاف انقلاب ہے، کیونکہ انہوں نے یہ کہا کہ عوامی شعبے میں خواتین کی شمولیت ان کی نوعیت اور ساخت سے متصادم ہے[83]۔

دوسرا مسئلہ جس نے حسن البنا کی دلچسپی اور فکر پر قبضہ کیا اور اپنے گروہ کے قیام کی تیاری میں اس کو اچھی طرح سے استعمال کیا وہ تعلیم تھا۔ اس نے اکثر مصر میں تعلیم کے حالات کو بہتر بنانے پر زور دیا، جو مصر پر برطانوی قبضے کے تحت خراب ہوتا جا رہا تھا۔

81. حسینیہ حمزہ، خاتون اور اخوان المسلمون، نون پوسٹ فروری، 2016، کو درج ذیل لنک کے ذریعے: https://bit.ly/360ImCk۔

82. میں طارق أبو السعد، اس گروپ میں خواتین کے کردار کے بارے کیا حقیقت ہے اور مسلم سسٹرز سیکشن کا آغاز کیسے ہوا؟ کھدائی کی ویب سائٹ نومبر 2018، درج ذیل 14 لنک کے ذریعے: https://bit.ly/38mhY7C

83. حزیفہ حمزہ، سابقہ ماخذ

برطانوی قبضہ کرنے والے حکام نے دیگر شعبوں کی طرح تعلیم کے شعبے کو بھی کنٹرول کیا اور اسے اپنی سمت اور اس انداز سے آگے بڑھایا کہ ملکی معاملات کو سنبھالنے میں ان کے مفادات سے اتفاق کیا گیا کیونکہ انہیں معلوم تھا کہ ایک جاہل قوم کی رہنمائی ایک تعلیم یافتہ قوم کی رہنمائی کرنے سے سیکڑوں گنا زیادہ آسان ہے۔ انگریزی کا نفسیاتی جنون ہمیشہ رہا ہے کہ مصریوں میں، تعلیم پھیلانے سے طویل، عرصے میں، تعلیم یافتہ اور تعلیم یافتہ لوگوں کی ایک کلاس پیدا ہو سکتی ہے جس ایک دن قبضہ کرنے والے کے ملک کے حقوق کا احساس ہو سکتا ہے، جس میں سے سب سے پہلے انخال اور آزادی کے حصول کا حق ہے۔ اس طبقے نے، قوم کی طرف سے، اپنے مطالبات کی تردید کی، بلکہ مصری قوم کو قابض حکام کے ساتھ صریح تصادم کا باعث بنا[84]۔

لہذا، قبضہ کے حکام نے تعلیمی عمل کے نظم و نسق کے لئے غیر معمولی قواعد وضع کیے ہیں، جو قواعد ہیں جو دور دراز کے ایک تنگ اور خود غرضانہ نظریے کے تحت چلائے جاتے ہیں اور مصریوں کو صرف اس حد تک تعلیم دینے کے خیال تک ہی محدود ہیں جو ریاست کے انتظامی امور انجام دینے کے اہل مالزمین کی ایک طبقے کی تشکیل کی اجازت دیتا ہے۔ مصر کے برطانوی قونصل، لارڈ کرومر نے یہ واضح طور پر اعلان کیا جب انہوں نے اپنے ایک پیغام میں کہا کہ مصر میں تعلیم نظام کا مقصد ملک کے امور کی انتظامیہ میں حصہ لینے کے لئے ملازمین کی ایک جماعت تشکیل دینا ہے، اور اس نظام کے علاوہ اس مقصد کے علاوہ کسی اور مقصد کی توقع نہیں کی جارہی ہے[85]۔ اس سے صاف ظاہر ہوتا ہے کہ برطانوی قبضہ مالزمین کو چھوٹی ملازمتوں کے لئے تیار کرنے کی پالیسی سے، "کچھ لوگوں کے لئے تعلیم کے فلسفے میں ترجمہ کرنے یا حکومت کی ملازمت کی ضرورت کے مطابق کسی رقم کے ذریعہ، تعلیم کی ترجمانی کر رہا تھا نہ کہ لوگوں کی تعلیم کی ضرورت تعلیم کے اس محدود نظریے کے نتیجے میں انفرادی اور معاشرے دونوں کے لئے برے نتائج برآمد ہوئے ہیں، جن

84. مصری یونیورسٹی 100 سال مصری دن کی سیریز، شمارہ (30)، 2007، صفحہ 2

85. سابقہ ماخذ ص 23

میں اسکولوں سے فارغ التحصیل طلباء کی منفییت، سوچنے اور اختراع کرنے میں ان کی عدم اہلیت اور مکمل طور پر حفظ اور یادداشت کی یادداشت پر انحصار کرنا ہے۔ اس نے اسکول کے فارغ التحصیل افراد کو ایک سخت نوکری کے سانچے میں رکھا جس میں سرکاری تنخواہ اور ترقی اور بونس کا انتظار کرنا اس کی دلچسپی کا خاتمہ ہے اور اس کی خواہش اس کے کام میں ہے، جس سے اس کی ذاتی اور خاندانی زندگی منسلک ہے، جس نے مہم جوئی اور سیاسی کام سے دوری کی روح کو ہالک کر دیا ہے[86]۔

، مصر میں برطانوی قبضہ کرنے والے حکام نے مصریوں کی تعلیم کو محدود کرنے کے لئے ایک سے زیادہ سمتوں میں کام کیا ہے، اور اپنے مقصد کو حاصل کرنے کے ل انہوں نے ایک سے زیادہ طریقوں کا استعمال کیا، شاید ان میں سے سب سے زیادہ خطرناک، جیسا کہ انہوں نے واضح طور پر یا زبردستی سے، مصریوں میں مدارس کے، پھیلاؤ کا خیال نہیں رکھا جو مصر میں تعلیمی سیڑھی کے آغاز کی نمائندگی کرتا تھا۔ اس وقت، قابض حکام کی جانب سے ایک نقاب پہننے کی کوشش میں جو انہوں نے مصریوں کو دی تھی، وہ قوم کے بچوں کو تعلیم دالنے کے خواہاں تھے، اور ایک ایسے وقت میں جب قبضہ کرنے والے حکام بخوبی واقف تھے کہ اس قسم کی ابتدائی تعلیم مصری بچوں کے ثقافتی اور علم سے متعلق شعور اجاگر کرنے میں مؤثر کردار ادا نہیں کرتی ہے کیونکہ اس میں تعلیم حفظ قرآن اور اس کو پڑھنے، لکھنے اور ریاضی کے اصول پڑھانا۔ تک محدود ہے یہ، آخر میں، یہ ایک محدود ثقافت ہے جو طلبا کی صلاحیتوں کو کافی حد تک پالش نہیں کرتی ہے جو تعلیم کے دوسرے مراحل میں بھی جاری رکھنے میں مدد دیتی ہے، اور یہ خطرہ جدید سائنس میں ہے۔ انھیں لہذا، قبضے کے پہلے دور کی تعلیم کو نظرانداز کرنے، اس پر ترچھا لگانے اور اس کے لئے مختص بجٹ کو کم کرنے کی نشاندہی کی گئی[87]۔ قبضہ کرنے والے حکام کی پالیسیاں اس نکتے تک ہی محدود نہیں تھیں بلکہ ان میں متعدد خصوصیات کی: خصوصیات تھیں، جو یہ ہیں مصری انتظامیہ کو انگریزی بنانا، ملازمت کی تیاری تک تعلیم کے مقصد کو

86. سابقہ ماخذ ص24

87. سابقہ ماخذ ص24-26

محدود کرنااور انگریزی زبان میں مضامین کی تعلیم دے کر مصر میں انگریزی ثقافت کو عام کرنا[88]۔ اور قبضے کے مقاصد کے مطابق تعلیمی نصاب کا قیام برطانوی تسلط کے تحت تعلیم کے بارے میں اس ناکام پالیسی کا ثبوت یہ ہے کہ برطانوی قبضے کے چالیس سال گزرنے کے بعد، مصر میں ناخواندہ افراد کی شرح 92% مردوں اور 97% خواتین سے کم نہیں تھی[89]۔

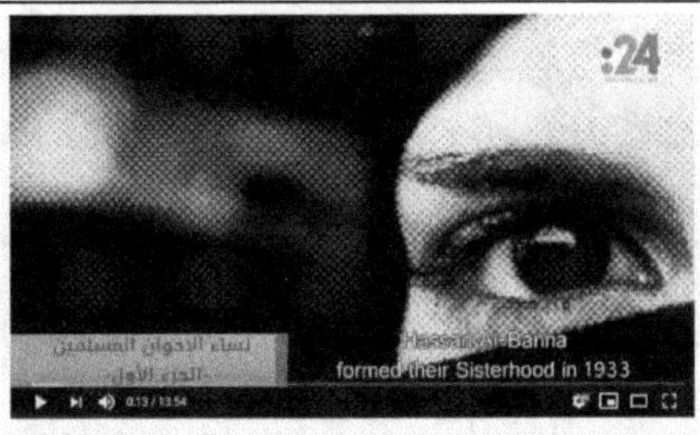	**اخوان المسلمون کی خواتین: ابتدائی بھرتی اور استحصال کے طریقے: ویڈیو کا عنوان:** **اس لنک پر:** https://www.youtube.com/watch?v=jSgrTMrWELY - "خواتین کی اخوان المسلمون" ایک دستاویزی سیریز ہے جو 24 نیوز ویب سائٹ کے زریعہ جاری کیا گیا ہے، جس میں پہلی مرتبہ اخوان المسلمون کی خواتین کی تنظیم کی مکمل کہانی پیش کی گئی ہے، اور اس خطے میں خواتین کے ایک سب سے خطرناک گروپ کے راز افشا کیے گئے ہیں۔ - اس سلسلے کا پہلا حصہ اس سلسلے میں ہے کہ اخوان المسلمون کے بانی، حسن البنا نے "بہنوں کا شعبہ" قائم کیا اور اسے اقتدار تک پہنچنے کے منصوبے میں استعمال کیا، اور اخوان المسلمین نے 1950 کی دہائی میں اس تنظیم کو کس طرح بچایا اور محمد مرسی کو 25 جنوری 2011 کے انقلاب کے بعد اقتدار میں لایا، اور اس نے کس طرح اٹھ کھڑے ہونے کی کوشش کی۔ تنظیم کے اندر فیصلہ سازی مراکز سے خارج ہونے کی وجہ سے۔ پھر اس کی آواز خاموش کر دی گئی۔

https://www.youtube.com/watch?v=jSgrTMrWELY	

88. برطانوی قبضے کی مدت کے دوران مصر میں تعلیم کی حقیقت کے بارے میں مزید ہم ملاحظہ، جاننے کے لئے کر سکتے ہیں: محمد ابوالاسد برطانوی قبضے کے تحت مصر میں دی پالیسی آف 1922-1882، ایجوکیشن (قاہرہ: تھیبس، 1993).

89. مصری یونیورسٹی، 100 سال سابقہ ماخذ ص ص 42-45

جہاں تک پرائمری سے لے کر اعلیٰ تک کے باقی تمام مراحل میں مصریوں کو تعلیم دالنے کی طرف برطانوی قبضہ کار حکام کی پالیسی کا معاملہ مختلف ہے۔ اس میں، میں نے دانستہ محدودہ طور پر مصریوں کو زیادہ سے زیادہ اور مختلف طریقوں سے محدود کردیا۔ تعلیم کے معاہدے کے لئے مختص بجٹ ہمیشہ انتہائی محدود تھا اور اس اہم سہولت کی اہمیت اور اس کے ملک کے ڈھانچے کو ترقی دینے اس کے بااثر کردار کے موافق نہیں تھا[90]۔

میں اور مصریوں میں اعلی تعلیم کے پھیلاؤ اور ان کی تعلیم کو محض مالزمین کی ایک کلاس پیدا کرنے کا ذریعہ بنانے کی کوشش کے خیال کے خلاف برطانوی قبضہ کرنے والے حکام کی لڑائی کی تعداد، لہذا یونیورسٹی کے قیام کا خیال ایک اعلی تعلیمی ادارے کے طور پر پیدا ہوا تھا۔ مصری اور عرب مصنفین اور مفکرین کے ایک گروپ نے اخبارات کے صفحات پر اس کی پیدائش اور فروغ میں تعاون کیا، لہذا تدریسی شیشوں کے نمائندے جیکب آرٹین اور مصنف جارجی زیڈن تھے، جنھوں نے اپنے خیال میں ابتداء میں اس خیال کی وکالت کی۔ اس خیال سے قائد مصطفی کمیل کے ہاتھوں جوش وجذبے میں اضافہ ہوا، جنھوں نے قوم کو ایک ایسے کالج یونیورسٹی کے قیام کی دعوت دینے کا نظریہ اپنایا جو غریبوں اور امیروں کے بچوں کو یکساں بنائے۔ یہ خیال عوامی معاونت پر مبنی جب یہ عمل میں آیا، لہذا شہزادوں، وزراء اور قائدین نے اس جدوجہد اور اصلاحات کا بینر اٹھانے والے قوم کے لئے جدید تعلیم کی فراہمی کی طرف ایک اہم قدم کے طور پر اجاگر کرنے میں اپنا حصہ ڈالنے میں ح لیا[91]۔

اور اخوان المسلمون کے بانی، حسن البنا نے دوسرے گروپوں، خواتین، کارکنوں کے حقوق، اور طبقاتی عدم مساوات کا فائدہ اٹھاتے ہوئے اپنے گروپ کو تعلیم میں بھی ایک اہم موقع کے طور پر فروغ دیا۔ انہوں نے برطانوی قبضے کے تحت مصر میں تعلیم کے خراب ہونے والے حالات کا فائدہ اٹھاتے ہوئے اس مسئلے کے

---

90. سابقہ ماخذ ص25

91. ایک ہی ماخذ ص32

بارے میں گروپ کے نقطہ نظر کو پیش کیا تاکہ اس کا تعلق تعلیمی نظام میں اصلاحات اور تمام سطح پر درپیش مسائل کو جامع حل فراہم کرنے سے ہے۔

البنا نے اپنے ساتھی اساتذہ کو تعلیمی اصلاحات کے معاملے پر راضی کرنے کی کوشش کی، اور اس نے دینی تعلیم میں اصلاحات کا مطالبہ کرتے ہوئے در حقیقت وزیر تعلیم کو ایک میمورنڈم پیش کیا۔ یہ ہی نہیں، البنا نے بھی غیر ملکی زبان کی تعلیم میں مبالغہ آرائی کا مقابلہ کرنے کی کوشش کی تاکہ قابضین کو مسلمانوں کی مذہبی شناخت کو تحلیل کیا جاسکے۔ جیسا کہ وہ اس تناظر میں کہتے ہیں": غیر ملکی زبانیں سیکھنا تعلیم کا ایک جاندار عنصر ہے، خاص طور پر ہمارے حالات اور ہمیں اپنی بیداری میں جو کام کرنا چاہئے اس میں غیر ملکی ثقافت کے چشموں سے اپنی طرف متوجہ کرنے کی ضرورت بہت زیادہ سخت ہے۔ یہ سب خود ہی واضح ہے، اور کوئی دو اختلاف نہیں ہے لیکن جو چیز ہمیں عجیب و غریب نظر آتی ہے وہ یہ ہے کہ ہم بنیادی تعلیم تک، زبان کی تعلیم دینے میں ان کی تعلیم حاصل کرتے ہیں اور انھیں مصر کے نصاب تعلیم کی بنیادی حیثیت دیتے ہیں۔ اور جو بھی قوم غیر ملکی زبان سیکھنے کی ضرورت کو محسوس کرتی ہے اس نے اس مبالغہ کو بڑھا چڑھا کر پیش نہیں کیا، یا اعلی تعلیم یافتہ ممالک میں جہاں سے وزارت تعلیم اپنے بہت سارے نظاموں کی اطلاع دیتی ہے، وہ ثانوی تعلیم کے اچھے مرحلے کے بعد غیر ملکی زبان سیکھنا شروع نہیں کرتی ہیں۔ میرا مطلب ہے، تعلیم کے مراحل کی چھٹی یا ساتویں ڈویژنوں میں، اور ماہرین تعلیم، ان کے احکام غیر ملکی زبان کے سیکھنے کو بعد کے زمانے میں اور ایک بڑے مرحلے کے بعد دیر کرنے کی ضرورت کے بارے میں کثرت سے رہے ہیں، لیکن ہماری وزارت نے اس کو یا اس کو قبول نہیں کیا اور یہ اس حد تک غیر ملکی عظمت کے منصوبے پر چل رہا ہے جس سے سب سے زیادہ خراب اثرات مرتب ہوتے ہیں۔ 7 زبان[92]

92. اخوان المسلمون کی ویکی پیڈیا سائٹ، تعلیم کو اصالح اور ترقی دی نے میں امام البنا کی کاوشوں کو درج ذیل لنک کے ذریعہ: https://b it.ly/2TzrSOK

حسن البنا کو ایک ایسے ٹول کی حیثیت سے تعلیم کی اہمیت کا ادراک ہوا جو اخوان المسلمون کے پھیلاؤ اور معاشرے میں ایک اصالح پسند گروہ کی حیثیت سے اس کی قبولیت کو بڑھانے میں معاون ثابت ہو سکتے ہیں، اور اس کے لئے وہ مزدوروں، کسانوں اور دیگر افراد کی تعلیم کے لئے خواندگی کی تعلیم کے قیام کے خواہاں تھے۔ اس مقصد کے لئے انہوں نے بہت سارے اسکول بھی قائم کیے، اور پہال اسکول اسماعیلیہ میں التحدیب اسکول تھا، اور پھر نای اسکول بہت سے لوگوں میں بالغوں کو پڑھانے کے لئے قائم کیے گئے، جیسے ابو سوائر میں نائٹ اسکول[93]۔

تعلیم ان ستونوں میں سے ایک تھی جس پر اس گروپ کے بانی، حسن البنا، نہ صرف مصری معاشرے، بلکہ عرب ممالک میں بھی داخل ہونے پر انحصار کرتے تھے۔ مطالعات سے پتہ چلتا ہے کہ البنا کے سعودی عرب کے ساتھ پرانے رابطے تھے، مثال کے طور پر، اخوان المسلمون کے ظہور سے پہلے ہی، جہاں اس کے سامنے خصوصی طور پر تعلیم کے شعبے میں کام کرنے کے لئے رابطے کیے گئے تھے۔ لیکن وہ ایسا کرنے کے قابل نہیں تھا، اور وہاں کے تعلیمی و تعلیمی میدان میں دراندازی کر کے سعودی عرب میں سرمایہ کاری کرنے کی یہ پہلی کوشش ہے، کیوں کہ اسے خلافت اسلامیہ کے مرکز کے طور پر دیکھا جاتا تھا[94]۔

6-1-2 مصری معاشرے میں مشنری تحریکوں کا ظہور۔

، برطانیہ کے قبضے کے دوران مصر میں کچھ مشنری تحریکوں کے ظہور کا مشاہدہ ہوا جس نے نوجوانوں کو ان کے اعتقادات پر سوال کرنے کے لئے نشانہ بنایا۔ ، جون 1910 میں عیسائی، مشنریوں کے لئے پہلی حقیقی بین الاقوامی کانفرنس مصر میں ہوئی، کیونکہ اس وقت مصر کو عرب اور اسلامی مشنری تحریکوں کی کامیابی کی جانچ کے لئے عملی میدان کے طور پر دیکھا جاتا تھا۔ ممالک میں مش سے پہلے کہ چیف مشنری، ریورنڈ

93. سابقہ ماخذ ص25

94. یوسف الدینی، اخوان المسلمون اور عالمتی اتھارٹی کا قیام، سعودی عرب میں، تعلیم کے حق کو ضائع کرنا دبئی: ال میسبر سنٹر برائے (مطالعہ و تحقیق 2018) ص ص-18 12

سموئیل زیمر نے اس کانفرنس کے سامنے یہ کہتے ہوئے کہا": اُس مسلمانوں کے دلوں میں عیسائیت قائم کریں، ہمیں ان کے دلوں میں، اسلام کو شکست دینا ہوگی 67 یہاں تک کہ اگروہ غیر مسلم ہو جاتے ہیں، تو ہمارے لئے اور ہمارے بعد آنے والوں کے لئے یہ آسان ہے کہ وہ اپنی روحوں میں یا ان کے ذریعہ پرورش پانے والوں کی روحوں میں عیسائیت بنائیں.

مسمار کرنے کا عمل ہر موضوع میں تعمیراتی عمل سے زیادہ آسان ہے سوائے ہمارے عنوان کے۔ کیوں کہ ایک مسلمان کی روح میں اسلام کو ختم کرنے کا مطلب یہ ہے کہ عام طور پر مذہب کو ختم کیا جائے اور یہ اس کی خلاف ورزی ہے کو ہم کہتے ہیں۔ کیونکہ یہ الحاد کا منصوبہ ہے اور تمام مذاہب کا انکار ہے، لیکن اس راستہ کے سوا مسلمانوں کو اسلام سے نجات دالنے کا کوئی راستہ نہیں ہے[95]۔

بیسویں صدی کے پہلے تیسرے کے دوران مصر میں مشنری تحریکوں کا ظہور اخوان المسلمون کے ظہور کے پیچھے ایک وجہ تھی، کیونکہ اس گروپ کے بانی، حسن البنا نے اس معاملے کا فائدہ اٹھایا اور ان مشنری تحریکوں کا مقابلہ کرنے کے لئے آگے بڑھا۔ اس نے اور اس کے دوست احمد افندی السکری نے حسد یہ چیریٹیبل سوسائٹی محمودیہ میں اصلاحی انجمن کی بنیاد رکھی اور السکری کو اس کا صدر منتخب کیا گیا اور حسن البنا اس کا سکریٹری منتخب ہوا. اس انجمن نے دو اہم شعبوں میں اپنا کام انجام دیا، پہال میدان: اچھے اخلاق کی طرف پکارنا اور شراب، جوا اور بد عنوانی کے مرتکب ہونے جیسے وسیع پیانے پر برائیوں اور ممنوعات کا مقابلہ کرنا۔ اور دوسرا فیلڈ: انجیلی بشارت مشنری مشن کے خلاف مزاحمت، جو محمودیہ پر اترا اور وہیں بس گیا، اور ڈاکٹر کی آڑ میں اور کڑھائی کی تعلیم کے تحت عیسائیت کی تبلیغ کرنا شروع کر دی۔ حسن البنا نے بھی مسلم یوتھ

95. ڈاکٹر خالد محمد نعیم مصر میں غیر ملکی کرسچن مشنریوں کی تاریخی جڑیں (1756-1986)، (قاہرہ: المختار الاسلامی برائے اشاعت و تقسیم، 1988،) پہال ایڈیشن، ص 185.

ایسوسی ایشن کے مذہب کو مذہب سے ہٹانے کے خلاف مزاحمت کے لئے بانی میں حصہ لیا، اور رسالہ (الفات)، اپنا کردار ادا کیا جس نے اس مشنری سمت کا مقابلہ کرنے کے لئے خود ہی کام لیا[96]۔

کے قیام میں حسن البنا کا کردار وہیں ختم نہیں ہوا تھا، لیکن انہوں نے اخوان المسلمون کے ظہور کے بعد اس کی ایک مثبت شبیہہ کھینچنے کے لئے انجیلی بشارت کی وجہ کا استعمال کیا، کیوں کہ یہ خود کو مذہب اسلامیہ کے تحفظ کے ل لے جاتا ہے۔ اور وہ ان مشنری تحریکوں کا مقابلہ کرنے کی مہم کی قیادت کر رہی ہے، خاص طور پر ان اسکولوں میں جو برطانوی قبضے کے تحت تھے، خاص طور پر غی رملکی برادریوں کے اسکول، جن میں سے کچھ مشنری مذہبی مشنریوں سے وابستہ تھے۔ اسکولوں کے لئے مشنری تحریکوں کا انتخاب بنیادی طور پر نوجوان طلباء پر اثر ورسوخ میں آسانی کی وجہ سے تھا، کیونکہ ان کے بارے میں شعور اجاگر کرنا آسان ہے جیسا کہ ان اسکولوں اور داخلی محکموں میں تھا۔ یعنی، اسکول کے دن کے اختتام کے بعد، اسکول اسے داخلی رہائش فراہم کرتا ہے جس میں وہ سو سکتا ہے اور اسے کھانا اور آرام مہیا کرتا ہے، اس کے علاوہ یہ مسلم طلباء پر عیسائی مذہب کی تعلیم کو مسلط کرتا ہے جو عیسائی نماز میں شریک ہوتے ہیں اور اس کی رسومات کو حاصل کرتے ہیں [97]۔

2-2 بین الاقوامی مختلف حالتیں۔

اخوان المسلمون کے ظہور کی وضاحت بیسویں صدی کے پہلے تیسرے دوران ہونے والی عالقائی اور بین الاقوامی پیشرفتوں سے الگ تھلگ نہیں ہو سکتی ہے، جن میں سے سب سے اہم بات یہ ہیں:

---

96. بیسویں صدی کے آغاز میں ہی اخوان المسلمون اور انجیلی بشارت کے خلاف اس کی لڑائی۔ 82 اخوان المسلمون کی ویکیپیڈیا ویب سائٹ، بغیر تاریخ کے مندرجہ ذیل لنک کے ذریعے: https://bit.ly/2ul2DoP۔

97. ، ڈاکٹر عبدو مصطفی دیسوکی، اخوان اور تعلیم اصلاحات... اخوان المسلمون کی ویکیپیڈیا ویب سائٹ، غیر ملکی اسکولوں میں انجیلی بشارت کا مقابلہ کرنا۔ بغیر درج ذیل لنک کے ذریعے: https://bit.ly/2NHsQ7Q

1-2-2 پہلی جنگ عظیم

میں پہلی عالمی جنگ 1914 کے آغاز کے ساتھ ہی، برطانیہ نے عربوں سے وعدہ کیا تھا کہ وہ اس شرط پر عثمانی سلطنت سے آزادی حاصل کرنے میں مدد کریں گے کہ وہ جرمنی کی طرف سے جنگ میں داخل ہونے والے عثمانیوں کے خلاف اس کی طرف جنگ داخل ہوں گے۔ میں یہ وعدے مصر میں برطانوی ہائی کمشنر ہنری میک میمن اور مکہ میں حسین بن علی شریف کے مابین 1915 سے کے درمیان خطوط کے 1916 تبادلے میں مجسم تھے۔ جس کے تحت برطانیہ عثمانیوں سے لڑنے میں مدد کے بدلے پہلی عالمی جنگ کے بعد عرب کی آزادی کو تسلیم کرنے پر راضی ہوا، اور عربوں نے اس کو اپنا باضابطہ معاہدہ سمجھا، لیکن حقیقت میں یہ سرکاری نقشوں سے دستاویزات یا کمک لگانے سے خالی تھا[98]۔

سلطنت عثمانیہ پر برطانوی افواج کی فتح کے بعد، فرانس اور برطان یہ نے 1916 میں معاہدے (سائکس پکوٹ) کے مطابق عرب خطے کو کنٹرول کے علاقوں میں تقسیم کرنے پر اتفاق کیا تھا۔ جس نے خفیہ سفارت کاری کے ذریعہ یورپی نوآبادیاتی مفادات کے مطابق مشرق وسطی کے خطے کو نئی شکل دی ہے، اس سے پہلے وہ عربوں سے کیے گئے سیاسی وعدوں کو نظر انداز کر رہی تھی[99]۔ جس کی وجہ سے خطے میں قومی اور قومی دراڑیں پھوٹ پڑ گئیں اور بعد میں اپنے حال اور مستقبل کی طرف متوجہ ہوئے اور بہت سارے عصری مسائل پیدا کر دیئے۔

98. میک میمون حسین کے خط وکتابت سے متعلق مزید: دیکھیں معلومات کے ل پہلی عالمی جنگ اور اس کے سیاسی حالات اور عرب دنیا کے ٹکڑے ٹکڑے ہونے کے بدلتے ہوئے اثرات http://fsh.altervista.org/ Cap03.pdf

99. سائکس پیکو مانتھر معاہدے تک پہنچنے کے شرائط سے متعلق مذید تفصیلات کے لئے یکھو :

Skyes-Picot Agreement 1916, https://www.britannica.com/event/Sykes-Picot-Agreement

ویڈیو کا عنوان:
ہٹلر، یروشلم کا مفتی اور جدید اسلامو ناززم (انگریزی میں ذیلی عنوان)
اس لنک پر:
https://www.youtubecom/watch?v=d51poygEXY
U

دوسری جنگ عظیم کے دوران، حسن البنا نے یروشلم کے مفتی سے رابطہ کیا، اس وقت اخوان المسلمین محمد امین الحسینی نے ہٹلر کے ساتھ رابطہ کیا اور اپنے گروہ کی مالی مدد حاصل کی۔

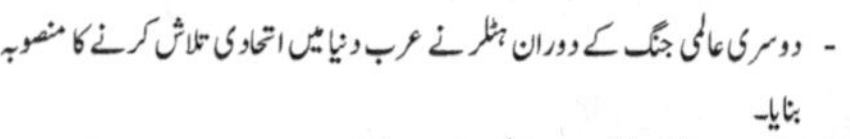

- دوسری عالمی جنگ کے دوران ہٹلر نے عرب دنیا میں اتحادی تلاش کرنے کا منصوبہ بنایا۔
- ہٹلر نے یروشلم کا عظیم الشان مفتیسے ملاقات کی۔
- ہٹلر اور گرانڈ مفتی دونوں کا یہودی ایک ہی دشمن ہے۔
- ہٹلر اور یروشلم کے عظیم الشان مفتی کے مابین کئی سالوں سے تعاون رہا ہے
- عظیم الشان مفتی نے سوستیکا کے تحت ایک مقدس جنگ کا مطالبہ کیا ہے، اور انہوں نے بوسنیا کے ایس ایس ڈویژن کو "ہینڈزار" کے نام سے سبکدوش کیا۔
- 1943 گرینڈ مفتی نے زاگریب، سراجیوو کا دورہ کیا

Hitler, The Mufti Of Jerusalem And Modern Islamo Nazism

https://www.youtubecom/watch?v=d51poygEXYU

میں پہلی جنگ عظیم کے نتائج عثمانی عرب ریاست کی وراثت کو کئی ممالک تقسیم کرنے کا باعث بنے، اس کو برطانوی اور فرانسیسی مینڈیٹ کے ماتحت کر دیا اور کسی مخصوص مقام پر قانونی کنٹرول کو کسی شکست خوردہ اختیار سے فتح یاب میں منتقل کرنے کی اجازت دی۔ چونکہ عثمانی ریاست کو جنگ کے غنڈوں کے طور پر دیکھا جاتا تھا جسے فتح کرنے والوں[100] میں بانٹنا چاہئے، لہذا اس سے عرب اشرافیہ کی روحوں میں تلخی پیدا ہو گئی جو آزادی اور آزادی کے منتظر تھے۔ تاکہ قومی احساس اور عرب تشخص کے دعوے میں اضافہ قوم کے اتحاد کو

---

100. دیکھو:

Nele Matz, Civilization and the Mandate System under the League of Nations os Origin of Trusteeship, https://bhit.ly/2WMjlKG, p.52.

آگے بڑھائے۔ چونکہ عثمانی ریاست کی وراثت کو جنگ کے غنیمت کے طور پر دیکھا جاتا تھا جسے الزمی طور پر شیطانوں کے مابین بانٹنا پڑتا ہے، جس نے عرب اشرافیہ کے دلوں میں تلخی پیدا کردی جو آزادی اور آزادی کو قومی احساس سمجھنے کے خواہاں تھے اور عرب اتحاد کے دعویدار ملک کے اتحاد کے انجن کی حیثیت سے اس میں اضافہ ہوا۔ ان شرائط کی روشنی میں بالفور اعالمیہ 2 نومبر 1917 کو جاری کیا گیا، جس میں برطانیہ نے پہلی عالمی جنگ کے دوران فلسطین میں یہودیوں کے لئے قومی گھر کے قیام کی حمایت کرنے کا وعدہ کیا تھا۔ یہ وعدہ فلسطین سے متعلق لیگ آف نیشنس کی جانب سے برطان یہ کے مینڈیٹ کے آلے میں شامل کیا گیا تھا، تاکہ بین الاقوامی قانون اس کی ضمانت دے اور باآلخر 1948 میں اسرائیل کے قیام کے ساتھ اس پر عمل درآمد ہو گا[101]۔ پہلی جنگ عظیم کے ساتھ ہونے والی پیشرفت اور بات چیت نے حسن البنا کے لئے اپنی فکری اور قائدانہ سلاحیتوں کو ظاہر کرنے کا ایک بہترین موقع تشکیل دیا۔ تھا جب یہ سچ ہے کہ وہ اس وقت چھوٹی عمر میں ہی تک کہ جنگ سے پیدا ہونے والے تنازعات پر عمل پیرا ہونے میں اس نے دلچسپی ظاہر نہیں کی، خاص طور پر بالفور اعالمیہ کے اجراء کے بعد فلسطینی عوام کے حقوق کے حوالے سے۔ بیسویں کی دہائی کے اوائل میں، البنا ابھی بھی دارالعلوم کے کالج میں زیر تعلیم تھا لیکن اس نے اپنے رسالہ (الفتح) میں ایک مضمون شائع کیا، جسے شیخ محب الدین ال خطیب نے شائع کیا تھا جس میں اس نے فلسطین کو صہیونی خطرے کی نشاندہی کی تھی۔ میں سے جس سال میں اس نے قاہرہ دارالعلوم کی فیکلٹی گریجویشن کی تھی، اور اخوان المسلمون کے قیام سے ایک سال قبل، اس نے یروشلم کے مفتی، حج امین الحسینی کو ایک خط بھیجا تھا، جس میں اس کی حمایت اور جہاد کی حمایت کرنے کی خواہش کا اظہار کیا گیا تھا[102]۔

101. مالحظہ کریں: ولید خالدی فلسطین اور فلسطین کے مطالعے کی ایک صدی پہلی جنگ عظیم اور بالفور کے اعالمیہ کے بعد فلسطین کے، مطالعے کا جریدہ، بیروت فلسطین کے مطالعے کی فاؤنڈیشن، شمارہ 99، سمر 2014، ص. 7.

102. البنا فلسطین برائے نظری اخوان المسلمون کی ویب، سائٹ، 13 فروری، 2008 کو درج ذیل لنک کے ذریعے: https://bit.ly/2TzYoAx۔

 Nazi Collaborators - The Grand Mufti Amin al-Husseini	**ویڈیو کا عنوان:** **نازی تعاون کرنے والے۔ عظیم مفتی امین الحسینی** **اس لنک پر:** https://www.youtubecom/watch?v=WghgmG4sn_A - محمد امین الحسینی (1897-4 جولائی 1974)لازمی فلسطین میں ایک فلسطینی عرب قوم پرست اور مسلمان رہنما تھے - دوسری جنگ عظیم کے دوران، اس نے اٹلی اور جرمنی دونوں کے ساتھ باہمی تعاون کے ساتھ ریڈیو کی نشریات نشر کیں اور نازیوں نے بوسنی مسلمانوں کو وافین۔ایس ایس کے لئے بھرتی کرنے میں مدد کی (اس بنیاد پر کہ انہوں نے چار اصول بانٹ دیئے ہیں: کنبہ، نظم، قائد اور ایمان)۔ - ایڈولف ہٹلر سے ملاقات کرتے ہوئے انہوں نے یہودی قومی گھر کے فلسطین میں قیام کی مخالفت کرنے میں عربوں کی آزادی اور حمایت کرنے کی درخواست کی۔ جنگ کے اختتام پر وہ فرانسیسی تحفظ میں آگیا، اور پھر جنگی جرائم کے مقدمہ چلانے سے بچنے کے لئے قاہرہ میں پناہ مانگ لی۔ - اسلامی بنیاد پرستی میں انتہا پسندی کے خلاف انتہا پسندی کو متعارف کرانے میں ان کے کردار کے لئے الحسینی میراث سیاسیات کے جدید علمائے کرام کی دلچسپی ہے۔

https://www.youtubecom/watch?v=WghgmG4sn_A	

تاہم، اخوان المسلمون شو کے بہت سارے رہنماؤں کی شہادتوں کے طور پر، البنا نے شروع میں فلسطینی مسئلے کو اپنے گروپ کی تشہیر اور عرب اور اسلامی امور کے حوالے سے اس کا مثبت امیج پیش کرنے کے لئے استعمال کیا۔ درحقیقت، بعد کے ایک مرحلے پر، فلسطین اس گروپ کے منصوبے کا مرکز تھا جو عرب ممالک میں پھیل گیا تھا، اور میں البنا کا ارادہ مصر 1935 سے باہر اخوان کی کال کو پھیلانا تھا، اور یہ اخوان کی تیسری مشاورتی کانفرنس کا فیصلہ تھا، کیونکہ فلسطین اس مشن کو نافذ کرنے واال پہاال امیدوار ملک تھا۔ اس گروپ

کے دونوں رہنماؤں عبدالرحمن الشاتی اور محمد اسد الحکیم نے اسی سال گروپ کے اصولوں اور اہداف کو فروغ دینے کے لئے فلسطین کا دورہ کیا، در حقیقت اخوان کی پہلی شاخ غزہ میں قائم ہوئی تھی، جس کی سربراہی حج ظفر الشعوہ نے کی تھی۔ اس کے بعد جعفہ شاخ کا قیام ظفر دجانی کی سربراہی میں ہوا۔ یروشلم کی شاخ کا تعلق ،میں قائم کیا گیا تھا 1945 اور جب تک وہ فلسطین کے علاقوں میں بیس شاخوں سے تجاوز نہیں کرتا تب تک اس کی شاخیں قائم ہوتی رہتی ہیں[103]۔

2-2-2 خلافت عثمانیہ کا خاتمہ 1924

مصطفی کمال 1924 اتاترک نے خلافت اسلامیہ کا خاتمہ کیا اور سیکولر قومی بنیادوں پر مبنی ترکی میں ایک نیا نظام حکومت کے قیام کا اعلان کیا۔ کمال اتاترک کی سربراہی میں ترکی کی نئی حکومت نے قرآن پاک کو ترک زبان میں تبدیل کرنے اور عرب ی کی بجائے اس میں پڑھنے کا فیصلہ کیا[104]۔ اس سے عرب اور اسلامی دنیا میں ایک زبردست صدمہ ہوا ہے، اس لئے نہیں کہ یہ تنازعہ عالمتی طور پر۔ صرف۔ دانشورانہ اور سیاسی سطح پر مسلمانوں کے لئے ایک عظیم حوالہ تھا، بلکہ اس لئے کہ یہ زوال جدیدیت اور بیگانگی کی دھاروں کے ابھرے ہوئے کے ساتھ موافق ہے جو مغربی تہذیب کے لئے کشادہ کشائی کا مطالبہ کرتا ہے اور اس کے ساتھ ہی تجدید و ترقی میں اس کے تجربے سے فائدہ اٹھاتا ہے.

103. حسن البنا، تشہیر کے نوٹس اور ایڈوکیٹ (قاہرہ: الظسرہ برائے عرب میڈیا، 1990) ص ص 198-199

104. ابراہیم البیومی غانم، سابقہ ماخذ ص ص 43-44

<table dir="rtl">
<tr>
<td></td>
<td>ویڈیو کا عنوان: اخوان المسلمون کا خروج اور خفیہ تنظیم کا آغاز۔
اس لنک پر:
https://www.youtube.com/watch?v=WpV6tqM_Ka0
- آغاز کے بعد سے اخوان المسلمون کا مقصد مذہبی احاطہ کے ساتھ اقتدار حاصل کرنا ہے۔
- ان کے نظریہ کی خصوصیات دوسروں کے خلاف عدم رواداری اور کفارہ اور اسلامی قانون کی پاسداری کے ذریعہ جدیدیت یا مغربی سازی کے خیال کا مقابلہ کرنے میں تھی۔
- اخوان المسلمون کی پانچویں کانفرنس کے دوران، سپریم لیڈر نے اخوان کے تشدد اور قتل کے استعمال کا اعلان کیا۔
- خفیہ تنظیم خصوصی کام انجام دے رہی تھی جسے اخوان المسلمون عوامی طور پر اختیار نہیں کر سکتی (جیسے تربیت، مسلح اقدام، اخوان اور فلسطین جنگ کے مخالف لوگوں کو نشانہ بنانا)۔
- شاہ فاروق کے دور میں اخوان کی قیادت کے خلاف گرفتاریوں کی مہم کے بعد، اخوان نے سعودی عرب کا سفر کیا، پھر 1951 میں دوبارہ کام کرنے کے لئے مصر واپس آیا۔</td>
</tr>
<tr>
<td colspan="2"></td>
</tr>
<tr>
<td colspan="2">https://www.youtube.com/watch?v=WpV6tqM_Ka0</td>
</tr>
</table>

خلافت عثمانیہ کے خاتمے نے مذہب اور ریاست کے درمیان اور پرانے اور نئے کے مابین تعلقات کی نوعیت پر سوالات اٹھائے اور عرب اور اسلامی ممالک میں مفکرین اور دانشوروں کے درمیان بے مثال فکری اور سیاسی تنازعات اور پھوٹ پڑ گئی۔ جس یہ سب سے اہم عنصر نے نہ صرف اخوان المسلمون کے ظہور میں اہم کردار ادا کیا، بلکہ بہت سے سرکاری مذہبی اداروں اور سیاسی اہداف کے حامل مذہبی گروہوں نے اس مسئلے کے مضمرات پر تبادلہ خیال کرنے کے لئے ان کے مابین جمع ہوئے۔ مارچ 1924 کو، الازہر 6 کے علمائے کرام نے ایک بیان جاری کیا، جس کے عنوان سے خلیفہ کا خاتمہ غیر قانونی" ہے، "سولہ علمائے کرام نے دستخط کیے۔ یہ 4 دن کے ساتھ خلافت عثمانیہ کی منسوخی کے نتیجے میں جس میں انہوں نے اعلان کیا تھا: خلیفہ

عبد الحمید "کو ہٹانے کی" غیر قانونی، جس کے لئے یہ فروخت تمام مسلمانوں نے کیا تھا۔ کیونکہ اس کی برطرفی چند گروہوں نے جاری کی تھی اور اسی کے ساتھ ہی انہوں نے اس عظیم معاملے پر تبادلہ خیال کرنے کے لئے جلد سے جلد ایک کانفرنس کاانعقاد کرنے کا مطالبہ کیا، اور انہوں نے مسلمانوں کو انتباہ کیا کہ تاخیر سے کام نہ لیں اور یہ اختلاف اسلام کو کمزور اور کمزور کر دیں گے، اور اس کانفرنس کے انعقاد کے مطالبات کل تک متعدد ہو گئے اور قوم کے مطالبے کو بڑھادیا گیا[105]۔ بلکہ، بہت ساری آوازیں ابھر کر سامنے آئی ہیں، یہاں تک کہ نئے فریم ورک کے ذریعے بھی، دوسری اسلامی خلافت کی بحالی کی اہمی ت کی تصدیق کی گئی ہے۔ ان داراوں میں سے اخوان المسلمون بھی ہے، جس نے اسلامی خلافت کے جائز نمونہ کی بحالی کے لئے ایک نیا اسلامی عالمی نظریہ بنانے کی ضرورت پر زور دیا ہے[106]۔

شاید اس سے اس گروپ کے بانی، حسن البنا کی ابتداء ہی سے اپنے پہلے خطوط کے بعد سے، اپنے خیال کی عالمیت کی تصدیق کرنے کی خواہش کی وضاحت ہوتی ہے، جس کا عنوان تھا جس کو بھی ہم لوگ کہتے ہیں، جہاں وہ کہتے ہیں: وہ کہتے ہیں": أخوان المسلمون اسلامی ممالک کی طرف سے قطرہ قطع نظر اس بالنے میں بالکل بھی مہارت حاصل نہیں کرتی ہے، لیکن وہ اس کو ایک ایسی چیخ بھیج دیتے ہیں جو ہر ملک قائدین و قائدین کے کانوں تک پہنچتا ہے کہ وہ اپنے بچوں کی دین اسلام کی میں مذمت کرتے ہیں۔ اور انہیں اس موقع سے فائدہ اٹھانا ہے جس میں اسلامی ممالک متحد ہو کر ترقی ترقی اور شہریائی کی مضبوط بنیادوں پر اپنا مستقبل استوار

105. دلیب ہیرو، جدید دور میں اسلامک بنیادی اصول، جس کا ترجمہ عبدالحمید فہمی الجمال، (جنرل مصری کتاب اتھارٹی، قاہرہ)، تاریخ مصر کی سیریز، نمبر(107)1997، ص 118.

106. عبدالرحیم علي، أخوان المسلمین سے حسن البنا: سے مہدی عقف تک،) قاہرہ، المحروسہ مرکز برائے اشاعت پریس سروسز اور معلومات پہال ایڈیشن، (2007) ص ص 21-20

کرنے کی کوشش کریں گے۔ یہ وژن اخوان المسلمون کے بنیادی قانون کے پہلے قانون میں بھی مجسم تھا، جس نے اخوان کے مطالبے کی عالمگیریت کی تصدیق کی تھی[107]۔

اس لنک پر:
https://www.youtube.com/watch?v=M3gRpZQa7_g

- حسن البنا کے نقطہ نظر سے اخوان المسلمون کی تشکیل کا مقصد ابتداہی سے تھا، یہ واضح تھا کہ وہ (انقلاب) کے نظریہ کے خلاف تھے، اس کو دیمگو گیری اور دیماگوئری کے طور پر بیان کرتے ہیں، اور انہوں نے کہا: یہ اس کے طریقہ کار، اس کے خیال یا اس کے انداز سے نہیں ہے، ب لکہ وہ متعدد مواقع پر موجودہ حکومتوں کو متنبہ کرتے تھے، اگر صورتحال طے نہیں ہوتی ہے تو، ایسا انقلاب اٹھانا ممکن ہے جو باقی نہ رہے یا پیش گوئی نہ کی جائے۔
- حسن البنا نے بتایا کہ اس خیال پر عمل درآمد مرحلہ میں ہوتا ہے، جو یہ ہیں: ۱۔ تعریف، ۲۔ تربیت، ۳۔ عمل درآمد
- نجی یا خفیہ تنظیم کے قیام کا خیال برطانوی نوآبادیاتی اور فلسطین مسئلہ کی موجودگی سے شروع ہوا۔
- اس گروہ کے مقاصد بعد میں ایک مسلم حکومت کی تشکیل کے لئے تیار ہوئے، اور یہ معاملہ اس پر ختم نہیں ہوا، بلکہ کوشش کی گئی کی نبوت کے طریقہ کار (صحیح رہنمائی خلافت) پر اسلامی خلافت قائم کرنے کی کوشش کی جائے، اور پھر عالم اسلام کو عالمی سطح پر ظاہر کرنے اور اس کی حقیقی تعلیمات کو پوری دنیا تک پہنچانے کے معنی میں اعلی مقصد (دنیا کی مہارت) حاصل ہو۔

https://www.youtube.com/watch?v=M3gRpZQa7_g.

107. اس پہلو کے بارے میں مزید آپ، تفصیلات کے لئے ملاحظہ کر سکتے ہیں: امین، عبد العزیز کے ذریعہ جماعت خوان المسلمون کی تاریخ سے مقالہ: اخوان المسلمون اور مصری و بین الاقوامی سوسائٹی کی مدت میں سے 1938 تک، (دار 1928، التوزیہ اور اسلامی اشاعت قاہرہ، 2003،) حصہ تین۔

اخوان المسلمون کے قیام کے لئے پانچویں کانفرنس کے پیغام میں، جس نے (اخوان المسلمون اور خلافت) کے، عنوان سے تشریف الئے تھے حسن البنا نے خلافت کی بحالی کے خیال پر اخوان المسلمون کے مؤقف کی تصدیق کرتے ہوئے کہا کہ اخوان کا ماننا ہے کہ خلافت "اسلامی اتحاد کی عالمت ہے اور اقوام عالم کے مابین رابطے کا مظہر ہے۔اور یہ ایک اسلامی رسم ہے جس کے بارے میں مسلمانوں کو ضرور سوچنا چاہئے اور اس پر دھیان دینا چاہئے ،اور خلیفہ کو خدا کے دین میں بہت سے احکامات سونپ دیئے گئے [108] اس سے اس بات کی تصدیق ہوتی ہے کہ ہمارے زمانے تک اس گروہ کے قیام سے لے کر آج تک خلافت کو زندہ کرنا اخوان المسلمین کی ترجیح رہی ہے اور اخوان المسلمون کے آخری رہنما محمد بدی کے مارچ میں اپنے ہفتہ وار پیغام 2013 میں یہی بات سمجھی گئی ہے۔ جہاں وہ کہتا ہے۔ بالغ خلافت کی تشکیل" گروپ کے حتمی مقصد کے حصول کے لئے،امام حسن البنا کے طے شدہ عبوری اہداف میں سے ایک ہے، جو مسلم ریاست اور قرآن مجید کی شریعت کو زندہ کرنا ہے،اور یہ کہ اس عظیم مقصد کا حصول عرب بہار کے انقلابات کے فورا بعد ہی ہوگا [109]۔

3-2-2 جدیدیت کے حامی اور ورثہ اور اصلیت کے حامیوں کے مابین فکری بحث.

بیسویں صدی کے آخری تیسرے آخر میں عرب اور اسلامی ممالک نے خلافت اسلامیہ کے خاتمے کے نتیجے میں تجدید اور جدیدیت کے معاملات پر تیز فکری تنازعات کا مشاہدہ کیا، جس نے وسیع پیمانے پر رد عمل کا اظہار کیا۔ جب ایران اور افغانستان میں ترکی کے تجربے کو دوبارہ پیش کرنے کی کوششیں کی گئیں تو، دوسرے عرب اور اسلامی ممالک میں سے بیشتر نے نئے مرحلے کے لئے پنر جہرن اور حکومت کے زیادہ سے زیادہ نظام کے بارے میں بنیادی سواالت اٹھانا شروع کر دیئے۔

108. حسن البنا، پانچویں کانفرنس کا پیغام، اخوان المسلمون، ویکیپیڈیا، 4 جنوری 2003 درج ذیل لنک کے ذریعے: https://bit.ly/2QhypdJ۔

109. بدیع:: ہم خالفت کی بحالی کے لئے کوشاں ہیں، الرائے نیوز (کویت)، 7 مارچ، 2013، کے لنک پر: https://bit.ly/2vuMZYy

مصر ان پیشر فتوں سے الگ نہیں تھا، بلکہ اس کے دل میں تھا، اور اس میں بہت ساری فکری اور سیاسی دھاریں نمودار ہوئیں[110]، جو دو اہم سمتوں میں تشکیل پائی تھیں۔ پہلا: جدیدیت پسند جو مغرب کے ساتھ کھلے دل پر یقین رکھتا ہے، اپنے اخلاقی اور مہذب نمونہ کی تقلید کرتا ہے، اور اس کی تقلید کرنے کا مطالبہ کرتا ہے، اور اس عربی اور اسلامی ممالک میں اس کی تجدید سے فائدہ اٹھا رہا ہے، اور اس رجحان کے حامیوں، علی عبدل رازق اسلام اور بنیادی اصولوں کی " حکومت "کے مصنف نے 1925 لکھا ت 1 جس میں انہوں نے مذہب کو ریاست، طہ حسین اور سالمہ موسی سے علیحدہ کرنے کا مطالبہ کیا۔ جبکہ دوسرا موجودہ: یہ وہ قدامت پسند رجحان ہے جو مغربی ماڈل کو مسترد کرتا ہے اور مذہبی ورثہ کے تحفظ اور نیک پیشروؤں کے راستے پر چلنے کا مطالبہ کرتا ہے[111]۔

دونوں دھاروں کے مابین یہ فکری تنازعہ اور ہر فریق کے اپنے عہدوں پر عمل پیرا اور دفاع اس کی ایک وجہ تھی کی وجہ سے اخوان المسلمون سمی ت سیاسی اہداف کے ساتھ مذہبی تحریکوں کا ظہور ہوا۔ چونکہ ان تحریکوں نے اس تنازعہ کا فائدہ اٹھاتے ہوئے، ان کی وکالت کو مذہبی معاشرتی اور سیاسی اہداف کے ساتھ مالیا اور اس وقت مصری معاشرے کے متعدد طبقوں کے حامیوں کو تلاش کیا۔ خاص طور پر چونکہ یہ فکری جدوجہد سیکولر نظریات کے تسلط کی وجہ سے روحانی اور مذہبی اقدار میں واضح کمی کے ساتھ ہے جس کی وجہ سے بہت سی سیاسی دھارے آگے بڑھ رہے ہیں۔، اور اس کی حمایت جدیدیت روشن خیالی، اور مغرب کے لئے کشادگی کے حامیوں کی تحریروں کی مدد سے کی گئی، جس کے نتیجے میں ایسے ماحول کا ابھرنا ہوا جس نے

---

110. دیکھو:

Paul Brykczynski, Radical Islam and the Nation: The Relationship between Religion and Nationalism in the Political Thought of Hassan al-Banna and Sayyid Qutb, https://bit.ly/2Mx69VR

111. جدیدیت کے حامیوں اور صداقت اور ورثہ کے حامیوں کے مابین اس فکری بحث کے بارے میں مزید معلومات کے لئے، ہم اس حوالہ سے دیکھ سکتے ہیں: احمد عبدالرحیم مصطفی: جدید مصر میں: سیاسی فکر کا ارتقاء) قاہرہ انسٹی ٹیوٹ برائے ریسرچ اینڈ عرب اسٹڈیز، 1972،)ص 49

اس دور میں اخوان المسلمون کے ظہور کی حمایت کی[112]۔ حسن البنا نے اس فکری جدوجہد میں اپنے گروپ کو ایک اصالح پسند درمیانی گروپ کی حیثیت سے فروغ دینے کا ایک موقع دیکھا جو مصری عوام کی اکثریت کے سادہ مذھبی مذہبیت کا اظہار کرتی ہے۔ درحقی قت، البانی کے خیالات نے مصری نوجوانوں کے ایک اہم شعبے میں اپنار استہ تالش کیا[113]۔ وہ لوگ ہیں جو یہ دعوی کرتے ہیں کہ حسن البنا چاہتا تھا کہ اس کا گروپ اسلام کے پیغام کو بلند کرنے اور اس کے اہداف کو حاصل کرنے کے لئے کام کر کے معاشرے میں اصالح اور ، تبدیلی کی راہ پر گامزن ہو خاص طور پر فرد اور معاشرے کے لئے جامع تبدیلی النے کے سلسلے میں، اسلامی خلافت کی بحالی کے اس گروپ کے آخری مقصد کے حصول کے لئے[114]۔

اندرونی تبدیلیاں، جن کا مشاہدہ مصر، اور عالقائی اور بین الاقوامی پیشرفتوں نے اس ماحول میں کیا ہے جس میں اخوان المسلمون نے جنم لیا اور واضح طور پر اس گروپ کے بانی حسن البنا کے ذریعہ اپنایا ہوا سیاسی اور معاشرتی گفتگو متاثر کیا، کیونکہ وہ اپنے گروپ کو مشنری، سیاسی، سماجی ثقافتی، سائنسی اور کھیلوں کے بنانے کا خواہاں تھا۔ مصری معاشرے میں تبدیلی اور اصالح کے لئے تحریک کی رہنمائی اور پہلے مرحلے کی حیثیت سے درپیش ان تمام مسائل کا جامع حل فراہم کرنا، اس کے بعد کے مرحلے میں اقتدار اور جامع اختیارات تک پہونچنا۔

112. میں محمد احمد عبدالعتی، مصر اسلامی تحریکیں اور جمہوری منتقلی کے مسائل قاہرہ: االحرام سنٹر برائے (ترجمہ واشاعت، 1995. صفحہ 36

113. حسن تواليح، ایک ماڈل کی، حیثیت سے سیاسی اسلام مصر اور الجزائر کے تناظر میں تشدد اور دہشت گردی: عمان، جدید دنیا کی کتابیں 2005)، ص 165

114. محمد عبدالرحمن المرسی امام البنا کے مطابق اصلاح و" تبدیلی کا نقطہ نظر"، دوسرا، ایڈیشن (قاہرہ: دار عمار- 2005) ص 50

بیسویں صدی کے پہلے تیسرے دوران مصر میں اہم ترین سیاسی، معاشی اور معاشرتی تبدیلیوں کا خاکہ

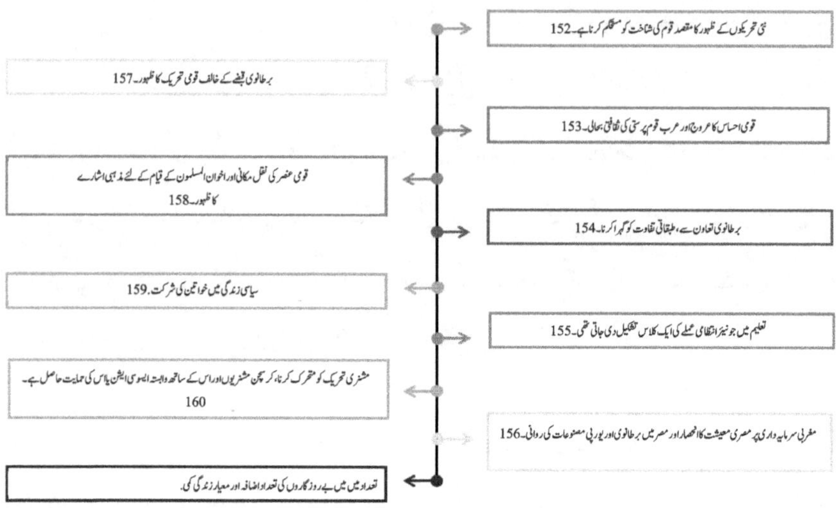

تیسرا باب

اخوان المسلمون کی فکری ابتداء

اس باب میں، ہم اخوان المسلمون کے فکری حوالہ سے متعلق تحقیق کا معاملہ کرتے ہیں، اور ہم ابتداء میں اس بات کی نشاندہی کرتے ہیں کہ اگرچہ نظریات کی تیاری اور پھیلاؤ اس گروہ کے لئے ترجیح نہیں تھا، لیکن یہ اس کی تقاریر اور نعروں پر قائم ہے، جو روایتی اور جدید دونوں ہی اسلامی فکر سے تعلق رکھنے والے ادب اور حوالہ جات پر مبنی ہے۔ اسلامی علم کی پیداوار کا انتخابی طور پر اور اس کے مطابق بھی معاشرے اور ریاست پر اپنی گرفت مضبوط کرنے کے اپنے سیاسی مقاصد کے مطابق کام کرتا ہے۔

لہذا، ہم اس سلسلے میں کوشش کریں گے کہ اخوان المسلمون کی فکری جڑوں کو ایک طرح کی آثار قدیمہ کی تحقیق کا سراغ لگا کر فرانسیسی فالسفر مشیل فوکوالٹ نے اپنی مشہور کتاب آثار قدیمہ برائے علم یا "علم کھدائی[115]" میں لکھی ہوئی کتاب سے اخذ کر کے، جہاں اخوان المسلمون اپنے نظریات کا انتخاب روایتی اور جدید دونوں طرح سے کریں۔ میں پہلے سے، ہم روایتی اختیار کی موجودگی کو دیکھتے ہیں، بشمول خارجیوں کے نظریات جو انہیں مرجع کے عقائد میں بڑھے ہوئے نظریات لپیٹے ہوئے، جائز حکومت کو بغاوت کرنے اور ان کا تختہ پلٹنے کی اجازت دیتے[116]، ہیں اور ان سب کو ایک سنی، دانشور، صوفی تصوف کے تصنیف کے دائرہ کار میں ڈالتے ہیں، تاکہ شرعی حقوق کو تلاش کیا جاسکے۔ الغزالی ابن تیمیہ اور دوسرے سنی علمائے کرام۔

---

115. فوکالت کی اپنی مشہور کتاب علم کی کھدائی "میں نظریات " کی تاریخ ہے، جو اس کے تجزیے کے ساتھ اپنے ماحول نظریات کو منسلک کرنے کے ایک طریقہ کار، یعنی گفتگو /خیالات کی تیاری کے لئے لسانی ماحول، اور معاشرتی تاریخی ماحول کے ساتھ بھی الگو ہوتا ہے، اور اس طرح وہ گفتگو یا اس کے فوسیلز کی تہوں میں ایک قسم کی کھدائی کا مشق کرتا ہے۔ دیکھیں Michel Foucault, L'archeologie du savoir, Gallimard, 1969

116. سائنسی اس کا ثبوت سیاسی تحفظات کی مخالفت میں سوچ سے اجتناب کرتے ہیں۔ سابق اخوان المسلمون، واگی غونیم، "دی مرجھے برادرز اخوان کی نسل"، یوٹیوب- کے اس ردعمل کو لنک پر دیکھیں: https://www.youtube.com/watch?v=y_p609sStzY

جہاں تک اخوان المسلمون کے فکری حوالہ میں جدید اسلامی فکر کی موجودگی کا انحصار ہے جو ان حوالوں سے ظاہر ہوتا ہے جو ان کے بعد کے پنرجہاس کے مفکرین ن ال بالخصوص جمال الد افغانی، محمد عبدو اور محمد راشدہ ردا کے ساتھ گفتگو کرتے ہیں، تب یہ بعد کے ایک مرحلے میں متاثر ہوا متاثر ہوا جس گا نظریہ پاکستانی اسلامیات "أبو"، ائعلی الموسطی میں ہے سید قطب تکفیری اور جہادی رجحان رکھتے ہیں۔

اخوان المسلمون کی فکر میں مذکور خیالات اور فکری اثر ورسوخ کے دھاگے کا سراغ ہم سب سے، We لگانے کے ل پہلے اس کے دور دراز حوالوں کی طرف رجوع کرتے ہیں، جو جدید اور عصری دور میں اس کے وسیع حوالہ جات پر عروج سے قبل ورثہ کی فکر میں نمائندگی کرتے ہیں۔

3-1 دور دانشورانہ حوالہ جات۔

اخوان المسلمون اور اس کے منابع کی فکری جڑوں کا خاکہ

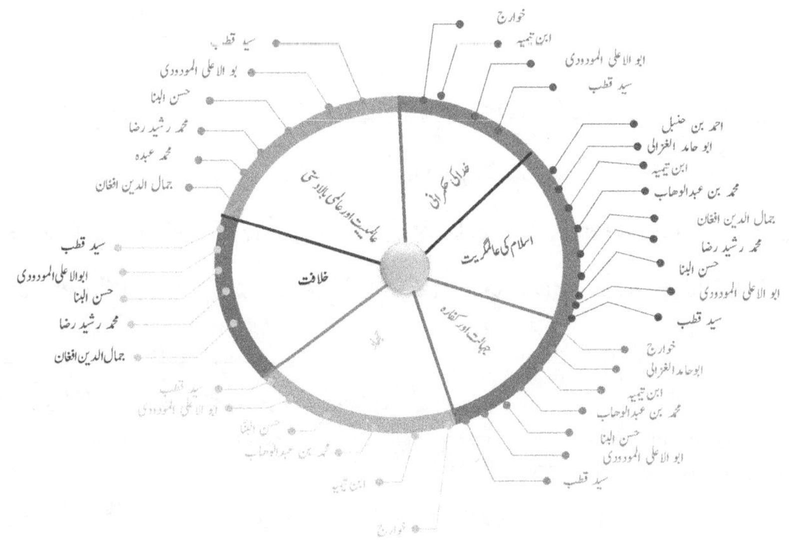

3-1-1 سلف ازم ایک حوالہ ورثہ ہے۔

شروع سے ہی اخوان المسلمون کی سوچ کو اسلامی فکر کے ساتھ کنٹرول کرنے اور ان سے جوڑنے والی دانشورانہ سلفی میراث ہے جو اسلامی تاریخ میں اپنی جڑیں گہرائی تک پھیلتی ہے۔ ابن تیمیہ (661-728 ہجری 1328-1263)[117] عیسوی اسلامی تخیل کے ایک نمایاں پہلو اور معاصر سلفی نظام کی تشکیل میں سب سے زیادہ موجودہ سمجھا جاتا ہے۔

شیخ ابن اسلام، "ابن تیمیہ نے عسکریت پسند اسکولوں کا ساتھ دیا جس نے مذہبی متن کی عقلی ترجمانی کو مسترد کردیا، جس نے حنبالی اسکول میں اس کے فتوے کو مزید سخت کردیا جس سے اس کا تعلق تھا۔ اسی لئے ضروری ہے کہ اس کے فقہی فقہ اور فتوی کو ان کے تاریخی حالات کی تشکیل میں رکھ کر اسلامی خلافت کی منتشر اور منگولوں اور صلیبی جنگجوؤں کی بیرونی قوتوں کے حملوں کی خصوصیت پیش کی جائے۔ چونکہ اس عروج حقیقت نے ابن تیمیہ کی فکر اور اس کے فتووں پر اثر ڈاال "ان کی فقہ میں رائے اور ان پر عمل درآمد میں ان کی سختی دشمنوں کا مقابلہ کرنے اور اس مرحلے پر اسلام اور مسلمانوں کی پوزیشن کو بحال کرنے کا "بہترین طریقہ ہے[118]۔

قرآن مجید میں آیات "جہاد کی اشاعت کے ذریعہ اسے جہاد کا تصور مسلمانوں تک پہنچانے اور اس کو مذہبی اور دنیاوی جہت دینے کا سہرا ہے، اور ان کے اس بیان پر بھی زور دیا جاتا ہے جیسے، "غیر مومن اپنی دشمنی کو بلا لئے طاق رکھتا ہے۔ "اور غیر مسلم کی توہین اور "اس کے مقدسات کی توہین کی ضرورت پر اور یہ کہ یہودی اور عیسائی ملعون "ہیں وہ اور ان کا مذہب نظریہ "اپنانے کا باعث بنتا "اسلام کا ٹھکانہ اور کفر کا "ٹھکانہ "جو

117. ابن تیمیہ کے ذکر اور ان کی سیرت کے متعلق مزید تفصیلات کے لئے ملاحظہ کریں:

Carl Sharif El-Tobgui, Ibn Taymiyya on Reason and Revelation, Brill, 2019, https://brill.com/view/title/55796

سعدی الصحوری گفتگو کا ایک نقاد راؤد، بطور ماڈل ابن تیمیہ، (لندن: فولڈ فار پبلشنگ اینڈ میڈیا، 2010)۔

118. خالد غزال، ابن تیمیہ مسلمانوں کی رہنمائی کرنے سے باز نہیں آتے، لبنانی اخبار اَن النھار، 20 ستمبر 2014، کو لنک پر: https://bit.ly/2WQm7KA

عملی طور پر ہر "اس چیز کے لئے جنگ کا گھر ہے جس کا اسلام سے کوئی تعلق نہیں ہے۔ یہ نظریہ آج عرب اور اسلامی دنیا میں پھیلی ہوئی جہادی "تنظیموں کے دلوں کا" محبوب ہے۔ نوٹ کریں کہ "دار السالم" یا کفر کا ٹھکانہ " یا" جنگ "قران" یا سنت رسول صلی اللہ علیہ وسلم پر کوئی اثر نہیں پڑتا ہے،"[119] بلکہ یہ اس فقہ سے ظہور پذیر ہوا جو اموی دور میں غالب تھا اور امام احمد بن حنبل (780-855) نے کہا تھا[120]۔

ابن تیمیہ

یہ کوئی راز نہیں ہے کہ آج تک اسلامی افکار میں احمد بن حنبل کے مستقل اثر ورسوخ کی نمائندگی اس کے، طریقہ کار میں کی گئی ہے جو اسلامی مذہب کی بنیادی مقدس نصوص، یعنی قرآن مجید اور سنت اور اس کی دوسری ضرورت پر مکمل اور لفظی انحصار پر مبنی ہے، جیسا کہ یہ منظور شدہ حوالوں سے سامنے آیا ہے۔ کو یہ وہ نقطہ نظر ہے جس ابن حنبل اور دیگر احادیث نے اس پر تشدد جدوجہد کے بیچ کرسٹالائز کیا تھا کہ اس نے

119. Ibid.

120. ابن حنبل کی افکار اور سیرت سے متعلق مذید معلومات کے لئے ملاحظہ کریں: صالح بن احمد، امام احمد بن حنبل کی سوانح حیات (ریاض، دار السلف برائے اشاعت و تقسیم، 1995)

Christophor Melchert, Ahmad Ibn Hanbal, Series: Makers of the Muslim World, oneworld Publications, 2001.

قرآن تخلیق [121] "اور اس کے نتیجے میں عباسی اتھارٹی کے ساتھ اس کی آزمائش کے معاملے میں متوضی کے خلاف قیادت کی تھی۔ خاص طور پر الوثیق کے / زمانے میں (227-232 ھ 847-842 خلیفہ / AD) المتوکیل (205-247ھ 861-822 کے ذریعہ AD) بحالی سے پہلے جس نے 232 ہ (خلافت 847ء) میں خلافت سنبھالی۔ جہاں نیا خلیفہ معتجاج کے خلاف ہوا اور پھر اس نے عقلی نقطہ نظر پر عمل کیا اور جدیدیت پسندوں اور ان کے منتقلی کے طریقہ کار کو اہل بنا دیا، وہ نقطہ نظر جس کی وجہ سے تمام تاریخی دھارے موجودہ دور تک پوری اسلامی تاریخ میں چل رہے ہیں۔

اخوان المسلمون سمیت اسلامی تحریکوں نے اپنی مذہبی ثقافت کو اس سلفی اخذ کیا جس میں ماحول سے ان کے بہت سے رہنماؤں کو حکمران اتھارٹی کے ساتھ اختلافات اور تنازعات تھے۔ اس کی وجہ پارونیا کی حالت ہو سکتی ہے جس میں باپ دادا زندہ رہتا ہے، جیسا کہ ایک محقق نے نوٹ کیا، "محتاط اور ہوشیار، مستقل طور پر باہر کے حملے یا اندر کی ضد سے خوفزدہ رہتا ہے۔ [122]"

اس خاص طور پر سلفیزم اور حنبلی، جو بغداد میں بعد سے ہی کے اہل گلی کی نبض کے قریب ہونے کی خصوصیت تھی، جو دانشورانہ اور سیاسی تنازعات اور ایک مشتعل ہنگامہ آرائی کا شکار تھا یہاں تک کہ اس نے عام لوگوں کی زبان کو اپنا لیا۔ اس نے اپنی اسلامی خصوصیات میں اپنی پہلی خصوصیات کو اپنے جنگجوئوں کے رجحان کو برقرار رکھنے سمیت محفوظ کیا، کیوں کہ سادہ طبقوں کی مذہبی خیالی خیالی شخصیت کی ان خصوصیات نے انھیں تشکیل دیا اور ان میں لیا۔ گھوم [123] حنبلی مکتب کو جو چیز ممتاز کرتی ہے وہ اس کا تسلسل ہے اور اس کی حکومت اسلامی تاریخ میں اپنی پہلی خصوصیات پر حکمرانی کرتی ہے، جس کا آغاز ابن حنبل، فرقہ کے بانی، اور ابن الجوزیہ، ابن تیمیہ اور ابن القیوم سے ہوتا ہوا، محمد ابن عبدالوہاب سے ہوا۔

---

121. عبدالرحمن سالم اعتکاف کی سیاسی تاریخ، ڈار رویا برائے اشاعت اور تقسیم 2013

122. مزید معلومات کے لئے دیکھیئے: عبداللہ العروی، اصلاح اور سنت (بیروت عربی ثقافی سینٹر، 2008)

123. بلعید بن جبار، الجیریا میں سلفیت، پر سماپن اور تعلیم کا طریقہ کار، جامعہ اورین 2، الجزائر: میں ایک ڈاکٹریٹ مقالہ پیش کیا گیا۔ 2016-2015 ص 12

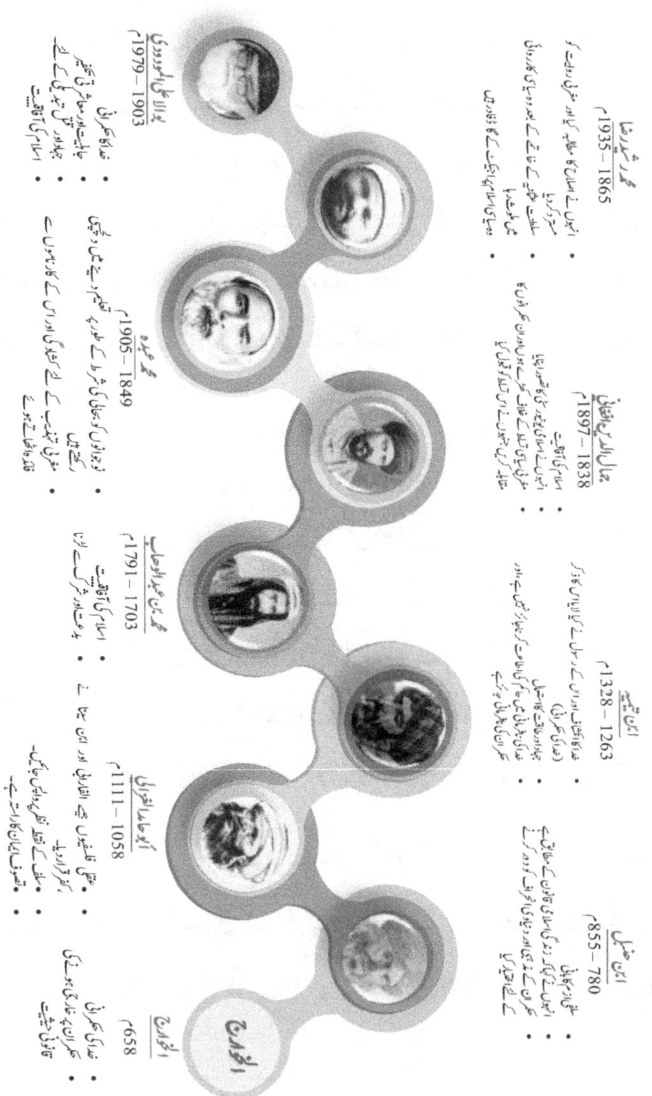

نموذج مبسط لتطور الفکر الدینی.
ابن حنبل
780 – 855م
سلفی ازم کا بانی
انہوں نے کہا کہ زندگی اسلامی قانون کے مطابق ہے
حکمران کے مذہبی اور دنیاوی انحراف کو دور کرنے کے لئے اختیار کیا
ابن تیمیہ
1263 – 1328م
خدا کا انکشاف اور اس کے رسول نے کیا لایا اس کا ذکر (خدا کی حکمرانی)
جہاد اور طاقت کا استعمال
خدا کی نافرمانی میں حاکم کی اطاعت کرنا جائز نہیں ہے، اور حکمران کی نافرمانی جائز ہے
جمال الدین افغانی
1838 – 1897م
اسلام کی آفاقیت
انہوں نے اسلامی یونیورسٹی کا تصور اپنایا
مغربی سیاسی تسلط کے خلاف کھڑے ہوں اور ان حکمرانوں کا مقابلہ کریں جنہوں نے اس تسلط کو قبول کیا
محمد رشید رضا
1865 – 1935م
انہوں نے اصلاح کا مطالبہ کیا اور مغربی روایت کو مسترد کر دیا
سلطنت عثمانیہ کے خاتمے کے بعد وہ سیاسی کارروائی میں ملوث رہا
وہ سیاسی اسلام پراجیکٹ کے گاڈ فادر ہیں
الخوارج
الخوارج
658م
خدا کی حکمرانی
حکمران پر خارجی ہونے کی قانونی حیثیت
أبو حامد الغزالی
1058 – 1111م
عقلی فلسفیوں جیسے الفارابی اور ابن سینا نے، کفر قرار دیا۔
سلف کے نقطہ نظر پر واپس جائیں۔
تصوف ایمان کا راستہ ہے۔
محمد بن عبد الوهاب
1703 – 1791م
اسلام کی آفاقیت
بدعت اور شرک سے لڑنا
محمد عبده
1849 – 1905م
نوجوانوں کو بحالی کی شرط کے طور پر تعلیم دینے میں دلچسپی رکھتے ہیں
مغربی تہذیب کے لئے کشادگی اور اس کے کارناموں سے فائدہ اٹھاتے ہوئے
ابو الاعلی المودودی
1903 – 1979م
خدا کا حکمرانی
جاہلیت اور معاشرتی تکفیر
جہاد اور قتل تبدیلی کے لئے۔
اسلام کی آفاقیت

اس تناظر میں، عظیم مفکر محمد آرکون نے ہم عصر عربی گفتگو میں سلفی فکر کی مستقل موجودگی کی تصدیق کرتے ہوئے کہا، "یہ بات اچھی طرح سے معلوم ہے کہ عصری اسلامی مکالمہ تاریخ میں بہت پیچھے چال جاتا ہے، یعنی ابن حنبل اور حنبلی کے زمانے تک اس کے خلاف جدوجہد کرتے ہیں جس کو وہ خلافت کی سیکولر، سیکولر انحرافات سمجھتے تھے۔ موجودہ اسلامی احتجاجی تحریکیں اس لمحے سے پیدا نہیں ہوئیں بلکہ ایک لمبی تاریخ کی رفتار کا ثمر ہیں[124]۔ اس میں یہ جاننے کی ضرورت پر بھی زور دیا گیا ہے کہ "آج جس سیاسی اسلام کی طرف سے اسلامی تحریکیں خود کو منسوب کرتی ہیں وہ اس سے کہیں زیادہ بکھرے ہوئے علمی، سخت اور بار بار ورثہ کا اسلام ہے جس سے اس امتزاج، بات چیت اور انضمام کی بہت بڑی صلاحیت رکھنے والے اہم اور کھلے ورثے کا اسلام ہے[125]۔

خلیج کے مورخ محمد جابر الانصاری نے اس موجودہ کو اسلامی فکر میں فکر میں سلفی اسلوب کی حیثیت سے بیان کیا ہے اور اس کی وضاحت "ایک نمونہ ہے جو اصل اصطلاح اسلام کے استعمال تک ہی محدود ہے، اور اسلام کی اقدار اور اصولوں کو غور و فکر اور فیصلے کے لئے اپنے واحد معیار کے طور پر لیتا ہے، اور بیان کی عبارت سے ثبوت اور ثبوت اس کا حتمی حوالہ ہے۔ اسلامی بنیاد پرستی سے باہر آزاد دانشور عناصر سے متاثر ہوئے بغیر اس دانشورانہ انداز میں، [126] جیسا کہ مصنف اسے دیکھتا ہے، اس کا انحصار ٹرانسمیشن پر ہے اور اگر غیر اسلامی نظریات اور تہذیب کے اثرات سے مقابلہ ہوتا ہے تو عقلی تشریح کے طریقوں پر عمل نہیں کرتا ہے۔

محمد عابد الجبری کی نظر میں سلفیزم کے ورثے سے نمٹنے کی خصوصیات ان کے ماضی کے وژن سائنسی تنقیدی روح کی عدم موجودگی اور تاریخی نقطہ نظر کے ضائع ہونے کی خصوصیت ہے۔ الجبری کے مطابق، اس کا مطلب یہ ہے کہ عام طور پر ہم لوگوں کو اس کی مختلف دینی، لسانی اور ادبی شاخوں میں وراثت کے علم کے

124. معاصر عربی خیال میں مکالمہ، کاافق، محمد ایت ہمو، (رباط: دار الامان، 2012). ص 1

125. محمد الکون، اسلامی فکر ایک سائنسی مطالعہ، جس کا ترجمہ ہاشم صالح، دوسرا: ایڈیشن،) بیروت-کاسابا لنکاسنٹر برائے قومی ترقی/عرب. ثقافتی مرکز، 1996)، ص 29

126. محمد جابر الانصاری، عرب فکر اور مخالفت کا تنازعہ دوسرا ایڈیشن، (بیروت: عرب فاؤنڈیشن برائے مطالعات واشاعت، 1999،)ص 25۔

بارے میں جو عام تصویر نظر آتی ہے وہ اس نقطہ نظر پر مبنی ہے جس کو ہم پہلے ورثے کی روایتی تفہیم کہتے ہیں۔ یہ سمجھنا کہ قدیموں کے اقوال کو جیسے وی سے ہی لے جاتا ہے، خواہ وہ جس میں وہ اپنی اپنی رائے کا اظہار کریں یا جن کے ذریعے وہ اپنے پیش رو کے اقوال کو دیکھیں۔اس قسم کے نصاب کی خصوصی ت کرنے واال عمومی کردار کلو ننگ اور دو فتنوں میں مبتال ہے۔ تنقیدی روح کی عدم موجودگی اور تاریخی نقطہ نظر کا ضائع ہونا۔ یہ فطری ہے، اور یہی معاملہ ان لوگوں کی تیاری کے لئے میراث خود کو دہرایا جاتا" ہے، اکثر اوقات ٹوٹے ہوئے اور ناقص انداز میں [127]۔

سے اسی وجہ سے، سیاسی ورثے ماخوذ سیاسی تحریکوں کا مسئلہ ان کی طاقت اور متحرک اور متحرک ہونے کی صلاحیت کا راز "بن گیا ہے [128]۔ یہ ایک بنیادی مسئلہ ہے جو ایک طرف اپنی تاریخی توسیع کے پیش نظر معاصر عرب افکار کو متغیر کرتا ہے، اور دوسری طرف اس کی آزادی بحالی، اور عالمی تہذیبی سیاق وسباق میں انضمام کی شرائط کے ساتھ قریبی وابستگی ہے۔

اسلامی سیاسی حالیہ عرب اسلامی ثقافت اور اس کے ساتھ ہی اس کے عکاس ہونے والے بحران کے راز کو بھی ظاہر کرتا ہے، کیونکہ اس نے اس بڑھتی ہوئی سرپلس اور مذہبی میدان سے منسوب اس خوفناک وحشت سے انتہاپسندی کو بے نقاب کیا۔ اسلامی مذہبی فکر کے میدان میں ایک حقیقی بحران کے وجود پر، اور اگر یہ بحران نہ ہوتا تو انتہاپسندی اس مقداری اور معیاری مقامی اور وقتی توسیع کے لحاظ جو حد تک پہنچی ہے اس تک نہ پہنچ پاتی اور ایک عالمی چیلنج میں تبدیل ہو چکی ہے جس نے پوری دنیا پر قبضہ کر لیا ہے [129]۔اس بحران

127. محمد عابد الجابری، ہم: عصر عربی گفتگو، (بیروت دار العلیہ، 1982)، ص 77

128. معاصر عربی خیال میں مکالمہ، کاافق، محمد ایت ہمو (رباط: دار المان، 2012) ص 1

129. میدان میں ذکی المیلاد "، "اسلامی " انتہا پسندی اور، عقلیت کا بحران"، 18 نومبر مومنین کے بغیر، 2017 بارڈرز فائونڈیشن کی ویب سائٹ، لنک پر https://bit.ly/2TYmHbq:

کے مظاہر کی تعریف "اسلامی مذہبی فکر کی نشو و نما کی تاریخ میں عقلیت پسندی کے جذبے کی طویل المیعاد تخفیف اور پسپائی میں کی گئی ہے، ایسی صورتحال جس نے روایتی اور سخت رجحانات کی ترقی اور قوم کے میدان میں ان کے قابو پانے کی راہ ہموار کر دی[130]۔

عرب اسلامی ثقافت کی یہ اذیت ناک صورتحال بنیادی طور پر عباسی دور کے وسط سے شروع ہونے والے اپنے علم کے میدان میں روایت کی بالادستی کے بدلے عقلی فکر کے الجھنے کی وجہ سے ہے، جب اسلامی ذہن جمود کی شکل میں اترنا شروع ہو گیا تھا اور اسلامی تہذیب اس خطے کی پسماندگی میں ہچکچاہٹ محسوس کرنے والی تھی۔ تو اس نے روایت کو توڑ دیا اور خودکار طریقے سے تکرار قابو پالیا، اور فقہ اور لوگوں کو تخلیقی صلاحیت جدت طرازی اور جدیدیت کا مظاہرہ کیا[131]۔ اعتکاف کی پسپائی اور ان کے مخالفین کی پیشرفت کا یہی آغاز تھا، جو اس وقت سے آج تک[132] جاری و ساری ہے۔ جب المتوکل کے دور میں "کو سلفیوں نے مطیع شکست دی، تو انہوں نے جان بوجھ کر دماغ، منطق اور فکر کو ایک آزادی ایسا راستہ سمجھا جس سے قرآن کی تخلیق کے معاملے جیسے معاملے سے کفر اور الحاد کی طرف جاتا ہے۔[133]" وہ چیز جس نے اسلامی فکر کے میدان میں استدلال اور عقلیت کے بارے میں روی کی شبیہہ کو تبدیل کیا، اور ریٹائرمنٹ اور معتجلی کا شک ان سب کے خلاف مقدمہ بن گیا جو غیر منفعت پرست سے رجوع کرنے والوں اور ان سے متفق ہونے والوں اور ان لوگوں سے متفق ہونے والوں کے مابین کسی تفریق یا تفریق کے بغیر استدلال اور عقلیت کا مطالبہ کرتا ہے[134]۔

---

130. ذکی المیلاد سابقہ ماخذ

131. محمد سعید العشماوی، سیاسی اسلام (قاہرہ مڈبولی لائبریری، شمارہ 4, 1996) ص245

132. ذکی المیلاد سابقہ ماخذ

133. محمد سعید العشماوی، سابقہ ماخذ ص 291-292

134. ذکی المیلاد سابقہ ماخذ

پھر چھٹی صدی ہجری، بارہویں صدی عیسوی میں، جوان کے نزدیک بنی (فلسفوں کی چھالنگ) کے "مصنف الغزالي)450-1111505-1058/ ہجری عیسوی (کی فتح اور مسلمانوں کے درمیان فلسفہ کے دور کا اختتام، اور ابن رشید کی شکست)520-595 ہجری (1126-1198 اے ڈی)، (زور سے آہستگی) سے رفیق، یا الغزالی کی پیش قدمی اور ابن شید،، کاااعتکاف تھالی اس کا مطلب یہ ہے کہ اسلامی میدان میں دماغی تحریک رک جاتی ہے، ٹھوکر کھاتی ہے یا پیچھے ہٹ جاتی ہے۔[135] الغزالی کے خیال کے پھیلتے ہوئے اور اس کی وجہ، علت، فلسفیانہ سوچ اور منطق نے دماغ کی نقل وحرکت کی وسعت کو محدود کر دیا اور "اسلامی ذہن پر مہر لگادی اور رائے منقطع کر دیا، اور اس طرح چیزوں کی حکمرانی کے لئے مستحکم اور مستحکم قوانین کے وجود کا خیال ختم ہونے کے ساتھ ہی مرضی اور اصول کی آزادی کے ساتھ ہی ختم ہو گیا۔ لوگوں کو ان کے اعمال کا احتساب کرنا[136]۔

اس طرح یہ میراث اپنی تمام ماضی کی مصنوعات کے ساتھ چلتا رہا، جس نے عصری مسلمانوں کے انتخاب کو متاثر کیا اور اپنی مستقبل کی سوچ کو بھی ہدایت کی۔ یہی بات الجبری نے "آزاد ذہن" کہہ کر ظاہر کی جو عرب اسلامی ثقافت کے دائرے میں غالب تھا۔ چونکہ یہ ذہن ابو حامد الغزالی میں فاتح ہوا اور عرب دماغوں میں اس نے ایک گہرا زخم چھوڑا ہے، اب تک اس کا خون بہہ رہا ہے بہت سارے عرب ذہنوں سے اب تک[137] لہذا، فوادزکریا کے مطابق اصل مسئلہ، جس نے میراثی نظریہ کو ہماری فکری پسماندگی کا ایک بڑا عنصر بنادیا[138]، اس عناصر کے انتہائی خطرے کی پہچان کے ساتھ یہ ورثہ استعاری، توہم پرست یا غیر معقول عناصر سے بھرا ہوا ہے، لیکن حقیقت یہ ہے کہ یہ ورثہ غیر تاریخی انداز میں موجودہ کے ساتھ مقابلہ کرتا ہے[139]۔

---

135. ایک ہی ماخذ

136. محمد سعید العشماوی، سابقہ ماخذ

137. محمد عابد الجابری، تشکیل عربی دماغ، تنقیدبرائے عرب وجہ سیریز(1)، ایڈیشن 10(بیروت: سنٹر فار عرب یونٹی اسٹڈیز، 2009) ص290 .

138. فوادزکریا، اسلامی بیداری میں توازن کی وجہ، دوسرا ایڈیشن، (قاہرہ: عصری تھیٹ ہاؤس، 1987) ص60-

139. سابقہ ماخذ

اسلامی فکری وراثت میں سلفی فکر کا غلبہ اور عصری اسلامی داراوں کے درمیان اس کی موجودگی کھلی عقلی دانشورانہ دھاروں کے وجود کی نفی نہیں کرتی، بالکل اسی طرح جیسے سلفی طرز کی فتح اس سے وابستہ ان وجوہ سے منسلک محمد جابر الانصاری[140] اس فکر کی پائیداری کی وضاحت کرنے کے لئے ایک تاویلاتی نمونہ پیش کرنے کی کوشش کرتے ہیں یا اس کے باوجود پوری اسلامی تاریخ میں اس دورانیے کو زندہ کرتے ہیں۔ پہلے، وہ دیکھتا ہے کہ سلفی اسلوب کے علاوہ اور بھی دوسری طرح کی سوچیں ہیں: مطابقت پذیری اور روای تی انداز.[141] مؤخر الذکر اسلامی اقدار کو حتمی نیک اقدار مانتے ہوئے اپنے کچھ اصول و اصول میں سلفیزم کو شریک کرتے ہیں۔ تاہم، اس میں پہلی نوعیت سے مختلف کہ وہ غیر اسلامی تہذیبی اور فکری عناصر کے ساتھ تعامل کی اجازت دیتا ہے جس میں وہ اسلام کی روح سے مطابقت رکھتا ہے۔ مصنف نے اسے ایک صلح سمجھا کیونکہ یہ معقول اور منتقلی اور نئے آنے والے اور اصلی کے درمیان سمجھوتہ ہے۔ اس نمونہ کی ممتاز بات یہ ہے کہ اس کی عقلی تشریح کو اپنانا ہے، جو اس کو اسلامی منطق کے مطابق اس میں آنے والی اقدار کی اصلاح کرنے کے قابل بناتا ہے اور اسے اپنی قدر کے ساتھ ایک درجہ کی اہمیت دیتا ہے اور اس طرح یہ ایک انٹرایکٹو دوہری سوچ کا نمونہ ہے۔[142] بنیادی طور پر نانفار مسٹس اور اسلامی فلسفیوں میں بھی ان کی نمائندگی کی جاتی تھی۔ جہاں تک سیکولرسٹ اسٹائل کا تعلق ہے تو، اس پر کسی خفیہ، صوفیانہ کردار، یا ایک ابدی عقلی کردار کے ب یرون ی اثرات کی طرف راغب ہونے کا غلبہ ہے، یا کافر یا دوہری مذہب سے ماخوذ ہے، اور اس انداز اور بن یاد پرست بنیاد پرست اسلوب کے مابین تصادم، تردید اور مسترد ہونے کا رشتہ ہے۔[143] یہ دانشورانہ انداز کسی خلاء میں نہیں چلتے، بلکہ انکیوبیٹرز اور معاشرتی اور سیاسی عزم کے اندر ہی رہتے ہیں۔ سلفیزم ایک ایسے الگ تھلگ اور بند قدرتی ماحول میں نشوونما، دیہی علاقوں، اور اندرون ی اور دور دراز اسلامی جماعتوں

---

140. محمد جابر الانصاری، سابقہ ماخذ

141. کا عربی یہ درجہ بندی اس درجہ بندی کے قریب ہے جس افکار کی تشکیل کے بارے میں میرے مطالعے میں محمد عابد الجابری کا اندازہ ہے، کیونکہ اس میں تین نمونوں کی نشاندہی کی گئی ہے: 1- گرافک فکر 2- ادراکی سوچ 3- شواہد پر مبنی سوچ.

142. محمد جابر الانصاری، سابقہ ماخذ ص27

143. سابقہ ماخذ ص28

میں پروان چڑھا جہاں غیر ملکی اثرات کمزور یا غیر موجود ہیں اور جہاں معاشرتی، پیداواری اور معاشی طرز زندگی سادہ ہے۔[144] مزید برآں، اگر اس نے آنے والی تہذیبی دھاروں کی مزاحمت بھی کی، تو اس نے غیر ملکی یلغار کی بھی مزاحمت کی، بے شک، سلفیزم کی خوشحالی غیر ملکی یلغار کے وقت ظاہر ہوتی ہے اور جو اس سے پیدا ہوتا ہے یا اسے داخلی تجزیہ کے لئے تیار کرتا ہے[145]۔ جبکہ، توفقیہ دار الحکومتوں، شہروں، شہری علاقوں، تجارتی مراکز، ثقافتی تبادلے کے مقامات، اور مخلوط ساحلی ماحول (متعدد نسلوں اور مذاہب سے تعلق رکھنے والے)[146] میں ابھر رہا ہے۔ اسلامی تاریخ میں، ہم آہنگی پھیل گئی، اس کی نمائندگی معاطلہ میں پہلے عباسی دور میں ہوئی، جب اسلامی تجارتی نظام دنیا میں سڑکوں اور تجارتی منڈیوں پر غالب تھا۔

اس ماڈل کی اہمیت یہ ہے کہ اس سے اخوان المسلمون کے حوالہ جات اور اس کی فکر کے سماجی انکیوبیٹرز کے عزم کے سمجھنے پر کچھ روشنی ڈالنے میں مدد مل سکتی ہے۔

،کلاسیکی سنی ورثے میں اخوان المسلمون کے اختیارات میں توسیع کے بارے میں بات کرنے کے تناظر میں، اس طرف اشارہ کرنا ضروری ہے کہ ان کا فکری اتھارٹی آرتھوڈوکس سنت نہیں تھا، بلکہ انہوں نے جان بوجھ کر ضرورت اور دلچسپی کے تقاضوں کے مطابق اس میں ردوبدل اور اسے ڈھال لیا تھا۔ یہ ایک طرف اخوان اور سلفیوں کے مابین اختلافات کی سطح میں مجسم ہے، اور دوسری طرف خارجیوں جیسے سنیوں کے دائرے سے باہر کے نظریات کے ساتھ ان کا اثر ورسوخ ہے۔

نئی پیشر فتوں کے مطابق سلفی دھاروں کو اپنانے کی، کوششوں کے بارے میں میکسم روڈسن کا کہنا ہے "کہ سخت حقیقت سے نظریہ کے تصادم کی وجہ سے وقتاً فوقتاً مذہبی نظریہ میں سردی اور سردی ہے۔ یہی وجہ ہے

144. ایک ہی ماخذ ص35

145. مصنف نے کمزور ہونے اور بیرونی یلغار کے اوقات میں سلفیت کی مقبولیت کے خیال کو منسوب کرنے کے لئے دو فیصلہ کن مثالیں پیش کیں۔ وہ حامد الغزالی ہیں، جنہوں نے عقلی رجحان کے خالف سخت جدوجہد کی، اور ابن تیمیہ، ان دونوں ہی معاملات کا مقابلہ کرتے تھے جنہوں نے اسلامی خالفت کو بیرونی خطرات سے دوچار کیا۔ دیکھیں: سابقہ ماخذ ص35

146. سابقہ ماخذ ص35

کہ قائدین، کیڈر اور اڈے کے بہت سارے ممبران خود کو اس طرح کے جائزہ لینے کے واقعات میں مدعو کرتے ہیں جو وہ اصالح کی آڑ میں چھپاتے ہیں۔ اور جب اس ترمیم یا جائزے اور مذہب کے ابتدائی احاطے کے مابین تفاوت بہت زیادہ بڑھ جاتا ہے تو، کچھ مومن ہمیشہ موجود ہوتے ہیں جو اس خیانت کے خلاف اٹھتے ہیں"۔[147]

3-1-2 اخوان اور سلفیوں کے مابین۔ جنکشن پڑھا۔

اس گروپ کی تشکیل کے بعد کی دہائیوں کے دوران اخوان المسلمون کی شمولیت مزید خراب ہو گی، یہ اس کے متعدد ممبران اور قائدین کے زیر اثر سلفی فکر کے علمبردار، شیخ الاسلام ابن تیمیہ کی سربراہی میں ہوا ہے۔ جہاں یہ گروہ انیس سو پچاس کی دہائی کے اوائل سے ہی وہابی سلفیت میں تبدیلی کی حالت میں ادھار لینے کی پہلی لہر سے گزرا تھا، اور اس گروپ کے خلاف ناسری مہم کی شدت اور اس کے متعدد سینئر رہنماؤں کے فرار اور خلیجی ممالک میں ان کے استحکام سے اس کو تقویت ملی تھی۔ خاص کر سعودی عرب کی بادشاہت۔[148] اخوان المسلمون کی تاریخ کا یہ مرحلہ بھی سلفیت کی عالمتوں کے ابھرنے کے ساتھ، تھا جو حرکت میں آرہا ہے لیکن تنگ اور اشرافیہ کی حدود میں، جن میں سب سے اہم کتابیں شائع کرنا اور مذہبی ورثہ کی چھان بین ہے، اس وقت کی سب سے اہم پیش کش تحریریں تھیں جو سلفی رجحان کے لئے قائم کی گئیں، اس میں سب سے زیادہ ابن تیمیہ[149] کی کتابیں اس کے خاتمے تک پہنچ گئیں کہ یہ سلفیت ایک مؤثر اور مؤثر ثابت ہوا. دھارے اخوان کے اندر موثر اور اثر انگیز ہیں[150]۔

---

147. میکسم راڈسن، ہر جگہ اسلامی پیوریتن ازم اور تحفظ کی فینومون: ہر جگہ واضح کرنے کی کوشش، میں: عبدالحکیم أبوال الز، مراکش میں سلفی 1971-2004 تحریکیں ،(بیروت: عرب اتحاد کا مطالعہ،2009)ص 40.

148. حسام تمام، تسلف الاخوان: تآکل الأطروحة الإخوانية وصعود حسام تمیم، اخوان کی پیش قدمی: اخوان المسلمین کا مقصود اور اخوان المسلمون میں سلفیزم کا عروج (اسکندریہ :اسکندریہ. البریری،2010)ص11

149. سابقہ ماخذ ص11

150. سابقہ ماخذ ص5

<table>
<tr>
<td>
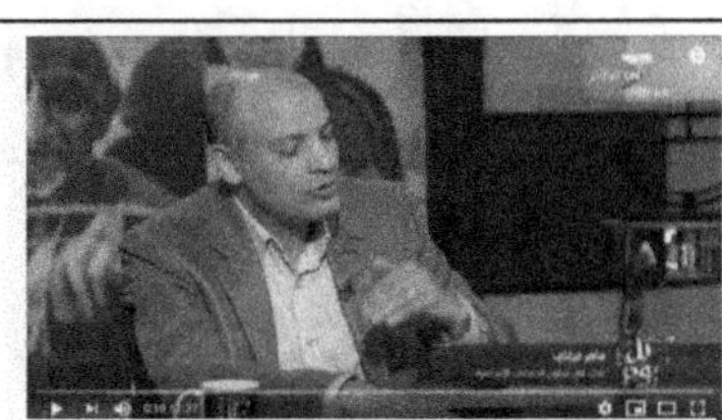

ہر روز۔ماہر فرغلی: اخوان کی جماعت "دہشت گردی" تقریر کے نقل کو سامنا کرنا پڑتا ہے۔
</td>
<td>

ویڈیو کا عنوان: ماہر فرغلی: "دہشت گرد" اخوان المسلمون تقریر کی نقل سے دوچار ہے۔

اس لنک پر:

https://www.youtube.com/watch?v=I3ZREUyQPSo

- اخوان المسلمون کے گفتگو کی نقل واضح ہے، اسلامی تحریکوں کے ماہرین اس دوغنی حقیقت کی تصدیق کرتے ہیں۔
- باہر کی طرف جانے والی تقریر اندر کی طرف نہیں جاتی ہے۔
- انگریزی میں "اخوان المسلمون" کی ویب سائٹ پر تقریر عربی میں تقریر سے مختلف ہے۔
- اخوان کے جوانوں کو خطاب تقریر وہ تقریر نہیں ہے جو لوگوں کو ہدایت کی جاتی ہے۔
</td>
</tr>
<tr>
<td colspan="2"></td>
</tr>
<tr>
<td colspan="2">https://www.youtube.com/watch?v=I3ZREUyQPSo</td>
</tr>
</table>

تاہم، اگر اخوان المسلمون اپنے لٹریچر کے ذریعہ خود کو سلفی[151] تحریک کی حیثیت سے شناخت کرتا ہے تو وہ اسی وقت اس بات کی تصدیق کرتا ہے کہ یہ ایک اصلاح پسند نظریہ ہے[152] اور اس لئے اس میں اصلاحات کا نعرہ بلند کرنے واال طریقہ کار ہے جو معاشرے میں سرگرمی کے مختلف پہلوؤں کو روایتی سلفیت سے الگ ہونے اور اپنے نظریاتی ماڈل کے قیام سے نمٹنے کے دوران اس کی مدد کرتا ہے۔ جہاں اس نے انتخابی اصلاحی نقطہ نظر اپنا کر جدیدیت کے چیلنجوں سے نمٹنے کے لئے ایک حکمت عملی تیار کی اور ایسی پالیسیاں تیار کیں جن کے ذریعے وہ معاشرے میں اپنے تمام جہتوں میں کام کی ضروریات سے نمٹتا ہے۔ اس کا ثبوت اخوان المسلمون اور سلفیوں کے مابین فرق سے ہے، لباس اور داڑھیوں میں سختی نہ کر کے اور نظریاتی اور یہاں تک

151. اس سے، حسن البنا کی سلفی کال کی تعریف، ایک سنی طریقہ، ایک صوفی حقیقت ایک سیاسی ادارہ، اسپورٹس گروپ، ایک سائنسی اور، ثقافتی ایسوسی ایشن ایک معاشی کمپنی اور ایک معاشرتی نظریہ.

152. دیکھیں: حسن البنا، "پانچویں کانفرنس کا پیغام" لنک پر دستیاب ہے: https://bit.ly/2OBB5mH

کہ مذہبی اعتبار سے بھی اختلاف رکھنے والوں کے ساتھ بات چیت کر کے ظاہری شکل کی سطح پر شریعت کا اطالق کرنے کے آخری مقصد میں ان کی، شمولیت کی تعداد میں اس، کا ثبوت ہے۔ اس کے ساتھ ساتھ اجتہاد کی حوصلہ افزائی کر کے اور موجودہ مکاتب فکر کو عبور کر کے نئی لغت کو ملازمت کے ذریعہ لسانی لغت کی سطح پر، اسی طرح فقہی سطح پر بھی۔ اصلاحی عمل کے نظم ونسق کا یہ طریقہ اخوت کو موجودہ تضادات کو سمجھنے اوران پر عملی سوچ کے ساتھ عمل کرنے کی صلاحیت فراہم کرتا ہے جوان کو اپنے سامعین کی ترجیحات کے مطابق گفتگو کو تبدیل کرنے اور سول اداروں میں دخل اندازی کرنے اور اخوت کے طرز کے اندر ان کو تبدیل کرنے کی سہولت فراہم کرتا ہے۔

جوان لوگوں یہ ان سلفیوں کے برعکس ہے سے علیحدگی اختیار کرتے ہیں جو اپنی عقائد اور اعتقادات کو شریک نہیں کرتے ہیں اور یہ تاثر دیتے ہیں کہ وہ ذاتی مذہبی تقوی، موقف سخت کرنے اور دوسروں کو مراعات دینے میں سختی پر توجہ دیتے ہیں۔ اقلیت ہی کیوں اگر وہ غیر اسلامی ثقافتی ماحول جیسے کہ یورپی معاشروں میں نہ ہوں، تو بھی وہ ان کی طرف دوسروں کے موقف کی پرواہ کیے بغیر شرعیہ کی شقوں کو اپنی حقیقی فطرت میں پیش کرنے میں شرمندہ نہیں ہیں۔ ایک خاص لغت استعمال کرنے کے علاوہ جو دوسروں کے ساتھ بات کرنے اور ان سے ممتاز لباس پہننے میں زیادہ اصل ہے، جو ایک خالص اسلامی معاشرے کی تشکیل. اور اس کی تشکیل کے ل وضاحت اور واضح الفاظ کو ضروری سمجھتے ہیں۔[153] سلفیوں نے اخوان المسلمون کے اس کے ممبروں کے لئے تنقید کرنے کے باوجود بہت سارے ظاہری نظریات کو قبول کرنے میں ملوث ہونے پر، جس کو وہ غیر اسلامی سمجھتے ہیں، اخوان کے نظریاتی نظریات اسلامی بنیادوں پر شریعت کی دفعات کے بارے

153. سلفیوں اور اخوان المسلمون کے مابین تنازعہ میں، ملاحظہ کریں: خلیل ال عنانی، مصر اخوان المسلمون: اس کے شیخوں کی جدوجہد وقت سابقہ ماخذ کے ساتھ۔

اور ہے:

Quintan Wiktorowicz, The Management of Islamic Activism: Salafis, the Muslim Brotherhood, and State Power in Jordan (Suny Series in Middle Eastern Studies), State University of New York Press, 2000.

خلیجی ممالک میں اخوان المسلمون اور سلفی محققین کا ایک گروپ، المسبر سنٹر برائے مطالعہ و تحقیق، 2، 2011 ایڈیشن۔

Joas Wagemakers, Muslim Brotherhood and Salafism, 2019, https://link.springer.com/chapter/10.1007/978-981-13-9-91668-8_16

میں اپنے مؤقف کو جواز پیش کرتے ہیں، جیسے سنت نبوی سے غیر مسلموں کے ساتھ معاملات میں مثال کے طور پر مطالبے کے مطالبے کے بعد. مرحلے کی ضروریات کے مطابق ہے۔

اس ماڈل کے مطابق، اخوان المسلمون کا ادب اس بات کی تصدیق کرتا ہے کہ دعوت کا، پہال مرحلہ فرد کی تعمیر اعتقاد کو واضح کرنے سمجھوتہ کرنے والی وکالت کی تقریر اپنانے، اور ہر چیز کے بارے میں خاموشی کے ساتھ ہر اس چیز کے بارے میں خاموشی کے ساتھ محدود ہے جو گروہ کے خلاف ورزی کرنے والوں سے دوسروں کے خوف کو بڑھا سکتا ہے۔ چاہے وہ مسلمان ہوں یا دوسرے جو اخوان کے تصور کے مطابق شریعت کا اطالق کرتے ہیں، اور اسی وجہ سے اسلام کا مکمل نفاذ صرف آخری مرحلے میں ہی ہوسکتا ہے جس میں سیاسی کھیل میں داخل ہو کر اقتدار پر قابو پایا جاتا ہے، یا اگر ضرورت ہو تو جہاد کا اعلان کر کے۔

لہذا، یہ کہا جاسکتا ہے کہ اخوان المسلمون کا پروگرام عام طور پر عام لوگوں کے، سامنے پیش نہیں کیا گیا ہے اور اس کے اسرار کو صرف ان کے آداب، رویوں اور معاشرے میں ان کے طرز عمل کا جائزہ لے کر چھپا چھپا کر تالش کیا جاسکتا ہے۔

3-1-3 خاریجیوں[154]: حکومت اور بغاوت کی قانونی حیثیت

خاریجیوں کا نام اکثر سیاسی اسلام تنظیموں سے وابستہ ہوتا ہے، ان میں سے اخوان المسلمون بھی شامل ہے۔ اور یہ تعلق نظریات کی سطح کے ساتھ ساتھ عالمتی سیاسی تخیل کی سطح پر بھی پایا جاتا ہے۔ یہ وہ لوگ ہیں جنہوں نے حکمرانی" کے نام سے سیاسی مسلک کی بنیاد رکھی، جسے سید قطب نے اپنی سوچ کا مرکز بنایا اور ان

154. خارجیوں اور اخوان المسلمون کے مابین تعلقات کے بارے میں۔

Jeffery T. Kenney, Muslims Rebels: Kharijites and Politics of Extremism in, Egypt, Oxford University Press, 2006.

اور بھی

ناصر بن عبدالکریم العقل خارجیوں، اسلام کی تاریخ کا پہال فرقہ (ریاض: دار کونوز اشبیلیہ 2008)

سلیمان بن صالح الغسان خارجیوں: ان کی اصلیت ان کے اختلافات، ان کی خصوصیات اور ان کے سب عمل سے نمایاں عقائد کارد (ریاض: دار الکونوز اشبیلیہ 2009)

کے بعد یہ سیاسی اسلام گروپوں کے نظریاتی تصور میں مرکزی عالمتی مرکز بن گیا۔ اس کا اثر یہ ہے کہ سیاسی اختیار صرف اور صرف خدا کا حق ہے، اور اس لئے کوئی بھی قانون جو حکم کے مطابق نہیں ہے اسے اسلام سے دوری سمجھا جاتا ہے۔

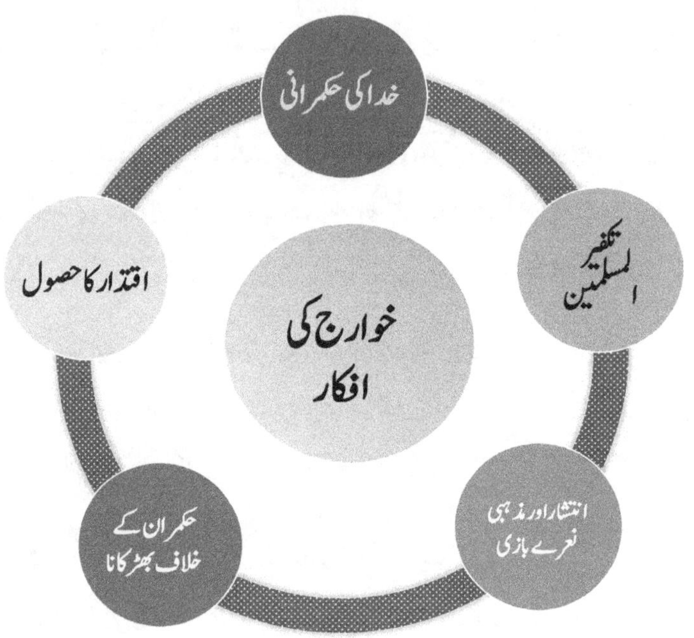

خارجی ایک اسلامی زبانی گروہ ہے جو چوتھے خلیفہ علی بن ابی طالب کی حکومت کے آغاز کے ساتھ ہی پیدا ہوا تھا، اس کے دور میں شروع ہونے والے سیاسی تنازعات کے نتیجے میں۔ تیسرے خلیفہ عثمان بن عفان کی موت کے بعد، علی اُور معاویہ کے مابین جانشینی پر، ایک جدوجہد شروع ہوگئی اور ان میں سے ہر ایک ان کے دائل، پیروکار اور ان کی فوج بن گیا۔ مسلمان دو مخلاف گروہوں میں تقسیم ہوگئے اور دونوں لشکر 657 عیسوی میں اسی سال سن د ہجری میں سیفن کی مشہور جنگ میں مال

<table>
<tr>
<td>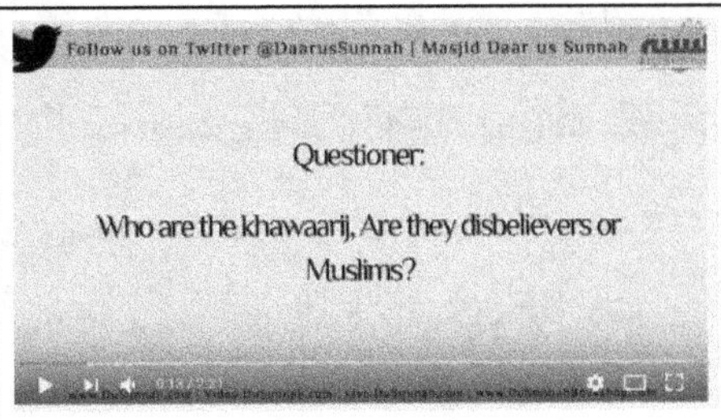
</td>
<td>

ویڈیو کا عنوان:

خوارج کون ہیں، کیا یہ کافر ہیں یا مسلمان؟ شیخ 'عبد ال-عزیز' عزیز ابن باز

اس لنک پر:

https://www.youtube.com/watch?v=Bpw5Umi4EYO

- شیخ عبد العزیز بن باز خارجیوں کی نوعیت کے بارے میں سوالات کے جوابات دیتے ہیں، خارجی کون ہیں؟ کیا وہ کافر ہیس یا مسلمان؟ ابن باز نے کہ کہ خارجی ایک فرقہ ہے جس کی دین میں مبالغہ اور مشقت ہے اور وہ نماز، پڑھنے اور اس طرح کی مستعد ہیں، لیکن ان میں مبالغہ آرائی ہے، اور انہوں نے اپنے تکبر کی شدت کی وجہ سے اہل گناہ کا انکار کیا۔
- خارجیوں نے ان کے بارے میں نبی کریم صلی اللہ علیہ وسلم کے بارے میں کہا، خدا کی دعائیں اور سلامتی: وہ اسلام سے رجوع کرتے ہیں جیسے ہی ایک تیر پھینکا جاتا ہے، اگر میں ان کو پکڑ لوں تو میں انھیں "واپسی کے لوگوں" کو ہلاک کر کے قتل کر دوں گا۔ کیونکہ جہاں بھی آپ ان کو ڈھونڈیں، انہیں مار ڈالو، کیونکہ ان کے قتل میں اس کے لئے اجر ہے جس نے ان کو قتل کیا۔
- خارجی، بدعتی، نافرمان، خطاکار، مذہب کے سلسلے میں اجتماد میں مبالغہ آرائی رکھتے ہیں اور لوگوں کے گناہ معاف نہیں کرتے ہیں۔

</td>
</tr>
<tr>
<td colspan="2"></td>
</tr>
<tr>
<td colspan="2">https://www.youtube.com/watch?v=Bpw5Umi4EYO</td>
</tr>
</table>

جس، تاہم، اس لڑائی کا ہاتھ معاویہ کے مفاد میں نہیں نے عمر بن العاص کے مشورے کی بدولت اپنی فوج کو کتاب خدا کی آزمائش کے لئے نیزوں پر قرآنیوں کو اٹھانے کا حکم دیا، جس کا علی نے قارئین کے پیروکاروں کے دباؤ کے بعد جواب دیا جو کھار جیٹ ڈویژن تشکیل دے گا۔ تاہم، وہ اس کے خلاف ہو گئے اور ثالثی قبول

کرنے کی وجہ سے اس سے علیحد گی اختیار کرلی، لہذا وہ تب سے ہی عدالت "کے طور پر جانتے" تھے[155] کیونکہ انہوں نے دیکھا کہ قرآن نے ان "طوائفوں" کے، معاملے پر فیصلہ کیا تھالہذا مردوں کے لئے یہ جائز نہیں ہے کہ وہ خدا کے ذریعہ حکمرانی "کا فیصلہ کیا کریں۔" تو انہوں نے یہ نعرہ بلند کیا کہ "خدا کے سوا کوئی فیصلہ نہیں ہے، یہ وہ قول ہے جس سے وہ خدا خوش ہو، اس کے، مشہور جملے کا جواب دیا یہ سچائی کا لفظ ہے کہ وہ "جھوٹ چاہتے ہیں[156]۔"

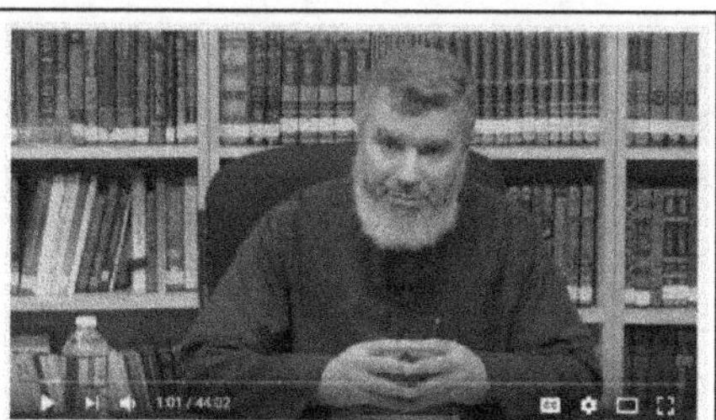

ویڈیو کا عنوان:

خوارج کے ساتھ ابن عباس کی بحث۔اتہاس میں اسلام کا پہلا انحراف

اس لنک پر:

https://www.youtube.com/watch?v=N8AuaMJ9URc

- شیخ حسینی شیبانی نے کہا کہ "وہ بحث جو عبداللہ بن عباس اور خوارج کے فرقہ کے مابین ہوئی، بہت سے علماء نے اسے اسلام کی تاریخ میں رونماہونے والا پہلا انحراف سمجھا۔
- خوارج علی بن ابی طالب کے زمانے میں ابو بکر اور اس کے تمام پیروکاروں کو کافر "کفر" سمجھتے تھے۔
- خوارج متشدد تھے اور دوسرے مسلمانوں کو مار رہے تھے، اور علی بن ابی طالب کو ان کا مقابلہ کرنا پڑا۔

https://www.youtube.com/watch?v=N8AuaMJ9URc

155. سلیمان العضن، سابقہ ماخذ، ص 41

156. محمد عمارہ، اسلامی فکر کی لہریں، شمارہ 2، (قاہرہ: دار الشروق، 1997) ص 12

اس طرح، خارجیوں نے سب "سے پہلے "اکیلے حکمران خدا کے خیال کو اسلامی سیاسی فکر اور اسلامی مذہبی فکر میں متعارف کرایا[157]۔ ان کے خونی، مہلک نظریے اور ان کے ظہور کے بعد سے جہاد کی ان کی غلط تشریح اسلامی تاریخ کا ایک الزوال طریقہ بن گیا۔ یہ "قاتلوں "اور دیگر کے، خطوط پر نمودار ہوا۔ نیز جدید دور میں، بہت سے گروہ ابھرے ہیں جو اپنے نظریات کو مکمل کرتے ہیں اور جہاد کے ایک مثالی طریقہ کے طور پر قتل و غارت گری کے خیال سے وابستہ ہیں[158]۔

ان میں سے اخوان المسلمین بھی ہیں جنہوں نے حکمرانوں کے خلاف بغاوت کو جواز پیش کرنے میں کھارجیوں کی سنت کو اپنایا ہے۔ جہاں خارجیوں نے علی کے خلاف ناانصافی کو ختم کرنے، بھالئی کا اشارہ کرنے اور برائی سے روکنے کے ساتھ ان کے جانے کا جواز پیش کیا[159]، اور اس کے بعد وہ مسلم ائمہ کے خلاف نکلے اور مسلم برادری کو الگ کر دیا، اور یہ ان لوگوں کا فطری نتیجہ ہے جو اپنی مرضی پر حکومت کرتے ہیں اور اسلام کی ہدایت سے انحراف کرتے ہیں[160]۔ اور انہوں نے انتہا پسندی کی طرف اپنے فکری رخ کو فروغ دینے کے لئے کام کیا، یہاں تک کہ صورت حال ان کو رسول کی سنت سے مبالغہ the اللہ مداخلت اور انحراف کی طرف پہنچی، خدا انہیں رحمت کرے اور اسے سالمتی عطا فرمائے، اور ان لوگوں کے لئے جو امت اور ان کے کفارہ سے اختالف نہیں کرتے تھے۔[161] ان کی تاریخ میں مبصرین کو ان کے جذبات کی پیروی اور ان کے مخالفین کے ساتھ ہونے والی حقیقت کے ان عالمات کے نتیجے میں رائے کے لئے اندھی جنونیت اور پذیرائی ملتی ہے۔ یہ وہ لوگ ہیں جو ان کی رائے سے متکبر ہیں اور اپنے جھوٹ کے بارے میں

157. محمد سعید العشماوی، سیاسی اسلام، شمارہ 4، (قاہرہ: چھوٹا مڈبولی لائبریری 1996) ص 52

158. سابقہ ماخذ، ص 141

159. سلیمان العضن، سابقہ ماخذ، ص 39

160. سابقہ ماخذ، ص 101

161. ایک ہی ماخذ، ص 83

متکبر ہیں[162] اور خدا کے مومن بندوں پر اعتماد کرتے ہیں، لہذا وہ اپنے قول و فعل کو بدترین چالوں پر ڈالتے ہیں اور اپنے مسلک کے علاوہ کسی بھی مسلمان پر بھروسہ نہیں کرتے ہیں۔ بلکہ، وہ ان لوگوں سے نفرت کرتے ہیں جو ان سے اختلاف کرتے تھے[163]، لیکن انہوں نے زمین پر تباہی مچادی اور خدا کے ان وفادار بندوں کو قتل کرنا شروع کردیا جو ان کے اعتراف پر راضی نہیں تھے[164]۔

<table>
<tr>
<td></td>
<td>ویڈیو کا عنوان: "951 خارجیوں کے بارے میں ایک سائل سے پوچھا جاتا ہے، اور کیا وہ موجودہ دور میں موجود ہیں؟ جائزہ کے جائزہ: شیخ عثمان الخمیس"۔

اس لنک پر:

https://www.youtube.com/watch?v=MY_-jswijyY

- ڈاکٹر عثمان الخمیس، جو حدیث اور تنقیدی علوم کے ماہر ہیں، علی بن ابی طلب کی حکمرانی سے علیحدگی کے بعد خارجیوں کے ظہور کی وضاحت کرتے ہیں، خارجیوں نے اس کے خلاف بغاوت کی اور علی بن ابی طالب اور معاویہ بن ابی سفیان کے مابین ہونے والی ثالثی کو قبول نہیں کیا، خارجیوں نے اس مابعد کو کفر سمجھے۔
- ڈاکٹر عثمان الخمیس نے کارجیوں کے معنی بیان کرتے ہیں، اور اس بات کی نشاندہی کرتے ہیں کہ وہ بدکاری کے فرقوں سے ہیں اور سنیوں میں سے نہیں ہیں، اور آج بھی خارجی ہیں، او عران کا بیان ہے کہ ان کا پہلا ظہور عثمان بن عفان کے زمانے میں کافر تھا۔ اس کی ظہور صحیح طور پر علی بن ابی طالب کے زمانے میں تھا، اور انہوں نے حکمران اقتدار سے ہٹ کر مطالبہ کیا تھا۔</td>
</tr>
<tr>
<td colspan="2"></td>
</tr>
<tr>
<td colspan="2">https://www.youtube.com/watch?v=MY_-jswijyY</td>
</tr>
</table>

162. ایک ہی ماخذ، ص89

163. ایک ہی ماخذ، ص92

164. ایک ہی ماخذ، ص94

خارجیوں اور اخوان[165] المسلمون کے مابین مماثلتیں۔[166]

	خوارجیوں	اخوان مسلمین کا جماعت
شک کرنا	انہوں نے خلفاء کی ایمانداری اور ان کے انصاف پر شک کرنا	وہ مسلم حکمرانوں کے خلاف ان کا رخ موڑنے کے جواز پر سوال کرتے ہیں۔
کفارہ کرنا	عثمان اور علی، اللہ ان پر راضی ہو جائے، کافر قرار دیئے تاکہ دونوں کو بہار نکالنا	وہ تمام مسلمانوں کے حکمرانوں کو کافر قرار دیتے ہیں۔
حکمرانی	پہلے خدا کی حکمرانی کے نظریئے کو اسلامی سیاسی فکر میں متعارف کروانا۔	سید قطب نے عصری مسلم حکمرانوں کے جواز کو ختم کرنے کے لئے خدا کی حکمرانی کا نظریہ بنایا۔
تاریخ کی ترجمانی اور جھوٹی بات	وہ دھوکہ دیتے ہیں کہ وہ اسلام کے کچھ معزز علماء کے بارے میں اطلاع دے رہے ہیں، جبکہ وہ اپنے طریقہ کار، اور اخلاق سے متصادم ہیں۔	وہ اہل علم کی اتھارٹی پر کتابوں اور افواہوں کا دورہ کرتے ہیں تاکہ ان کی منظوری اور ان کی حمایت کا دعوی کریں۔
اکسانا	حکمرانوں کے خلاف استعال انگیزی، دھرنوں اور مظاہروں کا نافذ کرنے والے پہلے افراد ہیں۔	وہ انقلابات اور مسلح کاروائی پر یقین رکھتے ہیں۔
جڑتااور تبدیلی کو مسترد کرنا	وہ حکمرانوں کے فقہ کی مخالفت کرتے ہیں جیسے عثمان نے قرآن مجید کو جلائے اور "مینا" "مینا" میں نماز پوری کیا۔	وہ کسی بھی متنازعہ مسئلے کی مخالفت کرتے ہیں جہاں حکمران رائے لیتے ہیں۔
اقلیتوں کے ساتھ رویہ	انہوں نے علی کے وقت ذمیہ کے خون کو ناپاک کیا، خدا اس سے راضی ہو۔	انہوں نے اسلامی ریاست میں قیادت کے عہدے سنبھالنے والے غیر مسلموں کو مسترد کردیا۔

165. الاشعری کہتے ہیں": پوری کھارجیوں نے اس کے سامنے ابو بکر اور عمر کو ثابت کیا اور، عثمان کے سامنے انکار کیا خدا ان واقعات کے وقت ان پر راضی ہو جس کے لئے ہم ان کے لئے کھڑے ہیں، اور وہ علی کے سامنے اس کے فیصلے کرنے سے پہلے ہی کہتے ہیں، اور جب اس نے ثالثی کا جواب دیا تو وہ اس کے سامنے انکار کرتے ہیں۔" اس کتاب میں اس اس کا تذکرہ کیا گیا ہے: ابن فورک الصباحانی، شیخ ابی الحسن الاشعری کے صرف مضامین

166. سلیمان بن صالح، سابقہ ماخذ، ص 57

2-3 حالیہ حوالہ جات: نشاۃ ثانیہ کے مفکرین

عرب نشاۃ ثانیہ بنیادی عوامل کے منطقی نتیجہ کے طور پر ابھری: پہلا، مغربی تسلط اور بالادستی جو نہ صرف اسلامی ممالک کے لئے خطرہ بن گئی ہے۔ لیکن پوری اسلامی تہذیب کو بھی دوسرا، مصر میں عرب اشرافیہ، خاص طور پر مغربی ماڈل نے، سن 1805 سے 1848 کے درمیان محمد، علی کی حکومت کے بعد سے مصری ریاست اور اس کے اداروں کو جدید بنانے کے جرتمندانہ عمل کے بیچ اپنے آپ کو کھول دیا[167]۔ مشرقی کتب خانہ، 1987 اس مرحلے کو مصر میں انشاثانیہ کی تحریک کی ایک سب سے اہم ثقافتی عالمت "رفاعی رفیع التطوی" کی نگرانی میں 1801-1873 سائنسی، قانونی اور معاشرتی علم کی ایک بڑی ترجمانی کی تحریک نے نمایاں کیا[168]۔

1-2-3 الافغاني.

اسلامی احیاء کی فکری جڑیں اور تاریخی نظیر کا ین ال افغانی al پتہ جمال الد کو لگایا جاسکتا 1838-1897 ہے، جنھیں جدید اسلامی تاریخ میں اسلامی نشاثانیہ اور اصلاحی تحریک کی ایک سب سے بڑی اور اہم ترین رہنما سمجھا جاتا ہے۔ جہاں اس کا اصل ہدف یہ تھا کہ اسلام کی دوبارہ تشریح اور اسے جدید دور کے مطابق ڈھال کر یورپی تسلط کا جواب دیا جائے، کیونکہ مغرب اور اسلام دو تصورات بن چکے ہیں جو پنر جہرن کے

167. محمد علی کے عہد میں مصر میں جدید کی تحریک پر.

یونان لیب برزک اور محسن یوسف) ترمیم شدہ اور تدوین کردہ(، محمد علی کے دور میں مصر کو جدید بنانا اسماعیل سیر اجڈین نے پیش کیا، (اسکندریہ، اسکندریہ لائبریری ،2007)

Noha Mostafa, The Modernization of Egypt in the Nineteenth Century: A Comparison with the Japanese Case, https://bit.ly/2Fgk4cW.

168. دیکھو:

Hussah A.S.r.S. Al Senan, The Change in Vocabularies of Freedoms and Rights in Egyptian Political Writings from al-Tahtawl until 1952, thesis for the degree of Doctor, University of Exeter, 2016, p.66.

علمبرداروں کی سوچ میں جڑے ہوئے ہیں۔تاہم، وہ اخوان المسلمون سمیت سیاسی اسلام گروپوں کی سوچ پر بھی منفی اور اہم اثر ورسوخ کا ایک ذریعہ تھا جو ان کے جانے کے بعد قائم ہوا تھا[169]۔

الئبریری وہ اسد آباد میں ایک اعلی افغان گھرانے سے پیدا ہوا تھا اور کابل میں پرورش ہوئی تھی، اور اس نے اپنی زندگی کے بعد کے وقت میں فرانسیسی زبان سیکھنا شروع کرنے سے پہلے ہی عربی اور فارسی زبانوں کے بارے میں اپنے علم کے آغاز ہی سیکھا تھا اور قرآن مجید اور اسلامی علوم کی کچھ سے اٹھارہ سال کی عمر میں پہنچنے کے بعد، اس نے کچھ جدید علوم کے مطالعہ کے لئے ہندوستان کا رخ لیا، جب وہ انیس سال کا تھا تو افغانستان واپس جانے سے پہلے فریضہ حج ادا کرنے کے لئے وہ حجاز بھی گیا تھا۔

اس نے وہاں قسطنطنیہ کا بھی سفر کیا، اس کی شہرت پھیل گئی اور اس کا مکان بلند ہوا، اور اس نے اصالح پسند کی مالقات کی، عثمانیوں کے ساتھ اچھے دوست تھے پھر وہ 1871 میں مصر چلے گئے۔ کال سے وہ تھوڑی دیر کے لئے وہاں رہا، االزہر کی کثرت سے اور اپنے علمائے کرام سے مالقات کی اور اس کی سیاسی سرگرمی کا آغاز

169. دیکھو:

Jamal al Din al Afghani, Encyclopedia of the Middle East, http://www.mideastweb.org/Middle-East-Encyclopedia/jamal_al-din_al-afghani.htm

قرضوں کے بحران کے بڑھتے ہوئے 1876 میں ہوا، اور کھیڈیو کے ظلم وستم کے بارے میں شکایت کرنے والے متعدد علماء، مالزمین، قابل ذکر افراد اور طلباء اس کے آس پاس جمع ہوگئے۔ یہ ناجائز حالات ہیں جس میں مصری عوام رہتے ہیں اور غیر ملکی مداخلت سے جس نے خود کو دو طرفہ مانیٹرنگ سسٹم اور عوامی قرض کمیٹی میں ظاہر کیا ہے۔[170]

جمال الدین افغانی کی افکار

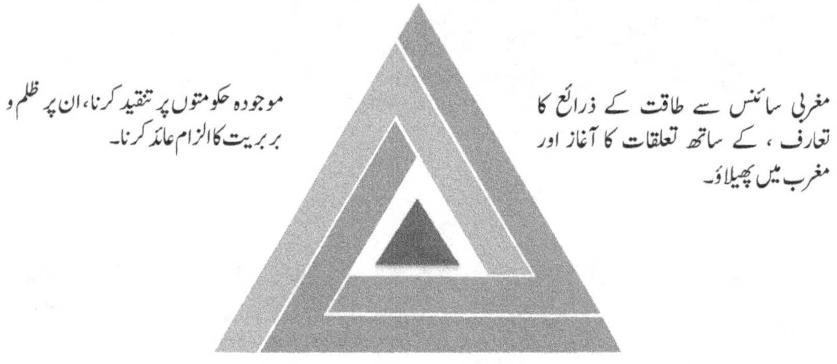

ایک مصری دانشور اور سیاسی ماحول نے اپنے خیالات کو پھیلانے میں افغان کی مدد کی اور کھیڑوی اسماعیل کی حکمرانی سے کھلے عام کھلے ماحول کی وجہ سے شام اور لبنان کے متعدد صحافیوں اور لبنان کے متعدد صحافیوں اور دانشوروں کی تلاش کے نتیجے میں صحافتی کاموں کے احیاء کا فائدہ اٹھاتے ہوئے، نوجوان قومی تحریک کے اظہار کے لئے اک سیاسی صحافت کے قیام میں حصلہ لیا۔ اس کے علاوہ مصری مصنفین اور دانشور اشرافیہ کے

170. دیکھو:

Sayyid Jamal al-Din Muhammad b. Safdar al-Afghani (1838-1897), http://www.cis-ca.org/voices/a/afghni.htm

ذہنوں میں قومی اور محب وطن نظریات کے نمونے کہ علاوہ ہے کے ان کی طالبہ محمد عبدو، عبد اللہ ال ندیم یعقوب ثنا، محمود سمیع البرودی اور ابراہیم المولی کی زیر قیادت بھی شامل ہے۔

مصر میں، افغانیوں نے خفیہ فری پیٹریاٹک پارٹی کی قیادت کی، جو مصر کے عوام، پر مصر کا نعرہ بلند کرتی ہے انفرادی حکمرانی کی آمریت سے سیاسی جمہوریت اور، آزادی کا مطالبہ کرتی ہے اور سائنس، تخلیق، جدت طرازی، مشق کی تجدید، صحیح افہام و تفہیم مستعدی اور اندھی جنونیت کی بحالی، سنتوں کو زندہ کرنے اور اس کی موت کو مستحکم کرنے کے لئے، غیر ملکی اثر ورسوخ کے خلاف انقلاب کا مطالبہ کرتی ہے۔ اور خرافات. مذہب کو ناجائز، جادو اور انحراف سے نجات دالنے کے ل اور انہوں نے کہا کہ اس، سلسلے میں ایک ایسی مذہبی تحریک ہونی چاہیئے جس کا تعلق عام لوگوں کے ذہنوں میں جکڑے ہوئے ارتکاب سے ہے اور ان کے اصلی چہرے کے عالوہ کسی مذہبی عقائد اور قانونی متن کو سمجھنے اور عوام کے درمیان قرآن مجید اور اس کی صحیح تعلیمات بھیجنے اور اس کی مضبوطی کی طرف آن کی وضاحت کرنے سے متعلق ہے۔ تاکہ یہ انھیں اس میں ہے جس نے دنیا اور آخرت میں ان کی مدد کی۔ ضروری ہے کہ ہمارے علم کو بہتر بنایا جائے ہماری الئبریری کا ٹیکہ لگائیں اور ان میں کام کو سمجھنے کے لئے آسان گیٹس کے قریب رکھیں تاکہ ہم ان کو ترقی اور کامیابی تک پہنچنے میں استعمال کر سکیں[171]۔

حسن البناتاہم، ان کے بہت سارے نظریات مذہب کی سیاست کی حمایت کرنے، ان کے نظریات کے نظام کو مرتب کرنے میں منفی اثر ڈالنے کے لئے لیک کر دیئے گئے تھے، اور ان میں سب سے بڑھ کر تھا، جو انھیں ایک فوجی باز و اور بغاوت کا شکار ہونے والے فوجی معاملے سے بند ہونے اور خطرے سے دوچار ہونے کے ساتھ ایک سیاسی مذہبی تنظیم کی خدمت میں ملازمت کرنے میں کامیاب ہو گیا تھا۔

171. دنیا اور مذہب کی اصالح کی ضرورت کے بارے میں جناب جمال الدین کی تعلیمات زمین خفاجی ، 1 جوالئی 2007 سوشلسٹ ، کے لنک پر
https://revsoc.me/revolutionary-experience/tlym-lsyd-jml-ldyn-fy-wjwb-slh-ldny-wldyn

ہم اخوان المسلمون کے انتخابی تعامل کی نوعیت کا تذکرہ کرتے ہیں جس کے ساتھ اسلامی فکر اور ورثہ ہے، جس نے اسے جمال الدین اال افغانی کی فکر کے علاوہ کسی اور کے خیالات اور تصورات پر توجہ مرکوز کر دی۔ ایسا لگتا ہے کہ مؤخر الذکر اپنے منصوبے میں البنا کے ساتھ موجود تھا جس سے، مغرب سے اس کی گرفت میں آنے سے متاثر ہوا، کیونکہ افغانی ایک حد تک مغرب اور استعمار کی طرف دفاعی مؤقف اپنا رہے تھے[172]۔ ان کا ماننا ہے کہ اگر مسلمان مغرب کا مقابلہ کرنے کے لئے کافی نہیں ہیں تو، حل اس کے پاس اس کے سامنے اس کے سامنے اپنی زندگی کے نمونے اور اس کی ثقافت کے ظہور کا حوالہ دینے سے پہلے ان کے دروازے بند کرنے سے پہلے ہی کھولنا نہیں ہے، کیونکہ اگر وہ انھیں کھولنے پر اصرار کرتے ہیں تو، اس مفاد میں جو کچھ ہوگا اس کے سوا اور کچھ نہیں ہوگا جو ان کے اختیار سے استعفی اور اطمینان کا باعث بنتا ہے[173]۔ افغانی مغرب کے لئے صرف ایک محدود اور مشروط کشادگی کو اس حد تک قبول کرتا ہے کہ اس سے مسلمانوں کو اختیارات کے آالت اور ان کے ذرائع خصوصا فوجی قوت کا قرض لینے کی اجازت مل جاتی ہے۔ العثانی کا مؤقف مغرب کے خلاف اور ان مسلم حکمرانوں کے خلاف انقلاب کی حیثیت رکھتا ہے جنہوں نے اس مغرب کو اپنے ممالک میں جانے اور غلبہ حاصل کرنے کی اجازت دی۔ گھس جب کہ ہمیں محمد عبدو اور محمد راشد رد دونوں کی حیثیت ملتی ہے، جو عام طور پر نوآبادیات کی طرف ایک جھگڑا ہے، اور قوم اور اس کے ساتھ اشرافیہ کی ترجیحات نوجوانوں کو تعلیم و تربیت فراہم کرنا ہیں تاکہ وہ بحالی کے شرائط اور اس طاقت کا اندازہ کر سکیں جس کے ساتھ وہ مغرب کا سامنا کرتے ہیں۔

یہ اس حقیقت کی وجہ سے ہے کہ جمال الدین ال افغانی کا ماننا تھا کہ وکالت کے لئے مذہب کی اصالح اور سہولت کی بنیادی اساس اسلام کی ابتدائی ابتداء کی طرف لوٹنا ہے۔ قرآن مجید اور سنت کی بنیاد پر ہی رسول پار شی امور میں اصلاحات آتی ہیں۔ سیاسی امور سمیت، اس لئے اسلامی یونیورسٹی کا خیال جو عالم اسلام کو ایک بڑا دفاعی اتحاد تشکیل دے سکے گا تاکہ وہ خود کو فنا سے بچائے، اس کے ذہن میں آیا۔ اس کی وجہ یہ ہے کہ ہم،

172. احمد الموال، ہم عصر مصر میں اسلامی بنیادی اصول کی جڑیں: راشد ردہ اور المنار میگزین، قومی کتابیں اور، آرکائیوز کا ہاؤس، 2008 ص 26۔

173. سابقہ ماخذ، ص 26

انحطاط کو دیکھ چکے ہیں: اور یہ ہے کہ اسلامی ریاست جواب خود ہی اپنے امور پر، اپنی طاقت نہیں بنا سکتی ہے جب کہ مغربی ممالک ہزاروں بہانے، جنگ، لوہے اور آتشبازی کے ذریعہ، پنر جہرن کی ہر تحریک کو ختم کرنے کے لئے باز نہیں آتے ہیں. اور اسلامی "اصلاحات ممالک میں [174]

اس گروپ نے "اسلامی یونیورسٹی "اور "مغربی، دشمنی کے خلاف" کے علاوہ البانی کی فکر سے ایک بنیادی خیال اپنایا جس نے اس کے ادب کو اسلام کی آفاقی" سے بھر دیا۔ جیسا کہ محقق محمد جبریل کہتے ہیں، اخوان المسلمون کے بانی حسن البنا کی طرف حمایت کی جانے والی عالمگیر اسلامیت" کے خیال" کو اس بیج کا ثمر تھا جو افغان نے اتحاد کی تالش میں اس وقت لگایا تھا، جس کا حصول مشکل تھا، اسلامی ممالک پر استعماری حملے کا سامنا کرنا پڑا[175]۔ مذکورہ بالا کے علاوہ، جمال الدین االفغانی نے حسن البنا کو متاثر کرنے والے دوسرے خیالات میں، اسلامی الزمیت کے بارے میں یہ خیال بھی پیش کیا ہے، جو اخبار اال، اور واالوثقہ نے پیش کیا ہے جو قومی سرحدوں کو مسترد کرنے اور روحانی اتحاد کے مفروضے پر مبنی ہے جو تمام مسلمانوں کو اکٹھا کرتا ہے۔[176] درحقیقت، البنا نے بھی جبریل کے بقول، الف-افغانی سے ایک گروپ کے قیام کا خیال لیا تھا، جبکہ آل فغانی نے ایک گروپ" کے قیام کا مطالبہ کیا تھا جو اس کے نظریات کو پیش کرے اور لوگوں کے ساتھ ان کے ساتھ کام کرے. البنا واحد تھا جس نے اس گروپ کو قائم کرنے کے لئے اس کی آواز اٹھالی کہ وہ اس گروہ کو ایک سیاسی جماعت کہنے کے خلاف اس کے قتل کے لمحے تک رہا۔[177]

انہوں نے بہت ساری تنظیمی اور تحریک امور میں عملی طور پر "الافغانی کی روایت کو قائم کرنے کی کوشش کی ۔ جبکہ افغانی نے "فری پیٹریاٹک فورم" کے نام سے جانا جاتا تھا، البنہ نے ایک گروپ، اخوان المسلمین قائم

174. سمیر حلیبی، افغانی، تنازعہ کے باوجود (ان کی وفات 5 شوال 1314 ھ) کی سالگرہ کے موقع پر اصلاحی، اسلام آن الئن، لنک پر: https://archieve.islamonline.net/?p=9118

175. محمد جبریل، جمال الدین االفغانی، اسلام میں بیداری کے گاڈفادر"، کھدائی سائٹ "2019/21/1"، لنک: https://bit.ly/31Xttsp

176. سابقہ ماخذ

177. سابقہ ماخذ

کیا، اور جب افغانی اور "محمد عبدو" نے کھیڈیو اسماعیل کے قتل کا منصوبہ بنایا تو، البنا نے ایک تنظیم قائم کی۔ قتل اور بم دھماکوں کا ایک مکمل راز خصوصی نظام کے نام سے جانا جاتا تھا۔ جب افغانی نے فرانسیسی اور ولی عہد شہزادہ توفیق کے تعاون سے کھیڈیو اسماعیل کو اقتدار سے ہٹانے کی سازش کی تو، البنا نے یمن کے کچھ الوزیر خاندان کے ساتھ مل کر امام یحیی کو معزول کرنے کی سازش کی جس کو 1948 میں ان کے انقلاب کے نام سے جانا جاتا تھا۔ اور جب افغانی ہر ملک میں اپنی جماعتوں کے ساتھ اپنے سیاسی عہدوں پر ہیرا پھیری کر رہا تھا جس میں وہ رہتا تھا، البنا نے بھی ایسا ہی کیا جب وہ محل، وافڈ پارٹی، دوسری جماعتوں اور انگریز کے مابین اپنے اتحاد میں متحرک رہا۔ اور وہ ثقافتی اشرافیہ کی چاپلوسی کرتے رہے، جیسے گفتگو میں یا طحہ حسین سے احمد امین پر فتح حاصل کرنے، کی کوشش میں۔ آخر کار جیسے ہی افغانی نے متعدد اخبارات قائم کیے، البنا نے صحافت میں بنیادی دلچسپی دکھا کر بھی ایسا ہی کیا۔[178]"

2-2-3 محمد عبدو

محمد عبدو (1849-1905) عالم اسلام کی تاریخ کے ایک اہم تاریخی مرحلے پر نمودار ہوئے۔ جہاں اس نے شکستوں کا ایک سلسلہ دیکھا جس کی سلطنت عثمانیہ کے تمام حصوں میں پھیل گئی، جس نے بیشتر عرب خطوں کو کنٹرول کیا۔ چونکہ عرب خطوں میں مستردہونے کے احتجاج کے جذبات بڑھنے لگے، اور یہ جلد ہی شہری بغاوتوں میں بدل گیا، جو متعدد علاقوں خصوصا مصر، سوڈان لیبیا اور الجیریا میں بڑھ گیا جو عثمانی کنٹرول کے حلقوں کو کمزور کر رہے تھے[179]۔

اسی طرح، محمد علی کی زیر قیادت اصلاحات کی پالیسیاں، جنہوں نے کے درمیان (1805-1848) مصر پر حکمرانی کی، نے ملک میں انتظامیہ اور معیشت کی سطح میں کوالٹی ردوبدل نہیں کیا۔ جس لہذا، یہ کہا جاسکتا

178. عبداللہ بن بجاد العتیبی، الافغانی اور البنا۔۔۔ الخطاب اور تنظیم لنک پر دستیاب ہے: https://bit.ly/3iUxOLo

179. فواد ابراہیم: مذہبی احیاء کی تحریک میں ایک اور مطالعہ، مطالعہ اور تحقیق کے لئے آفاق سینٹر، 2015/9/1، لنک پر: https://aafaqcenter.co/index.php/post/22299

ہے کہ اس مرحلے کے دوران مصر نے ناکامی کا مشاہدہ کیا اس نے ان بڑے فکری امور کی راہ کھولی جو اب تقریب پورے اسلامی وسطی میں کھڑے ہو رہے ہیں۔ جو مذہب کو دنیا کی جدید ترقیات کے منافی رکھتا ہے، تو، دوسری طرف یہ سوال مذہب اور دوسری طرف سائنس سیاست، معاشرے، معیشت اور عورتوں کے درمیان تعلقات کے گرد گھومتا ہے۔ اس طرح عرب فکر نے فوجی اور انتظامی شعبوں میں اصلاح کے معاملے کو بدل دیا۔ اس نے انہیں مذہبی میدان میں بھی منتقل کر دیا، جب اس کے ممبروں نے خود ہی مذہب کو تیز کرنا شروع کیا جس نے مقبول منطق کے مطابق، کھیڈیو کے اختیار کی تائید کی، اور عربوں کی معاشرتی اور تاریخی پسماندگی سے متعلق امور کا جواب تلاش کرنے کی کوشش کی[180]۔

ان حالات، میں، محمد عبدو جو عالم اسلام میں اصلاح اور تجدید نو کے علمبرداروں میں سے ایک سمجھے جاتے ہیں ،ایک ترکمن باپ اور ایک عربی بنو اودے قبیلے سے تعلق رکھنے والی ایک مصری والدہ سے پیدا ہوا تھا۔ اور وہ صوبہ بہیرا کے گاؤں محالت نصر "میں پال بڑھا۔" اس کے والد نے اسے گاؤں کے اسکول بھیج دیا، جہاں اس ،نے اپنا پہال سبق حاصل کیا پھر اس کے بعد وہ ٹنٹا میں احمدی مسجد - السید البدایوی مسجد میں شامل ہوئے۔ میں االزہر جہاں اس نے 1865 الشریف میں تعلیم حاصل کرنے سے پہلے قرآن حکیم اور عربی زبان کے علوم کا مطالعہ کیا اور اس میں 1877 میں گریجویشن کیا۔

محمد عبدو اپنی زندگی کے آغاز میں خفیہ، تنظیمی اور تحریک کے کاموں پر یقین رکھتے تھے، اور وہ کھیڈوی توفیق کا تختہ پلٹنے کی کوشش کر رہے تھے اور ایک خفیہ تنظیم کی تالش کر رہے تھے جس میں وہ ان تمام منصوبوں کو عملی جامہ پہنائیں گے جو انہوں نے حاصل کیا تھا اور شیخ ین ال افغانی جمال الد کے ہاتھوں سیکھا تھا جب وہ کے درمیان (اور 1879) مصر میں مقیم تھے۔ بلکہ، اس نے افیڈانی کے ایک فتوے کے ذریعہ کھیڈوی اسماعیل کے قتل کے بارے میں خیاالت رکھے تھے، اور یہ وہ خود اپنی یادداشتوں کے متن، میں بھی اعتراف کرتا ہے جہاں انہوں نے کہا: شیخ جمال الدین االفغاني نے خوال سے اتفاق کیا اور تجویز دی کہ میں اسماعیل کو

180. سابقہ ماخذ

مار ڈالوں اور وہ ہر روز اپنی گاڑی سے قصر النیل پل پر جا رہا تھا۔ لیکن یہ سب کچھ تھا جس کے بارے میں ہم سرگوشی کر رہے تھے۔ اور میں نے اسماعیل کو مارنے کے لئے پوری منظوری سے اتفاق کیا، لیکن ہمیں اس تحریک میں رہنمائی کرنے کے لئے کسی میں کمی نہیں تھی[181]۔

ان کا نقطہ نظر اپنی زندگی کے آغاز میں لوگوں اور عام لوگوں کو ان کے حکمرانوں کے خلاف بھڑکانے اور ان کی بدنامیوں کو پھیلانے پر مبنی میں "عرب" انقلاب کے 1881 حامیوں میں سب سے آگے تھا، اور اس کی تیز آوازوں میں اور جب اس میں ناکام رہا تھا تو اسے تین سال کی جالوطنی کی سزا سنانے سے پہلے ہی جیل میں قید کر دیا گیا تھا۔ مصر سے ان کی جالوطنی ایک نئے مرحلے کا آغاز تھا جس اس کے اثر و رسوخ کا دائرہ عرب ممالک میں پھیل گیا، اور بیروت میں، محمد عبدو رoلمہ نے چھ سال سے زیادہ عرصہ گذرا، اس دوران پیرس اور تیونس کے دورے ہوئے[182]۔

میں، محمد عبدو اپنے 1884 پروفیسر اور دوست جمال الدین اال افغانی کے ساتھ شامل ہوئے، جو ان سے پہلے پیرس گئے، جہاں انہوں نے اسی نام سے ال افغانی کے قائم کردہ خفیہ معاشرے کی آواز بننے کا مقصد جاری کیا جس، کا مقصد اسلامی فکر مذہبی، سیاسی اور معاشرتی اصالح اور استعمار، ظلم و فساد کے خلاف جنگ کی تجدید کا مطالبہ کیا گیا تھا[183]۔

پھر محمد عبدو اور اس کے طالب علم محمد رشید رضا نے ایک پوزیشن حاصل کی جو عام طور پر نو آبادیات پر سکون تھا، اور ان کی ترجیحات نوجوانوں کو تعلیم یافتہ اور تعلیم یافتہ بنانا تھیں تاکہ بحالی کے حالات اور اس طاقت کے

181. ایک پلٹ گئی شبیہہ "، امام" محمد عبدو کا دہشت گردی سے تجدید تک کا سفر (7) ، سائٹ ، 29 مئی 2018 :امان ویب، لنک پر http://aman.dostor.org/109299:

182. جدید تیمور فکر کے باخبر احمد تیمور پاشا، اس لنک پر الیکٹرانک ورژن: https://bit.ly/2UG4gsG

183. علی المحافظ، نشا ثانیہ میں عربوں کے مابین فکری رجحانات، (بیروت: اَلکالیہ، پبلشنگ اینڈ ڈسٹری بیوشن 1987)، ص 37.

ساتھ ان کا مغرب کا سامنا کیا جا سکے۔ محمد عبدو کی الرڈ کرومر سے دوستی کا مضبوط رشتہ تھا جو 1899 میں مفتی اسلام کے عہدے پر فائز ہونے کے پیچھے کھڑا تھا[184]۔

شیخ محمد عبدو نے اپنی اصلاحی تحریک کی بنیاد رکھی جسے انہوں نے اپنی، متعدد کتابوں میں تیار کیا جیسے سائنس اور تہذیب کے مابین کتاب اسلام اور عیسائیت جس میں انہوں نے، مذہب اور سائنس دونوں کی نمائندگی کرنے کے طریق کار اور ان کے درمیان تعلقات کے قدامت پسند اور البرل، سیکولر سلفی ماڈل کا مقابلہ کرنے میں اسلامی اور عیسائی مذاہب اور سائنس اور تہذیب پر ان کے اثرات کا موازنہ کیا۔ حوالے سے لہذا، اس کے اصلاحاتی منصوبے کو تقسیم کیا گیا تاکہ سلفی اور لبرل جماعتوں کی ایک ساتھ مل کر پہلی جماعت کو مذہبی تجدید کی ضرورت کے بارے میں باور کرایا اور ایک طرف قانونی متن کی روایتی تشریح کو مسترد کردیا۔ دوسری طرف، تہذیبی بحالی اور ٹیک آف کی شرائط کو اپنی پہلی اصل میں واپس کرنے کے بعد، اسلام کی قابلیت اور صلاحیت کے دوسرے فریق کو راضی کرنا[185]۔

ایک اسلامی تہذیب کا نمونہ قائم کرنے کے لئے شیخ محمد عبدو کے عظیم عزائم کے باوجود جو ذہن پر طلوع ہوتا ہے اور دوسروں کے تجربات سے روشن ہوتا ہے، اس کے مطالبے کے برخلاف، اس کے ماضی کے دانشورانہ نقطہ نظر کی تشکیل میں سیاسی اسلام کے دھارے کو مضبوط حمایت فراہم کی گئی۔ دجیسا کہ اس کا اثر اس پر پڑتا ہے جب اس نے فرانس کا دورہ کیا، "میں نے اسلام پایا لیکن مسلمان نہیں پایا، اور جب وہ مصر واپس آئے تو "مجھے مسلمان مل گئے اور اسلام نہیں مال۔" جیسا کہ کچھ لوگوں نے دیکھا ہے، اس جملے سے اس غلط فہمی کا اشارہ ہوتا ہے جس کے ساتھ اسلامی ریاست کے حامیوں نے حقائق کو الٹا موڑ دیا، اور اس نے مصر اور تمام مسلمانوں کی پسماندگی کو استحکام بخشنے میں بہت بڑا حصہ ڈاال ہے اور اس کا ایک منطقی نتیجہ

Mark Sedgwick, Muhammad Abduh, Ebook, 2013, https://bit.ly/2UFvkrK184

185. حامد زنار، "کیا محمد عبدو واقعی مغرب میں، اسلام مال تھا؟ "24 دسمبر مہذب مکالمہ ویب، 2010 سائٹ لنک پر http://www.ahewar.org/debat/show.art.asp?aid=239423&r=0 :

"اسلام ہی حل ہے۔[186]" یہ بولی اور خطرناک نعرہ قتل اور دہشت گردی کے ذریعہ کچھ مسلمانوں نے مسلط کیا ہے، کیونکہ ان میں سے کچھ اسے برقی طور پر اقتدار تک پہنچنے کے لئے سواری کے طور پر استعمال کرتے ہیں۔ یہ کہنے کی ضرورت نہیں ہے کہ آخر میں پوری اسلامی تحریکیں اس قول کو اپنی حدود تک لے جانے کی کوشش کے سوا کچھ نہیں ہیں. چونکہ جسے اسلامی بیداری کہا جاتا ہے حقیقت میں اس کی فطری توسیع کے سوا کچھ نہیں ہے جسے غیر قانونی طور پر جدید عرب پنر جہاں کہا جاتا ہے[187]۔

انہوں نے محمد عمارہ کے مطابق متعدد فقرے تجارتی طور پر بھی کہا کہ اسلام ہی حل ہے، جس میں ان کا یہ قول بھی شامل ہے کہ "راستہ اسلام ہے"، جہاں انہوں نے لکھا ہے": اسلام اصالح کا راستہ ہے اور ہمارے لئے کسی دوسرے تہذیب سے اصالح پسند رنگ، اصالح پسند فلسفہ یا اصلاحی نظریہ لینا درست نہیں ہے کیونکہ اسلام ہے۔ کافی اصالح کی راہ کے ل اور ذمہ دار"[188].

"اسلام ہی حل ہے" کا نعرہ اخوان المسلمین نے محمد عبدو کے منصب اور اس نوعیت سے متاثر کیا تھا جو وہ اپنے سابقہ بیان کی بنیاد پر مغرب اور اسلام دونوں کے لئے نمائندگی کرتا ہے، اور اس کو گذشتہ دہائیوں کے دوران تمام اسلام پسند گروہوں نے بڑے پیمانے پر اٹھایا ہے۔ "اخوان المسلمون اور سیاسی اسلام کی دیگر تنظیموں کی سوچ کے بعد سیاسی اور معاشرتی تبدیلی کے عمل میں نظریاتی ہتھیار میں تبدیل ہو گئے اور مسلمانوں کو مستقل طور پر یاد دالیا کہ اسلام آج بھی ان کے عصری مسائل اور ان کی معاشرتی بیماریوں کے تمام حل جمع کرتا ہے اور یہ کہ اسلام اپنی چھتری کو موجودہ وقت اور پھر مستقبل تک بڑھانے کی کافی صلاحیت رکھتا ہے"[189].

186. سابقہ ماخذ

187. سابقہ ماخذ

188. محمد عمارہ، بیسویں صدی کی سب سے مشہور بحث سول اور مذہبی ریاست، (2) کے درمیان مصر < قاہرہ: واہبہ الئبریری، 2011) ص 57۔

189. ڈاکٹر فوزی البدوی، متاثرہ ماحول سے متعلق امارات، ال اتحاد اخبار، 6 دسمبر 2017 کے لنک: https://bit.ly/2Sc7r9K پر

3-2-3 محمد رشید رضا

رشید رضا(1865-1935) لبنان کے گاؤں قالمون میں پیدا ہوئے اور وہ مصر میں وفات پا گئے ،ایک اسلامی مفکر سمجھا جاتا ہے، جو عصری اسلامی تاریخ میں اصلاحات کا علمبر دار ہے۔اس کے علاوہ، وہ ایک صحافی ،مصنف، اور ادبی مصنف تھے۔ وہ شیخ محمد عبدو کے سب سے اہم طلباء میں سے ایک تھے اور وہ المنار "رسالہ کے بانی تھے "جو 1898 میں مصر میں ان کے نام سے وابستہ تھے ، جس کے ذریعہ امام محمد عبدو کے ذریعہ قائم کردہ اپنے رسالہ الوروا الوثقہ " تھا[190]۔

وہ پہلی جنگ عظیم کے بعد" فیصل بن الحسین کے ذریعہ قائم کردہ شام کی پہلی حکومت کا رکن تھا۔ جب فرانسیسیوں نے شام کا کنڑول سنبھالا اور یہ حکومت گر گئی تو وہ مصر واپس چلا گیا اور رسالہ "المنار "رکنے کے بعد دوبارہ جاری کیا"[191]۔

رشید رضا نے صوفی ہونے کے . بعد سلفی فکر کا ساتھ دیا[192] جب اس نے اپنے استاد، محمد عبدو سے اس فکری پہلو میں امتیازی سلوک ظاہر کیا، جب راشد نے عثمانی ریاست کی ضرورت کے اعتراف کے سبب اس نے سیاسی اصلاحات میں شامل ہونے کا رجحان ظاہر کیا۔ اس کے بارے میں بات کرنے سے پہلے ،انہوں نے ایسے سیاسی معاملات پر محمد عبدو سے مشورہ کرنے کو ترجیح دی، لہذا انہوں نے مؤخر الذکر کو سیاست میں انہ جانے کی تجویز پیش کی ،اور جو بات انہوں نے انھیں بتائی کہ اس دور میں قرآن مجید کے علاوہ کوئی اور قائد نہیں ہے[193]۔

---

190. علی المحافضت، سابقہ ماخذ ص90

191. دور حاضر کے ماڈرنسٹس، میڈاد کی ویب سائٹ 2007/8/11 لنک: https://bit.ly/38e0eeZ پر

192. ابراہیم اعراب، پولیٹیکل اسلام: اور جدیدیت،(کاسابا لنکا مشرقی افریقہ،2000)ص39

193. ہزارشی بن جلول ، شیخ محمد رشید رضا اور ریاست عثمانیہ / ماسٹر کا مقالہ الجیریا محکمہ تاریخ 2002-2003 میں جمع کیا گیا ، آن لائن کاپی ، لنک:https://elibrary.mediu.edu.my/books/2014/MEDIU10064.pdf پر

<table>
<tr>
<td>
</td>
<td>**ویڈیو کا عنوان: استاد الحمامی، تونس "محمد رضا یا وہابی توسیع میں"**

اس لنک پر:

https://www.youtube.com/watch?v=CXKZCfbkpfM

- **امام محمد عبدو** جدید عہد میں اسلامی فکر کی تجدید کی علمبردار اور جدید اسلامی عرب نشاثانیہ کہ علوم اور اصلاح کے حامی ہیں، علوم میں تیز رفتار پیشرفتوں کے مطابق فقہ کے احیاء میں حصہ لیں اور مختلف سیاسی، معاشی اور ثقافتی شعبوں میں معاشری کی نقل و حرکت اور ترقی کو جاری رکھیں۔
- وہ نشاثانیہ کے بہت سے علمبرداروں سے متاثر تھے جنہوں نے علوم اور ادبی زندگی میں بہت حصہ ڈالا، جیسے: عبدالحمد بن بدیس اور محمد رشید رضا، اور طہ حسین، اور شاد زغلول، اور عبدالرحمن الکوابکی۔
- **محمد رشید رضا** اپنے استاد، محمد عبدو کی وہابی سلفیت کی راہ تک، جو محمد عبدو کی جدید سوچ کے سلفیسٹ کے مخالف ہیں اور اس نے (اخوان کا وہابی نظریہ) اپنایا، کا سب سے اہم تعصب ہے۔</td>
</tr>
<tr>
<td colspan="2"></td>
</tr>
<tr>
<td colspan="2">https://www.youtube.com/watch?v=CXKZCfbkpfM</td>
</tr>
</table>

محمد عبدو کے مشورے پر محمد راشد ردا کی تعریف کرتے ہوئے، انہوں نے عثمانی ممالک میں سیاسی واقعات کی نشوونما اور سلطنت عثمانیہ کے کچھ لوگوں کے ذریعہ جاری اثرات کی رفتار کے ذریعہ سیاسی کارروائی کے چیلنج کا سامنا کرنا پڑا۔ جو تجاویز پیش کی گئیں ان میں زمین کے ایک محدود حصے میں جانشینی کا نظام قائم کرنا تھا تاکہ

یہ صرف مرحلہ وار ہو سکے جس میں علمائے کرام کے فارغ التحصیل ہونے کے لئے ایک خاص پروگرام طے کیا جائے بشرطیکہ اس کے بعد خلفاء اُن کی شرائط حاصل کرنے کے بعد ان سے منتخب ہو جائیں[194]۔

محمد رشید رضا کی افکار

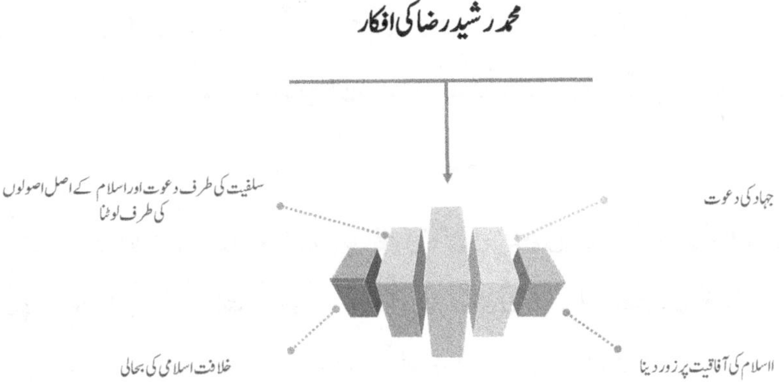

قوم کے سیاسی حالات نے علی راشد ردہ کو خلافت کے مسئلے پر تکرار کے ذریعہ اس اصالح پسند الئن کو اپنانے پر مجبور کیا، جس کو ان کی فکر میں خاصی توجہ ملی، لہذا جب انہوں نے رسالہ المنار تشکیل دیا تو، اس نے اپنے مقصد میں ملت اسلامیہ کو اسلامی " خلافت کی شرائط اور اپنے ریوڑ کے بارے میں عائد فرائض سے تعارف کروانا" لکھا[195]۔ اور 1898 سے 1924 کے دوران، محمد شید رضا نے اپنے مسلم خلیفہ کا منصب سنبھالنے کے لئے عثمانیوں کے دعوؤں کو عملی جامہ پہنانے کے لئے درجنوں مضامین لکھے[196]۔ محمد رشید رضا " نے بڑے موڑ " اور تبدیلیوں کے ساتھ طوفانی طوفانی واقعات کا مقابلہ کیا جس نے عالم اسلام کے ٹوٹ، جانے کی پیش گوئی کی تھی اس دور میں، تناؤ اور کشش کی طرف سے، خلافت عثمانیہ کے خاتمے سے قبل اس کو

194. ادریس ال کانبوری، کیا البغدادی نے راشد ردا کے خواب کو بھانپ لیا؟، ہیسپرس ویب، سائٹ، 20 اکتوبر، 2014 کو لنک پر :https://www.hespress.com/writers/243969.html

195. استنبول میں ایک سال مقیم :ہونے کے بعد، رشید رضا خالفت عثمانیہ کا وجود نہیں، عثمانی ویب سائٹ ،16 جوالئی، 2019 کو، لنک پر: -https://bit.ly/2SdeqPx

196. سابقہ ماخذ

بچانے اور اسے بیسویں صدی کے دوسرے عشرے کے آغاز میں زندہ کرنے کی کوششوں کے درمیان۔ اس تناظر میں اس کے ساکھ کے مطابق، انہوں نے اسلامی پالیسیوں کی رہنمائی میں اہم کردار ادا کیا۔ اور اپنے متعدد مضامین کے ذریعہ جو المنار میگزین میں شائع ہوا تھا۔ انہوں نے دو اسلامی، کانفرنسوں میں بھی حصہ لیا پہلی مکہ میں 1926 میں اور دوسری یروشلم میں 1931 میں، اور انہوں نے نوجوان ترکی "انقلاب کے بعد اور انگریزوں کے ساتھ جنگ کے دوران ہونے والے مذاکرات میں شام کی سیاسی جدوجہد میں اہم کردار ادا کیا[197]۔

"انجمن اور ترقی کی انجمن" کے ذریعہ پیش کی جانے والی ترک کی پالیسیوں نے بھی رشید ریدا کو ناراض کیا اور اس پر "المنار" اخبار کے صفحات پر تنقید کی، جو "میگزین نے افغانی اور "عبدو کے بنیادی نظریاتی بیانات کو مال اور اسلام کو مسلمانوں کی نشا. ثانیہ کا واحد ذریعہ قرار دیا۔ ورثے میں لیکن دفاعی احساس کی استقامت نے محمد رشید رضا کی فکر کی نوعیت کو ایک پریمیم قرار دیا ہے، جو الفغاني اور عبدو سے زیادہ قدامت پسند اور روایتی ہیں۔ اسلامی فکر کی اصالح کے اس کا کام ایک آخری انجام کو پہنچا ہے، اور اس کی سب سے اہم خصوصیت زندگی کا ایک ماضی اور المناک نظریہ ہے جو مذہب کو سمجھنے میں ذہن کی تاثیر کو مفلوج کر دیتی ہے اور پوری تاریخ میں انسانی ترقی کے امکان کو تسلیم نہیں کرتی ہے[198]۔

رشید رضا نے اسلامی ذہن کو جمنے اور جمانے کے لئے ذمہ دار مختلف دھاروں کے لئے ایک سنگم کا راستہ بنایا ہے۔ اس نے اپنے سمجھوتہ "عبدو" کو اس کا آبائی پہلو اختیار کیا اور الغزالی کی حیثیت زبانی طور پر اور ابن تیمیہ کے فقہ اور قانون سازی میں متاثر ہوا، اور اس نے شاہ عبدالعزیز کے دور میں سعودی کال کی حمایت کی[199]۔

---

197. محمد حرب فرزات، پارٹی الںف ان شام: سیاسی جماعتوں کے عروج و ترقی کا ایک تاریخی مطالعہ 1908-1955 عرب سنٹر فار ریسرچ اینڈ پالیسی اسٹڈیز، الیکٹرانک ورژن، لنک پر: https://bit.ly/3bm5y1T

198. هذرشی بن جلول، سابقہ ماخذ ص

199. محمد جابر االنصاری، عرب، فکر اور مخالفت کا تنازعہ دوسرا ایڈیشن، (بیروت: عرب فائونڈیشن برائے مطالعات 1999، اشاعت) ص 79

اور اگر یہ "سیکولر لہر کے دوران ایک نیم الگ تھلگ رجحان رہا، تو اخوان المسلمون کی تحریک کے ظہور کے بعد اس کا رجحان بعد میں بڑھنا شروع ہوا۔[200] "المنار" کی راہ میں یہ المناک سیاق و سباق مناسب ہے کہ اس کے مالک کے دیر سے آئیڈیاز کی طرف راغب ہونے والے بند نظریاتی حوالہ کی تعمیر کے، حسن البنا کے عزائم کی پرورش کی جائے، جسے انہوں نے کم کھلی اور زیادہ سخت ترجیح دی[201].

المنار میگزین اس دور کی اسلامی تحریکوں کی شخصیات کے لئے ایک جلسہ گاہ تھا، اور اس میں تحریک کے سب سے اہم فیصلے لئے گئے تھے[202]۔ ابھرتا ہے اس گروہ کا قیام اپنے آپ میں اس خیال کا ترجمہ بھی کرتا ہے جس کا راشدہ ردا کے ذہن سنہ 1924 سے جس میں خلافت کی بنیاد رکھنے والے ایک بڑے ادارے کی بحالی اور زمین پر ایک نئی اسلامی ریاست کی بنیادیں شامل کرنا شامل ہیں تاکہ انسانیت پر مغرب کے جسمانی اور نفسیاتی تسلط کو ختم کیا جاسکے[203]. یہ خیال حسن البنا نے تیار کیا تھا، جس نے اسماعیلیہ میں اخوان المسلمون کے خلافت ،کے خاتمہ 1928 کے چار سال بعد میں قائم کیا تھا۔

المنار کے مالک کے ساتھ البنہ کے تعلقات کو جو چیز تقویت دیتی ہے وہ یہ ہے کہ شیخ رشید رضا کے اہل خانہ سے اجنبی نہیں تھا، کیونکہ ایوان سائنس میں طالب علم ہونے کے بعد سے اس کے ساتھ اس کا گہرا تعلق تھا، کیوں کہ المنار میگزین نے اسلامی تحریک میں بڑی تعداد میں، شخصیات سے مالقات کی اور یہ رشتہ اخوان

---

200. سابقہ ماخذ ص79

201. سن 1905 میں محمد، عبدو کی رخصتی کے بعد رشید رضا نے سلف ازم کی طرف رخ کیا اور عقائد اور مظاہر اور طرز عمل کے بارے میں مشغول ہوگئے جن کو اس مباحثہ کی خرافات اور افواہوں کے مطابق بیان کیا گیا ہے، اور اصلاحی نقطہ نظر سے ہٹ گیا جو پوری قوم کی نشاةثانیہ، ترقی اور شہریت کی حمایت کرتا ہے اور اس سلسلے میں یورپی اقوام اور صنعتی اور سائنسی مغرب کے ساتھ اس کے تعلقات کے تناظر میں۔ ، مالحظہ کریں: زکی المیالد شیخ محمد رشید رضا اور "معاصر اسلامی نظریہ کی تبدیلی، "19 دسمبر، 2010 آفاق ویب سائٹ، لنک پر: https://aafaqcenter.co/index.php/post/478

202. محمد شعبان المنار: وہ رسالہ کی جڑیں معاصر سلفی فکر میں مصر میں راسیف 22، 25 مارچ 2017 لنک پر: https://bit.ly/2SbLMhU،

203. چھدم اسلامی خالفت و اصالح "رشید رضا "، البوابہ ، ویب سائٹ ، 27 اکتوبر 2018 لنک پر : https://www.albawabhnews.com/3341568،

المسلمون کے مطالبے کے بعد بھی جاری رہا۔ امام البنا بہت سارے معاملات کے شیخ رضا سے مشورہ کرتے تھے [204]۔ البنا اور رشید رضا کے مابین اس تقارب نے ان کی وفات کے بعد اہل خانہ کو المنار پر بوجھ اٹھانے اور اس کو تحریری کی ذمہ داری قبول کرنے کے لئے کہا۔ [205]

چنانچہ اخوان المسلمون نے اپنے رسالہ المنار کے توسط سے متن، حوالوں اور مذہبی حوالوں کی وہی تجدید جاری رکھی جو روادانے شدت پسندی کی ایک مضبوط خوراک کے ساتھ چھوڑی تھی۔ ابتدائی سلفی، جیسے افغانی اور عبدو، کسی حد تک رشید رضا تھے، جو حسن البنا اور اس کے گروہ سے زیادہ آزاد خیال تھے۔ اس کی وجہ یہ ہے کہ اسلام اور جدیدیت کے مابین ان کی ہم آہنگی، اسلامی فکر اور معاشرے کے امور کے بارے میں ان کا نو تخلیقی نظریہ، اور مغرب سے مستعدی اور فائدہ اٹھانے کے لئے ان کے بار بار مطالبات، کیونکہ وہ جدیدیت کے مخلاف نہیں تھے، بلکہ انہوں نے یورپ میں تکنیکی جدتوں اور معاشرتی ترقیوں کے لئے ان کی تعریف کی۔

3-3 عصر حاضر کے اسلامی حوالہ جات.

3-3-1 ابوالعلی المودودی (1903-1979)م

ایک ایسے ماحول میں پروان چڑھا جس نے نظریہ کی تشکیل پر بہت اثر ڈاال، کیوں کہ اس کا کنبہ، ایک قدامت پسند مسلمان تھا جو اپنی مذہبیت اور ثقافت کے لئے مشہور تھا۔ اس نے اپنے والد کے ہاتھوں تعلیم حاصل کی، جس نے اسے انگریزی اسکولوں میں داخلہ نہیں لیا اور مغربی نظریات کے اثر ورسوخ سے بچانے کے بہانے اسے گھر میں ہی پڑھانا پڑا۔ عربی زبان، نوبل قرآن، حدیث اور فقہ، اور امام مالک نے موطا کی یادداشت پر کام کیا نیز انہیں فارسی زبان بھی سکھائی [206]۔

---

204. مالحظہ کریں ":المنار میگزین"، اخوان المسلمون کی ویکی پیڈیا سائٹ، لنک پر: https://bit.ly/39v3P8m ۔

205. سابقہ ماخذ ص

206. اسلامک کال، اسلام وے ویب کے (2014/26/6)، سائٹ دیو، ابوالعلی المودودی لنک پر:https://bit.ly/2SmUSIS

میں، ہندوستان 1926 میں ہنگامہ برپا ہوا، جہاں مسلمانوں کو ہندوؤں کے ایک پر تشدد حملے کا سامنا کرنا پڑا، جس نے مسلمانوں کو ہندو مذہب قبول کرنے پر مجبور کیا، اور ابو االعلی المودودی ان مسلمان نوجوانوں میں شامل تھے جو اس حملے کھڑے ہوئے تھے۔ کا سامنا کرنے میں ، میں 1928 المودودی، جو، اپنی تحریری صلاحیتوں کے لئے جانا جاتا تھا جسے وہ وکالت کے کام میں استعمال کرتے تھے، نے اپنے مصنف اسلام میں جہاد جاری "کیا، اور انہوں نے 1932 میں حیدر آباد، ڈیک سے "رسالہ "تراجمین آف قرآن کی اشاعت کے ساتھ اس کی پیروی کی۔ اس کا نعرہ تھا: اے مسلمان قرآن کی آواز اٹھائیں اور پوری دنیا میں اڑان بھریں۔ جس نے چونکہ یہ اس وقت کا ایک سب سے اہم عنصر ہندوستان میں اسلامی رجحان کو پھیلانے میں مدد کی، اور میں، یعنی مصر میں 1941 اخوان المسلمون کے قیام کے صرف 13 سال بعد، مودودی نے "اسلامی گروپ "کی بنیاد رکھی۔ 1947 میں پاکستان ہندوستان سے علیحدگی کے بعد، جس میں اس نے ایک اہم کردار ادا کیا، اس نے اسلام کی تعلیمات کو ابھرتے ہوئے نظام حکومت میں شامل کرنے پر زور دیا، اور 1953 میں الہور میں فرقہ وارانہ تشدد کے بعد، ان واقعات کو کرایہ پر لینے کے لئے کام کرنے کے الزام انہیں پاکستانی حکومت نے گرفتار کیا اور عوامی دباؤ تک اسے سزائے موت سنائی گئی۔ سزا کم کر کے عمر قید کردی گئی، اور 1955 میں یہ سزا خارج کردی گئی [207]۔

207. ابو االا علی المودودی، ویکیپیڈیا سائٹ لنک پر: https://bit.ly/2SCFIxO

ابو الاعلی المودودی افکار

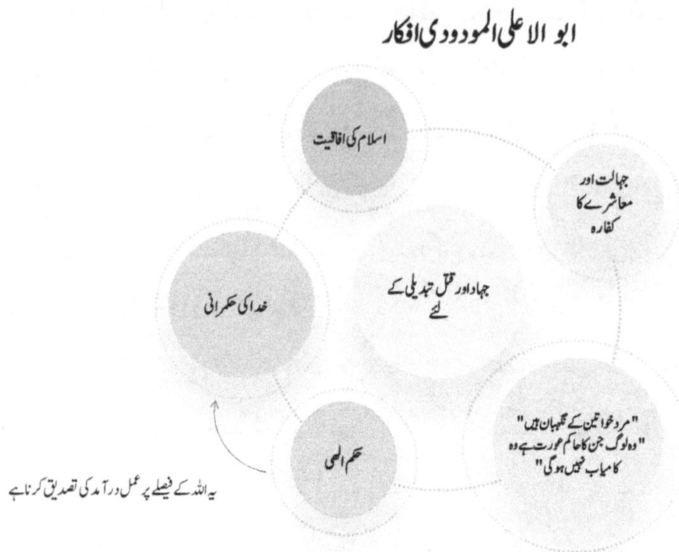

ابوالعلی المودودی برصغیر پاک و ہند میں سیاسی اسلام کی تحریک کے ایک اہم ڈنڈے ہیں۔ اپنی زندگی کے آغاز میں، وہ صوفیانہ ماحول میں اخوان المسلمون کے بانی کی طرح بڑے ہوئے، لیکن اخوان کے بانی کے برخلاف، مودودی مغربی دانشورانہ پیداوار سے واقف تھے اور انگریزی زبان میں روانی تھے[208]. انہیں اسلامی ریاست کے قیام کے نظریے کے سب سے اہم فروغ دینے والوں میں سے ایک سمجھا جاتا ہے اور اصالح پسند، تحریک، سلفی اور جہادی تحریکوں سمیت سیاسی اسلام کی تحریکوں کی ایک سب سے اہم عالمت۔ اسلامی قانون کی بنیاد پر شہری، سیکولر اور قومی ریاست کو اس کے دوٹوک مسترد کرنے کا اعلان[209].

---

208. جامع الئبریری کی ویب سائٹ ابوالعلی المودودی، لنک پر: http://shamela.ws/index.php/author/197

209. مئی، 2018، المسبیر 10 سنٹر برائے مطالعہ و تحقیق کی ویب سائٹ، رشید ایھوم حکیمیہ، جھیلیہ اور دولت"، "اسلامیہ کا المودودی نظریہ لنک پر: https://www.almesbar.net:

<table>
<tr>
<td></td>
<td>

ویڈیو کا عنوان: ابو الاعلی المودودی 1903/1979 جدید بنیاد پرستی کا قیام:

اس لنک پر:

https://www.youtube.com/watch?v=MxHmKsRwkjs

ابوالاعلی المودودی نے اپنے کتاب "یاد دہانی، اے سلام کے مبلغین" میں تزکرہ کیا ہے، جو ڈاکٹر حسن بزانیہ کی طرف سے دیکھا جانے والی کتاب ہے، جس نے اسی طرح اخوان المسلمون کی علامتوں کو کٹوایا، ان کی تحریروں کو دعوت نامہ اور مبلغ حسن البنا کی حیثیت سے، صفح اول کے تحت ان کی مذکورہ بالا کتاب سے "یہ ہمارا دعوت ہے" کے عنوان سے المودودی نے ان مطالبات کا خلاصہ تین مطالبات میں کیا ہے، جن میں موجودہ حکمرانی کی بنیادوں میں پوری دنیا میں ایک عام انقلاب، اور اس کے ذمہ داروں کے ہاتھوں سے اختیارات (کشیدگی اور عملی محاذ) کی کشیدگی شامل ہے، حسن البنا اپنے پیغامات میں بھی اس کے لئے کیا مطالبہ کرتی ہے۔

</td>
</tr>
<tr>
<td colspan="2"></td>
</tr>
<tr>
<td colspan="2">https://www.youtube.com/watch?v= MxHmKsRwkjs</td>
</tr>
</table>

انہوں نے اپنی نظریات کو اپنی بہت سی کتابوں میں شامل کیا، ان میں سب سے اہم قرآن مجید کی چار بنیادی" اصطلاحات """اسلام اور العلمی، ""مذہب حق، "اور اسلامی اخالقی بنیادیں ہیں۔ "اس نے ہندوستان میں اسلامی رجحان کو پھیلانے میں مدد کی[210]۔

210. سابقہ ماخذ ص

یہ کہا جاسکتا ہے کہ اخوان المسلمی نے اخوان المسلمون سمیت اسلامی تحریکوں کی راہوں کی نشوونما میں خاصا اثر ڈاال، خاص طور پر کہ اس، نے اچھائی اور برائی اسلام اور جاہلیت کے فرق کو حل کرنے کے سماعت اور اطاعت [211] اور طاقت کے ذریعہ تبدیلی کی ضرورت پر زور دیا [212]۔ اور خدا کے کالم اور رسول کے اقوال کی نمائندگی کرنے والے متن کے اختیار پر انحصار کرنے کی ضرورت پر، اور اس طرح داستانی دالئل غالب آتے ہیں اور عقلی دالئل کم ہو جاتے ہیں [213]، کیونکہ متن کی اتھارٹی کو وحی نقطہ نظر کا خطرہ اپنانے کے لئے بالوجہ اس کی تشویش ہوتی ہے، یعنی براہ راست قران سے انحصار کیے بغیر یاالہی فیصلے کا کٹ جانا [214]۔

ابواالعلی المودودی کی فکر نے اسلام کے اپنے جامع اور خارج نظریہ کے ذریعے سیاسی اسلام داروں کے نظریاتی اور سیاسی تاثر کو تشکیل دینے میں بھی بہت بڑااثر ڈاال جیسا کہ ان کا کہنا تھا کہ اسلام صرف زبانی اعتقادات اور رسومات اور نعرے بازی کا ایک گروہ نہیں ہے کیونکہ آج کل یہ مذہب کے مفہوم سے سمجھا جاتا ہے. بلکہ حقیقت یہ ہے کہ یہ ایک جامع، جامع نظام ہے جو دنیا، میں چل رہی تمام ناجائز جابرانہ حکومتوں کا خاتمہ کرنا چاہتا ہے، ان کی پٹریوں کو منقطع کر کے ان کی جگہ ایک نیک نظام اور ایک ترمیمی انداز اپنانا ہے جو اسے دوسرے سسٹمز کی نسبت انسانیت کے لئے بہتر سمجھتا ہے [215]۔ وہ یہ بھی کہتے ہیں: جو شخص اپنے عقیدہ اور نظام پر یقین رکھتا ہے، خواہ وہ فرد ہو یا گروہ، اس کی فطرت اور اس کے اعتقاد پر پابند ہے کہ وہ اپنے خیال

211. اسلامی گروپ "کے بانی، ابو" االعلی المودودی، تکفیریوں کا، حوالہ، 25 نومبر، 2019 اسلامک موومنٹ پورٹل "ویب" سائٹ، لنک پر: https://www.islamist-movements.com/2941

212. سابقہ ماخذ ص

213. ایک ہی ماخذ

214. ایک ہی ماخذ

215. ابواالعلی المودودی کی فائل کا حوالہ دیتے ہوئے" :خدا کی خاطر جہاد، "ویب سائٹ : فورم برائے توحید و جہاد لنک پر http:www.ilmway.com/site/maqdis/MS_128.html

کے علاوہ کسی اور کی سوچ پر مبنی حکمران نظاموں کو ختم کرنے کے لئے جدوجہد کرے اور اس خیال پر مبنی حکومت کا نظام قائم کرنے میں ہر ممکن کوشش کرے[216]۔

تاہم، اس کے سب سے خطرناک خیالات میں سے جہلیہ اور حکمرانی کے اصول شامل ہیں، جنہوں نے سیاسی اسلام کی تحریکوں کے نظریاتی رجحان کو بہت متاثر کیا۔ یہ کوئی راز نہیں ہے کہ الحکیمیہ کی اصطلاح اس کے حکیمیہ) یعنی زمین پر خدا کی نمائندگی اور معاشروں سے العلمی پر مبنی "تکفیر" کا مطلب ہے[217]۔ اس طرح، ان کے خیال میں وہ تمام معاشرے اسلامی شریعت کو الگو نہیں کرتے ہیں اور معاشرتی مفروضوں کو جو وہ (یعنی مودودی) دیکھتے ہیں وہ جاھلیا معاشرے ہیں۔ اس معاملے میں، وہ مسلمانوں کی بھاری اکثریت سے اسلام کی تردید کرتا ہے[218]، جس نے بہت سارے ماہرین کے مطابق کفارہ ادا کرنے والے بجوں کے مطابق، اس کی فکری روش اختیار کی[219]۔

اخوان سید قطب، ابواالعال، الموجودی سے بہت متاثر ہوئے اور برصغیر پاک وہند سے اپنے تجربات کو عرب ممالک خصوصا دانشور مشرق میں منتقل کرنے کے لئے کام کیا، تاکہ جہادیہ اور حکمرانی کے تصورات کو دوبارہ پیش کیا گیا، تاکہ المودودی کا ذکر اس وقت جب سید قطب کی کتاب "سنگ میل" میں ہوا۔ پچھلی صدی کے ساٹھ کی دہائی کے دوران گویا میں نے یہ کتاب لکھی ہے۔ اپنے اور سید قطب کے مابین فکری قربت پر حیرت

---

216. سابقہ ماخذ ص12

ڈاکٹر محمد عمارہ نے مودودی کے حکمرانی کے تصور کو جواز فراہم کیا: مودودی نے اپنی مرکزی کتابوں میں حکمرانی کے بارے میں ایک نظریہ پیش کیا جو انہوں نے برصغیر پاک وہند کی تقسیم اور 1947 میں آزاد ریاست کے طور پر پاکستان کے ظہور سے پہلے سن 1937ء سے 1941 کے درمیان لکھا تھا۔ اور اس وقت ایک ہندوستان میں مسلمان ایک عددی اقلیت تھے جس کی فیصد 25 فیصد سے زیادہ نہیں تھی۔ آبادی کی۔، المودودی نے اس آبادیاتی تہذیبی اور سیاسی حقیقت کی روشنی میں دیکھا کہ انسانی حکمرانی جو جمہوریت کو حاصل کرتی ہے اور پارلیمانی انتخابات اسلام اور مسلمانوں کے لئے تباہ کن ہیں، اور اسی وجہ سے انہوں نے انتخابات کو ممنوع قرار دیا اور جمہوریت کو اسلام کی دشمنی کے طور پر دیکھا۔، ملاحظہ کریں: محمد عمارہ مذہبی اور غیر مذہبی مبالغہ سے متعلق مضامین، پچھال. ماخذ، صفحہ 16

217. تکفیر: لندن میں مقیم عرب اخبار کی ویب سائٹ 2014/02/06 مودودی، کو اور سید قطب کے مابین مخفی لنک : https://bit.ly/2tQC1fL:

218. سابقہ ماخذ

219. ابوالاعلی مودودی کا فائل، اللہ کے واسطے جہاد سابقہ ماخذ

کا اظہار کرتے ہوئے انہوں نے مزید حیرت کا اظہار کیا۔ اس کے افکار و نظریات کا ماخذ ایک ہے، اور یہ خدا کی کتاب اور اس کے رسول کی سنت ہے[220]۔

سید قطب کی کتاب "سنگ میل میں راستے"، جو زیادہ تر جیلوں میں لکھی گئی تھی، اس بنیاد پر نہ صرف اخوان المسلمون کے، بلکہ تمام پر تشدد گروہوں کے لئے ایک آتش گیر اور متاثر کن دستاویز کی طرح ہے کہ یہ وہ کتاب تھی جس نے الٰہی گورننس غالمی، اور جدید جہلیہ پر مبنی مولودیائی نظریہ کے مرکزی خیالات کو جنم دیا تھا۔ الموجودی کا نظریہ لیکن اسے جذب کرتا ہے، اسے تبدیل کرتا ہے، اور اسے ایک نئ نظریاتی حکمت عملی میں تشکیل دیتا ہے[221]۔

220. ابوالاعلی مودودی۔ اسلامی داعوت کا دیو قامت سابقہ ماخذ

221. تکفیر: مودودی اور سید قطب کے مابین مخفی رابطہ، سابقہ ماخذ

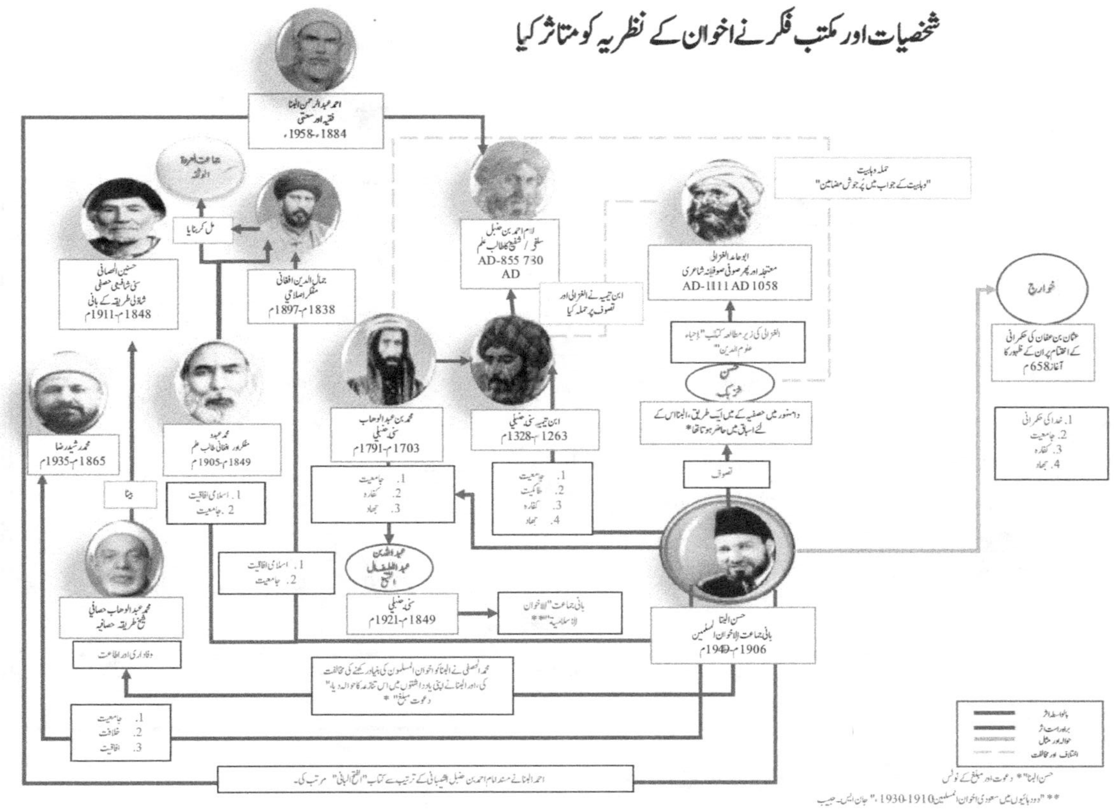
شخصیات اور مکتب فکر نے اخوان کے نظریہ کو متاثر کیا
احمد عبدالرحمن البنا
فقیہ اور محقق
1884ء-1958ء
امام احمد بن حنبل
AD-855 730 AD
ابو حامد الغزالی
معتقد اور پھر صوفی صوفیانہ شاعری
AD-1111 AD 1058
خوارج
عثمان بن عفان کی حکمرانی کے اختتام پر ان کے ظہور کا آغاز 658م
1. خدا کی حکمرانی
2. جامعیت
3. کفارہ
4. جہاد
حسنین الحصافی
شاذلی طریقہ کے بانی
1848م-1911م
جمال الدین افغانی
مفکر اصلاحی
1838م-1897م
ابن تیمیہ نے الغزالی اور تصوف پر حملہ کیا
محمد رشید رضا
1865م-1935م
محمد عبدہ
1849م-1905م
محمد بن عبدالوہاب
سنی حنبلی
1703م-1791م
ابن تیمیہ سنی حنبلی
1263م-1328م
تصوف
سنی حنبلی
1849م-1921م
محمد عبدالوہاب حصافی
وفاداری اور اطاعت
حسن البنا
بانی جماعت الاخوان المسلمین
1906م-1949م

اخوان المسلمون کی اثر سے متاثرہ شخصیات

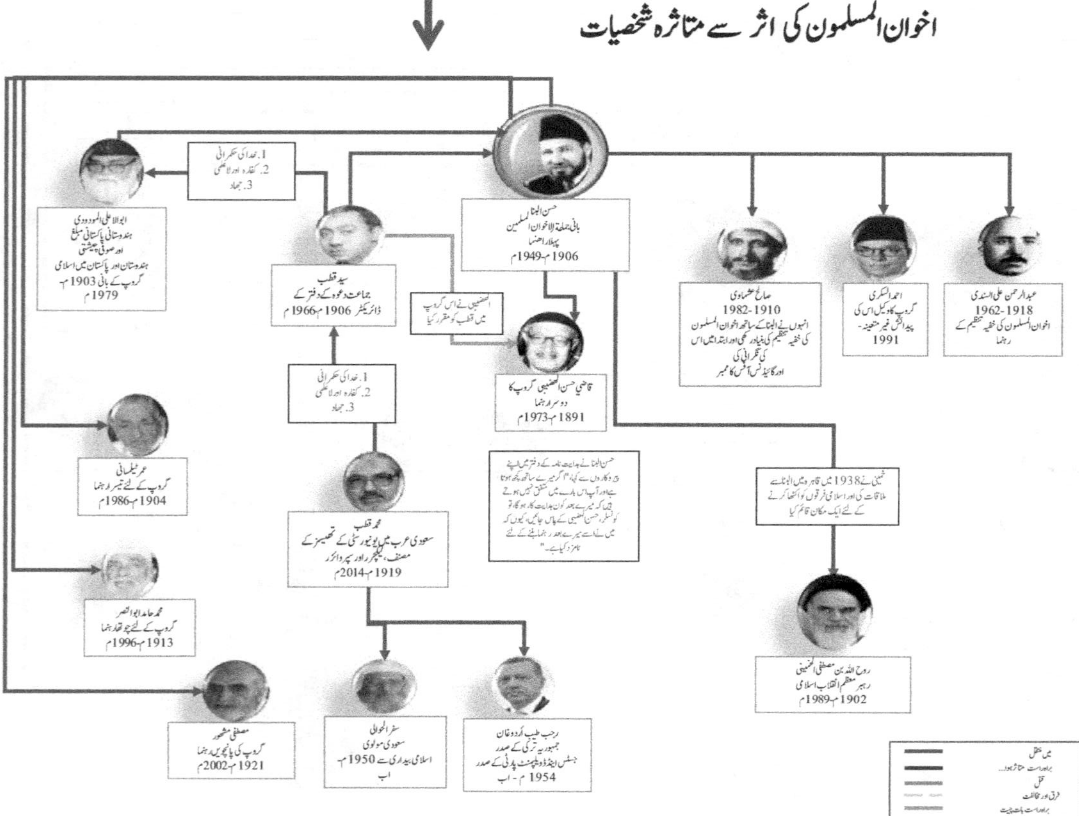

چوتھا باب بانین

حسن البنا، احمد السکری اور سید قطب اخوان کی تنظیم اور آئیڈولوجی کی مابین

جیسا کہ معلوم ہے، پہلی نسل کے حسن البنا اور اس کے بھائیوں نے اپنے گروپ کو ایک عوامی تحریک بنانے کے لئے اپنی کوششیں وقف کرر کھی ہیں، کیونکہ اس نے بنیادی طور پر اس کی سر گرمیاں سماجی بہبود کے پرو گرام کے فریم ورک کے اندر ہی شروع کی ہیں اور اسلام کی واپسی کا مطالبہ کیا ہے۔ بعد میں، یہ اسلام میں سیاسی نقطہ نظر کے لئے اپنا اپنا نقطہ نظر تیار کرنے کا کام کرے گا، خاص طور پر جدیدیت اور اصلاحی منصوبے کی ناکامی کے نتیجے میں، جس کی نشاندہی کے علمبرداروں نے کیا تھا برطانوی قبضے کے زیر اقتدار مصر کا خاتمہ اور خلافت عثمانیہ کے خاتمے، جہاں اخوان المسلمون اس وقت مصر میں مذہبی سیاسی بحالی کی تحریک کے طور پر

اخوان المسلمون کی ولادت اور نشوونما کو متاثر کرنے والے بانی اور شخصیات

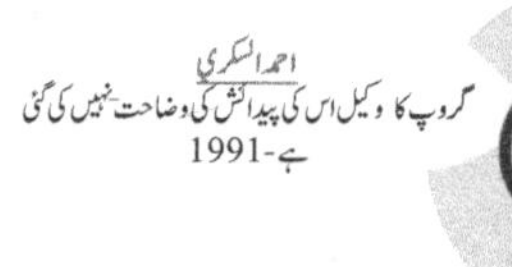

البناپروجیکٹ مصر میں شروع ہونے کے لئے قومی سرحدوں سے آگے بڑھتاہے اور آہستہ آہستہ ایک مختلف اسلامی ریاست کے قیام کی طرف بڑھتا ہے جس میں اسلام اور اس کے سیاسی نظام کی شمولیت کی بنیاد پر دوسرے ممالک بھی شامل ہیں۔ اس پیشرفت نے ان کے بعد کے دور میں ایک اور بن یاد پرست نقطہ نظر اختیار کیا، اس کی مثال نظریاتی تھیورائز نگ کے انداز کی ہے جو سید قطب نے ناصر حکومت کے ساتھ اپنی لڑائی کی روشنی میں تشکیل دی تھی. جماع کا حوالہ معاشرے کے کفارہ اور اس کی العلمی کے نشان کے سلسلے میں واضح ہوتا گیا کہ اسلام صرف اس پر قابو پانے آیا ہے۔

ویڈیو کا عنوان:

مصر کے اخوان المسلمون کا اتہاس

اس لنک پر:

https://www.youtube.com/watch?v=MRML2UMZ5HY

- اخوان المسلمون کی بنیاد 1928 میں حسن البنا نے ایک پین اسلامی مذہبی تنظیم کے طور پر رکھی تھی جس کا مقصد اسلامی اخلاقیات اور خیرات کے ذریعہ اچھے کاموں کو پھیلانا تھا، لیکن جلد ہی مصر میں برطانوی نوآبادیاتی کنڑول سے لڑنے کے لئے خاص طور پر سیاست میں شامل ہوگیا۔
- احمد بان کے مطابق کہ اخوان المسلمون نے دو غلطیاں کیں اور اخوان المسلمون کے راستے کو بدل دیا: پہلی غلطی اس کی تھی کہ ابتدائی برسوں میں تعلیم کی تبلیغ سے زیادہ سیاسی اقدامات کی طرف منتقلی کی، دوسری غلطیہ تھی کہ ایک خفیہ ساز و سامان بنانا تھا جس کی وجہ سے فوج کی نرمی پیدا ہوئی تھی۔

https://www.youtube.com/watch?v=MRML2UMZ5HY

اس گروپ کے منصوبے اور اس کے حلقوں میں چلنے والی سوچ کے انداز کو واضح ہم اس باب، کرنے کے ذریعے ، حسن البنا، احمد السکري اور سید قطب پر روشنی ڈالنے کی کوشش کریں گے۔ کیوں کہ وہ اخوان المسلمون کی تحریک اور عام طور پر موجودہ سیاسی اسلام کے حامل افراد کی رہنمائی کر رہے ہیں، کیوں کہ انہوں نے اس گروہ کی تاریخ کے ابتدائی مراحل کے دوران الگ الگ اور الگ الگ کردار ادا کیے اور اس کے تنظیمی اور نظریاتی وجود کو مضبوط کیا۔

1-4 حسن البنا:

حسن البنا سیاسی اسلام کے سب سے اہم بانی اجداد میں سے ایک سمجھے جاتے ہیں جنہوں نے اخوان المسلمون کے نظریہ کو شکل دی تھی۔ وہ اکتوبر 1906 میں مذہبی خاندان کے اندر چھوٹے سے شہر محمودیہ میں پیدا ہوئے تھے اور ان کے والد شیخ احمد عبد الرحمن نے متاثر کیا تھا، جو محمد عبدو کے عہد میں االزہر یونیورسٹی میں تعلیم حاصل کرتے تھے ،اور البنا جانتے تھے۔ مؤخر الذکر اور اس کے طالب علم محمد راشد ردہ کی تعلیمات پر[222]. اور وہ اپنی مواصالتی صلاحیتوں کو مصر میں متوسط طبقے کے عناصر کو متحرک کرنے کے لئے استعمال کامیاب ہوگیا کیوں کہ اس نے کیفے ،اسکولوں اور مساجد میں لیکچر دیئے تھے اور بچپن سے ہی بہت ساری سماجی اور اخالقی ورکنگ تنظیموں کا ممبر تھا۔ انہوں نے ایک صوفی گروپ میں شمولیت اختیار کی جس کا نام الحصفیہ الشزالیہ ہے۔ البنا نے االزہر اور دار العلوم کے طلباء کو اپنے گروپ کے نظریات کی تائید اور تبلیغ کرنے کی تربیت بھی دی جہاں لوگ کیفے کی طرح جمع ہوتے ہیں۔

البنا نے اپنے خیالات کو عام کرنے اور اسلام کے بارے میں اپنے نظریات کی وضاحت کے لئے جلسوں کے انعقاد میں لوگوں کو اس گروہ کی طرف راغب کرنے کے لئے صوفیاء کے مزارات میں ہونے والے مواقع

222. دیکھو:

Ahmet Yusuf Ozdemir, From Hasan al-Banna to Mohammad Morsi; The Political Experience of Muslim Brotherhood in Egypt, https://bit.ly/2wF4Ycs.

سے فائدہ اٹھایا اور وہ روایتی لباس اور معمولی داڑھی کی بجائے مغربی لباس پہنتا تھا تاکہ جدید رجحانات کے ساتھ سب سے بڑی تعداد میں مصری سامعین کو راغب کیا جاسکے [223]۔

حسن البنا کون ہے ؟اور اخوان کو یہ نام کس نے دیا؟

ویڈیو کا عنوان: اخوان المسلمون کے رہنما ابراہیم ربیع کے ساتھ "حسن البنا کون ہے ؟اور اخوان کو یہ نام کس نے دیا؟ کے عنوان سے ایک مکالمہ۔

اس لنک پر:

https://www.youtube.com/watch?v=kp1N6iDbx40

حسن البنا کے نسب اور اس کی پرورش میں ابہام پایا جاتا ہے، اور کہا جاتا ہے کہ اس کے والد مراکش سے ائے تھے اور ابو ہیسرا (مراکشی نژاد ایک یہودی ربیع) کے مقبرے کے قریب صوبہ بہیرا کے گاوں محمودیہ میں رہتے تھے۔

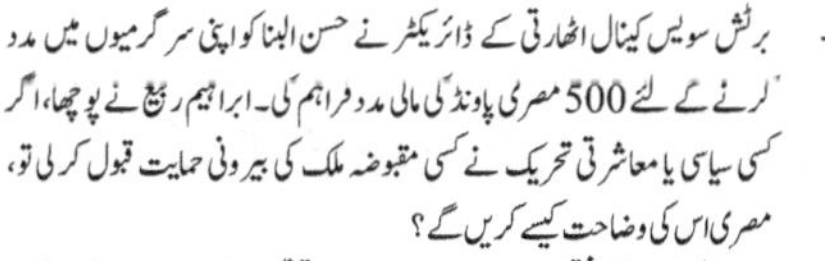

- برٹش سویس کینال اتھارتی کے ڈائریکٹر نے حسن البنا کو اپنی سرگرمیوں میں مدد کرنے کے لئے 500 مصری پاونڈ کی مالی مدد فراہم کی۔ ابراہیم ربیع نے پوچھا، اگر کسی سیاسی یا معاشرتی تحریک نے کسی مقبوضہ ملک کی بیرونی حمایت قبول کر لی تو، مصری اس کی وضاحت کیسے کریں گے ؟
- اخوان المسلمون کو مشتعل کرنے والا یہ راز اور آہنی تنظیم اس سے مطابقت نہیں رکھتا ہے جس کا اعلان کیا گیا ہے کہ یہ ایک رفاہی اور معاشرتی رہنمائی کا مطالبہ ہے۔
- خفیہ تنظیم چاہتی تھی کی وہ ایک نیا سیاسی نقشہ کھینچ لے جس سے اخوان المسلمون کو اقتدار پر قبضہ کرنے کا اہل بنائے۔ اسی کے ساتھ ہی، یہ تنظیم بعد میں آنے والی تمام دہشت گرد تنظیموں کے لئے اس نقطہ نظر پر عمل پیدا ہونے کا نقطہ اغاز تھی۔

https://www.youtube.com/watch?v=kp1N6iDbx40

223. Encyclopedia of the Middle East, Hassan-al-Banna, https://bit.ly/2Msndw7.

سیاسی کام میں ذاتی متغیر کی انتہائی ضرورت ہے، اور اس میں انتہائی حوصلہ افزائی کرنے والے رہنماؤں کی ضرورت ہوتی ہے جو دوسروں کو اجتماعی کارروائی میں شامل کرنے کے فن میں مہارت رکھتے ہوں۔ ماحول سے جہاں قیادت معاشرتی اور سیاسی تحریکوں میں ایک اہم اداکار ہے جس میں نمٹنے کے قابل ہے جس میں وہ کام کرتا ہے اور سخت ترین اور مشکل ترین حالات میں بھی ان کی موافقت دکھاتا ہے۔ نیز بھرتی صلاحیتوں کی دستیابی کے ساتھ ساتھ مقبول اڈے کو وسعت دینے اور تحریک کو معاشرتی اور سیاسی مفاد کے دائرے میں ڈالنے کے لئے۔ یہی وجہ ہے کہ البنا نے اپنی لسانی مہارت کا اچھا استعمال کیا اور تین بڑے کیفے کا انتخاب کیا اور ان میں سے ہر ایک کے لئے ایک ہفتہ ایک سبق کا بندوبست کیا اور اس موضوع کی تعلیم اور تفتیش شروع کردی جس میں وہ اخالقی پہلوؤں سے پردہ اٹھائے ہوئے نہیں بولتا ہے اور ایک عملی رویہ ظاہر کرتا ہے جو ان کی رائے سے متفق نہیں لوگوں سے تصادم سے گریز کرتا ہے۔[224]

مذکورہ بالا کے متوازی طور پر، افقی تعلقات نے البنا کے نظریات کے پھیلاؤ کو یقینی بنایا اور اہداف اور پروگراموں کو متعارف کروانے کے لئے ثالثی کا کردار ادا کیا۔ مارچ میں، البنا نے 6 ارکان 1928 کے ساتھ اخوان المسلمون کی بنیاد رکھی جو اپنے اسباق اور لیکچر سے متاثر تھے۔، وہ ہیں: حافظ عبدالحمید احمد الحصری، فؤاد ابراہیم، عبدالرحمن حسب اللہ، اسماعیل عز، اور زکی المغربي. اور اس کے مطابق جس طرح البنا نے کہا، وہ اس سے باتیں کرتے رہے، اور ان کی آواز مضبوط تھی، اور ان کی نظر میں ایک چمک تھی، اور ان کے چہروں پر ایمان اور عزم کا ایک دانت تھا[225]۔

224. احمد عرفت، ابراہیم عیسی، اس سے اخوان المسلمین کے 23 ستمبر 2020 کو ساتویں دن اخوان المسلمون کے قیام کے لئے اسماعیلیہ گورنری میں داخر ہونے کی وجوہات کا پتا چلتا ہے۔

225. حمدان رمضان محمد ، محمد محمود احمد ، شہید امام حسن البنا کی معاشرتی اور سیاسی فکر :سیاسی معاشیات میں ایک تجزیاتی مطالعہ ، لنک پر: https://coism.mosuljournals.com/article_61866_6dd721891577a2d9bb93ba1c1272eaae.pdf

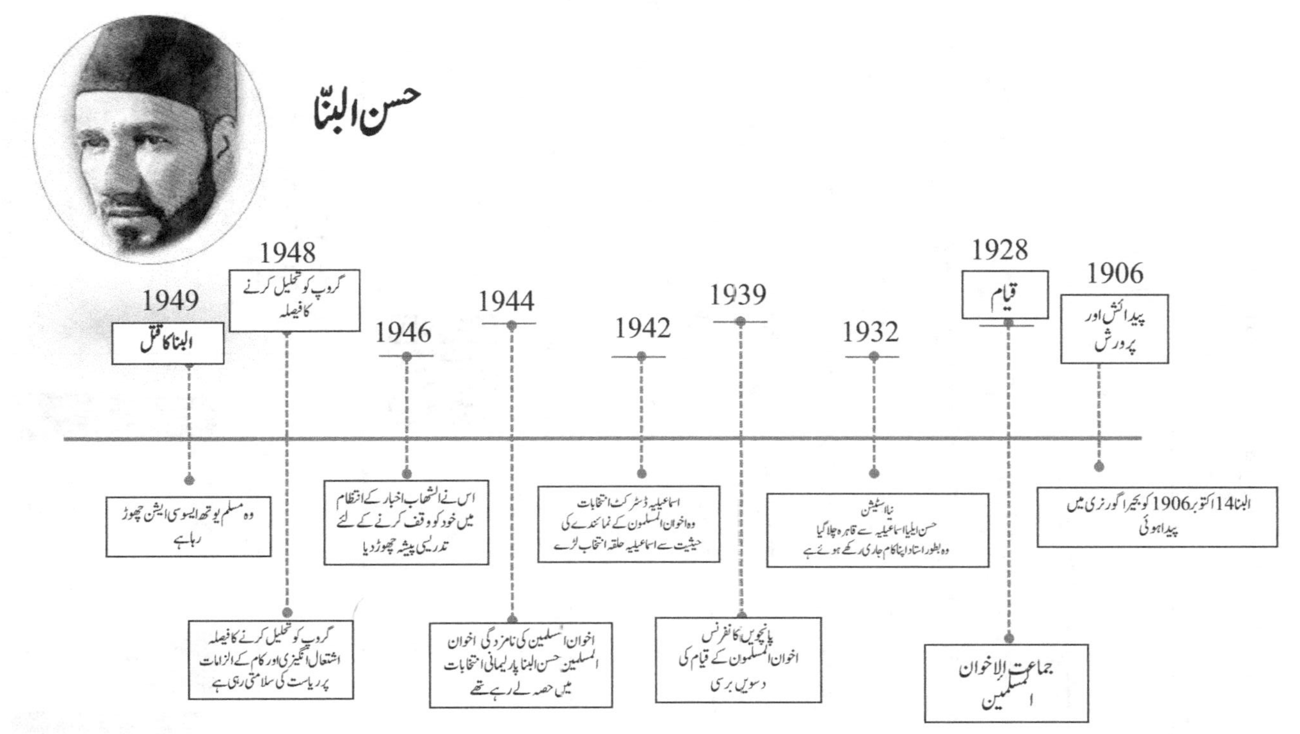
حسن البنّا
1906
پیدائش اور پرورش
البنا 14 اکتوبر 1906 کو بحیرا گورنری میں پیدا ہوئی
1928
قیام
جماعت الاخوان المسلمین
1932
نیا اسٹیشن
حسن البنا اسماعیلیہ سے قاہرہ چلا گیا
وہ بطور استاد اپنا کام جاری رکھے ہوئے ہے
1939
پانچویں کانفرنس
اخوان المسلمون کے قیام کی دسویں برسی
1942
اسماعیلیہ ڈسٹرکٹ انتخابات
وہ اخوان المسلمون کے نمائندے کی حیثیت سے اسماعیلیہ حلقہ انتخاب لڑے
1944
اخوان المسلمین کی نامزدگی اخوان المسلمین حسن البنا پارلیمانی انتخابات میں حصہ لے رہے تھے
1946
اس نے الشہاب اخبار کے انتظام میں خود کو وقف کرنے کے لئے تدریسی پیشہ چھوڑ دیا
1948
گروپ کو تحلیل کرنے کا فیصلہ
گروپ کو تحلیل کرنے کا فیصلہ اشتعال انگیزی اور کام کے الزامات پر ریاست کی سلامتی رہی ہے
1949
البنا کا قتل
وہ مسلم یوتھ ایسوسی ایشن چھوڑ رہا ہے

<table>
<tr>
<td>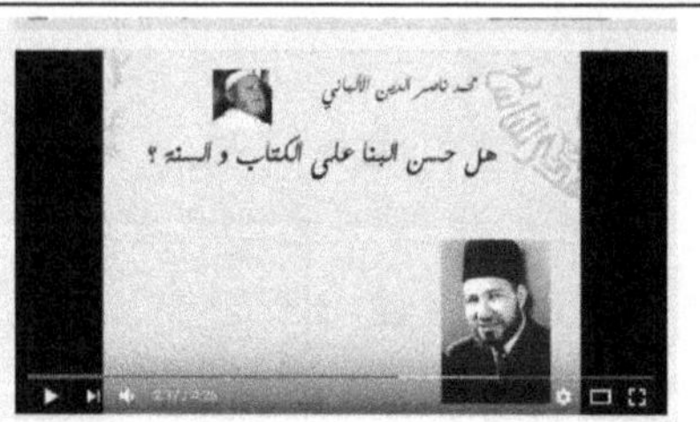

کیا حسن البنا کتاب اور سنت پر ہے؟ البانی جواب دیا</td>
<td>ویڈیو کا عنوان: کیا حسن البنا قرآن اور سنت پر ہے؟ البنانی جوابات ہے؟
اس لنک پر:
https://www.youtube.com/watch?v=bXAWSeV9xRg
- اخوان المسلمون کی مذہبی فکر، البنا کے پیغامات پر مبنی ایک فکر ہے اور اس کے نتیجے میں یہ مذہبی اسکالر نہیں ہے، اور اسی کے مطابق اس کے سائل کو بھی ایک فکر نہیں سمجھا جاتا ہے، اور احادیث اور آیات کا اس کے استعمال کی حمایت کرنے والوں کو راغب کرنا ہے۔
- حسن البنا علم کا آدمی نہیں، بلکہ حرف انسان ہے۔
- حسن البنا کے پاس پیغامات ہیں مطالعہ نہیں، اس کے پاس ذکر میں صرف ایک چھوٹا سا پیگام ہے۔</td>
</tr>
<tr>
<td colspan="2"></td>
</tr>
<tr>
<td colspan="2">https://www.youtube.com/watch?v=bXAWSeV9xRg</td>
</tr>
</table>

البنا کی زندگی میں سب سے اہم تبدیلی اس وقت ہوئی جب وہ اپنا آبائی شہر قاہرہ کے دار العلوم میں تعلیم حاصل کرنے کے لئے روانہ ہوا، جو اسلامی اور جدید علوم کو یکساں طور پر پڑھانے کے لئے ایک اسکول ہے، جس کی وجہ سے وہ دوسروں کے ساتھ مواصالت کے پل بڑھا کر اپنے اڈے کو بڑھا سکتا تھا۔ اسی لئے بانی نے ، بانی کے پہلے سالوں میں ، معاشرے میں گروپ کے نقطہ نظر کو بڑھانے کے لئے پورے مصر میں مقامی دفاتر اور تنظیمی ڈھانچے قائم کرنے کا آغاز کیا[226]۔ ایک بار جب معاشرے نے بڑے پیمانے پر اس گروپ کے وژن کو اپنا لیا، وہ اس وقت تک ریاستی سطح پر اپنی اپنی تشریح کا اطلاق اس وقت تک کرے گا جب تک کہ مصر ایک اسلامی ریاست نہیں بن جاتا اور جب یہ عمل متعدد ممالک میں ہوتا ہے تو، وہ سب ایک نئے اختلاف کے جھنڈے تلے متحد ہو جائیں گے۔

226. دیکھو:

Ahmet Yusuf Ozdemir, From Hasan al-Banna to Mohammad Morsi, https://bit.ly/2MTKIyv

لهذا، البنا اپنے گروپ کو ایک ایسا سوشل نیٹ ورک بنانے کی کوشش کر رہا تھا جس کے نتیجے میں وہ ایک مخصوص شناخت بنائے جس کا نتیجہ دوسروں کے ساتھ مقابلہ کرنے کے قابل ہو اور وہ سیاسی اور معاشرتی تبدیلی کے عمل میں سرگرم کردار ادا کرے، جس میں لوگوں کی آگاہی پیدا کرنے اور سیاسی نظام اور قدر نظام کے ساتھ ان کے تعلقات کو فروغ دینے میں مداخلت کی ضرورت ہے[227]۔ سیاسی ایجنڈوں اور عوامی پالیسیوں، سیاسی اداروں اور فیصلہ سازی کے عمل میں تبدیلی النے کی طرف.

یہی وجہ ہے کہ، 19 اپریل کو مصر کے پہلے آئین 1932 کے اجراء اور اس کے بعد پارلیمانی حکومت کے قیام کے ساتھ ہی، البنا نے اس وقت فیصلہ کیا کہ وہ اپنی سرگرمی کا مرکز وسیع معاشرے میں اور ایک C کام کرنے کے ل طرف برطانوی قبضہ اتھارٹی اور دوسری طرف بادشاہ اور پارلیمنٹ کے مابین تقسیم سیاسی ماحول کی روشنی اپنی سرگرمی کا مرکز قائم کرے۔

اس گروپ نے مصر میں اپنا پہال ہفتہ وار نیوز پیغام 1933 میں شروع کیا تھا، اور اسی سال میں اس نے اپنی پہلی کانفرنس بھی کی تھی۔ 1930 اس کے برانچ آفسوں کی تعداد بڑھ کر پانچ دفاتر ہو گئی، اور 1932 تک یہ تعداد پندرہ برانچ آفس تک پہنچ گئی اور 1930 کے آخر میں اس میں تین سو برانچ آفس تھے[228]۔

سن 1938 تک اخوان المسلمون کے سیاسی رجحانات کا انکشاف میگزین النظیر "کے ذریعے ہوا، جس" میں انہوں نے عوامی طور پر اسلامی حکومت میں واپسی کا مطالبہ کیا[229]۔ حمایت میں فلسطین میں انقلاب کی ان کی شرکت بھی اپنی سیاسی موجودگی کا اظہار کرنے آئی تھی۔ مارچ میں فلسطین کاز 1936 کی حمایت کے لئے اخوان المسلمون کی جانب سے کارروائی کے منصوبے پر تبادلہ خیال کرنے کے لئے البنا تشکیل دیا گیا تھا، لهذا

227. دیکھو:

Yelena Margaret Bide, Social Movements and Processes of Political Change: The Political Outcomes of the Chilean Student Movement, 2011-2015, https://bit.ly/2QPbtT7

228. مزید معلومات کے لئے دیکھو: Ziad Munson, Op. cit.

229. ابراہیم قاعود، غائب حقیقت کے دائرے میں اخوان المسلمون، اخوان المسلمین ویکیپیڈیا، لنک پر: https://bit.ly/30WL1x0

انہوں نے انقلاب کی حمایت اور مدد پر عمل کرنے کے لئے ان کی قیادت میں ایک مرکزی کمیٹی تشکیل دی انہوں نے فلسطینی مسئلے اور اس کے خلاف سازشوں میں برطانویوں کے کردار کی وضاحت کے لئے آگاہی مہم چالئی۔ 1948 کی جنگ ان کی شرکت صرف رضاکاروں تک ہی محدود تھی، اس مقصد کے بعد انھوں نے اس مقبول اڈے کو وسعت دی[230]۔

<table>
<tr>
<td>
اسلام پسند۔ اخوان المسلمون اور حسن البنا</td>
<td>ویڈیو کا عنوان: اسلام پسند، اخوان المسلمون اور حسن البنا۔
اس لنک پر:
https://www.youtube.com/watch?v=pjGChZhJgOE
پروگرام "اسلامیات۔ اخوان المسلمون اور حسن البنا" میں مصری مورخ اور قاہرہ اخبار کے چیف ایڈیٹر عیسی صلاح کی وضاحت ہے کہ البنا کے خطوط میں ایک گہری نظریاتی جہت نہیں ہے اور وہ سیاسی تقریر کے ساتھ عمومی تقریریں کرتے ہیں۔
- حسن البنا، گروہوں، تنظیم سازی اور چلانے، اور نظریہ سازی پر اپنی توجہ مرکوز کرنے کے ساتھ، اسلامی فکر کو نظریہ سازی یا تجدید کرنے میں کچھ نیا نہیں ہوا۔</td>
</tr>
<tr>
<td colspan="2"></td>
</tr>
<tr>
<td colspan="2">https://www.youtube.com/watch?v=pjGChZhJgOE</td>
</tr>
</table>

اور البنا نے انضمام کے اُصول کے بارے میں جو تجویز پیش کی ہے، اس کا مطلب یہ ہے کہ اخوان المسلمون کے گروپ کی فکر میں دیگر تمام نظریات اور نظریات شامل ہیں اور ان پر مشتمل ہے، اور اسی وجہ سے ہر ایک (فرد فرقے، ادارے اور طبقات) کو رضاکارانہ طور پر اپنے گروپ کی سوچ میں شامل ہونا چاہئے۔ یہ وہ معاملہ ہے جو دیگر تحریکوں کی طرف اپنے نظریہ میں اپنی برتری کو ظاہر کرتا ہے، جس نے اخوان المسلمون کے بعد ابھرنے

230. احمد علاء، اخوان المسلمون فلسطین کے نکبہ سے پہلے اور اس کے دوران اس کی کاز پر فتح اور اس کے سیاسی استحصال کے درمیان، رصیف22، 10 اگست 2018 ، متاج علی الرابط: https://bit.ly/33NUCZ3

والے تمام گروہوں کو اس اصول کو اپنانے اور اس پر قائم کرنے پر مجبور کیا، لہذا وہ اس کے بارے میں کہتے ہیں: اب جب ہم نے دعوت کی حمایت کو تقویت بخشی ہے اور اس کے وعدے کو تقویت بخشی ہے، اب وہ ہدایت کر سکتی ہے اور نہ جا سکتی ہے، متاثر ہو سکتی ہے، اور متاثر نہیں ہو سکتی ہے، ہم بزرگوں بزرگوں، اداروں اور جماعتوں سے مطالبہ کرتے ہیں ہمارے ساتھ شامل ہوں اور اپنے راستوں پر چلیں اور ہمارے ساتھ کام کریں اور یہ خالی پیشیاں چھوڑ دیں جو گانا نہیں ہیں اور قرآن مجید کے بینر تلے متحد ہیں۔ وہ آنحضور کی رائے اور اسلام کے پلیٹ فارم میں پناہ لیتے ہیں۔ اگر وہ متفق ہیں تو، یہ دنیا اور آخرت میں خوشی اور خوشی ہے، اور ان کی دعوت دینا وقت اور کوششیں مختصر کر سکتا ہے، اگر وہ انکار کر دیتے ہیں تو، ہمارے لئے ٹھیک ہے کہ ہم تھوڑی دیر انتظار کریں اور اکیلا ہی خدا سے مدد طلب کریں جب تک کہ وہ ان کے گرد گھیرا نہ ہو جائے یا ان کے ہاتھ میں آ جائے اور وہ اوالد کہالنے کے لئے کام کرنے پر مجبور ہو جائیں اور وہ سربراہ بننے میں کامیاب ہو گئے[231]۔

دوسری عالمی جنگ کے بعد، البنا مسلح افواج اور پولیس کے عناصر کو راغب کرنے میں دلچسپی رکھتا تھا۔ اخوان المسلمون نے مصری فوج کو ایک ایسے گروہ کے ساتھ گھس لیا جو جوالئی 1952 میں بادشاہت کا تختہ پلٹنے میں کامیاب رہا۔، جس کے تحت اسی کے ساتھ ہی اس نے "سیگریٹ اسپیشل سسٹم" بھی قائم کیا، جس اس کے ممبروں نے ہتھیاروں کے استعمال کے بارے میں تربیت حاصل کی۔ البنا نے نیم خود مختار ادارہ بننے تک اس کی بھرتی اور رہنمائی کے سلسلے میں خصوصی نظام بھی قائم کیا، اور 1947 میں مصری پولیس نے دارالحکومت کے نواح میں اس گروہ سے تعلق رکھنے والے اسلحے کا ایک بڑا ذخیرہ دریافت کیا۔ ایک سال بعد ،اخوان المسلمون سے وابستہ ایک جیپ کو بارود سے بھرا ہوا قبضہ میں لے لیا گیا، نتیجے کے طور پر، 1948 میں اخوان المسلمون کو باضابطہ طور پر تحلیل کر دیا گیا اور اس کے بہت سے ارکان کو قید کر دیا گیا[232]۔

231. احمد شوشہ، البنا اور اس کا اشرافیہ کا جزب، اخوان المسلمین ویکیپیڈیا، لنک پر:https://bit.ly/36TH4NC

232. دیکھو:

Ziad Munson, ISLAMIC MOBILIZATION: Social Movement Theory and the Egyptian Muslim Brotherhood, Op. cit.

اخوان المسلمون نے اپنی نجی / خفیہ حکومت کے ذریعہ، اس کے ایک ممبر کے ہاتھوں مصری وزیر اعظم نوکراشی پاشا کے قتل سمیت سیاسی قتل بھی کیے، اور اس کے نتیجے میں اخوان المسلمون کا تحلیل ہوا، جو تنظیم کا دربار بن گیا اور اس نے بڑی طاقت حاصل کی جس نے اسے مصر کی ریاست کے بعد دوسری جماعت بنادیا[233]۔

سنتیا فرحات کے مطابق، البنا اس وقت مصر میں پروان چڑھنے والی خفیہ معاشروں، فرقوں اور برادرانہ احکامات کی طرف راغب تھا اور اس جنون نے انہیں اخوان کے بھائی بننے کے لئے اخوان المسلمون کو تشکیل دینے پر مجبور کردیا جن کی اپنی خفیہ ملیشیا تھی۔ اسپیشل سسٹم، جو ایک ایسا ادارہ ہے جو سیکرٹ سروس کے نام سے بھی جانا جاتا ہے، کو پھر حکمت عملی تیار کرنے، فوجی تربیتی سرگرمیوں کی مالی اعانت اور متحرک کرنے اور قتل وغارت گری کرنے کا کام سونپا گیا تھا[234]۔

دوسری طرف، برطانوی استعمار کا مقابلہ کرنے کے معاملے میں ان کے مابین مشترکہ فرقوں کے ذریعہ البنا اور قوم پرستوں کے مابین تعاون مسلط کیا گیا تھا یہ محاذ آرائی اس مقصد کو حاصل نہیں کرے گی سوائے اس اتحاد کے جس وقت مصر اپنی شناخت پر لڑائی کی قیادت کر رہا تھا۔ اس احساس کے علاوہ کہ سیکولر قوم پرست رجحان کے ساتھ تعاون اس کے نظریے کو مصر سے باہر پھیلانے اور عرب دنیا میں پکارنے کے لئے بھیجے جانے والے ممبران کے آسانی پیدا کرنے کی کوششوں کی حمایت کرے کاموں میں گا۔ اسی مناسبت سے، البنا دیگر: نظریاتی تحریکوں، جیسے قوم پرست، اسلام پسند، اور برطانیہ کے مخالفین کے ساتھ اتحاد قائم کرنے میں کامیاب رہا۔

مذکورہ بالا کے باوجود، یہ نقطہ نظر اس گروہ کے بنیادی نظریہ سے متصادم ہے، جس نے دیکھا کہ قوم پرستی اسلام کی آفاقی کے ساتھ اور ایک متفقہ اسلامی ریاست کے قیام کے خیال کے ساتھ مقابلہ کرتی کے عملی

233. دیکھو:

Cyntnhia Farahat, The Muslim Brotherhood, Fountain of Islamist Violence, Middle East Quarterly Spring 2017, https:/bit.ly/31fyhQE

234. Ibid.

ہے، جو البن رجحان کا اشارہ ہے۔ جیسا کہ اس نے اپنے پیروکاروں کو سمجھایا، حالات سیاسی ذہانت کے ساتھ کام کرنے کا حکم دیتے ہیں، اور یہ کہ سیاسی کھیل صرف انجام پانے کا ایک ذریعہ تھا[235]۔

پچھلی صدی کے چالیس کی دہائی میں، اس کے بانی حسن البنا کی زندگی کے دوران امریکی حکام اور مصر میں اخوان المسلمون کے مابین رابطے شروع ہوئے تھے۔ امریکی سفارتخانے کے "سکریٹری" کے عنوان سے ایک باب میں، اس گروپ کے رہنما، محمود اسف، نے اپنی کتاب "شہید امام حسن البنا کے ساتھ"، البنا اور قاہرہ میں امریکی سفارتخانے کے پہلے سکریٹری کے درمیان مالقات کی تفصیالت پیش کیں۔ اس وقت، فلپ آئرلینڈ اسف نے دونوں افراد کے مابین ہونے والی مالقات کی تفصیالت بیان کیں اور اشارہ کیا کہ البنا کے مضامین میں کمیونزم حملہ آور ہونا اور اس "کو شدید مقابلہ کرنا ہوگا سمجھنا ان کے مابین مکالمے کا مشترکہ داخلہ ہے۔ ۔البنا نے اس اجالس میں کہا ہمارے عرب ممالک میں " کمیونزم، جو پھیلنا شروع ہوا ہے، اسے خطے کے لوگوں کے لئے ایک بہت بڑا خطرہ سمجھا جاتا ہے، کیونکہ یہ، صہیونیت کے معاملے میں ہے لیکن یہ مختصر مدت میں زیادہ خطرناک ہے اور ہمارے پاس مصر میں کمیونسٹ تنظیموں کے بارے میں بہت سی معلومات ہیں۔" جس" صرف آئرلینڈ کے لئے، اس نے اپنے مردوں اور آپ کی معلومات کے ساتھ مشترکہ دشمن کے ساتھ تعاون کے لئے ایک طریقہ کار کی تجویز پیش کرنے کے لئے تعاون کی پیش کش کی، اور ہم اپنی معلومات اور اپنے پیسہ کے ساتھ، ہیں کا البنا نے خیر مقدم کیا اور اگر اسے امریکیوں سے پیسہ وصول کرنے کے بارے میں تحفظات ہیں، سفارتکار نے ہمیں مشورہ دیا کہ وہ کمیونزم سے لڑنے کے لئے ایک خصوصی دفتر قائم کریں، اور اس سے اس شعبے میں تعاون کا وعدہ کریں۔ کسی بھی سرکاری وضاحت" سے دور رہے۔"[236]

235. دیکھو:

Zvi Bar'el, Muslim Brotherhood: Terrorist Group of Political Movement? Haaretz May 03, 2019, https://bit.ly/2Vfu68f

236. ڈاکٹر محمود عساف، شہید امام: حسن البنا کے ساتھ) قاہرہ (عین شمس البرِیری، 1993)ص 13

یہاں یہ کہا جا سکتا ہے کہ البنا نے معاشرے کو کاٹنے اور خدمت کرنے کی پگڑی کے نیچے سیاسی سرخیاں چھپا کر اقتدار پر قبضہ کرنے کے لئے ایک طریقہ کار طریقہ کار کے طور پر سیاسی تقوی اختیار، کیا جسی بنی خلافت "کی" بازیابی کا باعث بنی۔ اخوان المسلمون کے متعلق جو تفصیل الگو ہوتی ہے وہ یہ ہے کہ یہ ایک الگ تنظیم ہے. وہ چیونٹیوں کے گروہ کی مانند ہیں۔ چیونٹیوں کی چلتی قطار تک سڑک کو روکنے کی کوشش کریں، اور آپ کو احساس ہو گا کہ وہ اپنے پٹریوں کو دوبارہ ترتیب دیتے ہیں اور ہمیشہ اپنا راستہ تالش کرتے ہیں۔ اخوان المسلمین کی تنظیم کا یہ ٹھیک ہے[237]۔

اخون کی دوھری گفتگو

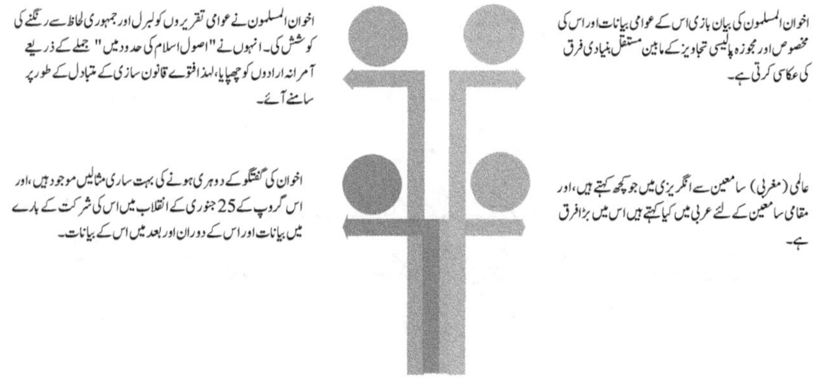

اخوان المسلمون کی بیان بازی اس کے عوامی بیانات اور اس کی مخصوص اور مجوزہ پالیسی تجاویز کے مابین مستقل بنیادی فرق کی عکاسی کرتی ہے۔

اخوان المسلمون نے عوامی تقریروں کو لبرل اور جمہوری لحاظ سے رنگنے کی کوشش کی۔ انہوں نے "اصول اسلام کی حدود میں" جملے کے ذریعے آمرانہ ارادوں کو چھپایا، لہذا فتوے قانون سازی کے متبادل کے طور پر سامنے آئے۔

عالمی (مغربی) سامعین سے انگریزی میں جو کچھ کہتے ہیں، اور مقامی سامعین کے لئے عربی میں کیا کہتے ہیں اس میں بڑا فرق ہے۔

اخوان کی گفتگو کے دوہری ہونے کی بہت ساری مثالیں موجود ہیں، اور اس گروپ کے 25 جنوری کے انقلاب میں اس کی شرکت کے بارے میں بیانات اور اس کے دوران اور بعد میں اس کے بیانات۔

علاقوں اپنے منصوبے پر عمل درآمد کرنے کی طاقت کے بارے میں حسن البنا کو جو احساس ہوا اس نے انہیں دیہی میں مقامی شخصیات کو تبدیلی کا اثاثہ بنانے کے اپنی طرف راغب کرنے میں دلچسپی پیدا کر دی اور اسی دوران اس نے شاہ فاروق کے سیاست دانوں اور، مشیروں، جیسے: علی مہر شیخ االزغر مصطفی المراری

237. عبدالرحیم عیاش، ایک مضبوط تنظیم اور ایک کمزور نظریہ۔ عرب اصلاحی اقدام کی ویب سائٹ، 30 جون کے بعد مصر کی جیلوں میں 29 اپریل 2019: اخوان المسلمون کے نشانات الگ پر: ا https://bit.ly/2XJWagp.:

کے شیخ اور سیاستدان اسماعیل صدیقی کے ساتھ قریبی تعلقات برقرار رکھے۔ 1930 سے 1933 تک مصر کا آئین[238]۔

<table>
<tr>
<td>

القرضاوی اور حکمران کے خلاف جانا</td>
<td>ویڈیو کا عنوان: القرضاوی اور حکمران سے انحراف کرنا

اخوان کے ہر سطح پر گفتگو میں تضاد ہے۔

- اخوان المسلمون اپنی متضاد بیان بازیوں کا استعمال کرتی ہے اور مذہب کو استحصال کرتے ہوئے عوام کو اس سے متفق ہونے کے خلاف اکسانے کے لئے اور عوام کو اس سے متفق افراد کی حمایت کرنے کی ترغیب دیتی ہے۔ یوسف القرضاوی کی تقریریں اس تضاد کی مثال ہیں۔

- القرضاوی نے 2007 میں، حکمران سے انحراف کرنے سے منع کرتے ہوئے کہا، "ہمیں ملک بدرداری اور جھڑپوں کے بجائے احسان اور دانشمندی کے ساتھ متن، وکالت اور رہنمائی کے ذریعہ اصلاح پر کام کرنا چاہیے۔

- 2010 میں القرضاوی: میں لوگوں سے کہتا ہوں، "اپنی بغاوت جاری رکھیں"۔</td>
</tr>
<tr>
<td colspan="2"></td>
</tr>
<tr>
<td colspan="2">https://www.youtube.com/watch?v=NvMUqIvxoc8</td>
</tr>
</table>

اور اخوان المسلمون کی شناخت کی بنیاد قائم کرنے پر، حسن البنا نے جان بوجھ کر مختلف نظریاتی رجحانات کو ایک ڈومین میں جمع کیا ہوگا، کیونکہ اخوان المسلمون سلفی کال، ایک سنی طریقہ ایک صوفیانہ حقیقت، ایک سیاسی ادارہ، کھیلوں کا گروپ، ایک سائنسی اور ثقافتی انجمن، معاشی برادری اور ایک معاشرتی نظریہ ہے[239]۔

238. دیکھو:

Roel Meijer, THE MUSLIM BROTHERHOOD AND THE POLITICAL AN EXERCISE IN AMBIGUITY, https://bit.ly/2sOMPch, p. 299.

239. ڈاکٹر رشیدہ بوجحبہ، اخوان المسلمین کی تحریک اور اتھارٹی کے ساتھ اس کا رستہ مصر، الجیریا، عمان، اکیڈمک بوک سنٹر کا تقابلی مطالعہ، 2018، ص 64

شاید اخوان المسلمون کی پہچان کا یہ وسیع تر مرکب مقبول قبولیت، حمایت اور فائدہ حاصل کرتا ہے، کیونکہ اس سے تمام مذہبی رجحانات اور معاشرتی نقل و حرکت کا اندازہ ہوتا ہے۔

دوسری طرف، یہ تحریک البنا پر حاوی رہی، جس نے مصری نوجوانوں کو جمع کرنے اور ان کو القاعدہ سے اوپر کی طرف جدیدیت کے اسلامائزیشن کی تشکیل کرنے کی پرواہ کی. لہذا، البنا کو اس بات کا یقین تھا کہ اسلامی دنیا کے وسط میں یورپ کے قائم کردہ اسکول اور سائنسی اور ثقافتی ادارے کسی بھی فوجی قوت کے مقابلے میں اسلامی معاشرے کے لئے زیادہ نقصان دہ ہیں. یا ایسی پالیسی جو مغرب اس پر قابو پانے کے لئے استعمال کرے.

لہذا، اخوان المسلمون نے ان اداروں میں میں کام کرنے کو ترجیح دی جو بچوں اور نوجوانوں کے نظریاتی اور ثقافتی موافقت سے نمٹتے ہیں۔ حسن البنا اساتذہ تھے اور اس تصور سے بخوبی واقف تھے کہ جوانی کو گرفت میں لے کر وہ قوم کو گرفتار کرلیتا ہے۔ اخوان المسلمون کو تعلیم اور میڈیا کے شعبوں میں اپنی کاوشوں کو مستقل طور پر مرکوز رکھنا چاہئے، جسے فرانسیسی ماہر معاشیات لوئس التسسر نے نظریاتی ریاستی آلہ کار کے طور پر بیان کیا۔

اخوان المسلمون کے حکومتی، حکام کے تعاقب کے باوجود انہوں نے مصری اسکولوں، اساتذہ کی تربیت کے یونٹوں کالج آف ایجوکیشن، طلبا یونینوں، یونیورسٹیوں اور اسکول کے بعد گرمیوں کے اسپورٹس کلبوں میں مضبوط موجودگی برقرار رکھنے میں کامیابی حاصل کی، یہ سب گھر گھر موجود تھے، اس گروپ کی نشوونما اور اس کے نظریہ کے پھیلاؤ کے لئے بھرتی کرنے کی اہم جگہیں[240]۔

240. دیکھو:

Linda Herrrera and Mark Lotfy, E-Militias of the Muslim Brotherhood: How to Upload Ideology on Facebook, https://bit.ly/2LScZDm

البنا کے مطابق، صحیح اسلام سے انحراف مسلمانوں کے تحلیل ہونے اور ان کے مغربی ہونے کی طرف راغب ہونے کا باعث بنی، کیونکہ مصری قومی اشرافیہ کے رجحانات اسلام کے عقائد اور طریقوں کی قیمت پر سیکولر اور مغربی خیالات کو اپناتے ہیں اور یہ کہ اسلامی بگاڑ اور مغربی مداخلت کا خاتمہ حقیقی اسلام کی بحالی میں مضمر ہے۔ اس کے لئے قوم کو اپنے موجودہ عقائد یا طریقوں سے، پاک کرنے کی ضرورت ہے اس بات پر زور دیتے ہوئے کہ اس بات کا زور لینا ضروری ہے کہ اسلامی ریاست کے بتدریج قیام کے ذریعہ کام کرنا ضروری ہے جو عقیدہ کو سدھارے، اصلاحات کا تحفظ کرے، اور شریعت کو مکمل طور پر نافذ کرے[241].

شاید اسے اس اہمیت کا احساس ہو گیا تھا کہ معاشرتی کام کی جو ریاست کی کمزوری اور سیاسی و معاشی امور کے چلن میں نو آبادیاتی متغیر کے غلبے کے وقت اپنے گروپ کے پیر مضبوط کرنے کے لئے فراہم کی گئی تھی، کیونکہ اس گروپ نے سیاست سے بانی اور اس میں مشغول ہونے کے پہلے سالوں میں خود کو دور کر دیا تھا۔ البنا کی تعریف اس کی تھی جب کہ ہم اسلام کی خدمت " میں اس کے بھائی ہیں، لہذا ہم اخوان المسلمین ہیں[242]۔ یہ بنیادی طور پر ایک اسلامی معاشرتی تحریک ہے۔ سن میں اسماعیلیہ میں 1930 جاری اخوان المسلمون کے پہلے داخلی قواعد میں یہ شرط رکھی گئی تھی کہ یہ گروپ سیاست میں شامل نہیں تھا۔ آرٹیکل (2) میں کہا گیا ہے کہ یہ گروہ سیاسی معاملات میں ترقی نہیں کرے گا چاہے وہ کچھ بھی ہو، اور آرٹیکل گروپ کے اجلاسوں کے (15) دوران سیاسی امور میں ملوث نہ ہونے کی تصدیق کرتا ہے۔ سب سے نمایاں بات یہ ہے کہ آرٹیکل (42) جو ضوابط میں ترمیم کے طریقہ کار کی وضاحت کرتا ہے، مذکورہ آرٹیکل (2) سمیت کچھ مضامین کو تبدیل کرنے پر مکمل طور پر پابندی عائد کرتا ہے، جو اس گروپ کو سیاسی کارروائی میں حصہ لینے سے منع کرتا ہے[243]۔

---

241. حسن البنا اور بیسویں صدی میں اسلام کے سیاسی شواہد، ترجمہ کریم محمد، کھدائی سائٹ: 2019/04/10، اس لنک پر: https://bit.ly/30XhaEN

242. احمد حسن الشور بجی، امام نقطہ نظر کے ستون، پہلا، ایڈیشن (اسکندریہ: پرنٹنگ اشاعت اور تقسیم کے لئے دار الدعوت، 2011) ص ص 14-25

243. عمار قاید، کیا مصر میں اخوان کی معاشرتی سرگرمیوں کے خاتمے سے اس گروہ کو تشدد کی طرف دھکیلتا ہے؟، بروکنگس سنٹر ویب سائٹ، 23 مارچ 2016، لنک پر: https://brook.gs/2E7wSSa

اور ان ضوابط کو مد نظر رکھتے ہوئے ، گروپ کے رجحانات صرف معاشرتی اہداف اور اخلاقی آئیڈیل تک محدود ہیں۔ اس میں اسلامی تعلیمات کو عام کرنا، ناخواندگی کا مقابلہ کرنا، صحت کی دیکھ بھال (خاص کر دیہات میں) کے بارے میں شعور اجاگر کرنا، منشیات اور جسم فروشی جیسی معاشرتی لعنت کا مقابلہ کرنااور تبلیغ اور رہنمائی کے ذریعہ معاشی بحرانوں سے نمٹنے میں شامل ہیں۔ اس کے مطابق، اس کی سرگرمیاں اسکولوں کو، کھولنے، لیکچر دینے اور، مختلف گورنریٹس میں گروپ کے لئے ہیڈکوارٹر قائم کرنے پر مرکوز تھیں 244۔

یہ واضح ہے کہ البنہ کو طویل مدتی اہداف اور مقاصد تک پہنچنے میں بتدریج پیشرفت، کی اہمیت کا احساس ہوا لہذا سب سے پہلے اس کی توجہ معاشرتی تحفظات پر مرکوز تھی جس کے بعد عدم استحکام کو اجتماعی پوزیشن بنانے کے لئے دوسرے مرحلے کے بعد بڑے پیمانے پر متحرک مقام پر مبنی بیان کیا گیا ہے جس میں یہ گروپ پیروکاروں کو حاصل کرنے میں سرمایہ کاری کرتا ہے۔ اس کے بعد تیسرا ادارہ جاتی مرحلہ آتا ہے، جس میں اعلی سطح کی تنظیم، منصوبہ بندی اور تعمیراتی حکمت عملی شامل ہوتی ہے۔

اسی وجہ سے، ریاست بننے کے لئے البنا کی کال کو جدید اسلامی گفتگو میں ایک اہم نقطہ نظر کے طور پر دیکھا جاتا ہے، اسلام کو ایک سیاسی نظریہ کی طرف منتقلی کے ذریعے، اور اسلامی ریاست کے قیام کا پہلا غیر واضح مطالبہ، جو بعد میں اسلامی گروپ کے ذریعہ اپنایا جانے واال نقطہ آغاز بن گیا، جو بعد میں قائم ہوا۔

یہاں یہ نتیجہ اخذ کیا جاسکتا کہ ہمیں یہ بتانے کی اجازت دی گئی ہے کہ البنا نے اپنے نظریاتی گفتگو میں جو بیانیہ استعمال کیا ہے اس کا وجود اس حقیقت سے نکلتا ہے کہ مصر کی کشادگی نوآبادیاتی طرز زندگی کے ظہور سے منسلک تھی اور نوآبادیات کے ذریعہ اختیار کردہ تبدیلی کے طریقہ کار زندگی کی شکلوں اور نمونوں کو غیر مستحکم کردیں گے۔ اس کے نتیجے میں، اس نے ایک کثیر الجہتی مصری ثقافتی شناخت کو مسترد کرنا ایک ایسے

244. معاشرے کی اصلاح اور بدعنوانی کے خلاف جنگ میں اخوان کا کردار (3)، اخوان المسلمون ویکیپیڈیا لنک پر: https://bit.ly/34GgGgE

جامع نظریہ سے جنم لیا ہے جو دوسروں کے بغیر اس کی حقیقی برادری کے قبضے میں ہے اور اس انداز سے کہ پیروکاروں کی مرضی پر مکمل یا تقریبا مکمل قابو پایا جاسکتا ہے۔

اسی معنی میں، البنہ کی طرف سے تجویز کردہ آمرانہ قابلیت ان کے غیر گفت وشنید نظریات کو مثالی رنگ دینا چاہتی ہے تاکہ وہ خود کو فکرمند جذبات کو تقویت بخش سکے کیونکہ ان کے، پاس سیاسی عقلیت پسندی نفاست اور جانکاری کا طریقہ کار ہے جس میں حل کی ترقی اور مسائل اور چیلنجوں سے نمٹنے کے معاملات ہیں۔

مذکورہ بالا کی بنیاد پر، البنا نے اسلامی حکومت کے تحت نظریات پر مبنی جماعتوں کو مسترد کردیا، کیونکہ اس کے خیال میں وہ اسلامی اتحاد کی بنیادی قدر کو مجروح کرتے ہیں۔ اس کے باوجود، انہوں نے ریاست کے ساتھ عملی طور پر نمٹنے پر زور دیا، بحیثیت ضروری لیکن عارضی متبادل اور اصالح کے ایک اتپریرک کی حیثیت سے، اس نے اپنے حتمی نظریاتی مقصد کی طرف راہ ہموار کی: خلافت کی بحالی.

اگرچہ البنا کا تعلق بچپن سے ہی بہت سی سماجی اور اخالقی کام کرنے والی تنظیموں سے تھا۔ اگروہ صوفی احکامات سے متاثر تھا، تو یہ واضح معلوم ہوتا ہے مثال کے طور پر، جنرل گائیڈ کا نام صوفی ورثہ سے آیا تھا تاکہ شیخ کو اس طریقے سے تعبیر کیا جا. جس طرح شاگرد پیروی کرتے ہیں۔ اس کے نتیجے میں، جو شخص زیادہ سے زیادہ اعتقاد اور تقوی حاصل کرنا چاہتا ہے اسے کسی شیخ سے بیعت کرنا چاہئے جو اس کی رہنمائی کرتا ہے اور اس کے لئے راہنمائی کے نشانات دیتا ہے اور روحانی اور اخالقی نظم وضبط کو برقرار رکھنے کا وعدہ کرتے ہوئے ان سے آنے والی خرابیوں اور خطرات سے خبردار کرتا ہے۔

اس کے طالب علم پر شیخ المرشد کا اختیار ان دونوں کے مابین ایک معاہدے پر مبنی ہے، جس کے مطابق پہلے دوسرے کو روح کی بیماریوں جذباتی اور خودغرض خواہشات اور باطل کے عالج میں مدد فراہم کرنے اور روحانی مشقوں کے ایک سلسلہ کے ذریعہ ان کی تزکیہ کرنے اور سنسنی کی مشق کرنے تک اس کا پابند ہے جب

تک کہ وہ خدا سے تعلق رکھنے کا اہل نہ ہو جائے اور طالب علم ان کے ساتھ اخلاص اور تعلقات کے مابین رشتہ داری پر عمل کرنے کا عہد کرتا ہے۔ یہ اطاعت پر مبنی ہے، قائل کرنے پر نہیں۔ اُس کا مطلب یہ ہے کہ طالب علم پابند ہے کہ وہ تعلیم اور روحانی اور طرز عمل کی تربیت کے حوالے سے اپنے استاد کے احکامات کی تعمیل کرے، اور اپنے نظریات یا آراء کو چیلنج نہ کرے، جیسا کہ گائیڈ ان صفات کی حامل ہے جو پیشن گوئی کی خوبیوں کے مترادف ہیں، اور ان کے شیخ کی پیروی کرتی ہے، اور کسی بھی صوفیانہ طریقہ پر بیعت کرنے کی رسم شروع، ہوتی ہے جو وفاداری، اطاعت اور اپنے رہنما کی مرضی کے مطابق مکمل طور پر پیش کرنے کی ضمانت دیتا ہے[245]۔

ویڈیو کا عنوان: سیاسی جرم۔ حسن البنا کا قتل، حصہ اول

اس لنک پر:

https://www.youtube.com/watch?v=5AidU-EfiP8

- اخوان المسلمون اپنے خیالات کو سختی سے نافذ کرتی ہے اور اس کی خلاف ورزی کرنے والے اور حکومت اور دیگر مذاہب کے خلاف اشتعال انگیزی کے خلاف طاقت کا استعمال کرنے کی کوشش کرتی ہے۔
- خصوصی حکومت نے خزاندار سمیت دیگر شخصیات کے قتل کیے۔
- اخوان المسلمون ٹھنڈے لہو میں دہشت گردی کا مظاہرہ کر رہا تھا۔

https://www.youtube.com/watch?v=5AidU-EfiP8

245. الزبیر مہداد، سیاسی ملازمت کے لئے تصوف کی اطلاق مومنین بغیر سرحدوں کی ویب سائٹ، مطالعے اور Website تحقیق کے لئے جنوری 2020 کے لنک پر: https://bit.ly/2KPYZKV:

<table>
<tr>
<td>
ویڈیو کا عنوان: نایاب ویڈیو: اخوان کے رہنما: ہم خفیہ آلہ پر فخر ہے، اور اللہ کے قریب ہونا چاہتے ہیں۔

اس لنک پر:

https://www.youtube.com/watch?v=GD8tBk5szo

- اخوان المسلمون کا عمومی رہنما، مامون الھضیبی: ہم خفیہ آلہ پر فخر ہے، اور اللہ کے قریب ہونا چاہتے ہیں۔
- اخوان المسلمون کے عمومی رہنما، مامون الھضیبی 1992، 8 جنوری، کو خفیہ آلہ پر فخر ہے، جو مسلح ونگ ہے جس نے اپنی عوامی شخصیات اور ججوں کے درمیان بڑی تعداد میں مصریوں کے خلاف جرائم کا ارتکاب کیا، اور دکانوں پر بمباری کی، مثال کے طور پر النقراشی پاشا اور جج احمد الخزندار۔
- اخوان المسلمون سے تعلق رکھنے والے معروف اختلاف رائے رکھنے والے ڈاکٹر ثروت الخرباوی نے اپنی کتاب "معبد کا راز" کی تصدیق کی: اخوان المسلمون کے پوشیدہ راز۔ اخوان نے اس کانفرنس کا زیادہ تر ریکارڈنگوں سے یہ حصہ چھپا رکھا ہے، اور جب تک کہ وہ اس ورژن تک نہیں پہنچ پائے اس کی طویل تلاش تھی۔ اس بات کی نشاندہی کرتے ہوئے کہ عمومی رہنما، مامون الھضیبی نے انکار کیا کہ انہوں نے نوے کی دہائی کے آخر میں ڈاکٹر ثروت الخرباوی کے جواب میں اس بات کا جواب دیا جب انہوں نے اس ویڈیو میں کیا شائع کیا۔
</td>
<td>

</td>
</tr>
<tr>
<td colspan="2"></td>
</tr>
<tr>
<td colspan="2">https://www.youtube.com/watch?v=GD8tBk5szo</td>
</tr>
</table>

البنا بہت سارے چہروں والا آدمی ہے، کیونکہ اس نے خصوصی نظام کو قائم کرنے کے لئے اخوان المسلمون کو متشدد ہتھکنڈوں اور عسکریت پسندی کا استعمال کرنے کا مطالبہ کیا، اس فکری ڈھانچے کو ایک ایسی مادی طاقت تقویت پہنچائی جو ایک خاص لمحے میں اس کے نظاروں کو مسلط کرنے کے قابل بناتی ہے۔ سے البنا نے

قدامت پسند سلفی الئن کی نمائندگی کرنے والے محمد راشد ریدا کے نظریات سے متاثر مغربی خیالات پر سمجھوتہ کرنے کا سہارا نہیں لیا۔ دوسری طرف، البنا متحرک آدمی ہے جو معاشرتی اور معاشی طریقہ کار کو متحرک کرنے کے ایک ذریعہ کے طور پر اپنانے پر یقین رکھتا ہے۔ اور پیروکاروں کو حاصل کرنے کے نتیجے میں ایک اسلامی ریاست اس کے قائد اور قرآن مجید کو اس کے قانون کی حیثیت سے تشکیل دیتے ہیں۔ انتظامیہ کی سختی کے علاوہ ہے، جو اخوان المسلمون کے ڈھانچے میں بالشویک طرز کی قیادت اور قابلیت کی طرح ایک سخت اور درجہ بندی کے ڈھانچے کی عکاسی کرتی تھی[246].

انہوں نے جاری رکھا.. اخوان کا سیاسی منصوبہ

دروس على الطريق [١٢]

الإخوان المسلمون.. والسياسة.. وسياسة الأحزاب

www.ikhwanwiki.com

اسی تناظر میں، البنا دو سطحوں پر چال گیا: ایک نظریاتی سطح جس میں مذہبی فریم ورک کو سیاسی سے زیادہ ترجیح دی گئی ریاست کو صرف مذہبی منصوبے پر عمل درآمد اور کفالت کے لئے ایک ذریعہ سمجھتے ہوئے۔ مذہبی

246. دیکھو:

Martin W. Slann, Comparing Islamism, Fascism, and Communism, University of Texas at Tyler Scholar Works at UT Tyler, 2015. https://bit.ly/31WyTLQ

سیاسی شامل ہے اور اس پر قابو رکھتی ہے، اور یہاں سے ہم سیکولرازم کو مسترد کرنے اور ان سے لڑنے کی وجوہات کو سمجھ سکتے ہیں۔ اور میری تحریک کی سطح ریاست کے ساتھ تسکین پر مبنی ہے، جو کبھی کبھی اپنے کام کی منطق کے سامنے پیش کرنا، تصادم، دخل اندازی اور اندر سے کسی اور وقت اس کی خصوصیات میں تبدیلی الناہے۔

شاید یہاں یہ سوال پیدا ہوتا ہے کہ اخوان المسلمون کا تعلق مسلم یوتھ ایسوسی ایشن سے ہے، جو 1927 میں قاہرہ میں قائم ہوا تھا اور اس تنظیم کے قیام میں حسن البنا کی شراکت کے باوجود، جس کے اہداف کی وضاحت مسیحی لہر کا مقابلہ کرتے ہوئے اور مسیحی عمل کے مقابلہ کرنے کی گئی تھی جو مصر میں پھیلتا ہے۔

ایسا لگتا کہ البنا نے اپنے منصوبے کی حمایت کے لیے انجمن کی خدمات حاصل کیں، یہ مشترکہ نکات کہ وہ اخوان المسلمین کے ساتھ جمع ہوگئی، اور انہوں نے پانچویں کانفرنس کے پیغام میں اس: کی وضاحت کرتے ہوئے کہا، عمومی ہدف مشترکہ ہے "جو اس کام کے لئے ہے جو اسلام کی فخر اور مسلمانوں کی خوشی ہے۔ اور دونوں گروہوں میں اپنی کوششوں کی ہدایت کرنا، اور یہ کہ جب تمام اسلامی گروہ متحدہ محاذ کے طور پر ابھریں گے وہ وقت زیادہ دور نہیں ہے، میں یقین کرتا ہوں اور خدا اس کے موافق، اس مقصد کو حاصل کرنے کے لئے کافی ہے [247]۔ اس کے علاوہ، اس انجمن میں نمایاں شخصیات شامل تھیں، جن میں شامل ہیں: ڈاکٹر عبدل حامد سعید بطور چیئرمین، ڈاکٹر یحیی دریدی ری اور شیخ محب ال ال خطیب ممبران، جو البنا کی قیادت میں شامل ہونا قبول نہیں کریں گے اور ان سے ہدایات وصول کریں گے [248]۔

247. عبدہ مصطفی ڈاکٹر دیسوقی اخوان المسلمون اور ان کا رشتہ مسلم یوتھ ایسوسی ایشن (1) کے ساتھ، اخوان المسلمون کی ویکیپیڈیا ویب سائٹ، لنک پر: https://bit.ly/37mvjM0

248. اخوان المسلمون اور جوان مسلمانوں کی انجمن کا رستہ (I)، اخوان المسلمون سائٹ، 4 اکتوبر 2008، اس لنک پر: https://www.ikhwanonline.com/article/40831

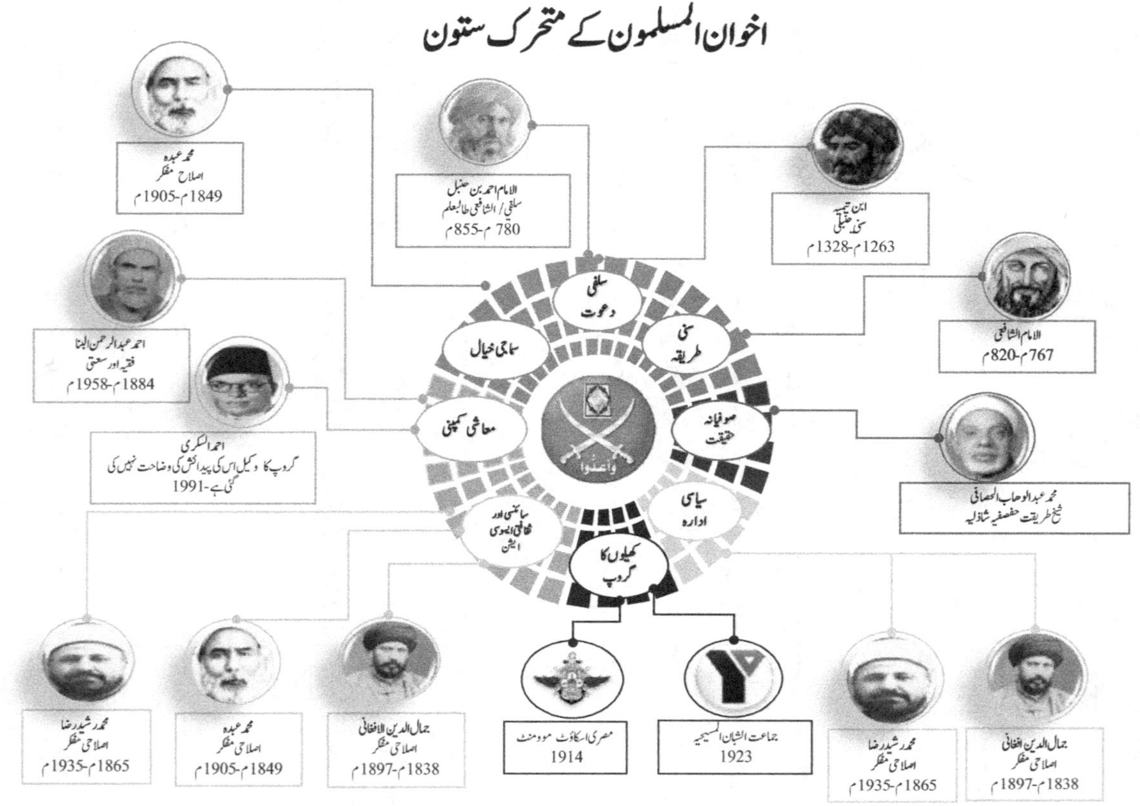
اخوان المسلمون کے متحرک ستون
محمد عبدہ
اصلاح مفکر
1849م-1905م
الامام احمد بن حنبل
سلفی / الشافعی طالبعلم
780 م-855م
ابن تیمیہ
سنی حنبلی
1263م-1328م
الامام الشافعی
767م-820م
احمد عبدالرحمن البنا
فقیہ اور سعتی
1884م-1958م
احمد السکری
گروپ کا وکیل اس کی پیدائش کی وضاحت نہیں کی گئی ہے-1991
محمد عبدالوہاب الحصافی
شیخ طریقت حصفیہ شاذلیہ
سلفی دعوت
سماجی خیال
سنی طریقہ
معاشی کمپنی
صوفیانہ حقیقت
سائنسی اور ثقافتی ایسوسی ایشن
سیاسی ادارہ
کھیلوں کا گروپ
محمد رشید رضا
اصلاحی مفکر
1865م-1935م
محمد عبدہ
اصلاحی مفکر
1849م-1905م
جمال الدین الافغانی
اصلاحی مفکر
1838م-1897م
مصری اسکاؤٹ موومنٹ
1914
جماعت الشبان المسیحیہ
1923
محمد رشید رضا
اصلاحی مفکر
1865م-1935م
جمال الدین افغانی
اصلاحی مفکر
1838م-1897م

2-4 سید قطب

سید قطب اُپر مصر میں آسیوٹ کے قریب ایک گائوں میں سن 1906 میں پیدا ہوا تھا، اور 1919 میں سعد ظغلوال کی سر براہی انقلاب پھیلنے کے ساتھ ہی سید قطب، جو تیرہ سال کا تھا، مساجد اور عوامی اجتماعات میں تقریریں کر رہا تھا۔ پھر وہ جامعہ کی تعلیم جاری رکھنے کے لئے 1921 میں قاہرہ چال گیا، جس نے عربی زبان وادب میں ڈپلومہ حاصل کرنے والے دارالعلوم میں مکمل کیا، اور سید قطب اس مرحلے پر ایک نئے دانشور تھے، جو مصر میں معاشرتی اور معاشی ترقی کو مستحکم کرنے میں مصروف تھے، جس میں مصری اصلیت کی تجدید کی کوشش کرنا بھی شامل تھا۔ اس کا مطلب اکثر مغربی استقامت کو مسترد کرنا ہوتا ہے[249]۔

شاید سید قطب نے اپنی زندگی میں جو تبدیلیاں تجربہ کیں وہ قابل تعلق اور جانچ پڑتال کے ائق ہیں، کیوں کہ ان کی فکری منتقلی ادبی تنقیداور رومانوی شاعری کے مابین ہوئی، جس میں حب الوطنی اور واضح قوم پرستی کا غلبہ تھا تاکہ اس کے بعد اسلامی علوم کی طرف رجوع کیا جا اور پھر اخوان المسلمون میں شامل ہونے کے بعد اس کی تحریک اسلام کی طرف معاملہ فیصلہ کریں۔ 1953[250].

اور 1930 اور 1940 کی دہائی کے درمیان، قطب ایک ایسا ادیب تھا جو ادب کی پرواہ کرتا تھا اور سیکولرسٹوں کے ساتھ معاملات کرتا تھا، اور اس کا تعلق وافڈ پارٹی سے اور اس نے مغرب سے متعدد حالات میں ہمدردی کا اظہار کیا تھا۔ بیسویں صدی کے چالیس کی دہائی میں، دوسری جنگ عظیم کے دوران مصر کے بارے میں برطانوی پالیسی کے موقف اور اس کے نتیجے اسرائیل کے قیام کے اعلان کی وجہ سے اس کے

249. دیکھو: Dragos C. Stoica, In the Shade of God's Sovereignty: The Anti-Modern Political Theology of Sayyid Qutb in CrossCultural Perspective, https://bit.ly/31fjKV1 2

250. دیکھو:

James Toth, Reviewed by Eamonn Gearon, Sayyid Qutb: The Life and Legacy of a Radical Islamic Intellectual, Middle East Policy Council, https://bit.ly/2Mv68BX

خیالات میں تبدیلی آنا شروع ہوگئی۔ جب عربوں کے ساتھ تعلقات کی بات کی جائے تو مغرب کے اقدامات اس کی اعلان کردہ لبرل اقدار کے مطابق نہیں رہتے ہیں۔ اس کے نتیجے میں، قطب کی تحریریں سماجی امور کے بارے میں زیادہ پرجوش اور تنقید بن گئیں[251]۔

<table>
<tr>
<td>
</td>
<td>

ویڈیو کا عنوان: سید قطب نے مصر کے النہار چینل میں اخوان میں شمولیت اختیار کی۔

اس لنک پر:

https://www.youtube.com/watch?v=6Ume0oioncg

اسلامی تحریکوں کے امور کے محقق، اخوان کے سابق رہنما، ثروت الخرباوی نے مندرجہ ذیل کے بارے میں بات کی۔

- سید قطب کی تبدیلی، جب انہوں نے شاعری اور ادب سے اس وقت شروع کیا جب وہ عباس محمود العقاد سے وابستہ تھے اور بہت سے مضامین لکھ چکے ہیں جس میں انہوں نے حسن البنا اور اخوان المسلمون کو تنقید کا نشانہ بنایا تھا۔
- اس نے جمال عبدالناصر کے ساتھ اچھے تعلقات استوار کیے اور اپنے مخالفین کو زدوکوب کرنے کا مطالبہ کیا اور جلد ہی ان کے مابین ایک تنازعہ پیدا ہوگیا۔
- قطب کا تعلق اخوان المسلمین سے تھا اور اس نے اپنی صحافت کے لئے لکھنا شروع کیا، تعلیم حاصل کرنے کے لئے امریکہ سے واپسی کے بعد، اور عبدالناصر پر حملہ کرنا شروع کیا، اور بعد میں 1965 کی تنظیم کے قیام کے لئے ان کے قرآن کے سائے میں عنوان سے اپنے رسالے میں مضامین شائع کرنا شروع کیا۔
- یوسف القرضاوی سید قطب مانے جاتے ہیں جن کا اسلام سے کوئی تعلق نہیں ہے اور کہا ہے کہ وہ سنیوں اور جماعت کے دائرہ کار سے باہر ہیں۔

</td>
</tr>
<tr><td colspan="2"></td></tr>
<tr><td colspan="2">https://www.youtube.com/watch?v=6Ume0oioncg</td></tr>
</table>

251. دیکھو:

Samuel Helfont, The Sunni Divide: Understanding Politics and Terrorism in The Arab Middle East, November 2009, https://bit.ly/2QPLACN, p.15.

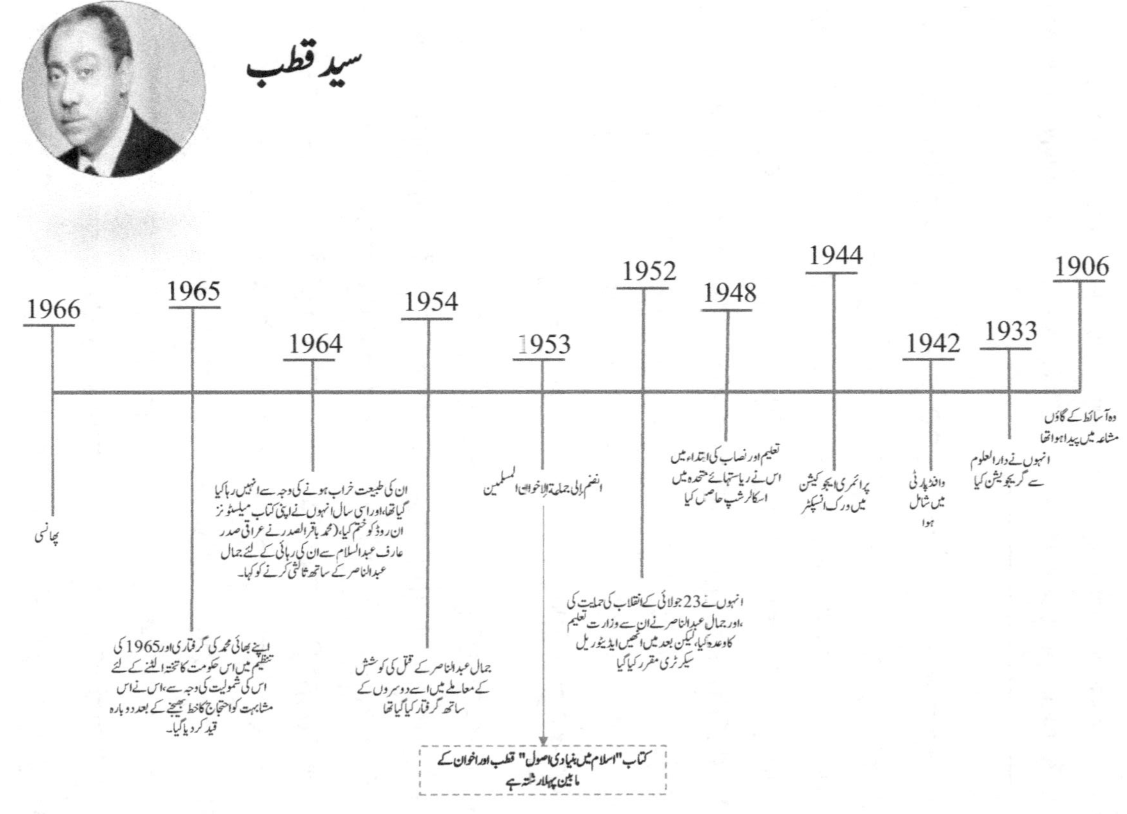
سید قطب
1906
وہ آسائط کے گاؤں
مشاعہ میں پیدا ہوا تھا
1933
انہوں نے دار العلوم
سے گریجویشن کیا
1942
وافڈ پارٹی
میں شامل
ہوا
1944
پرائمری ایجوکیشن
میں ورک انسپکٹر
1948
تعلیم اور نصاب کی ابتداء میں
اس نے ریاستہائے متحدہ میں
اسکالرشپ حاصل کیا
1952
انہوں نے 23 جولائی کے انقلاب کی حمایت کی
،اور جمال عبدالناصر نے ان سے وزارت تعلیم
کا وعدہ کیا، لیکن بعد میں انھیں ایڈیٹوریل
سیکرٹری مقرر کیا گیا
1953
انضم الی جماعۃ الاخوان المسلمین
کتاب "اسلام میں بنیادی اصول" قطب اور اخوان کے
مابین پہلا رشتہ ہے
1954
جمال عبدالناصر کے قتل کی کوشش
کے معاملے میں اسے دوسروں کے
ساتھ گرفتار کیا گیا تھا
1964
ان کی طبیعت خراب ہونے کی وجہ سے انہیں رہا کیا
گیا تھا،اور اسی سال انہوں نے اپنی کتاب میلسٹونز
ان روڈ کو ختم کیا، (محمد باقر الصدر نے عراقی صدر
عارف عبدالسلام سے ان کی رہائی کے لئے جمال
عبدالناصر کے ساتھ ثالثی کرنے کو کہا۔
1965
اپنے بھائی محمد کی گرفتاری اور 1965 کی
تنظیم میں اس حکومت کا تختہ الٹنے کے لئے
اس کی شمولیت کی وجہ سے، اس نے اس
مشابہت کو احتجاج کا خط بھیجنے کے بعد دوبارہ
قید کر دیا گیا۔
1966
پھانسی

قطب کی تحریروں میں یہ تبدیلی شاہ فاروق کی خوش آئند پیشرفت نہیں تھی۔ جس نے اسے گرفتار کرنے کی کوشش کی، اور وافڈ پارٹی کے ممبروں کی مدد سے قطب نے خود کو اس طرح کی جالوطنی کے ذریعہ گرفتاری سے بچنے میں کامیاب کر دیا۔ اور اس نے امریکی تعلیمی نظام کے مطالعہ کے لئے وزارت تعلیم کی جانب سے ریاستہائے متحدہ کے دورے کا انتظام کیا۔ یہ 1948 کی بات ہے، جب انھیں شمالی کولوراڈو یونیورسٹی کے السن اس وقت - کولمبیا ڈسٹرکٹ یونیورسٹی کے اساتذہ کالج میں، دو سال کے لئے مغربی طریق تعلیم کے مطالعہ کے لئے ریاستہائے متحدہ امریکہ بھیج دیا گیا جہاں انہوں نے تعلیم میں ماسٹر ڈگری حاصل کی۔ قطب 1950 کی دہائی کے اوائل میں مصر واپس آئے، اور واپس جاتے ہوئے انہوں نے برطان یہ، سوئٹزرلینڈ اور اٹلی کا دورہ کیا[252]۔ ایسا لگتا ہے کہ قطب کے امریکی تجربے کا مطلوبہ اثر نہیں ہوا، کیونکہ وہ نسل پرستی اور جنسی اور مادی آزادی سے گھبرا گیا تھا جس نے اس کے نظریات، معاشرتی اور معاشی پالیسیوں اور مذہبی عقائد کے ساتھ مغرب پر حملہ کرنے کا مشاہدہ کیا تھا[253]۔

بیسویں صدی کے پچاس کی دہائی کے اوائل میں، آزاد آفیسرز آرگنائزیشن کے ذریعہ بادشاہت کا تختہ پلٹ دیا گیا، جہاں اس کے رہنما جمال عبد الناصر کے ساتھ قریبی تعلقات تھے اور جوالئ 1952 کے انقلاب میں اس نے حصہ لیا تھا، اور ان میں سے کچھ نے قطب کو فرانسیسی میرا باؤ تشبیہ دی تھی، جس نے فرانسیسی انقلاب کی تیاری میں اپنا کردار ادا کیا تھا، لہذا انہوں نے اسے میرا باؤ مصری انقلاب کہا[254]۔ لیکن بعد میں اس نے نظریاتی اختلافات کی وجہ سے افسران سے اختلاف کیا، کیوں کہ ان کا خیال تھا کہ مصر کی نئ حکومت کی اساس ہونا چاہئے[255]۔ جب اسے عبد الناصر کو جلد ہی اخوان المسلمون کو الحق خطرے کا ادراک ہو گیا، جب 26 اکتوبر 1954 کو قاتالنہ حملے کی ناکام کوشش کے بعد بے نقاب کیا گیا تھا، جب اسپیشل آرڈر کے ممبر، محمود عبد اللطیف نے عبد الناصر کو قتل کرنے کی کوشش کی تھی، جو اس کوشش سے بچ گیا تھا اور اخوان المسلمون

252. دیکھو: Adam Khamis Mwamburi, Main features of Sayyid Qutb writings, https://bit.ly/2Mt3dto

253. دیکھو: Robert Manne, Sayyid Qutb: Father of Salafi Jihadism, Forerunner of the Islamic State, 7 November 2016, https://ab.co/2HYGQaS

254. علی بن یحیی الحدادی، سید قطب کی زندگی کے اہم صفحات لنک پر: https://bit.ly/2YmfrFD:

Adam Khamis Mwamburi, op. cit.255

کو ختم کرنے کا فیصلہ کیا تھا، جہاں اسے گرفتار کیا گیا تھا۔ قطب اور ہزاروں گروپ ممبران کو 15 سال قید کی سزا سنائی جائے گی۔ تقریبا 19،000 ممبران کو گرفتار کیا گیا، اور 900 کے قریب افراد کو عمر قید اور سخت محنت کی سزا سنائی گئی، اور ان میں سے 6 کو پھانسی دے دی گئی[256]۔

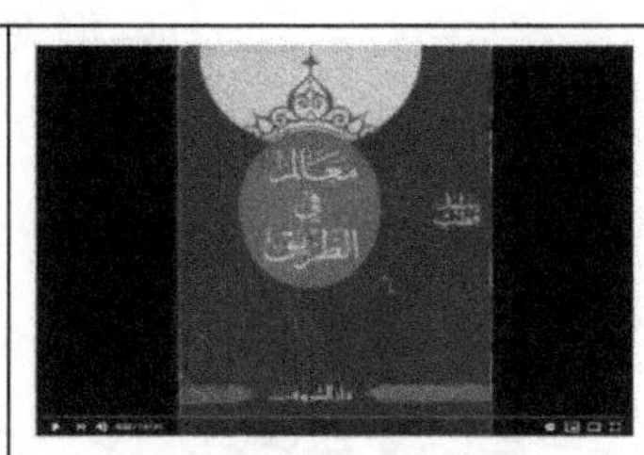

ویڈیو کا عنوان: سنائی دیتی کتاب۔ راستہ میں سنگ میل

اس لنک پر:

https://www.youtube.com/watch?v=VW0BmhzC2Q

راستہ میں سنگ میل بعد میں ابھرنے والے جہادی گروہوں کے لئے ایک بنیادی حوالہ ہے، جس میں سید قطب نے زور دیا کہ اسلامی قانون کو نافذ کرنے کے لئے طاقت پر قبضہ کرنے کی ضرورت پر روشنی ڈالی، یہ صرف خدا پر حکمرانی کرنے اور انسانوں کے قائم کردہ قوانین کو مسترد کرنے کے خیال پر مبنی ہے، اور سید قطب نے صفحہ نمبر 60 پر خدا کے لئے جہاد کے باب پر اپنے کتاب میں اس بات کا حوالہ دیا ہے۔

- سید قطب نے اپنی کتاب راستہ میں سنگ میل میں عمومن ایک تاریخی واقعہ کے بارے میں بات کی جس کو انہوں نے (انوکھا قرآنی نسل) کہا تھا، اور اس کا مطلب تھا: صحابہ کی نسل کی انفرادیت، خدا ان کے ساتھ راضی ہو، اار یخ اسلام اور بنی نوع انسان کی تاریخ اور اس کا تکرار نہیں۔ انہوں نے اس طرف اشارہ کیا کہ کتاب کا مقصد یہ واضح کرنا ہے کہ وہ راسہ میں سنگ میل کو کیا کہتے ہیں، اور پہلے یہ ظاہر کرتا ہے کہ ان کی وجہ پیغمبر کے فرد کی عدم موجودگی، خدا سے دعا اور سلامتی کی وجہ سے نہیں ہے، بلکہ متعدد وجوہات کے بناء پر ہے، جیسا کہ صحابہ کی نسل اگلی نسلوں سے اخذ کرتی تھی۔
- انہوں نے اس چیز کا حوالہ دیا جس کو وہ وصول کرنے کا مختلف طریقہ قرار دیتے ہیں اور وضاحت کرتے ہیں کہ نفاذ اور عمل کی طرف راغب ہونے کا نقطہ نظر ہی پہلی نسل کو بنایا ہے، اور مطالعہ اور لطف اندوز ہونے کے لئے نقطہ نظر ہی اس سے آنے والی نسلوں کو جنم دیتا ہے۔
- قطب نے پہلی نسل کی انفرادیت اور تفریق کی وجوہات کی نشاندہی کی، اور اس باب کا مقصد اس راستہ میں سنگ میل کی وضاحت کرنا بن گیا جس کی اسلامی دعوت کے حامیوں پر عمل پیرا ہونا چاہئے۔ اور یہ ہے کہ انہیں ان خصوصیات کی تکمیل کرنے کی ضرورت ہے جن سے اس نسل کو ممتاز کیا گیا ہے کیونکہ ان وجوہات کو سمجھے بغیر صاحبہ جیسی نسل `ابھر نہیں سکے گی اور صحابہ جیسی نسل کی ضرورت اس حقیقت کی وجہ سے ہے کہ آج مسلمان جس حلات میں جی رہے ہیں وہی حالات ہے جس میں؛ پہلی نسل پیدا ہوئی، یعنی جاہلیت۔

https://www.youtube.com/watch?v=VW0BmhzC2Q

256. Samuel Helfont, Op. cit, p.14.

چنانچہ قطب نے حکومت کے خلاف ایک تنقیدی نقطہ نظر اپنایا، جسے انہوں نے اپنی تحریروں میں پیش کیا اور حکومت اور اس سے مغربی اقدار کو اپنانے کے نتیجے میں اخلاقی اور معاشرتی خرابی کو روکنے میں ناکامی کا اظہار کیا۔ 1964 میں قطب کو قلیل مدت کے لئے رہا ہونے کے بعد، اگست 1965 میں اسے دوبارہ گرفتار کیا گیا اور اسے 10 سال قید کی سزا سنائی گئی پھر 1966 میں اسے پھانسی دے دی گئی [257]۔

قید میں، قطب نے اپنے بیشتر اسلامی کام لکھے، جن میں: قرآن مجید کی سائے میں، اسلام میں سوشل جسٹس، اور اس مذہب کا مستقبل، اور بعد میں انہوں نے اسلام اور تہذیب کے مسائل لکھے، جو ایک دو حصے کا فلسفیانہ کام ہے، اور 1964 میں انہوں نے اپنی کتاب سنگ میل پر کام ختم کیا[258]. ایسا لگتا ہے کہ جیل نے قطب کی جنونی سوچ بنانے اور اس وقت مصر میں بڑھتی ہوئی سیکولر قوم پرستی کو مسترد کرنے کے لئے قطب کی سیاسی سوچ پر اپنا نشان چھوڑ دیا تھا۔ مغربی تہذیب کے خلاف ثقافتی جنگ کا اعلان کرنے والے پہلے اسلامسٹ ہونے کے ناطے، یہ مانتے ہوئے کہ اسلامی معاشرے اسلام کی آمد سے قبل ہی جزیرہ العرب میں موجود حالت جاہلیت کی طرف لوٹ گئے اور ان کی تحریروں میں عیب، ناانصافی، اخلاقی غربت اور انسان کے تسلط اور اقتدار پر قبضہ دکھایا گیا ہے جس کی وجہ سے وہ قانون سازی اور انصاف کے اصولوں کو اپنے نقطہ نظر اور مفادات کے مطابق طے کرنے کی اجازت دیتا ہے [259]۔

257. Luke Loboda, THE THOUGHT OF SAYYID QUTB, https://bit.ly/2EV8Haj, p.2

258. دیکھو:

Ronnie Azoulay, THE POWER OF IDEAS. THE INFLUENCE OF HASSAN AL-BANNA AND SAYYID QUTB ON THE MUSLIM BROTHERHOOD ORGANIZATION, https://bit.ly/2Im2zZw

259. Adam Khamis Mwamburi, Op. cit.

ویڈیو کا عنوان: سابق گائیڈنس آفس کے ممبر پروفیسر فرید عبدالخالق کے ساتھ اس دور کے گواہ ہیں۔

اس لنک پر:

https://www.youtube.com/watch?v=kbo6RR2hhjU

- سابق کونسلنگ آفس کے ممبر جناب فرید عبدالخالق کی گواہی جو حسن البنا کے ہمراہ تھے۔نے کہا:
- سید قطب کی کتاب "راستہ میں سنگ میل" میں نے کتاب کے مسودے کو 1963 میں چھپنے سے پہلے دیکھا اور حسن الھضیبی سے اس کتاب کے مشمولات کے بارے میں مشورہ کیااور اس سے اس کو پرنٹ نہ کرنے کا کہا کیوں کہ اس میں ایسے خیالات ہیں جن کا خطرہ ہو سکتا ہے اگر میں غلط طور پر حاکیمیت کی مثال کو سمجھتا ہوں جس پر بعد میں کفارہ کا نظریہ مبنی تھا۔
- خود المودودی کو حکمرانی کے خیال میں ایک پریشانی کا سامنا کرنا پڑا۔
- حسن الھضیبی نے لکھا، "انہوں نے کفارہ اور ہجرت کا نظریہ کا جواب دینے کے لئے، "داعیوں، ججوں نہیں ہیں"۔

https://www.youtube.com/watch?v=kbo6RR2hhjU

لهذا، دنیا کے قطب نے سیاہ اور سفید رنگ کی طرح دیکھا، یہاں اسلامی معاشرے اور اسلام سے پہلے کے معاشرے موجود ہیں۔ مسلم معاشرے حقیقی زندگی گزارتے ہیں اور تمام معاملات میں خدا کے حضور تسلیم ہوتے ہیں۔ اسی کے ساتھ، اسلام سے پہلے کی برادری خدا کی ہدایت کو نظرانداز کرتی ہے اور مثبت قوانین کو اپناتی ہے۔مزید یہ کہ قطب کا دعوی ہے کہ اسلام سے پہلے کی حکومت کا نہ صرف فرد پر منفی اثر پڑتا ہے، بلکہ اس سے پورا معاشرہ تباہ ہو جاتا ہے۔

لہذا، اصطلاح جاہلیہ سے اسلامی معاشروں اوران کے حکمرانوں کی جاہلیت کی طرف واپسی سے مراد ہے [260]، یہ وہ دور ہے جو اسلام سے پہلے تھا، جہاں موجودہ اسلامی صورتحال کا اندازہ نبی صلی اللہ علیہ وسلم کے ذریعہ دی گئی وضاحت کے ذریعہ کیا جاتا ہے، خدا کی دعائیں اور سالمتی، عبادت اور عقائد کی موجودہ معنی پر کہ اسلام تبدیل ہوا۔ قطب نے دلیل دی کہ قرآن اور تمام پیغمبروں کی پیروی کی گئی تھی۔ مسلمان کو معاشرے کو منظم کرنے کی کیا ضرورت ہے۔ محمد ابن عبدالوہاب کے نظریہ کی طرح ہی کہ اسلام اجنبی ہو چکا ہے، قطب نے زور دے کر کہا کہ مسلمانوں نے غیر اسلامی نظریات اور طری قوں کو اسلام کو آلودہ کرنے کی اجازت دی ہے اور صحیح اسلامی زندگی میں زندگی گزارنے کے لئے مسلمان کو نہ صرف ماننے کی ضرورت ہے بلکہ اسلامی قانون کے مطابق بھی عمل کرنا ہے۔

قطب نے کہا کہ خدا کی توحید پرستی کی بحالی کے لئے مومنین کے ایک گروہ کی ضرورت ہوتی ہے جسے "وانگورڈ" کہا جاتا ہے، جو اسلام کے جوہر کو حاصل کرنے میں انحصار کرتا ہے، اوراس موزوں راستہ کو آخری منزل تک جانے والی راہ کے ساتھ رہنمائی کے لئے "سنگ میل" مہیا کرتا ہے [261]۔ چنانچہ عصر حاضر کے نام نہاد مسلمانوں کو حقیقت پسندانہ اور شائستہ ہونا چاہئے۔ ان کا بنیادی کام اپنی طاقتوں اور کمزوریوں کا معقول جائزہ لینا ہے، اور جدوجہد کے عین مطابق شکلوں کو واضح کرنا ہے [262]۔

شاید اس نے مارکسی وانگورڈ پارٹی کے نظریہ اور براہ راست اقتدار پر قبضہ کرنے کی ضرورت کے براہ راست اقتباس پر انحصار کیا جیسے مارکسی انقلابی وانگوارڈ اور قطبی وفادار وانگارڈ کے مطابق انقلاب، تمام پرانے مٹی صاف کرنے اور نئی دنیا کی تعمیر کرنے کی صلاحیت رکھنے کا واحد ذریعہ ہے۔ اور یہ دنیا جو انقلابی طبقے یا اسلامی

260. محمد عمارہ، مذہبی اور غیر مذہبی مبالغہ سے متعلق مضامین، (قاہرہ: سن رائز انٹرنیشنل البریری، 2004). ص36

261. سید قطب، روڈ میں لینڈ، مارک، (بیروت: دار الشوروق 1981) ص8-9

262. سابقہ ماخذ ص11-13

تحریک تعمیر کرے گی وہ نئی ہو گی کیونکہ یہ اپنی نوعیت کی پہلی دنیا ہے جس میں کوئی شخص سرمایہ یا مشرکانہ نظام کا غالم نہیں ہو گا۔[263]

مذکورہ بالا کے سلسلے میں قطب نے لبرل ازم، کثیر جماعت پسندی، اور ان اداروں سے اپنی دشمنی کا اظہار کیا جو انتخاب سے ان، کا جواز حاصل کرتے ہیں اس بات پر زور دیتے ہوئے کہ مومن کو اپنا ایک سچ عقیدہ انسان کے بنائے ہوئے تمام نظریات سے بالاتر ہونا چاہئے اور عارضی وسوسوں یا انسانی سوچ کے شکار ہونے سے بچنا چاہئے۔ یہی وجہ ہے کہ قطب نے اپنے نظریات سے متصادم نظریات اور نظریات کے حوالے سے، ایک آمرانہ مؤقف اختیار کیا اور معاشرے کو العلمی سے تعبیر کیا کہ اس کو حل نہیں کیا جائے گا سوائے اپنے آپ کو تبدیل کر کے تاکہ ہم بعد میں معاشرے کو تبدیل کر سکیں[264]۔

خدا کی حکمرانی کو نظرانداز کرتے ہیں۔ لہذا، مسلم جماعت کو الزماشریعت کی طرف لوٹنا چاہئے جس پر پوری کائنات پر حکومت کرنا ضروری ہے تاکہ جب شرعی حکمرانی کے تحت رہتے ہوئے انسانی زندگی باقی کائنات کے ہم آہنگ ہو[265]. 91 لہذا، قطب نے تمام موجودہ معاشروں اور حکومتوں کو غیر اسلامی ہونے کی مذمت، کی، جس میں سیکولر سوشلسٹ اور قوم پرست رجحانات پر مشتمل مصری حکومت بھی شامل ہے۔ اور اس نے مسلمانوں کا ایک چھوٹا سا کیڈر بنانے کے لئے کام کیا جو ایک نئے اسلامی معاشرے کی تشکیل میں سب سے آگے ہو گا، ان کا مکہ سے بھاگ کر آنے والی پہلی نسل کے ساتھ مکہ سے بھاگ کر مدینہ میں مکمل اسلامی معاشرے کی تشکیل کریں اور آج دنیا میں رائج غیر اسلامی معاشروں سے ناگزیر تصادم کی تیاری کریں[266]۔

---

263. جارج طرابیشی، انقلاب کی طبقاتی حکمت عملی، دوسرا ایڈیشن (بیروت: دار الطلیعہ 1979)، ص10.

264. Adam Khamis Mwamburi, Op. cit.

265. Luke Loboda, The Thought of Sayyid Qutb, Op. cit.

266. Ibid.

چونکہ آج اخوان المسلمون تشدد اور انقلاب ترک کرنے کا دعوی کرتی ہے، لہذا اس نے سید قطب کی میراث کو محفوظ رکھنے پر زور دیا ہے۔ چنانچہ قطب کے پاس جورہ، گیا تھا، جو کفارہ پر مبنی ہے اب بھی اس گروپ کی سوچ اور اس کے ممبروں کی پڑھنے، کی فہرستوں میں موجود ہے اور ان کے دعوی پر تشدد پر بھروسہ نہ کرنے کا تقاضا ہے کہ وہ قطب کے نظریات پر قائم رہیں اور انہیں مسترد نہ کریں، اور موقع ملنے پر کسی خفیہ ایجنڈے کے وجود کو ناجائز قرار دیں۔

ابو االعلی المودودی کے افکار کو قطب کے عقیدے کی تشکیل میں بہت اثر و رسوخ تھا، کیوں کہ اسلام کو مذہبیات میں پڑھے جانے والے تصورات کا ایک گروہ نہیں سمجھا جاتا ہے، اور یہ کسی مسلمان کے ذریعہ انجام دی جانے والی رسومات تک ہی محدود نہیں ہے، جیسا کہ اس نے کہا: اس موضوع کے سلسلے میں جو میں نے اس کی حقیقت کو واضح اور انکشاف کرنا چاہا تھا کہ ہم آج کل زبانی اعتقادات کا ایک گروہ نہیں ہیں، اور ان دنوں مذہب کے مفہوم سے سمجھے جانے والے رسوم و رواج کا ایک مجموعہ ہے۔ بلکہ حقیقت یہ ہے کہ یہ ایک جامع اور جامع نظام ہے جو تمام ناجائز، جابرانہ جاری نظاموں کو ختم کرنا چاہتا ہے۔ دنیا میں، اس کا سر کٹ جاتا ہے، اور اس کی جگہ ایک اچھے نظام، ایک تبدیل شدہ نقطہ نظر ہے جو اسے انسانیت کے لئے دوسرے نظاموں سے بہتر سمجھتا ہے[267]۔

مذکورہ بالا کے علاوہ مودودی کا خیال ہے کہ نظریاتی نظریات کے مالکان کو بھی زور سے، اپنی منطق اور تاثر کو مسلط کرنا ہوگا۔ یہ موجودہ حکومتوں کو تبدیل کرنا ہے۔ لہذا، مودودی حکمرانی کی اصطلاح کا مالک ہے، اور اس ضمن میں وہ کہتے ہیں: جو شخص کسی فرد یا گروہ کے نظریے اور نظام پر یقین رکھتا ہے اسے اپنے اعتقاد کی نوعیت اور اس میں اس کے اعتقاد کی وجہ سے مجبور کیا جاتا کہ وہ اپنے خیال کے علاوہ کسی اور نظریے کی بنیاد پر

267. ابو االعلی المودودی کے حوالے: گذشتہ ماخذ، خدا کی خاطر جہاد.

حکومتوں کے نظام کو ختم کرنے کی کوشش کرتا ہے اور اس نظریہ کی بنیاد پر حکومت کا نظام قائم کرنے کی ہر ممکن کوشش کرتا ہے[268]۔

ڈاکٹر محمد عمارہ، حکیمیہ کی اصطلاح کی تشکیل کو جواز پیش کرتے ہوئے کہتے ہیں کہ المودودی نے اپنی مرکزی کتابوں میں حکیمیہ کے بارے میں ایک نظریہ تیار کیا تھا جو انہوں نے برصغیر پاک وہند کی تقسیم اور اس سے پہلے ایک ہندوستان میں پاکستان کے ظہور سے قبل سن 1937ء سے 1941 کے درمیان لکھا تھا اور اس دن ایک ہندوستان میں مسلمان ایک ایسی اقلیت تھے آبادی 25 فیصد سے تجاوز نہیں کرتا تھا۔ اس آبادیاتی، ثقافتی اور سیاسی حقیقت کی روشنی میں، المودودی نے دیکھا کہ انسانی حکمرانی، جو جمہوریت اور پارلیمانی، انتخابات سے نتیجہ خیز ہے اسلام اور مسلمانوں کے لئے تباہی ہے، اور اسی وجہ سے انہوں نے انتخابات کو ممنوع قرار دیا اور جمہوریت کو اسلام کی دشمنی کے طور پر دیکھا[269]۔

4-3 احمد السکری:

اخوان المسلمون کی پہلی صف کے رہنماؤں میں سے ایک، لیکن وہ گروپ کے قیام کے سفر کے دوران البنا اور اس کے ساتھی کے ذاتی دوست ہیں، لہذا انہیں اس گروپ کا حقیقی بانی کہا جاتا ہے، جس نے سکری کے منصب کے بارے میں البنہ کی تشویش کی وضاحت کی ہے، جس نے ایک مکمل بیان بازی کی تھی جس نے البنہ کو تمام اوزاروں کو استعمال کرنے پر مجبور کیا تھا۔ ذیابیطس پر حملہ کرنے اور اسے بدنام کرنے کیلئے میڈیا گروپ. مؤخر الذکر نے محمودیہ میں اخوان کے لئے برانچ کا قیام سنبھالا تھا اور 1929 میں اس کا نائب بن گیا تھا اور 15 جون 1933 کو اخوان کی شوری کونسل کے پہلے اجلاس میں

268. سابقہ ماخذ ص12

269. محمد عمارہ، مذہبی اور غیر مذہبی مبالغہ سے متعلق، مضامین، ماخذ کا ذکر پہلے. ص16

شریک ہوا تھا، پھر اسے ہدایت نامہ کے دفتر میں نمائندہ کے طور پر منتخب کیا گیا تھا اور اسے 1939 میں بنہ کے ایجنٹ کے طور پر منتخب کیا گیا تھا[270]۔

میجر جنزل فواد علام نے اخوان کے نوجوانوں کی رہنمائی کی۔ مضامین جو حسن البنا کے پوشیدہ تخلف کو ظاہر کرتے ہیں۔

ویڈیو کا عنوان: میجر جنزل فواد عالم نے اخوان المسلمون کے نوجوانوں کو مضامین دیئے ہیں جو حسن البنا کے غلط فہمیوں کے امور کو ظاہر کرتے ہیں۔

اس لنک پر:

https://www.youtube.com/watch?v=qAD1JG1SeZ0

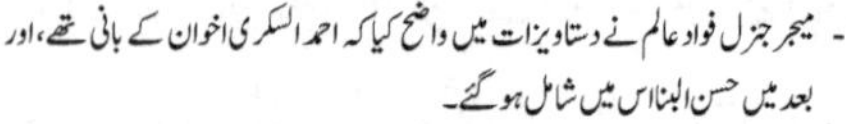

- میجر جنزل فواد عالم نے دستاویزات میں واضح کیا کہ احمد السکری اخوان کے بانی تھے، اور بعد میں حسن البنا اس میں شامل ہو گئے۔

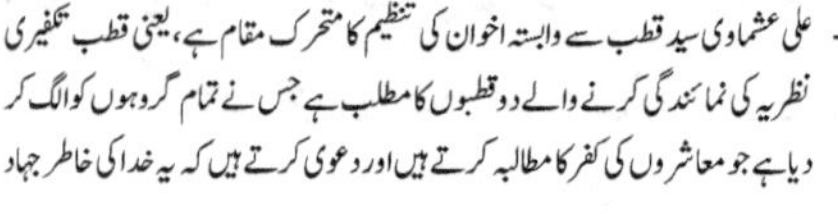

- علی عشماوی سید قطب سے وابستہ اخوان کی تنظیم کا متحرک مقام ہے، یعنی قطب تکفیری نظریہ کی نمائندگی کرنے والے دو قطبوں کا مطلب ہے جس نے تمام گروہوں کو الگ کر دیا ہے جو معاشروں کی کفر کا مطالبہ کرتے ہیں اور دعوی کرتے ہیں کہ یہ خدا کی خاطر جہاد ہے۔

https://www.youtube.com/watch?v=qAD1JG1SeZ0

اخوان المسلمون کے روزنامے میں پولیٹیکل انتظامیہ راس السکری 1947 میں اس جماعت سے مستعفی ہونے تک اس گروہ کا ایجنٹ رہا، اور اخوان المسلمون کے مقام پر، جو بات بیان کی گئی تھی اس کے برخاست ہونے کی وجوہات اخوان کے اصولوں اور قوانین کی قیمت پر اخوان المسلمون کے اس نقطہ نظر اور فکر کی خلاف ورزی کی وجہ سے ہیں[271]۔

270. المسلمون سے اخوان المسلمون کے جنزل ایجنٹ، 1947 میں پروفیسر، احمد الشکری کا انحراف احمد السکری کی فتنہ وجوہات اور اثرات، وکی برادرز کی ویب سائٹ لنک پر: https://bit.ly/3717nIQ۔

271. سابقہ ماخذ

نایف العاسکر: اخوان نے اپنے دعوے کا آغاز احمد السکری نے کیا تھا۔ لیکن حسن البنا نے اسے ایک سیاسی گروہ میں تبدیل کر دیا۔

ویڈیو کا عنوان: نایف العساکر: اخوان نے احمد السکری کے ذریعہ سے مشن کا آغاز کیا، لیکن حسن البنا نے اسے ایک سیاسی گروپ میں تبدیل کر دیا۔

اس لنک پر:

https://www.youtube.com/watch?v=fHXsVWdOnCs

- اسلامی گروہوں کے امور کے ایک محقق، نایف العساکر نے تصدیق کی کہ احمد السکری اخوان المسلمون کے بانیوں میں سے ایک تھا۔
- اخوان المسلمون چار سال بعد سلطنت عثمانیہ کے خاتمے کے بعد شروع ہوئی، احمد السکری کے بانی مذہبی رجحان پر مبنی تھے۔
- اس کے بعد، حسن البنا نے 1924 میں اخوان المسلمون کی تنظیم میں شمولیت اختیار کی، اور اس کے آغاز میں یہ تنظیم خالص وکالت تھی۔
- تھوڑی دیر کے بعد، حسن البنا نے اخوان المسلمون گروپ سے احمد السکری کو ہٹانے میں کامیاب ہوگئے، اور حسن البنا نے مغرب سے اخوان المسلمون کی تحریک کو ایک پروپیگنڈہ تحریک سے ایک سیاسی تحریک میں تبدیل کر دیا۔

https://www.youtube.com/watch?v=fHXsVWdOnCs

مصری اخبارات الوفد اور، صوت العامہ کے صفحات پر الشکری نے "شیخ البنہ کو اخوان کہتے ہوئے کیسے پھسل گیا؟" کے عنوان سے مضامین کا ایک سلسلہ شائع کیا۔ اس میں، وہ اپنے منصب کا دفاع کرتے ہوئے، البانہ پر الزام عائد کرتے ہیں کہ وہ اس گروپ کے نظم و نسق میں ظلم کا مظاہرہ کر رہا ہے اور مذہبی نعروں سے عام مصریوں کے ساتھ چھیڑ چھاڑ کرنے کی ان کی صلاحیت ایسے وقت میں جب استعمار پسندوں نے مصر کی سیاست پر غلبہ حاصل کیا تھا۔ ان کے مضامین میں سیاسی قوتوں کے ساتھ البنا کے تعلقات پر بھی تبادلہ خیال

کیا گیا، کیونکہ مؤخرالذکر نے وافڈ پارٹی کی چاپلوسی کی اور قومی سطح کو اس مقام پر چھوڑ دیا جس میں اس گروپ نے اس وقت اس کی وضاحت کی تھی، اس نے مکمل طور پر حکمران حکام کے تابع ہونے کی بات کی تھی[272]۔

ہم پیش گوئی سے یہ نتیجہ اخذ کرتے ہیں کہ دونوں فریقوں نے دوسری پارٹی پر اقتدار کے حق اور چاپلوسی اور قومی صفوں سے منحرف ہونے کا الزام عائد کیا، اور غالبا یہ قیادت اور اختیار کے لئے حریفوں کے مابین ایک جدوجہد اور سیاسی شراکت کی منطق اور ایک عوامی بنیاد کے حصول کے لئے اسلامی نعروں کے استحصال کی طرف گامزن ہے۔

272 طہ علی احمد ، السکری کے مضامین اخوان المسلمون کی سائنڈ کو ایک گھاٹی ، ریفرنس / ویب سائٹ ، 27 جولائی2018 :کی طرف لنک کریں: https://www.almarjie-paris.com/1636

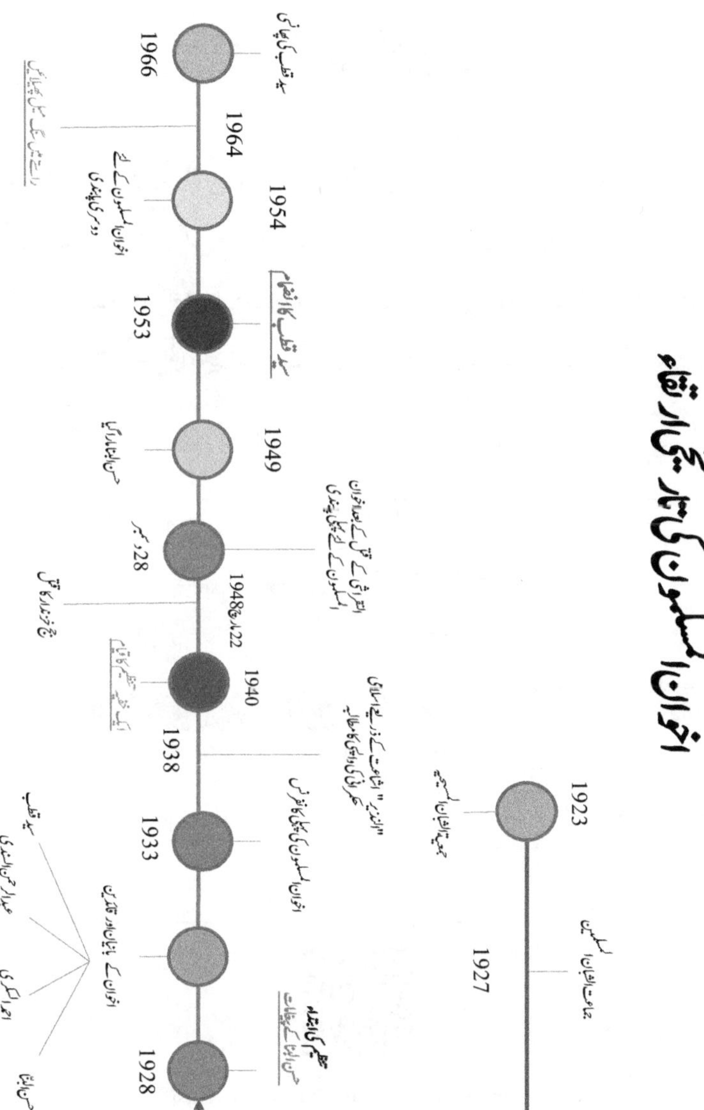
اخوان المسلمون کی تاریخی ارتقاء
1923
جمعیۃ الشبان المسیحیہ
جماعت الشبان المسلمین
1927
1928
تنظیم کی ابتداء
حسن البنا کے پیغامات
اخوان کے بانیان اور قائدین
حسن البنا
احمد السکری
عبدالرحمن السندی
سید قطب
1933
اخوان المسلمون کی پہلی کانفرنس
1938
"النذیر" اشاعت کے ذریعے اسلامی حکمرانی کی واپسی کا مطالبہ
1940
ایک خفیہ تنظیم کا قیام
22 مارچ 1948
جج خزندار کا قتل
28 دسمبر
النقراشی کے قتل کے بعد اخوان المسلمون کے لئے پہلی پابندی
1949
حسن البنا مارا گیا
1953
سید قطب کا انضمام
1954
اخوان المسلمون کے لئے دوسری پابندی
1964
راستے میں سنگ میل پھیلائیں
1966
سید قطب کی پھانسی

پانچواں باب

اخوان المسلمون، فکری آغاز

سن 1928 میں اس کے بانی حسن البنا کے ذریعہ اخوان المسلمون کے قیام کے بعد سے ، اس نے بہت سارے فکری احاطوں پر انحصار کیا ہے جو مختلف مراحل میں گزرے ہوئے اس کے سلسلے میں سوچ اور نقل و حرکت کا ایک پلیٹ فارم سمجھا جاتا ہے۔ اور اس گروپ کے لٹریچر کے ذریعے حسن البنا کے لکھے ہوئے، اس کے سب سے ممتاز نظریاتی، سید قطب کے ذریعہ ، ان اصولوں میں سے سب سے اہم مندرجہ ذیل کی وضاحت کی جاسکتی ہے۔

<table>
<tr>
<td>
ویڈیو کا عنوان:

اخوان المسلمون اور متحرک نظریہ کی طاقت

مندرجہ ذیل لنک پر:

- نظریے کی متحرک طاقت ایسی چیز ہے کہ ہماری حکومت اس بات سے قطع نظر کو سمجھنے کے لئے تیار نہیں ہے کہ کون سیاسی اقتدار میں ہے، کون سیاسی عہدے پر ہے۔
- اخوان المسلمون اور نظریہ کی متحرک طاقت۔ یہ متحرک کرنے والے کے طور پر کام کرتا ہے جس کو پیدا کرنے کے لئے ہم نے ابھی کچھ سننے کے لئے، منتقل کرنے کے لئے سنا ہے۔
</td>
<td>
Dr. J. Michael Waller
Managing Director, Oceanic Advisors
September 6, 2013

Watch his speaker playlist
About the speaker
</td>
</tr>
<tr>
<td colspan="2"></td>
</tr>
<tr>
<td colspan="2">https://westminster-institute.org/events/</td>
</tr>
</table>

5-1 بنیادی اہداف:

اخوان المسلمین کے تیار کردہ جامع وسیع اور غیرت مندانہ اہداف اور جس کا وہ نعرہ "اسلام ہی حل ہے"[273] میں ظاہر کرتے ہیں اس گروپ کے قیام کے بعد میں کوئی تبدیلی نہیں 1928 ہوئی۔ اخوان المسلمون کے ان، اصولوں جن میں "خدا ہمارا، مقصد ہے، قرآن ہمارا آئین ہے نبی ہمارا رہنما ہے، جہاد ہمارا راستہ ہے، اور موت خدا کا نام ہے ہمارا مقصد ہے" کے بیانات میں اس کے بانی حسن البنا کے بیانات اور 13 مئی، 2012 کو صدارتی انتخابی مہم کے دوران محمد مرسی کی تقریر میں ذکر کیا گیا ہے[274]۔

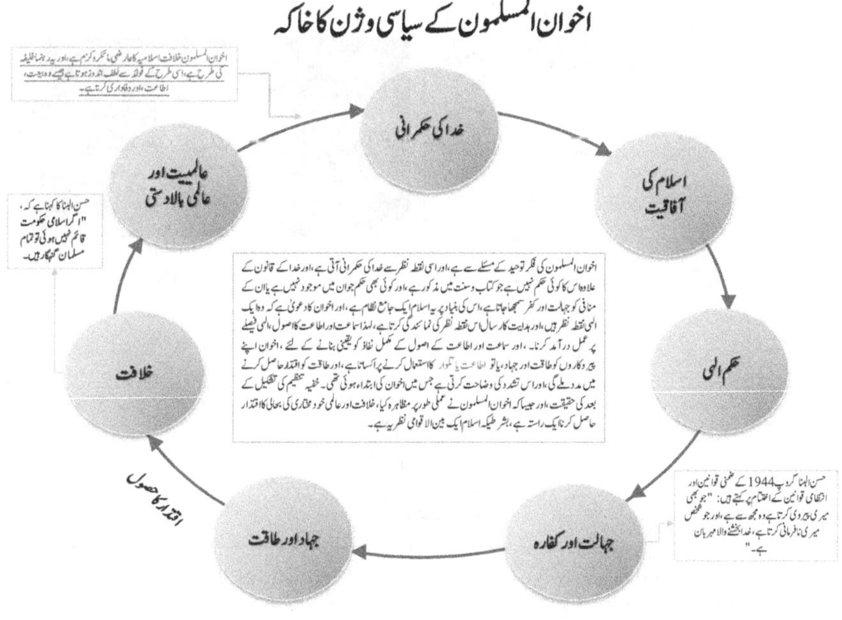

273. BBC News, Profile: Egypt's Muslim Brotherhood, 25 December 2013

274. محمد حجاج، مرسی: قرآن ہمارا آئین ہے اور اب شریعت کو نافذ کرنے کے قابل ہے، یوم السابع سائٹ، 13 مئی، 2012، لنک پر: https://bit.ly/3jU7G4O

5-2 اسلام ہی حل ہے:

حسن البنا نے اخوان المسلمون کی تشکیل کے بارے میں جو بنیادی اصول مرتب کیے وہ مندرجہ ذیل نکات پر زور دیتے ہیں۔

- اسلام ایک مربوط اور خود کفیل زندگی کا نظام ہے۔
- اسلام ایک ایسا نظام ہے جس کی تشکیل اور دو اہم ماخذات پر مبنی ہے: قرآن اور اس کی حکمرانی پیغمبر نے اپنی سیرت اور سنت میں۔
- اسلام کا ایک ایسا نظام ہے جس اطلاق دنیا میں ہر وقت اور تمام مقامات پر ہوتا ہے[275]۔

 سید قطب کی ایک نادر تقریر	ویڈیو کا عنوان: سید قطب کی ایک نادر تقریر اس لنک پر: https://www.youtube.com/watch?v=Queuwqf zFOc اخوان کی تقریر ایک چمکتی اور فریب انگیز تقریر ہے، کالعدم الجزائر اسلامی سالویشن فرنٹ کے متنازعہ رکن اور مذہبی امور کے ایک سابق وزیر احمد مرانی نے سید قطب کی تقریر کا حوالہ دیا ہے جس میں وہ قرآنی آیات اور پیشن گوئی احادیث کے ساتھ وسیع اجتماعی اثر ورسوخ کے ساتھ ادبی الفاظ کا استعمال کرتے ہیں۔

https://www.youtube.com/watch?v=QueuwqfzFOc	

275 دیکھو:

Al-Banna in Mitchell, R., "The Society of the Muslim Brothers", Oxford University Press (1993), page 14.

بنیادی اصول بنیادی طور پر انیسویں صدی کے اصالح پسند اسلامی مفکرین سے لیا گیا تھا، ان میں شامل ہیں: محمد رشید رضا اور جمال الدین اافغانی، جو یہ سمجھتے تھے کہ اسلامی دنیا کو مغربی روایت اور جدیدیت کی لہر سے پیش آنے والے چیلنجوں کا سامنا کرنے کا واحد راستہ یہ ہے کہ اسلامی ماضی میں مشہور "اُصل غیر بد عنوان "اقدار کی طرف لوٹنا ہے۔

اخوان المسلمون کے مقصد کے بارے میں حسن البنا کا وژن ان کے "الوداعی پیغام" میں رکاوٹوں میں ہماری راہ میں ایک واضح نظریہ ہے، جسے انہوں نے 1943 میں اپنے پیروکاروں کو لکھا تھا جب وہ انگریزوں کے ذریعہ جالوطنی بھیجے جا رہے تھے۔ میرے بھائیو: آپ کوئی رفاہی انجمن نہیں ہیں، اور آپ کوئی سیاسی جماعت یا مقامی تنظیم نہیں ہیں جس کے محدود مقاصد ہیں، بلکہ، آپ اس قوم کے قلب میں ایک نئی روح ہیں جو قرآن کے ذریعہ زندگی فراہم کرتی ہے۔ آپ ایک نئی روشنی ہیں جو خدا کے علم کے ذریعہ مادی فلسفے کے اندھیرے کو ختم کرنے کے لئے چمکتی اور چمکتی ہے[276]۔

البنا نے اعتراف کیا کہ اس کے وژن کو انجام کے حصول کے لئے تشدد کے استعمال کی ضرورت ہو سکتی ہے، اور انہوں نے یہ بات اپنے خط میں واضح کر دی، ہمارے راستے میں رکاوٹیں ہیں: اگر وہ آپ پر انقلابی ہونے کا الزام لگاتے ہیں تو ان سے کہو، "ہم حق اور امن کی آواز ہیں جس پر ہم گہرائی سے یقین رکھتے ہیں اور فخر کرتے ہیں۔ اگر آپ ہمارے خلاف بغاوت کرتے ہیں یا ہمارے پیغام کی راہ میں کھڑے ہوتے ہیں تو، خدا نے ہمیں سچائی عطا کر دی ہے۔ اپنے جبر کے خلاف اپنا دفاع کرنا۔[277]"

---

276. دیکھو:

Pargeter, "The Muslim Brotherhood: From Opposition to Power", Saqi Books, 2013, P. 9-20.

277. حسن البنا کا بیغام: سابقہ ماخذ

5-3 کلیئت پسندی کی اصلاح

حسن البنا فرد، کنبہ معیشت، معاشرہ وغیرہ سے شروع کرتے ہوئے مختلف سطحوں پر جامع اور جامع اصلاحات کے فلسفے پر یقین رکھتا ہے۔اس طرح، اخوان، المسلمون کا خیال ہے کہ خدااعلی و خداکا فرمان ہے جب قرآن نازل ہوااوراس نے اپنے بندوں کو رسول محمد کی پیروی کرنے کا حکم دیا، خدااسے رحمت عطافرمائے اوراسے تمام حقیقی دین میں شامل کرے۔ قوموں کی بحالی اور خوشی کے لئے ضروری بنیادیں.[278] اسلام دنیا کے لئے ایک نظام قائم کرتاہے، اوراس نظام کے ذریعے انسان نیکی پھیل سکتاہے اور خطرات اور آفات سے بچ سکتاہے۔

- ایک جامع اور مربوط نظام کو مسلط کرنے کے لئے جدوجہد کرنے کی کوشش، جیساکہ حسن البنا اخوان المسلمین کو، سلفی پیغام، ایک سنی راہ ایک صوفی حقیقت، ایک سیاسی تنظیم، کھیلوں کے گروپ ، ثقافتی تعلیمی یونین ایک معاشی کمپنی اور ایک معاشرتی نظریہ کے طور پر بیان کرتاہے۔
- شامل ہیں: جیساکہ حسن البنا کہتے ہیں ہمیں یقین ہے کہ اسلام کے احکام و تعلیمات جامع ہیں اوراس میں دنیا اور آخرت میں انسانی زندگی کے تمام امور کیونکہ اسلام ایک عقیدہ، رسوم، قوم، اور قومیت / قومیت ہے، یہ ایک مذہب اور ریاست، روح اور عمل، ایک مقدس متن اور تلوار ہے... قرآن پاک.... ان چیزوں کو اسلام کا جوہر اور عزم سمجھتاہے[279]۔
- اسلام میں جامعیت کے اظہار کو مصر میں اخوان المسلمون کے تیسرے جنزل گائیڈ عمرالتلمسانی نے دہرایا، جہاں انہوں نے کہا": اسلام ایک عقیدہ، اس کی عبادت، ایک، قوم، قومیت، تخلیقیت، ایک مادی ثقافت، قانون رواداری / معافی، اوراختیار، ہے[280]۔

---

278. دیکھو:

Al-Banna, H., "Majmu 'at Rasa'il al-Imam al-Shahid al-Banna" The Collected Letters of the Martyred Imam al-Banna, Dar al-Qur'an al-karim , 1981, p. 46 – 47.

279. دیکھو: Al-Banna in Mitchell, R., op.cit, p. 233

280. دیکھو:

4-5 الٰہی حق یا مینڈیٹ

اخوان المسلمون کا خیال ہے کہ اس کا نقطہ نظر صحیح مذہبی نقطہ نظر ہے اور باقی سب کچھ غلط ہے، اور اس کا نقطہ نظر کائنات کی اصلاح، کے لئے خدائی نقطہ نظر ہے اور یہ خود کو خدا کی طرف سے اس کنونشن کو اختیار دینے کا اختیار سمجھتا ہے۔ اپنے مذہبی سیاسی مسلک کی اصل میں، وہ صرف خدا کی مرضی کو تسلیم کرتے ہیں اور یہ ان میں مجسم ہے یا اس کی تکمیل ہوتی ہے۔ لوگ ان کو ایک آسمانی آلے کے، طور پر حوالہ دیتے ہیں اور، یہ ان کے ہاتھ میں ایک آلے میں تبدیل کرتے ہیں کیونکہ وہ اس الٰہی مینڈیٹ کی وجہ سے فرض کرتے ہیں [281]۔

ویڈیو کا عنوان: تنظیم حسن البنا۔۔اور اسلامی خلافت کی بحالی کا خیال **اس لنک پر:** https://www.youtube.com/watch?v=NUT_DN-BdvY حسن البنا: لیکن ہمارے ہاں، لوگوں کے پاس ایک نظریہ، عقیدہ، نظام اور ایک طریقہ ہے اور اس کی کسی جگہ سے نہیں، نہ ہی ایک جنس، نہ ہی جغرافیائی رکاوٹ سے ہوتی ہے، اور یہ اس وقت تک کسی حکم کے ساتھ ختم نہیں ہوتا جب تک خدا زمین اور اس پر رہنے والوں کا وارث نہیں ہوتا، کیوں کہ یہ خداوند عالم کا نظام اور اس کے وفادار رسول کا پلیٹ فارم ہے۔، اس بات کا اشارہ کرتے ہوئے کہ اس کا گروہ د جیلہ کا جماع ہے جو حقیقی اسلامی مزہب کہ نمائندگی کرتا ہے۔	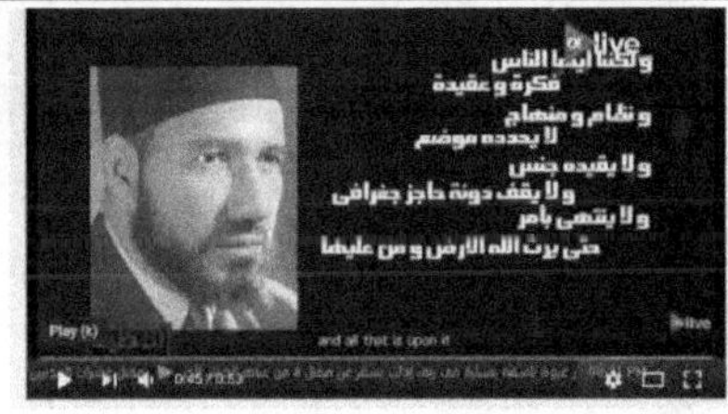 تنظیم: حسن البنا اور خلافت اسلامیہ کی بحالی کا خیال۔

https://www.youtube.com/watch?v=NUT_DN-BdvY	

Tilmisani, U., "Do the Missionaries for God Have a Program?", in Abed-Kotob, S., "The Accommodationists Speak: Goals and Strategies of the Muslim Brotherhood in Egypt", 27(3) International Journal of Middle east Studies , 1995,, p. 323.

281. الفضل شلق، انقلاب کے ذریعہ اڑا دیا گیا، "2" (بیروت: دار الفارابی، 2014)، ص 100

اس گروپ کے لئے حسن البنا نام کا انتخاب کیا گیا، جو اخوان المسلمون " ہے، اپنے " گروہ کے خدائی حق کے خیال کی نشاندہی کرتا ہے، کیونکہ یہ مسلمانوں تعلق رکھنے والوں تک محدود ہے اور اپنے آپ کو یہ حق دیتا ہے کہ وہ اخوان المسلمون سے تعلق رکھتا ہو اور اس سے تعلق نہ رکھتا ہو، [282] گویا ایسا کرنے کا الہی حکم ہے۔

<table>
<tr>
<td>
</td>
<td>ویڈیو کا عنوان: تنظیم حسن البنا۔۔اور اسلامی خلافت کی بحالی کا خیال

اس لنک پر:

https://www.youtube.com/watch?v=NUT_DN-BdvY

حسن البنا: لیکن ہمارے ہاں، لوگوں کے پاس ایک نظریہ، عقیدہ، نظام اور ایک طریقہ ہے اور اس کی کسی جگہ سے نہیں، نہ ہی ایک جنس، نہ ہی جغرافیائی رکاوٹ سے ہوتی ہے، اور یہ اس وقت تک کسی حکم کے ساتھ ختم نہیں ہوتا جب تک خدا زمین اور اس پر رہنے والوں کا وارث نہیں ہوتا، کیوں کہ یہ خداوند عالم کا نظام اور اس کے وفادار رسول کا پلیٹ فارم ہے۔

اس بات پر زور دیتے ہوئے کہ یہ جماعت الہی کا ایک گروہ ہے، اس کا مطلب ہے کہ اسے خدا تعالی نے منتخب کیا ہے اور اس کا الہی مینڈیٹ ہے۔</td>
</tr>
<tr>
<td colspan="2"></td>
</tr>
<tr>
<td colspan="2">https://www.youtube.com/watch?v=NUT_DN-BdvY</td>
</tr>
</table>

282. عبدالعزیز السماری ، "سیاسی اسلام کی دھارے اور نظری الہی"، الجزیرہ ریاض ، 9 مئی ، 2016 ، لنک پر:- http://www.al-jazirah.com/2016/20160111/ar5.htm

اخوان المسلمون اپنے آپ کو خدا تعالی کے منتخب کردہ ایک، گروہ کے طور پر دیکھتی ہے جس کا اظہار اس سے تعلق رکھنے والے ایک صحافی نے میں گروپ کے جنرل 1996 رہنما کے منصب پر فائز ہونے کے موقع پر مصطفی مشہور کے ساتھ ایک پریس انٹرویو میں کیا، جہاں انہوں نے کہا۔ خدا نے اخوان المسلمون کو اپنی آنکھوں کے مطابق آواز دی۔اس کے لئے اس نے اپنا راستہ کھینچ لیا، اس کے لئے اپنے اہداف کی تعین کی اور اس کے لئے بھالئی کا انتخاب اپنے تمام مراحل اور مراحل میں یہاں تک کہ شکست واضطراب کی حالت میں بھی کیا، درحقیقت اس کے عوام اور قیادت الٰہی انتخاب کی طرح آئی، لہذا اس نے اپنے نظریات، اعمال اور ذاتی فیصلوں کی عکاسی کی، اور شاید اس کی خصوصیات میں اور خدائی توجہ کا نام دیا جس نے اخوان کی آواز کو قبول کیا سب کچھ اپنی جگہ اور صحیح ہے۔ لہذا یہ اتفاقیہ نہیں تھا کہ حسن البنا وہ پہال رہنما تھا جس نے کال شروع کی اور عمارت قائم کی، اور حسن الهضیبی دوسرا رہنما تھا جس نے اپنے جہاز کی داؤد کی قیادت کی اور اس انقلاب کے مردوں سے مقابلہ کیا جو اس کے قریب پہنچا تھا، اور پھر یہ وہ سطح مرتفع ہوا جس پر ان کے منصوبے اور سازشیں تباہ ہو گئیں، اور پھر عمر الثانی اس کے بعد آئے۔ انہوں نے ان کو دوبارہ منظم کیا اور نسیر یہ کے امتحان کے بعد ان کے اقدامات کو محسوس کیا، اور حمید ابوالنصر ان کے بعد چوتھے رہنما کے طور پر آئے اور وہ اس فتح کا لقب تھا اخوان نے یونینوں، فی کلٹی کلبوں، مقامی کونسلوں اور پارلیمنٹ میں حاصل کیا یہاں تک کہ وہ مر گیا۔ ان کے بعد، مصطفی مشہور، جو اخوان نے ان پر امیدیں وابستہ کیں کہ وہ پوری دنیا اس کی شہرت کو بحال کریں گے، نے اخوان کی عالمی تنظیم کی تشکیل اور ان کی رہنمائی کے لئے سب سے بڑی کوشش کی [283]۔

کوئی بھی جو اخوان المسلمون نے اپنی تاریخ جدوجہد اور ان کے مخالفین کے ساتھ لڑائی کے بارے میں کیا لکھا، چاہے وہ حکومتوں سے ہو یا سیاسی قوتوں سے، پڑھے گا کہ وہ ان جدوجہد اور لڑائیوں کو ان عقائد کے مابین لڑائیوں کی حیثیت سے پیش کرتے ہیں اور ان کے مخالفین کے ذریعہ کفر یا سچائی "اخوان" اور جھوٹے ان

283. حسام تمام، اخوان المسلمین کی تبدیلی، نظریاتی تجزیہ اور تنظیم کا خاتمہ، 2 میں (قاہرہ: مدبولی الشریری 2010) ص 109

کے مخالفین کے درمیان بات نہیں کرتے ہیں اور ان کے بارے میں تنازعات کے طور پر بات نہیں کرتے ہیں۔ یا سیاسی لڑائیاں۔ اس بات کو گروپ کے چوتھے رہنما، حامد أبو النصر کی لکھی گئی کتاب "اخوان المسلمون اور عبد الناصر کے مابین اختلاف کی حقیقت" میں واضح طور پر دیکھا جاسکتا ہے، جس میں وہ اکثر قرآنی آیات کا حوالہ دیتے ہیں جس کے ذریعہ وہ برادری اور جمال عبد الناصر کی حکومت کے مابین اختلاف رائے کو پیش کرنے کی کوشش کرتے ہیں۔ایک مذہبی تنازعہ سیاسی نہیں۔ یہاں تک کہ وہ کتاب کے ہر باب یا حصے یا حقائق کو اپنی کتاب میں قرآنی آیت کے ساتھ بیان کرتا ہے جو مومنوں اور کافروں کے مابین جدوجہد کے بارے میں بات کرتا ہے اور اس گروہ کے مخالفین کو مذہب کے خلاف کام کرنے کی حیثیت سے پیش کرتا ہے[284]۔

5-5 حکمرانی کا اصول:

اخوان المسلمون کا ماننا کہ کائنات میں مطلق العنانیت خداوند متعال ہے اور اس لئے لوگوں کو قانون سازی کرنے اور غلطی حق، اجازت اور حرام کے معیارات کی وضاحت کرنے کا واحد حق ہے، اور دوسرے لوگوں کے لئے یہ کام انجام دینا جائز نہیں ہے، خواہ وہ پارلیمنٹ، پارٹی، حکومت یا دیگر ہو سید قطب کو اخوان المسلمون کی تاریخ میں اس تصور کے سب سے اہم نظریات میں سے ایک سمجھا جاتا ہے، تاکہ حکمران اتھارٹی کو ان کی کتاب "قرآن کے سائے میں تقریبا بار بار دہرایا گیا[285]۔ سید قطب نے ابو الاعلی المودودی سے حکیمیہ کا تصور حاصل کیا، جس نے اس تصور کی بنیاد رکھی[286]۔

سید قطب کے نزدیک حکمرانی دو طرح کی ہوتی ہے۔ پہلا آسمانی برہمانڈیی حکمنامہ جو خدا کی آفاقی مرضی ہے، جو تمام مخلوقات کے ارد گرد عمومی خواہش کی نمائندگی کرتا ہے۔ دوسری قسم قانون سازی الھی حکمرانی ہے،

284. اسے تفصیل سے ملاحظہ کریں: محمد حامد ابو النصر، اخوان المسلمون اور عبد الناصر کے درمیان تنازع کی حقیقت (قاہرہ: دار التوزیہ اور اسلامی 1988)

285. اشاعت فاروق حمادہ، انتہا پسندی اور تشدد کے نقطہ نظر سے اخوان کی سوچ میں حکمرانی، ال اتحاد اتحاد، ابوظہبی، 2 اگست 2016.

286. محمد عفان، "سید قطب کے نظریات کا ریاستی ماڈل"، مدارک، 20 فروری، 2013 کے لنک پر: https://bit.ly/31m5ASn

اور یہ وہ قسم ہے جو یہاں سیاسی سطح پر ہماری دلچسپی لیتی ہے، اور یہ خدا کی مذہبی مرضی ہے، جو قوانین، رسومات، اخالق طری قوں، اقدار اور خیالات میں نمائندگی کی جاتی ہے جو خدا نے اپنے بندوں پر نازل کیا اور انہیں اس پر یقین کرنے اور اس کے تقاضوں کو قبول کرنے اور ان پر عمل کرنے کا پابند کیا[287]۔

سید قطب نے خدا تعالی کے کالم کی ترجمانی میں حکمرانی کے تصور کا اظہار کیا اور جو خدا کے نازل کردہ باتوں سے فیصلہ نہیں کرتا ہے وہ کافر ہیں[288] اور اس کی وجہ یہ ہے کہ ہم نے اس ہم نے اس سے پہلے کہا ہے کہ جو خدا نے انکشاف کیا ہے اس کے ذریعہ فیصلہ نہیں کرتا ہے، خدا کی الوہیت کو مسترد کرتا ہے۔ خدا نے بھیجا خدا کی الوہیت اور پہلو میں اس کی خصوصیات کو رد کرتا ہے۔ اور وہ اپنے لئے حق الوہیت اور دوسری طرف اس کی خصوصیات کا دعوی کرتا ہے، اور کفر کیا ہے[289] اگر یہ اور وہ نہیں ہے، اور اس نے مزی دکہا کہ یہاں متن اس کے عام ملتا جلتا ہے اور اس سے پہلے بدکاری کا ارتکاب کفر اور ناانصافی کی صفات میں شامل کیا گیا ہے۔ کسی نئے لوگوں کے خلاف نہیں ہے، اور نہ ہی کوئی نیا مقدمہ پہلے کیس سے جدا ہے۔ اس سے پہلے کہ ان دونوں صفتوں سے زیادہ کیا صفت ہے جو اس سے منسلک ہوتا ہے جو خدا کسی نسل اور کسی قبیل سے انکشاف کرتا ہے جو اس کے ذریعہ فیصلہ نہیں کرتا ہے۔ خدا کے قانون کو چھوڑ کر خدا کے قانون کے علاوہ دوسرے کی طرف لے جانے اور خدا کے طریقہ کار سے انحراف کر کے اور خدا کے راستے پر چل کر ان کی زندگیوں میں بدکاری پھیلانے کے ذریعہ خدا کی الوہیت کو مسترد کرتے ہوئے اس کی شریعت اور ناانصافی کی نمائندگی کرتے ہیں[290]۔

287. عبد الحمید عمر عبد الحمید عبد الواحد، سائے القرآن کے گورنر، ایک مقالہ جس نے مذہب کی بنیادی باتوں میں ماسٹر کی ڈگری کے تقاضوں کے لئے عرض کیا، کالج آف گریجویٹ اسٹڈیز، فلسطین کے نابلس میں، النجاح قومی یونیورسٹی، ص 31.

288. سورت المائدہ-ایت 44.

289. سید قطب، قرآن مجید کی سائے میں، (قاہرہ: دار الشوروق 1980) ص 898۔

290. سابقہ ماخذ ص 901.

سید قطب یہ بھی کہتے ہیں کہ نظریاتی اساس جس کی بنیاد پر اسلام پوری انسانی تاریخ میں موجود ہے گواہی کا قاعدہ ہے کہ خدا کے سوا کوئی معبود نہیں، یعنی خدا کے فرد، اس کی شان و شوکت، دیوتا، دیوتا، اور اختیار کے حامل ہیں، اس کے ارکان زندگی کی حقیقت کی رسومات اور قوانین میں ضمیر اور اس کے پرستاروں پر یقین رکھتے ہیں۔ اس بات کی گواہی کہ خدا کے سوا کوئی معبود نہیں واقعتا اس کا کوئی لیکن وجود نہیں سمجھا جاتا ہے سوائے اس الزمی شبیہہ کے جو اسے مسلمان یا غیر مسلم کہنے والے پر غور کرنے پر مبنی ایک حقیقی، سنجیدہ وجود فراہم کرتا ہے، اور اس اصول کا نظریاتی نقطہ نظر میں یہ مطلب ہے کہ لوگوں کی زندگی خدا کی طرف لوٹ جاتی ہے اور وہ اس میں خرچ نہیں کرتے ہیں۔ اس کے معاملات سے کوئی بات نہیں، اور نہ ہی خود سے اس کے کسی پہلو میں، بلکہ اس کی پیروی کرنے کے لئے ان کو خدا کے فیصلے پر لوٹنا ہو گا[291]۔

اس نقطہ نظر سے، سید قطب سمجھتے ہیں کہ کوئی بھی مثبت قانون، یعنی انسان کی حیثیت سے،، "انسانوں کی پیروی کرنے کی کوشش ہے جو خدا کے اتحاد تکمیل تک تمام سختی کا سامنا کرنا ضروری ہے[292]۔ سید قطب یہ کہتے ہوئے بھی حکمرانی اور توحید کے مابین ربط رکھتے ہیں کہ یہ عقیدہ اس بات پر مبنی ہے کہ خدا کے سوا کوئی معبود نہیں، اور اس گواہی کے ساتھ مسلمان اپنے دل سے ہر ایک بندوں کی الوہیت کو ہٹا دیتا ہے اور خدا کے لئے الوہیت بنا دیتا ہے، اور پھر سب سے حکمرانی کو ہٹا دیتا ہے اور خدا کے لئے تمام حکمران بنا دیتا ہے۔ چھوٹے کے لئے قانون سازی بڑے کے لئے قانون سازی کے طور پر حکمرانی کے حق کی ورزش ہے[293]۔

سید قطب حکمرانی کے تصور کو ایک اور تصور سے مربوط کرتے ہیں، جس کا مطلب ہے جہلیہ، جس کا مطلب ہے معاشرے کا جہلیہ، جسے اس نے بیسویں صدی کا جہلیہ کہا تھا، اس پر غور کرتے ہوئے کہ

---

291. سید قطب، روڈ میں لینڈ مارک، (قاہرہ: دار الشروق 1979) ص ص 48-49.

292. راجی یوسف، سید قطب میں حکمرانی کے تصور میں پڑھتے ہوئے، 2016/08/29 - https://bit.ly/2IPchnx

293. سید قطب قرآن مجید کی سائے میں، سابقہ ماخذ، ص 1211

عصری گروہ بشمول اسلامی گروہ، جہلیہ معاشرے ہیں کیونکہ وہ خدا کے حکمرانوں اور اس کے نقطہ نظر سے دور، ہو چکے ہیں۔

اور اسی میں قطب کہتے ہیں۔ زندگی آج کی بنیاد کے لحاظ سے پوری دنیا کو العلمی سے زندگی گزار رہی ہے جہاں سے زندگی کی بنیادیں اور ضابطے قائم ہیں۔ ان بے پناہ مادی سہولیات اور اس غیر معمولی مادی تخلیقی صلاحیتوں سے جہالت کو دور نہیں کیا جاسکتا۔ یہ العلمی زمین پر خدا کے اختیار پر حملہ اور خاص طور پر دیوتا کی خصوصیات، جو حکمرانی ہے پر مبنی ہے۔ انسانوں کو حکمرانی تفویض کرتا ہے، اس طرح ان میں سے کچھ کو مالک ، بناتا ہے، نہ کہ سادگی سے قدیم امیج میں جو اسلام پہلے کا دور جانتا تھا، لیکن خدا کے نقطہ نظر سے الگ ہو کر خیالات، اقدار، قوانین قواعد و ضوابط اور حالات طے کرنے کے حق کے دعوے کی صورت میں، اور خدا نے جس کی اجازت نہیں دی[294]۔

االزہر الشریف کے شیخ ان کے ممتاز امام احمد الطیب نے سید قطب کے حکمرانی کے تصور کے جواب میں، اس بات کی نشاندہی کی کہ تکفیریوں نے اس تصور کو قتل، تشدد اور دہشت گردی پر عمل کرنے کی ایک وجہ اور عذر کے طور پر لیا، اور خیال کیا کہ حکمرانی کا خیال خریجائوں کے بعد سے شروع ہوا، جس کے مطابق انہوں نے کمانڈر علی بن ابی طالب کو قتل کیا، خدا اس سے راضی ہو، اور اس کا کفر کرے۔ اور اس کے وجود ختم ہونے کے بعد، یہ ہندوستان میں ابو االعلی المودودی نامی ایک، عالم کے ہاتھوں واپس آیا جو ہندوستان پر انگریزوں کے کنٹرول کے دور میں رہ رہا تھا اور اس سے ان کا مقابلہ کرنے کے لئے اس کی پیروی کیا، پھر سید قطب کے ہاتھوں، اور پھر دہشت گرد گروہ جو 1965 کے بعد نمودار ہوئے۔ اور یہ سمجھا جاتا ہے کہ، عوامی اسمبلی کفر ہے انتخابات کفر ہیں، اور جمہوریت کفر ہے، کیونکہ یہ انسانی حکمرانی کے لئے راستہ کھولتا ہے، اور

294. سید قطب روڈ میں لینڈ مارک، سابقہ ماخذ، ص 8

اس طرح معاشرہ کافر ہے، اور جو اس کے ذریعہ حکمرانی کرتا ہے وہ کافر ہے، اور جو ان کا انکار کیے بغیر ان کی منظوری دیتا ہے وہ بھی کافر ہے[295]۔

االزہر کے شیخ نے سید قطب کے پیش کردہ تصور کے برخلاف حکمرانی کے تصور کے صحیح یا صحیح معنی: کی وضاحت کرتے ہوئے کہا خداوند متعال کی حکمرانی قانون سازی کے حکمران ہے اور اس سے مسلمانوں کے ملنے اور جدوجہد کرنے کا راستہ کھل گیا ہے، اور پھر اس کے بعد فیصلہ کریں کہ ایک خاص معاملے پر متفقہ طور پر حکم دیا گیا ہے اور قرآن مجید کی ایک ہی حیثیت کا حامل ہے۔ یہاں، اجماع قانون سازی کا ایک ذریعہ ہے جو قرآن وسنت کے بعد آتا ہے[296]۔

6-5 کفارہ اور معاشرے سے العلمی۔

،ب تک یہ جماعت جاہل ہے جیسے سید قطب اسے دیکھتا ہے، تب یہ ایک کافر معاشرے کی مزاحمت کرنی ہوگی، اور اس میں قطب کہتا ہے: آج ہم اس العلمی کی حیثیت سے کہ اسلام کبھی زندہ رہا ہے، یا تاریک ہے، ہمارے آس پاس کی ہر چیز جاہل ہے۔ جاہل ہیں لوگوں کے تاثرات اور اعتقادات، ان کے رسوم و رواج، ان کی ثقافت کے وسائل، ان کے فنون اور ادب ان کے قوانین اور قوانین۔ یہاں تک کہ ہم اسلامی ثقافت، اسلامی حوالہ جات اسلامی فلسفہ اور اسلامی فکر کو جو کچھ بھی سمجھتے ہیں وہ بھی اسی جہلیہ کی تخلیق ہے[297]۔

295. شیخ االزھر": حکمرانی "کا غلط تصور "تکفیریوں کے ذریعہ تشدد اور انتہا پسندی کی وجہ، ہے۔ (الشرق االوسط اخبار لندن، 13 فروری، 2015)۔ لنک پر:
https://bit.ly/3iNpkFP

296. سابقہ ماخذ

297. سید قطب روڈ میں لینڈمارک، سابقہ ماخذ، ص ص 17-18

 احمد مرانی: سید قطب چمکدار نعرے بازی اور دھوکے بازیاں استعمال کرتے ہیں۔	**ویڈیو کا عنوان: احمد مرانی: جناب قطب نے چمکدار اور دھوکے باز نعروں کا استعمال کیا۔** **اس لنک پر:** https://www.youtube.com/watch?v=GWX8ob5FxEU&feature=youtu.be جناب قطب نے مسلمانوں کے جزبات کو استعمال کیا اور روشن اور فریب انگیز نعورے لگائے کہ یہ حکومتیں کافر ہیں۔

https://www.youtube.com/watch?v=GWX8ob5FxEU&feature=youtu.be	

انہوں نے مزید کہا کہ بنی نوع انسان شیعوں میں بٹے ہوئے ہیں، سبھی جاہل ہیں۔ اور اس کے شیعہ اپنے آپ کو مسلمان کہتے ہیں اور وہ اہل کتاب کے نصاب کی پیروی کرتے ہیں۔ وقت اس کی شکل کی طرح بدل گیا جس دن یہ مذہب انسانیت کے پاس آیا اور انسانیت اپنی پوری طرح سے جہالت میں ڈوب گئی[298]۔ قطب کا خیال ہے کہ ہمیں اپنی ذات بالخصوص اسلام سے پہلے کے معاشرے، اسلام سے پہلے کے تصورات، قبل از اسلام روایات، اور اسلام سے قبل کی قیادت کے دباؤ سے چھٹکارا حاصل کرنا ہوگا۔ ہمارا کام اس سے قبل کی اسلامی برادری کی حقیقت سے صلح کرنا نہیں ہے اور نہ، ہی اس سے بیعت کرنا ہے کیونکہ یہ اسی صلاحیت میں ہے، جہیلیا کی خصوصیت ہے، اور ہمارے لئے اس سے صلح کرنا ممکن نہیں ہے۔ ہمارا مقصد سب سے پہلے خود کو بدلنا ہے، آخر میں اس معاشرے کو تبدیل کرنا ہے۔ پہال کام اس معاشرے کی حقیقت کو بدلنا ہے۔ ہمارا مشن اس سے قبل کی اس حقیقت کو اپنی بنیادوں سے بدلنا ہے۔ یہ حقیقت جو اسلامی نصاب اور اسلامی

298. سید قطب قرآن مجید کی سائے میں، سورت الاعراف ، توحید اور جہاد کا پلیٹ فارم ص ص 19-20 لنک پر https://tafsirzilal.files.wordpress.com/2012/06/7.pdf

تاثر کے ساتھ بنیادی تصادم کے ساتھ ٹکراتی ہے، جو ہمیں جبر اور دباؤ سے روکتا ہے جیسا کہ الٰہی نصاب ہمیں جینا چاہتا ہے۔ ہمارے راستے پر پہلا قدم یہ ہے کہ اس سے پہلے کے معاشرے اس کی اقدار اور تاثرات پر فوقیت حاصل کریں، اور اپنی اقدار اور نظریات میں بہت زیادہ تبدیلی نہ کریں۔ آؤ اس سے سڑک کے وسط میں ملیں۔ نہیں، ہم اور وہ سڑک کے چوراہے پر ہیں اور جب ہم اسے ایک قدم اٹھاتے ہیں تو ہم سارا نصاب کھودیتے ہیں اور راستہ کھودیتے ہیں[299]۔

قطب سمجھتے ہیں کہ اب، کوئی اسلامی قوم نہیں ہے اس بات کی نشاندہی کرتے ہوئے کہ موجودہ مسلمان جاہلیہ میں رہنے والے کافر ہیں، کہتے ہیں: مسلم قوم کا وجود متعدد صدیوں سے، رکاوٹ سمجھا جاتا ہے کیونکہ مسلم قوم ایسی سرزمین نہیں ہے جس میں اسلام رہتا تھا، اور یہ ایسی قوم نہیں ہے جس کے باپ دادا تاریخ کے دور میں رہتے تھے۔ اسلامی نظام. بلکہ، مسلم قوم انسانوں کا ایک ایسا گروہ ہے جس کی، زندگی، تاثرات، حالات نظام، اقدار اور ترازو سبھی اسلامی نقطہ نظر سے اخذ کیے گئے ہیں، اور ان خصوصیات کے حامل اس قوم نے پوری دنیا سے خدا کے قانون کے ذریعہ حکمرانی کے خاتمے کے بعد ہی اپنا وجود ختم کردیا ہے. اس قوم کے وجود کو بحال کرنا ضروری ہے تاکہ اسلام دوبارہ بنی نوع انسان کی قیادت میں اپنا متوقع کردار ادا کرے[300]۔

اخوان المسلمون کے بانی حسن البنا، گروپ کے ممبروں کو یہ کہتے ہوئے خطاب کرتے ہیں: اور بھائیو، یاد رکھو کہ، خدا نے آپ کو عطا کیا ہے لہذا آپ اسلام کو سمجھ گئے کیونکہ وہ خالص، خالص، آسان، جامع اور کافی ہیں قوموں کی ضروریات کو پورا کرتے ہیں، لوگوں کی خوشی الاتے ہیں، اور آپ کو سختی اور فحش نگاری کے تجزیوں اور پیچیدگیوں سے دور رکھتے ہیں۔. کتاب خدا اور اس کے رسول کی سنت، اور نیک پیش گوں، کی اس کی

299. سابقہ ماخذ، ص19

300. محمد جمعۃ، "جہادی اخوان دانشورانہ اور عملی، "اسکالرز کے طول و عرض مصری مرکز برائے فکر و، تزویراتی علوم، 31 اکتوبر، 2018، لنک پر https://bit.ly/2wILBiv

سوانح حیات اور ریاضی دان کے مخلص مومن اور عین دماغ کے عین منطقی توسیع سے نہ تو مبالغہ آرائی اور غفلت پائی جاتی ہے [301]، اور اس میں البنا کی طرف سے یہ واضح اشارہ ملتا ہے کہ صرف اخوان المسلمین ہی مومن ہیں یا ان کے علاوہ مشرک ہیں [302]۔

اگرچہ اخوان المسلمین کے معاشرے کے ان کے کفارہ کی تردید کرتا ہے، لیکن وہ اس طریقہ کار کو ایک طرح کی تدبیر یا پرہیز گاری کے طور پر استعمال کرتے ہیں، خاص طور پر کمزوری یا ادوار میں جب انہیں لوگوں کی مدد کرنے اور بیرونی دنیا کی ہمدردی کو راغب کرنے کی ضرورت ہوتی ہے۔

5-7 جہاد اور طاقت کا استعمال۔

اگرچہ اخوان المسلمون کا کہنا ہے کہ وہ تشدد کو اپنائے نہیں رکھتا ہے اور خود کو اعتدال پسند اصالح پسند گروہ کے طور پر پیش کرنے کی کوشش کرتا ہے، لیکن اقتدار حاصل کرنے اور اخوان کے نقطہ نظر کے مطابق اسلامی ریاست کے قیام کے لئے نقطہ نظر میں، تشدد ایک الزمی عنصر ہے جس کو یہ گروپ صحیح الٰہی نقطہ نظر پر غور کرتا ہے۔ اگرچہ یہ بات عام ہے کہ سید قطب نے اس گروہ میں تشدد کے نقطہ نظر کو نظریہ بنایا لیکن بانی حسن البنا نے طاقت کے استعمال کا ایک مکمل نظریہ تیار کیا۔ جہاں وہ یہ سمجھتے ہیں کہ اسلامی حکومت کا قیام اسلام کے ایک ستون کے بارے میں یہ کہتے ہوئے ہے: یہ اسلام، جس کا اخوان المسلمین کا ماننا ہے، حکومت کو اس کا ایک ستون بنا دیتا ہے اور اس پر عمل درآمد کے ساتھ ساتھ رہنمائی پر بھی، انحصار کرتا ہے، ماضی میں تیسرا خلیفہ، خدا اس راضی ہو سکتا ہے، خدا نے کہا کہ خدا اتھارٹی کے ساتھ ایسی چیزوں کو ختم کردے گا جو قرآن مجید کے ذریعہ متنازعہ نہیں ہے [303]۔

---

301. گذشتہ ماخذ حسن البنا کے خطوط سابقہ ماخذ.

302. احمد بان، "اخوان کی فکر کے اصول (9): کفارہ کے لئے معاشروں پر سرپرستی کی ضرورت ہوتی ہے"، 25 جنوری، 2018، کھدائی مندرجہ ذیل لنک پر https://bit.ly/2wTBVSB:۔

303. حسن ال بنا کے خطوط سابقہ ماخذ

البنا اس مقصد کے حصول طاقت کے استعمال کو جواز فراہم کرنے کے لئے اسلامی حکومت کو اسلام کا ایک ستون سمجھنے سے آگے بڑھتا ہے۔ طاقت ایک کڑوی دوا کے سوا کچھ نہیں تھی جس پر منحرف اور شرارتی انسانیت نے اپنی لگام بحال کرنے اور اس کے ظلم و ستم کو توڑنے، کے لئے ایک بوجھ اٹھایا تھا اور اسی طرح اسلام میں تلوار کا نظریہ مسلمان کے ہاتھ میں نہیں تھا سوائے اس معاشرتی مرض کے حل کے لئے ڈاکٹر کے ہاتھ میں کاٹنے کے آلے کی طرح[304]

امام البنا کی پیغامات۔ جہاد کے پیغام۔ اخوان پوسٹ

ویڈیو کا عنوان: حسن البنا بیغامات جہاد کے پیغام، اخوان پوسٹ۔

اس لنک پر:

https://www.youtube.com/watch?v=b9TKedYLjR0

حسن البنا (جہاد کے پیغام):

البنا نے یہ پیغام یہ ثابت کرنے کے لئے لکھا ہے کہ جہاد ہر مسلمان کا فرض ہے، اس کی ابتداء انہوں نے قرآن مجید، پھر احادیث نبوی، پھر قوم کے فقہاء کی آراء میں کچھ جہاد آیات درج کر کے شروع کی، پھر ایک سوال پوچھا اور اس کا جواب دیا: مسلمان کیوں لڑتے ہیں؟

پھر اس نے اسلام جہاد میں رحمت ہے اور جو جہاد سے وابستہ ہے اس کے بعد انہوں نے اس پیغام کا اختتام ایک مختصر پیغام کے ساتھ کیا، جس میں انہوں نے کہا: وہ قوم جو موت کی صنعت کو بہتر بناتی ہے اور جانتی ہے کہ معزز موت کیسے مرتی ہے، خدا اسے دنیا میں پیاری زندگی عطا کرتا ہے اور آخرت میں ہمیشہ کی خوشی عطا کرتا ہے۔ وہ کون سے کمزوری ہے جس نے ہمیں دنیا کی محبت اور موت سے نفرت کے سواذ لیل کیا، لہذا اپنے آپ کو ایک عظیم کام کے لئے تیار کرو، اور مرنے کے لئے محتاط رہو، تمہیں زندگی مل جاتی ہے۔

https://www.youtube.com/watch?v=b9TKedYLjR0

304. رفعت السعید، مصری سیاسی رہنما، (عربی کتابیں 2007)، ص 225.

رکھتے ہیں وہ طاقت کا حسن البنا جمہوریت اور اس کے میکانزم پر یقین نہیں گہ استعمال اور اقتدار تک پہنچ سکتے ہیں، جہاں ان کا کہنا ہے کہ اس بال کا کوئی دوسرا کوئی طریقہ نہیں سوائے اس کتاب کے، اور کوئی سپاہی آپ کے اور کوئی قائد نہیں بلکہ ہمارے معزز رسول، خدا کی دعائیں اور سالمتی رکھے، تو ہمارا یہ مکروہ، ٹوٹ پھوٹ کا، نظام کہاں ہے؟ یہ جمہوریت اشترا کی اور آمریت ہے[305]۔

اس نقطہ نظر سے البنا حکومتوں کے ہاتھوں سے اختیار حاصل کرنے کا مطالبہ کرتی ہے اگر وہ اخوان کے ماننے والے مذہبی نقطہ نظر پر عمل نہیں کرتی ہے۔ اس میں، ان کا کہنا ہے کہ، یہ بات قابل فہم ہو گی کہ اگر اسلامی مصلحین اصلاحی لوگوں کے درمیان خدا کے احکامات سننے اور رسول خدا کے احکامات پر عمل درآمد کرنے اور ان کے احکامات کی تعمیل کرنے پر عمل پیرا ہوں گے۔. جہاں تک صورتحال کا تعلق :ہے، جیسا کہ ہم دیکھتے ہیں ایک وادی میں اسلامی قانون سازی، اور دوسری وادی میں اُصل قانون سازی، اسلامی اصالح پسندوں کی حکمرانی کا مطالبہ کرنے میں ایک اسلامی جرم ہے جو اس سے اٹھنے اور عمل درآمد کی طاقت کو ان لوگوں کے ہاتھوں سے نہیں نکالتا جو حقیقی اسلام کی دفعات پر عمل پیرا نہیں ہوتے ہیں، لہذا اخوان المسلمون اپنے لئے فیصلہ نہیں مانگتی۔ یہ بوجھ اٹھانا اور اس اعتماد کو انجام دینے اور قرآن مجید کے اسلام پسندوں کے طریقہ کار کے مطابق حکمرانی کے لئے، وہ اس کے سپاہی، مددگار، اور مددگار ہیں، اور اگر انھیں فیصلہ نہیں ملتا ہے تو یہ ان کے طریقوں سے ہے، اور وہ حکومت کے ہاتھوں سے اس کو نکالنے کے لئے کام کریں گے جو خدا کے احکامات پر عمل درآمد نہیں کرتا ہے[306]۔

305. بابکر فیصل بابکر، "کیا سیاسی اسلام واقعی ناکام ہوا ہے؟" سوڈان ٹریبیون، 3 اپریل 2014۔

306. حسن ال بنا کے خطوط سابقہ ماخذ

<table>
<tr>
<td>

تمام تکفیری جہادی گروہ سید قطب کی کتابوں پر مبنی تھے، ابو مصعب السوری کی گواہی کے ساتھ۔ د۔ رسلان (موثق)
</td>
<td>

ویڈیو کا عنوان: تمام تکفیری جہادی گروہ سید قطب کی کتابوں پر مبنی تھے، ابو مصعب کی شہادت کے ساتھ

اس لنک پر:

https://www.youtube.com/watch?v=LdrRmC_aNsU

- سید قطب، سالفیوں اور جہادیوں کی شہادت، جہادی افکار کا سرچشمہ ہیں۔
- ابو مصعب السوری نے تنظیم جہاد کے لئے دانشورانہ اسکول کے بارے میں کہا، سید قطب کا دفتر شروع ہوا ہے، جس میں عصری جہادی افکار کی بنیادی باتیں شامل ہیں۔
- سید قطب کی فکر کفر کے ساتھ حکمرانی کرنا اور موجودہ حکمران نظاموں کا جواب دینا اور اس کے جہاد کے لئے واضح طور پر پکارنا اور اس جہاد کے راستے پر روشنی ڈالنا ہے۔
- مودودی اور سید قطب کی فکر ہی ہمارے لئے معاشرے میں وارثت میں پائی جاتی ہے۔
</td>
</tr>
<tr>
<td colspan="2">

</td>
</tr>
<tr>
<td colspan="2">https://www.youtube.com/watch?v=LdrRmC_aNsU</td>
</tr>
</table>

البنا کا خیال ہے کہ جب طاقت کا استعمال اس وقت حاصل ہوا جب اخوان المسلمون کے پاس کافی ٹولز موجود ہیں، جس کا مطلب ہے کہ وہ اخوان المسلمون عملی طاقت استعمال کرے گی جہاں کوئی دوسرا کام نہیں کرے گا، اور جہاں انہیں یقین ہے کہ انہوں نے ایمان اور اتحاد کی سیٹ کو مکمل کرلیا ہے، اور جب وہ اس طاقت کو استعمال کریں گے تو وہ ایماندار اور کھلے ہوئے ہوں گے اور اس کے بعد انتظار کریں گے۔ اس میں وہ اپنی عظمت اور فخر کا مظاہرہ کرتے ہیں اور اپنی حیثیت کے سارے نتائج کو اطمینان کے ساتھ برداشت کرتے ہیں۔[307]، اور البنا نے مزید کہا، "ایسے وقت میں جب آپ کے درمیان اخوان المسلمون کے تین سو پمفلٹ عقائد اور مسلک کے ساتھ، نفسیاتی اور روحانی سائنس اور ثقافت، اور جسمانی طور پر تربیت اور کھیلوں سے لیس ہو چکے ہوں اس وقت انہوں نے مجھ سے مطالبہ کیا کہ وہ آپ کو سمندر میں داخل کرے اور آپ کے ساتھ آسمان کو طوفان سے دوچار کرے اور آپ کے ساتھ ہر ضدی طاقتور آدمی

307. سابقہ ماخذ

کو فتح کرے. کیونکہ میں متحرک ہوں، خدا کی رضا ہے، اور خدا کا رسول جس نے کہا، "کچھ ہزاروں میں سے بارہ ہزار فاتح نہیں ہوں گے [308]۔"

اسی معنی کی تصدیق حسن البنا نے پانچویں کانگریس کے پیغام میں کی، اس بات کی تصدیق کی ہے کہ وہ جانتے ہیں کہ پہلی درجے کی طاقت اعتقاد اور ایمان کی مضبوطی ہے، اور اس کے بعد اتحاد اور ربط کی طاقت ہے، پھر بازو اور اسلحے کی طاقت ہے، اور جب تک یہ تمام معنی دستیاب نہیں ہوتے ہیں کسی گروہ کو طاقت کے طور پر بیان کرنا درست نہیں ہے۔ اور اگر وہ پیشانی کی طاقت اور اسلحہ کا استعمال کرتی ہے جب کہ وہ جدا ہوتی ہے، نظام سے متاثر ہوتی ہے، یا کسی کمزور نظریہ سے، عقیدہ ختم ہو جاتی ہے، تو اس کی قسمت فنا اور تباہی ہوگی۔ ان ساری نگاہوں اور جائزوں کے بعد، میں ان سائلوں سے کہتا ہوں: اخوان المسلمین عملی طاقت کا استعمال کرے گی جہاں کوئی دوسرا کام نہیں کرے گا، اور جہاں انہیں یقین ہے کہ انہوں نے ایمان اور اتحاد کی منزل پوری کر دی ہے [309]۔

البنا نے اس بات کی تصدیق کی ہے کہ اخوان المسلمون ملک کے ذمہ دار رہنماؤں، اس کے قائدین، وزراء، حکمرانوں شیخوں، نائبین، اور پارٹیوں کو مدعو کرے گی، اور ہم ان کو اپنے نصاب میں مدعو کریں گے، ان کے ہاتھوں میں ہمارے پروگرام رکھیں گے اور ہم یہ مطالبہ کریں گے کہ وہ اس مسلم ملک کو چلائیں بلکہ اسلامی ممالک کے قائد کو ایسی دلیری کے ساتھ اسلام کے راستے پر چلنا ہے جو اس سے ہچکچاہٹ محسوس نہیں کرتا ہے۔ یہ پہنا ہوا ہے، اور اس کی خرابی یا اس کی گردش کے بغیر، وقت گردش کے لئے کافی نہیں ہے۔ اگر وہ اسلام کی پکار پر لبیک کہتے ہیں اور اختتام تک کے راستے پر چلتے ہیں تو ہم ان کی حفاظت کریں گے، انہیں ابہام اور رو قان تک پہنچادیں گے اور ان کو دوٹوک اور واپسی قابل تحفظات سے پوشیدہ رکھیں گے،

308. سابقہ حوالہ ص104

309. حسن ال بنا کے خطوط سابقہ ماخذ

پھر ہم اس جماعت یا تنظیم کے ہر رہنما یا رہنما کے خلاف جنگ کر رہے ہیں جو اسلام کے ذریعہ اس کی فتح پر کام نہیں کرتا ہے اور اسلام کی حکمرانی اور عظمت کو بحال کرنے کی راہ پر نہیں چلتا ہے، اور اس کا کوئی امن نہیں ہے۔ اس کے ساتھ، تاکہ خدا ہمارے اور ہمارے لوگوں کے مابین حق کو کھول دے دے، اور وہ فاتحوں میں بہترین ہے[310]۔

اگر ہم اس سلسلے میں البنا کے وژن کا خلاصہ لینا چاہتے ہیں تو، یہ مندرجہ ذیل پر مبنی ہے: اسلامی حکومت کا قیام اخوان المسلمون کے نقطہ نظر سے اسلام کے ان ستونوں میں سے ایک ہے، اور یہ کہ موجودہ حکومتیں اسلام کو نافذ نہیں کرتی ہیں، اور وہ، کسی بھی اخوان کو اقتدار کے حصول کے لئے جمہوری میکانزم پر بھروسہ نہیں کرتے ہیں، اور پھر طاقت کا استعمال ضروری ہے۔ لیکن جب ان کے پاس اپنے اوزار ہوتے ہیں۔

جہاں تک سید قطب کی بات ہے، تو اس نے نظریہ جاہلیت اور طاقت یا جہاد کے استعمال منسلک کیا، لہذا جب تک کہ دنیا العلم ہے اور اسلام سے دور ہے، اس کی دعوت کی ضرورت ہے، اور اس پکار کے تین مراحل ہیں: پہلا مرحلہ کمزوری کا مرحلہ ہے اور صحابہ کرام کی پیش کش کے معاملہ میں، مکہ مرحلہ کی طرح ہے۔ اسلام سے پہلے کی برادری کی طرف سے نقصان کا مطالبہ، لہذا اخوان کا نعرہ ہے اصبر اور احتساب". دوسرا مرحلہ بااختیار ہونے کا مرحلہ ہے، جس میں مسلمان اقتدار کو قابو کرنے کے لئے نیک آیت کے مطابق استعمال کرتے ہیں، تو ان لوگوں کے لئے جو لڑتے ہیں کہ ان پر ظلم کیا گیا ہے، اور یہ کہ خدا ان کی فتح پر غالب ہے" (حج 39) اور وہ فاحشہ کی قوتوں کے خلاف لڑائی لڑتے ہیں، لیکن فتح حزب اللہ کا اتحادی ہوگا جو کافروں سے لڑ رہا ہے، جیسا کہ یہ تھا۔ بدر اور الخندق میں وہ فوجی موجود ہیں جو قطب کے مطابق صرف خدا ہی جانتا ہے۔ تیسرا مرحلہ دعوت کا عالمی مرحلہ ہے، یا "سیدھے راستہ دار خلافت" کا

310. منیر ادیب، "اخوان المسلمون کی سوچ میں متشدد پیغامات "الوان ویب سائٹ 28 ستمبر، 2018، لنک پر: https://b it.ly/2Xzi9ar

مرحلہ ہے جیسا کہ سید قطب کہتے ہیں ، اور اس کا نعرہ ہے "آج ہم ان کو فتح کریں گے اور ہمیں فتح نہیں کریں گے ، جہاں اسلامی مشن فاتح ہے اور مسلمان دنیا پر حاوی ہیں[311]۔

اس کتاب میں "خدا کے واسطے جہاد" کے عنوان سے باب میں : راہ راست میں سنگ میل ، سید قطب نے اپنے اس بیان پر تنقید کی ہے کہ اسلام دفاع کے سوا جدو جہد نہیں کرتا ہے ، اور اس کا ماننا ہے کہ اسلام کا مشن سارے زمین سے تمام ظالموں کو ختم کرنا اور صرف خدا کی خاطر لوگوں کی عبادت کرنا ہے۔ اور انھیں بندوں کی غالمی سے رب کے بندوں کی غالمی کے لئے بے دخل کرنا، ان کو اپنے عقیدے کو قبول کرنے پر مجبور کرنے کے ذریعہ نہیں ، بلکہ ان کو اور اس عقیدے کو ترک کرنے کے بعد ، خراج تحسین پیش کرنے اور اس کے ہتھیار ڈالنے اور اس کے عوام کے درمیان ترک کرنے کا اعلان کرنا[312]

قطب سمجھتے ہیں کہ "اسلام خدا کے لئے ہے یہ عالمگیر اصول ہے کہ پوری انسانیت کو اس سے ملنا چاہئے یا پوری طور پر اسے قبول کرنا ہے لہذا اسے کسی سیاسی نظام یا مادی طاقت سے کسی رکاوٹ کی طرف بالنامت چھوڑو ، اور اس کے اور کسی بھی فرد کے مابین صاف کرنا جو اسے اپنی مرضی کی بنیاد پر پہلے منتخب کرتا ہے ، لیکن اس کا مقابلہ نہیں کرتا ہے۔ وہ اس سے لڑے گا ، اور اگر کسی نے ایسا کیا تو ، اس کو اس وقت تک اس سے لڑنا ہو گا جب تک کہ اس نے اسے قتل نہیں کیا یا جب تک کہ اس نے ہتھیار ڈالنے کا اعلان نہیں کیا۔[313]"

اسی مناسبت سے ، سید قطب سمجھتے ہیں کہ جہاد اور حکمران دوسروں کے ساتھ مسلمانوں کے تعلقات کی وجہ سے ہیں ، اور وہ دفاعی جنگ کے تصور کو مسترد کرتے ہیں اور کسی ایسے ملک ، عوام یا قوم سے لڑنے کا مطالبہ

---

311. بابکر فیصل بابکر، اخوان المسلمون اور تشدد: حسن البنا اور سید قطب ایک ہی سکے کے دو رخ ہیں ، (2) الحرہ ویب سائٹ 8 اگست، 2018 ،لنک پر:https//arbne.ws/2XAiBoO

312. سید قطب روڈ میں لینڈ مارک، سابقہ حوالہ، ص58

313. سابقہ حوالہ، ص ص58-59

کرتے ہیں جو اسلام کو غالمی سے آزاد کرنے سے روکتا ہے، یعنی قطب سمجھتا ہے کہ مسلمانوں کو اسلام کے اصولوں کو پھیالنے کا حق حاصل ہے جیسے وہ اسے دیکھتا ہے۔ اور یہ کہ ان کا عالمگیر پیغام ہے کہ وہ دنیا کی اصالح کریں، اور ان کے چہرے پر آنے والی کسی بھی فریق کا مقابلہ کرنا ہوگا، اور اس کا مطلب یہ ہے کہ مسلمان دوسروں کے ساتھ مستقل لڑائی کی حالت میں رہیں گے۔

اس گروپ کے لٹریچر کے علاوہ، اس کے طریق کار تشدد کے بارے میں اس کے نقطہ نظر کی اصلیت کی تصدیق کرتے ہیں۔ اس تناظر میں، گروپ کی خصوصی تنظیم کے ایک مجبر، اُحمد عادل کمال نے اپنی کتاب **"پوائنٹس اوپر لیٹر... مسلم اخوان المسلمون اور خصوصی حکم میں کہا ہے**[314]۔ اخوان المسلمون اپنے ممبروں خصوصا خصوصی نظام کے لئے ترب یتی پروگرام تیار کررہی تھی جو اس کے فوجی ونگ کے ممبروں کے امتحانات کے ساتھ اختتام پذیر ہوئی جس فوجی سواالت شامل ہیں جیسے: آپ کو انرجیہ بم کے فوائد کے بارے میں کیا معلوم ہے، اور اس کا استعمال کیا ہے؟ اگر آپ کو بم کی ضرورت ہے اور آپ اسے نہیں ڈھونڈ سکتے، تو اسے مقامی طور پر کیسے تیار کریں؟ اس کا استعمال کیا ہے؟ اور آپ کو بجلی کے بالسٹنگ اور فیوز بالسٹنگ کے استعمال کے بارے میں کیا معلوم ہے؟[315] ان سواالت میں جو خصوصی نظام کے ممبروں سے ترب یتی سیشنوں کے اختتام پر ان کے جوابات کے لئے پوچھے گئے تھے: انخال کے ہتھکنڈوں کا بیان کریں؟ مختصرا گشت کی اہمی ت کیا ہے؟ اس کی اقسام کیا ہیں؟ گروپ کے رہنما دشمن میں دراندازی کرتے وقت کون سے قواعد وضوابط کا پابند ہیں؟ مہلک چھریوں کے مقامات کا ذکر کریں اور اپنے مخالف سے ان کو کس طرح نشانہ بنایا؟ مولوتوف کاک ٹیل اور اسے استعمال کرنے کے طریقے کی وضاحت کریں[316]۔

---

314. تفصیل سے دیکھیں: احمد عادل کمال، خطوط کے اوپر نکات: اخوان المسلمون اور خصوصی حکم، (قاہرہ: الظہرہ برائے عرب میڈیا 1987)

315. منیر ادیب ، "اخوان المسلمون کی سوچ میں پر تشدد پیغامات" ، السیسا الدولیا ویب سائٹ ، قاہرہ ، 24 اکتوبر 2018، http://www.siyassa.org.eg/News/15774.aspx

316. سابقہ حوالہ

جہاں سے اخوان المسلمون وہ ذریعہ ہے تشدد اور دہشتگرد گروہوں نے اپنے نظریات کھینچ لئے ہیں، ان میں سے سب سے اہم القاعدہ اور داعش ہے جس کی تصدیق القاعدہ کے رہنما ایمن الظواہری نے اس وقت کی ہے جب انہوں نے اس بات کا اشارہ کیا تھا کہ "سید قطب۔۔۔ مسلم نوجوانوں کو طاقت اور تشدد کے نقطہ نظر کی طرف راغب کرنے میں سر گرم عمل ہیں۔ اس راہ کا، جو پروفیسر سید قطب کے پاس تھا بیسویں صدی کے دوسرے نصف حصے میں خاص طور پر مصر اور عام طور پر عرب خطے میں مسلم نوجوانوں کو اس کی طرف راغب کرنے میں ایک بہت بڑا کردار تھا، اور سید قطب کی پھانسی کے بعد، ان کے الفاظ اخوان المسلمون سے تعلق رکھنے والے نوجوانوں کی نظر میں ایک بااثر جہت حاصل کر گئے"[317]۔

اس سلسلے میں، الظواہری نے اعتراف کیا کہ اسامہ بن الدن کا تعلق اخوان المسلمین سے تھا، اور یوسف القرضاوی نے اعتراف کیا تھا کہ داعش کا سرغنہ ابو بکر البغدادی ان کے اخوان المسلمون گروپ کا بیٹا تھا اور "لیکن اس نے جلد بازی کی۔[318]"

اخوان المسلمون کے نظریہ میں پر تشدد طرز عمل کی تفصیل سے زیادہ اشارہ اس زیادہ نہیں مل سکا ہے کہ جون 2013 میں محمد مرسی کو مصر کی حکومت سے بے دخل کرنے کے بعد ہوا تھا، جب ان سے وابستہ دہشت گرد گروہوں نے ریاست کے خلاف تشدد جیسے واقعات، جیسے ہسم اور لیوا الثھاورا کو دکھایا تھا۔ اکسایا اور حسن البنا کے "نجی اور اس نے ایسے بیانات جاری کیے جس میں تشدد کے طریق کار اور اس کے نقصانات کی تصدیق کی گئی اور ان کا جواز پیش کیا گیا، بشمول جنوری 2015 میں) برادرز آن الئن (کے ذریعہ شائع کردہ "تیاری کا بیان" بھی، جو ایک بیان تھا جس نے مسلح کارروائی کو نظام کے قیام کی تعریف کی اور کہا کہ البنا نے کارروائی کے لئے ایک بھی طریقہ پ یش نہیں کیا۔ اور اس میں وقفے وقفے سے مسلح کارروائیوں کو

317. ایمن الظواہری، شورویروں کے تحت نبیوں کا جھنڈا، حصہ 1، دوسرا ایڈیشن، الیکٹرانک ورژن، صفحہ 13، لنک پر: https://bit.ly/31mMbjZ

318. منیر ادیب، "اخوان المسلمون کی سوچ میں پر تشدد پیغامات، الاوان، سابقہ حوالہ

جبر اور بحرانوں کے وقت میں تبدیلی کے آلے کے طور پر شامل کیا گیا[319]۔ اس گروپ نے وہی جاری کیا جسے بغاوت کے خلاف **عوامی مزاحمت کی فقہ** "کہا جاتا ہے، جس میں کہا گیا ہے کہ صدر السیسی، ان کی حکومت اور اس کی حکومت ظالم اور ناانصاف لوگ ہیں جو "اسلامی قانون" **محمد** مرسی کے مطابق جائز صدر کے خلاف ہو گئے ہیں، اور اسی وجہ سے وہ دشمن سمجھے جاتے ہیں جنہیں اسلامی قانون کے مطابق مارا جانا ضروری ہے[320]۔ اور "کال آف کنانا" جو 27 مئی 2015 کو جاری کی گئی تھی، اور اس نے ریاست کے اداروں اور اس کے سکیورٹی اور فوجی اپریٹس کے سامنے تشدد کا سہارا لینے کے جواز کی تصدیق کی ہے[321]۔

5-8 اسلام ایک مذہب اور دنیا ہے۔

اخوان المسلمون ایک جامع نظریہ اپناتی ہے، کیوں کہ اسے یقین ہے کہ اسلام ایک مذہب ایک دنیا، سیاست، معیشت ثقافت اور دی گر ہے۔ اپنے **"پیغام تعلیم"** میں حسن البنا کا کہنا ہے کہ اسلام ایک ایسا جامع نظام ہے جو زندگی کے تمام پہلوؤں سے نمٹتا ہے۔ یہ ہے: ایک ریاست اور ایک قوم یا اس کی حکومت اور ایک قوم، اور یہ ایک تخلیق طاقت، رحمت اور عدل ہے، اور یہ ثقافت، قانون، علم اور عدلیہ ہے، اور یہ مادی و دولت ہے یا فائدہ اور دولت ہے، اور یہ جہاد ہے، کال ہے یا فوج ہے اور ایک نظریہ ہے جیسا کہ یہ ایک خلوص عقیدہ اور حقیقی عبادت ہے[322]۔ اس کا خیال ہے کہ جب تک وہ سیاستدان نہیں ہوتا ہے اس وقت تک ایک مسلمان مسلمان نہیں ہو گا[323]۔ وہ کہتے ہیں کہ اسلام اس معنی کے علاوہ بھی کچھ اور ہے، جسے اس کے مخالفین اور

---

319. محمد جمعہ، "جہادی اخوان .... دانشورانہ اور عملی جہت"، مطالعات، قاہرہ، الاہرام مرکز برائے سیاسی و اسٹریٹجک اسٹڈیز، 2 مئی، 2018، لنک پر: http://acpss.ahram.org.eg/News/16611.aspx

320. سابقہ حوالہ

321. سابقہ حوالہ

322. حسن ال بنا کے خطوط سابقہ ماخذ

323. سابقہ ماخذ

دشمن اس میں قید اور محدود رکھنا چاہتے تھے، کیونکہ اسلام نے اپنے تمام شعبوں اور شاخوں میں معاشرتی زندگی کا ایک جامع نظام مہیا کیا، اور مذہب اور دنیا یا مذہب اور ریاست کے درمیان علیحدگی ممکن نہیں ہے۔ اور یہ کہ اسلام ایک نظریہ اور عبادت، ایک وطن اور قومیت رواداری اور طاقت، تخلیق مادی، ثقافت اور فنون ہے، اور یہ کہ کسی مسلمان کو اپنے اسلام کے لحاظ اپنی قوم کے تمام امور سے تعلق رکھنا ضروری ہے، اور جو بھی مسلمانوں کی پرواہ نہیں کرتا ہے، ان میں شامل نہیں ہے۔ سے [324]

پالیسی کی ضروریات کے لئے قرض کو پورا کرنا

اخوان المسلمون سیاسی مقاصد کے لئے قرآنی آیات اور احادیث کو استعمال کرتی ہے۔ سن 1945 کے مصری پارلیمنٹ کے انتخابات میں، اخوان المسلمون نے اسماعیلیہ حلقہ سے حسن البنا کو منتخب کرنے کے لئے ایک دعوت جاری کی تھی، اس خیال پر کہ اس ملاقات سے خدا اور اس کے رسول کی رضا ہو گی۔

سیاست کے تقاضوں کے لئے اسلامی مذہب کو استعمال کرنا۔ اخوان المسلمون نے سیاسی مقاصد کی تکمیل کے لئے قرآنی آیات اور احادیث کا استعمال کیا ہے. 1945 میں مصر کی پارلیمنٹ کے انتخابات میں اخوان المسلمون نے حسن البنا اسماعیلی حلقے کے لئے منتخب ہونے کا مطالبہ کیا، اس یقین کے ساتھ کہ اس دعوت کو پورا کرنے سے خدا اور اس کے رسول کو راضی ہو جائے گا۔

324. ایک ہی ماخذ

مطالعہ کے حتمی نتائج

.اس مطالعے کے اختتام پر، جن کے مضامین اخوان المسلمون کے ظہور اور قیام کے حالات پر، روشنی ڈالنے کے لئے وقف ہیں واقعتا، ان واقعات اور حالات پر سوال اٹھانا مفید ہے جو مستقبل کے نظارے کی ترقی کے تناظر میں انھیں پڑھیں اور ممکنہ حل کی تجویز پیش کریں۔

اخوان المسلمون مصر اور عرب اور اسلامی اقوام کی تاریخ کے اہم داخلی و خارجی عوامل اور حالات کے امتزاج، کے ذریعہ مصر میں ابھری جو گہری سیاسی، معاشرتی ثقافتی اور معاشی تبدیلیوں کی خصوصیت ہے۔ اُن تبدیلیوں اور واقعات کے سب سے اوپر، سن 1924 میں اسلامی خلافت کا خاتمہ ہوا، جس میں عام طور پر اور خاص طور پر عرب خطے میں مسلمانوں کے لئے حوالہ اور عالمت کی تمام طاقت موجود ہے، اور ترکی میں ایک سیکولر نظام حکومت کا قیام اور مغربی نو آبادیاتی سمت میں بیشتر مسلم ممالک کے سپرد کرنے اور غیر ملکی تاریخی تجربات سے متاثر ہو کر نظریات کے کرسٹل بننا خاص طور پر مغرب سے. اس کے بعد خلافت کے متبادل تصور کے طور پر قومی ریاست کا ظہور، اس کے ساتھ مغربی ماڈل کے زیر اثر اسلامی معاشروں میں سوچنے کے انداز اور طرز زندگی کے خروج کے ساتھ تھا۔

اسی وقت، بہت سارے عرب ممالک میں، خاص طور پر، مصر پر برطانوی قبضے میں غیر ملکی استعمار کے امور ان امور میں شامل تھے جنھیں حسن البنا نے مصری گلی کی غیر ملکی موجودگی کو مسترد کرنے کی حمایت حاصل کرنے کے لئے کام کیا تھا، اور اس کے نتیجے میں وہ اپنے گروپ کو کٹر قومی قوتوں کے سامنے ہونے کی وجہ سے برطانوی قبضے کے تسلسل کو مسترد کرنے میں بھی کامیاب ہو گئے تھے۔ اس قبضے سے جان چھڑانے کے لئے مصری عوام کے مذہبی اور قومی جذبات فائدہ اٹھاتے ہوئے، جو سیاسی، معاشی، معاشرتی اور سائنسی حالات کے خراب ہونے کے پیچھے تھا۔ اور اس کی اس کوشش کو مصری عوام کی امید کی نمائندگی کرتے ہوئے ظاہر کرنے کی کوشش کی، جس طرح حسن البنا کی فلسطینی کاز کو اپنانے سے معاشرے کے گروہوں میں اخوان المسلمون کی وسیع پیمانے پر حمایت اور پھیلاؤ سامنے آیا، اس مسئلے کی عرب اور اسلامی عوام میں بہت اہمیت کی وجہ سے،

اس کے اندر موجود اپنے گروپ کے بارے میں ان کی ایک مثبت امیج پیش کرنے اور اس کی مارکیٹنگ میں جواز پیش کیا گیا مصر اور اس سے آگے۔ اس سے اس تحریک میں مدد ملی جس کے نتیجے میں وہ عرب ممالک اس کے آغاز کے چند سال بعد خاص طور گذشتہ صدی کے تیس کے عشرے میں پھیلتا ہے۔

بیسویں صدی کے پہلے تیسرے دور میں مصر نے جس معاشی اور معاشرتی حالات کا مشاہدہ کیا، اس نے اخوان المسلمون کے ظہور میں بہت اہم کردار ادا کیا، کیونکہ قومی صنعت کی تباہی، ترقی کا فقدان معاشرتی انصاف کے معیار کی عدم موجودگی اور تعلیم میں کمی کے نتیجے میں معاشرے میں پھیلی ہوئی غربت اور بی روزگاری ایک وسیع صورتحال کا باعث بنی ہے۔ مصری عوام کے بڑے شعبوں میں عدم اطمینان: جسے حسن البنا نے اخوان المسلمون کے ظہور کے لئے تیار کرنے کے لئے استعمال کیا تھا۔ دلچسپی میں

جدیدیت اور ان لوگوں کی قدامت پسندی کی دھاروں کے مابین فکری جدوجہد نے جو بیسویں صدی کے پہلے تیسرے کے دوران مصر کی خصوصیت رکھتے تھے، اخوان المسلمون سمیت سیاسی مقاصد کے ساتھ مذہبی تحریکوں کے ظہور میں مدد ملی، کیونکہ اُن تحریکوں نے اس تنازعہ کا فائدہ اٹھاتے ہوئے اپنی وکالت کو فروغ دیا، مذہبی معاشرتی اور سیاسی اہداف کے ساتھ مل گئے۔ اسی وقت، حسن البنا اس فکری تنازعہ میں شامل تھا، اور اسلامی خلافت کی بحالی یا اسلامی مذہب کے جوہر کو ظاہر کرنے والے ایک متبادل فارمولے کی تلاش کرنے کی اہمیت کے گرد گھومتے ہوئے ایک وژن پیش کیا، جس میں سول اور سیاسی زندگی کا ایک مربوط نظام تھا۔

اور اگر معاشرتی، معاشی اور ثقافتی حالات نے یہ عام تناظر وضع کیا کہ حسن البنا نے اپنے گروہ کی بنیاد رکھنے کے لئے تیاری میں کام کیا، تو اخوان المسلمون کے رجحانات کی تشکیل اور اس کے بہت سے امور کی طرف اس کے نقطہ نظر میں ایک اہم عزم تھا خاص طور پر اگر اس حوالہ کو دھیان میں رکھا جائے۔ یہ روایتی اور جدید دونوں ہی اسلامی فکر پر مبنی تھا۔

روایتی پہلو کے حوالے سے، روایتی اختیارات کی موجودگی ہے، بشمول خارجیوں کے نظریات، جو انہیں بغاوت اور جائز حکومت کا تختہ الٹنے کی اجازت دیتے ہیں۔ خارجیوں کے ساتھ رابطے نظریات کے ساتھ ساتھ عالمتی سیاسی تخیل کی سطح پر بھی پائے جاتے ہیں، کیونکہ یہی وہ لوگ ہیں جنہوں نے "حکیمیہ" کے نام سے سیاسی مسلک کی بنیاد رکھی تھی، جسے سید قطب نے اپنی سوچ کا مرکز بنایا تھا اور اس کے بعد وہ سیاسی اسلام برادری کے نظریاتی تصور میں الزمی عنصر پر قابض ہو گئے تھے۔ اس کا اثر یہ ہے کہ سیاسی اختیارات صرف خدا کا حق ہے، اور اس لئے کوئی بھی قانون جو حکم کی تعمیل نہیں کرتا ہے، اسے اسلام سے الگ ہونا سمجھا جاتا ہے۔

ہے جو ان جہاں تک اخوان المسلمون کے فکری حوالہ سے جدید اسلامی افکار کی موجودگی کا تعلق ہے، تو اس کا اشارہ ان نشانیوں سے ملتا کے بعد نشا. ثانیہ کے مفکرین ین ال al بالخصوص جمال الدا فغانی، محمد عبدو اور محمد راشدردہ کے مابین گفتگو کرتے ہیں۔ "کا نعرہ "اسلام ہی حل ہے اخوان المسلمین کی طرف سے محمد عبدو کے مقام اور ان کے پچھلے بیان کی بنیاد پر مغرب اور اسلام کے مابین تعلقات کی نوعیت کے نقطہ نظر سے متاثر ہوا تھا۔ اس نعرے کو حالیہ دہائیوں کے دوران تمام اسلام پسند گروہوں نے بڑے پ یمانے پر اٹھایا ہے، اس کے بعد جب اس نے سیاسیات اور معاشرتی تبدیلیوں کے عمل میں اخوان المسلمون اور سیاسی اسلام کی دیگر تنظیموں کی سوچ کو نظریاتی ہتھیار میں تبدیل کیا ہے۔ پھر، بعد کے ایک مرحلے پر، یہ پاکستانی اسلام پسند ابو االعلی المودودی کے نظریہ سازی سے متاثر ہوا، جو بنیادی طور پر سید قطب کی تصانیف میں نظریاتی اور جہادی رجحان کے ساتھ ظاہر ہوتا ہے۔

اس پورے نظریاتی منصوبے کا اظہار گروپ کے بانی حسن البنا نے کیا تھا اور ان کے بعد مسٹر قطب نے، جس نے اخوان المسلمون کے لئے ایک نظریاتی فری م ورک پیش کیا تھا، جو کئی اصولوں پر مشتمل ہے، جن میں سے سب سے اہم یہ ہیں:

- اسلام حل ہے۔
- ہولیسک ریفارم۔

- الٰہی حق یا مینڈیٹ۔

- گورننس کا اصول۔

- کفارہ اور معاشرے سے۔

- العلمی. جہاد اور طاقت کا استعمال۔

ایک ساتھ مل کر، ان حالات نے حسن البنا کو ایک مضبوط افسر شاہی سیاسی تنظیم کا پہلا مرکز بنانے کا ایک تاریخی موقع فراہم کیا ہے جو اسلامی شکایات کا نعرہ بلند کرتا ہے اور اپنے آپ کو لوٹاتا ہے، اور قرآن مجید، سنت اور مذاہب کے ورثے کی مشق کے ذریعہ اس کی ذخیرہ الفاظ کو قرت، سنت اور اس کے ورثہ کو اپنی طرف متوجہ کرنے والے مذہبی روابط کو استعمال کر کے ماضی کی شانوں کو بحال کرنے کا وعدہ کرتا ہے۔ عملی اقدام ایک عملی نظریہ کے مطابق

اس تناظر میں، سیاسی اسلام تنظیموں کے کام کے لئے قانونی مقابلے کی فراہمی میں اسلامی ثقافتی ورثہ کی اہمیت پر زور دینا ضروری ہے، اور اس کے بعد عرب اسلامی ثقافت کے دائرے کے اندر تنقیدی سوچ کے اقدامات کی بڑھتی ہوئی ضرورت اور اپنے ورثہ کو پڑھنے اور مباحث کو معقول بنانے میں جدید سائنس میکانزم کا استعمال کرنے کی ضرورت کے ساتھ شرعی علوم کی سطح پر جدید اقدامات کا آغاز کرنے کی ضرورت ہے۔ مذہبی اور اس کو ترقی اور ترقی کے لئے ایک درست شکل بنائیں۔

اسی طرح، معاشرتی، معاشی اور سیاسی حقیقت اور انتہا پسندی اور تشدد کے تبادلہ خیال کے لئے انکیوبیٹر ماحول پیدا کرنے میں اس کے کردار کو بھی نظر انداز نہیں کیا جاسکتا۔ اخوان المسلمون کے قیام سے قبل اور اس کے ظہور کے ابتدائی سالوں کے دوران ہی مصر کے حالات انکشاف ہوئے تھے۔ جہاں اس وقت افراتفری ناخواندگی اور ناانصافی اور احساس محرومی کے جذبات پھیل گئے۔ ایک سے زیادہ ملکوں کے

تجربات ، موجودہ یا پہلے ، مذہبی انتہا پسندی کے رجحان کی شدت کو بڑھاوا دینے اور معاشرے میں گروہوں کے بارے میں تاخیر سے آگاہی میں معاشی استحکام اور معاشرے گروہوں کے بارے میں آگاہی کے کردار کی تصدیق کرتے ہیں۔

حکمرانی کے نظام کی وجہ سے ان سیاسی، معاشرتی اور معاشی حالات کو بھی مدنظر رکھنا ضروری ہے تاکہ وہ بعد میں اخوان المسلمون اور سیاسی اسلام کی تحریکوں کو اپنے مدار میں حکومتوں کو اکسانے اور ان کے خلاف بغاوت کے لئے استعمال کیے جانے والے آلے میں تبدیل نہ ہوں اور تاکہ وہ انتہا پسندانہ افکار کے پھیلاؤ کی پرواہ کرنے والے ماحول میں بھی تبدیل نہ ہوں۔ خاص طور پر یہ کہ تکفیری اور دہشت گرد گروہ اکثر اپنے خیالات کو فروغ دینے اور نئے ممبروں کی بھرتی کے لئے ان حالات سے فائدہ اٹھاتے ہیں۔ اس کو اچھی حکمرانی کو فروغ دینے، جنسوں کے مابین مساوی مواقع، مذہبی رواداری کے معاملات، دوسروں کے لئے کھلے دل، عالمی تہذیب میں انضمام، معاشی ترقی کے حصول اور اس کے پھلوں کی یکساں تقسیم کی سمت بھی متوازی راستہ اختیار کرنا چاہئے۔

دوسری طرف، نوجوانوں کو عقلی سوچ پر عمل کرنے کی حوصلہ افزائی اور اس کی حوصلہ افزائی، انتر جشتوں پر تنق ید، میڈیا کے پیغام کو معیار میں تقویت بخشنے، اور بنیادی طور پر ثقافتی میدان میں سرگرم سول سوسائٹی کے اداروں کو متحرک کرنے کے بعد، اور اس کے بعد اماموں رہنمائوں اور دیگر افراد سے مسجد کے کردار پر نظرثانی کرکے اس کام کو آگے بڑھانا ہوگا، تاکہ حفاظتی نظام کو بہتر بنایا جاسکے۔ معاشرے کی روحانی سالمتی کے حصول کے سلسلے میں۔

گذشتہ برسوں کے تجربے نے یہ ثابت کیا ہے کہ اخوان المسلمون اور سیاسی اسلام کی تحریکیں عمومی طور پر کسی بھی معاشرتی، معاشی سیاسی، یا ثقافتی صورتحال کا استحصال کرتی ہیں اور ان کو اس طرح سے ملازمت کرتی ہیں کہ بنیادی طور پر ان کے سیاسی منصوبے کی خدمت ہوتی ہے، جس کا مقصد اقتدار حاصل کرنا چاہے وہ قومی ریاست کی قیمت پر ہو اور اہم اجزاء کو تباہ کردے. ممکنہ طور پر عرب بہار" نام نہاد واقعات کے بارے

میں اس گروپ کا موقف اس کا حتمی ثبوت ہے۔ اس نے بہت سارے عرب ممالک میں مظاہرین کے ذریعہ حکومتوں کو بھڑکانے اور ان کے خلاف رخ موڑنے کے مطالبات پر عملدرآمد کرنے کی کوشش کی، بغیر حکومت کے متبادل منصوبے اور نہ ہی اس ریاست کو ٹوٹنے سے روکنے کے۔ یہی وجہ ہے کہ مصر اور تیونس دونوں کے اقتدار میں اس کے تجربات ظاہر ہو رہے تھے، نہ صرف اس وجہ سے کہ وہ اپنے سیاسی موقع پرستی کا مظاہرہ کرتی ہیں بلکہ اس وجہ سے کہ انہوں نے جمہوریت پر اپنے اعتماد کا فقدان بھی اس بات کا ثبوت پیش کیا کہ انھوں نے ان کے ساتھ کھڑی ہونے والی اور معاشرے پر اپنا وژن مسلط کرنے کے لئے کام کرنے والی بیشتر قوتوں کو خارج کر دیا اور یہی وجہ ہے کہ وہ اس کی مایوسی ناکامی کا سبب بنی۔ اور پھر جون 2013 میں مصر میں اس کی حکمرانی کے خلاف انقلاب.

ذرائع اور حوالوں کی فہرست

پہلا: ماخذ عربی میں ہیں۔

دستاویزات:

1. حسن البنا پانچویں کانفرنس کا پیغام، اخوان المسلمن ویکیپیڈیا سائٹ، 4جنوری2003، لنک کے ذریعے سے: https://bit.ly/2QhypdJ
2. حسن البنا کے پیغامات، اخوان المسلمن ویکیپیڈیا لنک پر: https://bit.ly/2UKiMzq

کتابیں:

3. ابراہیم اعراب، سیاسی اسلام اور جدیدیت (کاسابلانکا: مشرقی افریقہ، 2000)
4. ابراہیم البیومیی غانم، حسن البنا کے سیاسی سوچ (مدارات، تحقیق اور اشاعت، قاہرہ 2012)
5. ابن فورک الاصبہانی، شیک ابی الحسن الاشعری سرف مضامین، مشرقی کتب خانہ، 1987
6. احمد المولا، معاصری مصر میں اسلامی بنیاد پرستی کی جڑیں: رشید رضا اور المنار، میگذین، قومی کتابیں اور دستاویز ہاوس، 2008
7. احمد عبدالقادر ابو فارس، شہدائے حسن البنا اور سید قطب کے تبدیلی طریقہ کار، ٹنٹا، ایڈیشن 1، (مصر: دار البشیر برائے سائنس اور اشاعت، 1999 جوانوں کے لئے پیغام کے حوالے سے بتایا گیا، ص 16
8. احمد عوف، مصر کے حالات، اس ڈور سے فرعون ڈور تک، (القاہرہ، العربی برائے اشاعت و تقسیم، د۔ت۔)
9. احمد بدیع بلیح، 19 صدی سے مصر کی ترقی کے مسئلہ، (اسکندریہ، دار المعارف اسٹیبلشمنٹ، بغیر تاریخ)
10. احمد حسن شوربجی، امام کے نقطہ نظر کے ستون، (اسکندریہ: طباعت، اشاعت اور تقسیم کے لئے دار الدعوہ، 2011)
11. احمد عادل کمال، حروف کے اپر نقاط: اخوان المسلمون اور خصوصی نظام (القاہرہ: الزہرا، عرب میڈیا، 1987)
12. احمد عبدالرحیم مصطفی: جدید مصر میں سیاسی فکر کا ارتقا (عرب ریسرچ اینڈ اسٹڈیز انسٹیٹیوٹ، قاہرہ 1972)
13. احمد عبدالقادر ابو فارس، شہدائے حسن البنا او عر سید قطب کے لئے تبدیلی کا طریقہ کار ٹنٹا (مصر: البشیر سائنس اور اشراعت ہاوس، 1999)
14. احمد عوف، مصر کے حالات، اس ڈور سے فرعون ڈور تک، (القاہرہ، العربی برائے اشاعت و تقسیم، د۔ت۔)
15. اڈورڈ سعید، اورینٹل ازم، محمد عنانی کے ترجمہ، (القاہرہ رویہ ہاوس 2017)
16. مکمل کام رفاعہ رافع طہطاوی حصہ دو، قوم پرستی اور تعلیم، مصری کتاب اتھارٹی، 2010

17. امین عز الدین، قیام کے بعد سے ہی مصری مزدور طبقہ کے تاریخ، عربی کتاب ہاوس برائے طباعت و اشاعت، وزارت ثقافت، ایک سال بغیر اشاعت
18. امین مصطفیٰ، جدید دور میں مصر کی معاشی اور عمرانی تاریخ (انگلو مصری کتب خانہ: قاہرہ، 1954)
19. جمعہ امین عبد العزیز، اخوان مسلمون کی تاریخ سے دستاویز: اخوان المسلمون اور مصری و بین الاقوامی سوسائٹی کے مدت 1928-1938 (قاہرہ اسلامی اشاعت تقسیم ہاوس، 2003)
20. جورج طرابیشی، انقلاب کے لئے طبقاتی حکمت عملی، ایڈیشن 2، (بیروت: الطلیعہ ہاوس، 1979)
21. حسام تمام، سلفی اخوان، اخوان کا مقالہ ختم ہو گیا اور اخوان المسلمون میں سلفیت کا عروز، (اسکندریہ: اسکندریہ کتب خانہ، 2010)
22. حسن طوالبتہ، سیاسی اسلام کے نقطہ نظر سے تشدد اور دہشت گردی، بطور مڈل مصر اور الجیریا (عمان: جدید کتب کا عالم، 2005)
23. حمادہ محمود اسماعیل، حسن البنا اور جماعت اخوان المسلمین کا مابین دین و سیاست، 1928،1949 (قاہرہ دار الشروق، 2010)
24. خالد محمد نعیم، مصر میں غیر ملکی مشنریوں کی تاریخی جڑیں عیائیت (قاہرہ: مختار اسلامی اشاعت و تقسیم، 1988)
25. خلیل العنانی، مصر میں اخوان المسلمون: خستہ حالت وقت کے ساتھ جدوجہد (شروق بین الاقوامی کتب خانہ، 2007)
26. دلیب ھیرو، جدید دور میں اسلامی بنیاد پرستی، عبد الحمید فھمی الجمال کے ترجمہ، (مصری جندل کتاب اتھارٹی، 1997)
27. رائد السمھوری، بطور ماڈل سلفی گفتگو ابن تیمیہ کی تنقید، طوی اشاعت اور میڈیا، 2010
28. رفعت السعید، مصری سیاسی قیادتیں، (عربی کتابیں 2007)
29. روبرٹ تیجنود، مصر میں آمدنی کی تقسیم کی سیاسی معیشت، (قاہرہ مصری جندل کتاب اتھارٹی، بغیر تاریخ)
30. سعید اسماعیل علی، برطانوی قبضے کے عہد میں مصر کا معاشرہ، 1882،1993 (قاہرہ، انگلو مصری کتب خانہ، 1997)
31. سید قطب، قرآن مجید کی سایہ میں (قاہرہ: دار الشروق، 1980)
32. سلیمان بن صالح العضن، خوارجیوں، ان کی اصلیت، ان کے گروپس، ان کی اوصاف، ان کے سب سے نمایاں عقائد کا جواب ہیں (ریاض دار کنوز اشبیلیہ، 2009)
33. صالح بن احمد، امام احمد بن جنبل کی سیرت، دار السلف اشاعت اور تقسیم، 1995
34. عبد الرحمن سالم، معتزلہ سیاسی تاریخ، دار رویہ، 2013
35. عبد الرحیم علی، اخوان المسلمون حسن البنا سے مہدی عاکف تک، (قاہرہ: محروسہ سینٹر برائے اشاعت، پریس خدمات او عر معلومات، 2007)
36. عبد العظیم رمضان: مصر میں طبقاتی جدوجہد 1837-1952، (قاہرہ: اسرہ کتب خانہ، 1997)

37. عبداللہ العروی، سنت کے اصلاح، عرب ثقافتری مرکز، کاسابلانکا،2008
38. علی المحافظہ، نشا،ثانیہ میں عربوں کے مابین فکری رجحانات (بیروت: اہلیہ اشاعت اور تقسیم،1987)
39. فخری عبدالنور، فخری عبدالنور انقلاب 1919 کی یادیں، قومی تحریک میں سعد ذغلول اور وفد پارٹی کا کردار (قاہرہ: دار شروق،1992)
40. الفضل شلق، انقلاب کے جوش میں "2" پہلا ایڈیشن (بیروت: دار الفرابی،2014)
41. فوادذکریا، عماغی توازن میں اسلامی بیداری، ایڈیشن 2، (قاہرہ: دار فکر معاصر،1987)
42. قاسم آمین، خواتین کی آزادی، (قاہرہ: اطباعت، اشاعت اور تقسیم، آداب، کتب خانہ،2009)
43. لطیفہ محمد سالم، فاروق اور مصر میں بادشاہت کا زوال1936-1952م، ایڈیشن2 (قاہرہ: مدبولی کتب خانہ،1996)
44. ماجدہ برکت، دو انقلابوں کے مابین اعلی طبقہ 1919-1952 (قاہرہ: ترجمہ برائے قومی مرکز،2009)
45. ماکسیم رودنسون، اسلام کی پاسداری اور ہر جگہ قدامت پرستی کا رجحان: وضاحت کرنے کی کوشش کرنے میں عبدالحکیم ابو اللوز، مراکش میں سلفی کی حرکت 1971-2004، (بیروت: عرب اتحاد کے مطالعے کا مرکز،2009)
46. محمد ابوالاسعاد، برطانیہ کے ذیر قبضہ مصر میں تعلیم کی پالیسی، 1882-1922 (قاہرہ: طیبہ،1993)
47. محمد احمد عبدالعاطی، مصر میں اسلامی تحریکیں اور جمہوری تبدیلی کے امور (قاہرہ: حرام سنٹر برائے ترجمہ واشاعت،1995)
48. محمد ارکون، اسلامی فکر، سائنسی پڑھنا، ھاشم صالح کے ترجمہ ایڈیشن 2، (بیروت: عربی ثقافتی مرکز،1996)
49. محمد ایت حمو، عصری عرب افکار میں گفتگو کا افق، (مراکش: دار امان،2012)
50. محمد جابر انصاری، عرب فکر اور مخلافین کا تصادم، ایڈیشن 2، (بیروت: عرب فاونڈیشن برائے مطالعات،1999)
51. محمد سعید العشماوی، سیاسی اسلام، ایڈیشن4، (قاہرہ: چھوٹا مدبولی کتب خانہ،1996)
52. محمد عبدالرحمن المرسی، امام البنا کے مطابق اصلاح و تبدیلی کا نقطہ نظر، ایڈیشن 2، (قاہرہ: دار عمار،2005)
53. محمد ابراہیم خیری الوکیل، نظریہ اور عمل کے مابین سیاسی جماعتوں کا قانونی ضابطہ، عرب مطالعات کا مرکز برائے اشاعت و تقسیم،2015
54. محمد عمارہ، مذہبی اور غیر مذہبی مبالغہ آرائی میں، ایڈیشن 1، (قاہرہ شروق بین الاقوامی کتب خانہ،2004)
55. ــــــــ، بیسوی صدی کے سب سے مشہور مباحثے (2)، مصر ایک سول اور مذہبی سیاست کے مابین ہے (قاہرہ: وہبہ کتب خانہ 2011)
56. ــــــــ، اسلامی فکر کے دھارے (قاہرہ: دار شروق ایڈیشن 2،1997)
57. محمود عبدالفضیل، دیہی علاقوں میں معاشی اور معاشرتی تبدیلیاں 1930، 1970 (قاہرہ: مصری جنرل کتاب اٹھارٹی، 1978)
58. محمود عساف، شہید امام حسن البنا کے ساتھ (قاہرہ: مکتبہ عین شمس،1993)

59. محمود متولی، مصری سرمایہ داری کی تاریخی ابتداء، (قاہرہ: مصری جنرل کتاب اٹھارٹی، 2011)
۔۔۔۔۔۔۔، مصر اور پارلیمنٹ اور پارٹی زندگی 1952 سے پہلے ایک تاریخی اور دستاویزی مطالعہ، (قاہرہ: ثقافت طباعت اور اشاعت کے ہاوس، 1980)
60. ناصر بن عبد الکریم العقل، خارجیوں اسلامی تاریخ میں پہلہ فرقہ ہے (دار النشر: دار اشبیلیہ، 2008)
61. یوسف الدینی، اخوان اور علامتی اٹھارٹی کا قیام سعودی عرب میں تعلیمی میدان نگل گیا ہے (دبئی: مطالعہ اور تحقیق کے لئے مسبار سینٹر، 2018)
62. یونان لبیب رزق، محمد علی کے عہد میں مصر کو جدید بنانا، (اسکندریہ: اسکندریہ کتب خانہ، 2007)

اخبارات اور رسالیے:

63. مصری یونیورسٹی 100 سال، مصری دن کی سیریز، شمارہ (30) 2007
64. فلسطینی مطالعہ بیروت، فلسطین فاونڈیشن اسٹڈیز شمارہ 99، سمر 2014
65. بابکر فیصل بابکر، کیا واقعی سیاسی اسلام ناکام ہوگیا؟ سودان ٹریبیون، 3 اپریل 2014
66. عبد الرزاق حسین، دونوں جنگوں کے مابین معاشی، سیاسی اور معاشرتی ترقی، سوشلسٹ میگزین شمارہ (17)
67. عبد العزیز السماری، "سیاسی اسلام کی راونی اور نظریہ الہٰی" الجزیرہ، ریاض 9 مئی 2016
68. فاروق حمادہ، اخوان کی فکر میں حکمرانی، انتہا پسندی اور تشدد کی بنیاد، اتحاد اخبار ابو ظہبی، 2 اگست 2016
69. ولید الخالدی، فلسطین اور فلسطین کا مطالعہ پہلی جنگ عظیم اور بالفور کے اعلامیے کے ایک صدی بعد، فلسطین کے مطالعے کا جرنل، بیروت، فلستینی علوم کے فاونڈیشن، شمارہ 99، سمر 2014

تھیسز اور خطوط

70. بلعید بن جبار، الجیریا میں سلفیزم استقامت اور تعلیم کا طریقہ، وھران یونیورسٹی میں پی ایچ ڈی کا مقالہ پیش کیا، 2، الجیریا، تعلیمی سال 2015-2016
71. عبدال حمید عمر عبد الحمید عبد الواحد، قرآن حکیم کے سائے میں حکومرانی، تھیس نے مذہب کی بنیادی تعلیمات، فیکلٹی آف گریجویٹ اسٹڈیز، النجاح نیشنل یونیورسٹی، نابلس، فلسطین میں ماسٹر کی ڈگری کی ضروریات کے لئے مقالہ پیش کیا، 2004
72. ھذرشی بن جلول، شیخ محمد رشید رضا اور ریاست عثمانیہ، ماسٹر کا مقالہ الجیریا یونیورسٹی میں جمع کرایا، تاریخ کا شعبہ، 2003-2002، الیکٹرانک کاپی، لنک پر:
https://elibrary.mediu.edu.my/books/2014/MEDIU10064.pdf

الیکٹرانک ویب سائٹس:

73. ابراہیم قاعود، غائب سچے دائرے میں اخوان المسلمون، https://bit.ly/2JYt8Hp

74. ابو الاعلی المودودی: خدا کی خاطر جہاد، توحیدا ور جہاد سائٹ کے پلیٹ فارم کے لئے، لینک پر : https://ilmway.com/site/maqdis/MS_128.html

75. احمد بان، اخوان کے خیالات کے اصول (9): کفارہ کے لئے معاشروں میں سرپرستی کی ضرورت ہوتی ہے، کھدائی، 25 جنوری 2018، درج ذیل لنک پر: https://bit.ly/2wTBVSB

76. جوان مسلم ایسوسی ایشن کے ساتھ اخوان المسلمون اوران کا رشتہ، لنک پر: https://bit.ly/2Jf6Q1f

77. کیا البغدادی نے رشید رضا کا خواب حاصل کیا؟ ھسبریس سائٹ، 20 اکتوبر 2014، لنک پر:

https://www.hespress.com/writers/243969.html

78. ایمن الظواھری، نبی کے بینر تلے شورویروں، پہلا حصہ، ایڈیشن 2، لنک پر: https://bit.ly/31mMbjZ

79. تکفیر: مودودی اور سید قطب کے مابین مخفی رابطہ، لندن اخبار عرب سائٹ، 2014/06/02، لنک پر: https://bit.ly/2tQC1fL

80. استنبول میں ایک سال قیام کے بعد: رشید رضا: خلافت عثمانیہ کا وجود نہیں ہے، عثمانلی سائٹ پر 16 جولائی 2019 ،لنک پر: https://bit.ly/2SeqPx

81. البنا اور مصر پر برطانوی قبضے کا سامنا کرنا پڑ رہا ہے، اخوان المسلمون کی ویکیپیڈیا سائٹ، بغیر تاریخ، درج ذیل لنک پر : https://bit.ly/2ujC6IG

82. اسلامی تحریکوں کا درواجہ: سیاسی اسلام اور اقلیتوں کے مطالعہ کے لئے ایک ونڈو، https://www.islamistmovements.com/2941

83. اخوان المسلمون کے لئے سیاسی تعلیم، اخوان المسلمون کی ویکیپیڈیا سائٹ، درج ذیل لنک پر : https://bit.ly/36eOMhf

84. مصری حکومت تجارت اور صناعت کمیٹی کی رپورٹ، بغیر تاریخ

85. اخوان المسلمون کی جماعت اور وفد پاڑٹی، تاریخ کے خطوط سے حقائق اخوان ویکیپیڈیا سائٹ، بغیر تاریخ، مندرجہ ذیل لنک کے ذریعے: https://bit.ly/37v38vr

86. تعلیم میں اصلاح و ترقی میں امام البنا کی کوشش، اخسوان المسلمون ویکیپیڈیا سائٹ، بغیر تاریخ، مندرجہ ذیل لنک کے ذریعے: https://bit.ly/2TzrSOK

87. حزیفہ حمزہ: خواتین اور اخوان المسلمون، نون پوست سائٹ، 6 فروری 2016، مندرجہ ذیل لنک کے ذریعے: https://bit.ly/360ImCk

88. حسام تمام، اخوان اپنی تاریخ کیوں نہیں لکھتیں ہیں؟، https://bit.ly/2F4PhjQ

89. حمدان رمضان محمد، محمد محمود احمد، شہید امام حسن البنا کی معاشرتی اور سیاسی فکر، سیاسی سوشیالوجی میں تجزیاتی مطالعہ، https://bit.ly/31cMKwy

90. حمید زنار، کیا محمد عبدو کو واقعی مغرب میں اسلام ملا؟ 24 دیسمبر 2010 ، الحوار المتمدن سائٹ، لنک پر http://www.ahewar.org/debat/show.art.asp?aid=239423&r=0

91. خالد غزال، ابن تیمیہ مسلمانوں کے رہنمائی بند نہیں کرے گا https://bit.ly/2WQm7KA

92. راجی یوسف، سید قطب میں حکمرانی کے تصور میں پڑھنا۔ اضاعات، 29 اگست 2016، لنک پر:

https://www.ida2at.com/readtheconceptofgovernancewhensayedqutb

93. رحمت ضیاء، عرب عورتیں: آزادی کی طرف ایک صدی سے زیادہ، 8 مارچ 2019 ، لنک پر: https://bit.ly/2NWJeSj

94. رشید ایھو، حکمرانی اور جاہلیت اور اسلامی ریاست کے بارے میں مودودی نظریہ 10 مئی 2018، المسبار سینٹر فار اسٹڈیز اینڈ ریسرچ ویب سائٹ، لنک پر: https://www.almesbar.net/

95. رشید رضا خلافت اور نکلی اسلامی اصلاح، البوابہ سائٹ، 27 اکتوبر 2018، لنک پر: https://www.albawabhnews.com/3341568

96. الزبیر مھداد، سیاسی ملازمت پر تصوف کا اطلاق، لنک پر: https://bit.ly/2KPYZKV

97. زکی المیلاد، شیخ محمد رشید رضا اور عصری اسلامی فکر کی تبدیلی، 19 دیسمبر 2010 ، آفاق سائٹ، لنک پر: https://aafaqcenter.co/index.php/post/478

98. اسلامی میدان میں انتہا پسندی اور عقلیت کا بحران، 18 نومبر 2017، موست مومنون سائٹ بغیر سرحدیں، لنک پر: https://bit.ly/2TYmHbq

99. سامح فایز، عبدالرحمٰن السندی: اخوان کی تاریخ کا سب سے مضبوط آدمی کی پہلیی، لنک پر: https://bit.ly/2WII1U1

100. سعید اسماعیل علی، برطانوی قبضے کے عہد میں مصر کا معاشرہ، 1993-1882، (قاہرہ: انگلو مصری کتب خانہ، 1972)

101. سلیمان بن صالح العضن، خوارجیوں، ان کی اصلیت ان کی گروپس ان کی صفات ہے، ان کے انتہائی نمایاں عقائد کا جواب دینا، (ریاض: دار کنوز اشبیلیا، 2009)

102. سمیر حلبی، الافغانی: تنازعہ کے باوجود ایک مصلح ہے (ان کی وفات کی برسی کے موقع پر: 5 شوال 1314 ھجری) https://archive.islamonline.net/?p=9118

103. شیخ الازھر، حکمرانی کا غلط تصور تکفیری تشدد اور انتہا پسندی کی وجہ ہے، مشرق وسطی کا اخبار، لنڈن، 13 فروری 2015

104. طارق ابو السعد، اس گروپ میں خواتین کے کردار کے بارے میں کیا حقیقت ہے اور مسلم سسٹرز سیکشن کی ابتدا کیسے ہوئی؟ حفریات سائٹ، 14 نومبر 2018، مندرجہ ذیل لنک کے ذریعے: https://bit.ly/38mhY7C

105. طہ علی احمد: سکری کے مضامین میں البنا اور اخوان المسلمون کی کھائی کی طرف سلائڈنگ کو بے نقاب کیا گیا، لنک پر: https://bit.ly/2WiDELe

106. عبدالرحمن عیاش، مضبوط تنظیم اور کمزور نظریہ: 30 جون کے بعد مصر کی جیلوں میں اخوان کا راستہ، لنک پر: https://bit.ly/2XJWagp

107. عبداللہ بن بجاد العتیبی، البنانے قتل تنظیموں کی تنظیم قائم کی اور اس گروپ نے یمن میں 1948 کے بغاوت کی حمایت کی (پہلی قسط) مشرق قسطی کا اخبار، 05 اپریل 2014، لنک پر: https://aawsat.com/home/declassified/71136

108. عبدالحق الصنابیی، نجی نظام یا خفیہ آلہ: اخوان المسلمون کے لئے، لنک پر: https://bit.ly/2MIByEX

109. عبدہ مصطفی دسوقی، غیر ملک اسکولوں میں اخوان اور تعلیم میں اصلاح کا مقابلہ کرنا، اخوان المسلمون ویکیپیڈیا سائٹ، بغیر تاریخ، مندرجہ ذیل لنک پر: https://bit.ly/2NHsQ7Q

110. علی بن یحیید الحدادی، سید قطب کی زندگی کے اہم صفحات، لنک پر: https://bit.ly/2YmfrFD

111. عمار قاید، کیا مصر میں اخوان کی معاشرتی سرگرمیوں کا کاتمہ اس گروہ کو تشدد کی طرف لے جاتا ہے؟ لنک پر: https://brook.gs/2E7wSSA

112. عمرو عبدالمنعم: "الٹا تصویر"، امام محمد عبدو کا دہشت گردی سے تجدید نو تک کا سفر (7) امان سائٹ، 29 مئی 2018، لنک پر: http://aman.dostor.org/10929

113. فتنا احمد السکری لنک پر: https://bit.ly/2XrasD3

114. البنا کے خیال میں فلسطین، اخوان المسلمین کی سائٹ، 13 فروری 2008، مندرجہ ذیل لنک کے ذریعے: https://bit.ly/2TzYoAx

115. فواد ابراہیم، مزہب ی احیاء کی تحریک میں ایک اور مطالعہ، مطالعہ اور تحقیق کے لئے آفاق سینٹر، 2015/9/1 ، لنک پر: https://aafaqcenter.co/index.php/post/2229

116. فوزی البدوی، انکیوبیٹر ماحول کے بارے میں، امارات اتحاد اخبار ، 6 دیسمبر، 2017، لنک پر: https:/bit.ly/2NWJeSj

117. رحمت ضیاء، عرب عورتیں: آزادی کی طرف ایک صدی سے زیادہ، 8 مارچ 2019 ، لنک پر: https://bit.ly/2NWJeSj

118. عصری تجدیدات، مداد سائٹ، 2007/11/8، لنک پر: https://bit.ly/38e0eeZ

119. محمد جبریل، جمال الدین الافغانی: کیا "عراب الصحوہ" اسلامی تھا؟ لنک پر: https://bit.ly/2WOEtvr

120. محمد جمعت، "اخوان کا جہاد: فکری اور سائنس جہت"، مصری مرکز برائے سوچ اور تزویراتی علوم، 31 اکتوبر 2018، لنک پر: https://bit.ly/2wILBiv

121. محمد حرب فرزات، شام میں پارٹی زندگی: سیاسی جماعتوں کے ابھرنے اور ترقی کا ایک تاریخ مطالعہ، 1955-1908، تحقیق اور پالیسی علوم کے عرب مرکز، الیکٹرانک کاپی، لنک پر: https://bit.ly/3bm5y1T

122. محمد شعبان، المنار: وہ جریدہ جو مصر میں معاصر سلفی فکر میں شائع ہوا تھا، رصیف سائٹ، 22، 25 مارچ 2017، لنک پر: https://bit.ly/2SbLMhU

123. محمد عفان، سید قطب کے نظریہ میں ریاستی نمونہ، مدارک، 20 فروری، 2013، لنک پر: https://bit.ly/2K4bF0h

124. محمد علی عطا، اخوان المسلمون کے تحت خواتین کا مستقبل، اخوان ویکی سائٹ، بغیر تاریخ، مندرجہ ذیل لنک کے ذریعے: https://bit.ly/2TF2k2L

125. محمود الصفاغ، اخوان المسلمون کے مشن میں نجی تنظیم کی حقیقت اور اس کے کردار، لنک پر: https://bit.ly/2Jq0xsV

126. مصطفی عبید، مصری خاتون کی مسلح جدو جہد کے قصے، الوفد اخبار، قاہرہ، 19 اگست، https://bit.ly/2OXCUdJ.2016

127. منیر ادیب، اخوان المسلمون کی فکر میں تشدد کے پیغامات، الاوان، 28 ستمبر، 2018، لنک پر: https:bit.ly/2ZfZq42

128. ابو الاعلی المودودی، اسلامی دعوت کا دیو، طریق الاسلام سائٹ، 2014/6/26، https://ar.islamway.net/article/33269

129. نرمین خفاجی، جناب جمال الدینؒ لودنیا و مذہب کی اصلاح کی ضرورت کا درس دینا، سوشلسٹ، 1 جولائی 2007، لنک پر: https://revsoc.me/revolutionaryexperiences/tlymlsydjmlldynfywjwbslhldnywldyn

130. وجدی غنیم: برادران مرجہ اخوان کا عقیدہ، یوتیوب سائٹ، لنک پر: https://www.youtube.com/watch?v=y_p609sStzY

131. ولید الخالدی، فلسطین اور فلسطین کا مطالعہ پہلی جنگ عظیم اور بالفور کے اعلامیے کے ایک صدی بعد، فلسطین کے مطالعے کا جرنل، بیروت، فلستینی علوم کے فاونڈیشن، شمارہ 99، سمر 2014

132. اخوان المسلمون ویکیپیدیا، بیسویں صدی کے آغاز میں ہی اخوان المسلمون اور انجیلی بشارت کے خلاف اس کی لڑائی، بغیر تاریخ، مندرجہ ذیل لنک کے ذریعے: https://bit.ly/2ul2DoP

دوسرا: غیر ملکی ماخذ

Books

1. AlBanna, H., "Majmu 'at Rasa'il alImam alShahid alBanna" The Collected Letters of the Martyred Imam alBanna, (Dar alQur'an alKarim 1981).

2. Alberto Melucci, Nomads of the present: Social movements and individual needs in Contemporary Society, (Philadelphia: Temple University Press, 1989) .

3. Bourdieu, Pierre. 1990b. The Logic of Practice. (Stanford University Press, 1990).

4. Bourdieu, Pierre. 1991a. "Genesis and Structure of the Religious Field." Comparative Social Research 13: 143.

5. Christophor Melchert, Ahmad Ibn Hanbal, (oneworld Publications, 2001).

6. David Lerner, the passing of traditional society: modernizing Middle East, (Free Press of Glencoe, New York, 1959).

7. Durkheim Emile, Les Formes élémentaires de la vie religieuse: le système totémique en Australie, Paris, Félix Alcan, coll. (Bibliothèque de philosophie contemporaine,1913).

8. Gilles Kepel, Jihad: the trail of political Islam. (I.B. Tauris, 2006) Olivier Roy, L'echec de l'Islam Politique, (Edition Seuil ,1992).

9. Gramsci, Antonio, Selections from the Prison Notebooks. (New York: International Publishers 1971).

10. Jeffrey T. Kenney, Muslims Rebels: Kharijites and Politics of Extremism in, Egypt, Oxford University Press, 2006.

11. Khalil AlAnani, Inside the Muslim Brotherhood: Religion, Identity, and Politics, Oxford University Press, 2016.

12. Lisa Anderson, "Fulfilling Prophecies: State Policy and Islamist Radicalism," in John L. Esposito, ed., Political Islam: Revolution, Radicalism, or Reform? (Boulder, CO: Lynne Rienner, 1997) .

13. Lukács, György, History and class consciousness; studies in Marxist dialectics. Cambridge, Mass., MIT Press,1971.

14. Mark Tessler, "The Origins of Popular Support for Islamist Movement, in John Pierre Entelis, ed., Islam, Democracy, and the State in North Africa (Bloomington: Indiana University Press, 1997).

15. MARTINW. Slann, Comparing Islamism, Fascism and Communism, (university of Texas, 2015).

16. Masoud, Tarek, Counting Islam: Religion, Class, and Elections in Egypt. (Cambridge University Press, 2014.)

17. Max Weber, The Sociology of Religion, (Boston: Beacon Press,1993).

18. Michael Hudson, Arab Politics: The Search for Legitimacy, Yale University Press, New Haven & London (September 10, 1979).

19. Michael J. Thompson, ed., Islam and the West: critical perspectives on modernity, (Maryland: Rowman &Littlefield Pub Inc., 2003).

20. Michel Foucault (Author), Colin Gordon (Editor)Power/Knowledge: Selected Interviews and Other Writings, 1972-1977, (Pantheon books, New York,1980).

21. Michel Foucault, James D. Faubion (editor), Power, (New Press, 2001).

22. Michel Foucault, L'archeologie du savoir, (Gallimard, 1969).

23. Moaddel Mansoor, Islamic Modernism, Nationalism, and Fundamentalism: Episode and Discourse (University of Chicago Press 2005).

24. Moaddel, M. a. Jordanian Exceptionalism: An Analysis of State Religion Relationship in Egypt, Iran, Jordan and Syria. (New York: Palgrave 2002).

25. Pargeter, A., "The Muslim Brotherhood: From Opposition to Power", (Saqi Books 2013).

26. Quintan Wiktorowicz, The Management of Islamic Activism: Salafis, the Muslim Brotherhood, and State Power in Jordan (Suny Series in Middle Eastern Studies Paperback – 2000).

27. Ropert Mabrow & Samir Radwan: The industrialization of Egypt (1939 – 1973) policy and performance. Clarendon press, Oxford, 1976.

28. Salwa Ismail, Rethinking Islamist Politics, Culture, the State and Islamism (London: I. B. Tauris, 2006).

29. Sami Zubaida, Islam, the People and the State, (New York: I.B. Tauris & Co. Ltd, 2009).

30. Samuel Hutington, The Clash of Civilizations and the Remaking of World Order, (SIMON & SCHUSTER, 2011).

31. Sidney Tarrow, "Mentalities, Political Cultures, and Collective Action Frames: Constructing Meanings through Action." in Frontiers in Social Movement Theory, edited by Aldon D. Morris and Carol M. Mueller. New Haven, CT: Yale University Press, 1992. Power in Movement: Social Movements and contentious Politics (Cambridge: Cambridge University Press, 1994) .

Periodicals

32. ASEF BAYAT, Islamism and Social Movement Theory, in Third World Quarterly, Vol.26, No.6, pp 981-908, 2005.

33. Deepa Kumar, Political Islam: A Marxist analysis, International Socialist Review, no 76, March 2011.

34. Robert L. Tignor, Bank Misr and Foreign Capitalism, International Journal of Middle Eastern studies, Vol., 8, No. 1977.

35. Tilmisani, U., "Do the Missionaries for God Have a Program?", in AbedKotob, S., "The Accommodationists Speak: Goals and Strategies of the Muslim Brotherhood in Egypt", 27(3) International Journal of Middle East Studies 1995.

Theses

36. Hussah A. S. R. S. Al Senan, The Change in Vocabularies of Freedoms and Rights in Egyptian Political Writings from alṬahṭāwī until 1952, thesis for the degree of Doctor, University of Exeter, 2016.

37. Yelena Margaret Bidé, Social Movements and Processes of Political Change: The Political Outcomes of the Chilean Student Movement, 2011-2015, Senior Thesis, BROWN UNIVERSITY, PROVIDENCE, RI, MAY 2015 https://bit.ly/2QPbtT7

ضمیمہ جات

ضمیمہ-1

اخوان المسلمون کا پروگرام وژن اور نقطہ نظر حسن البنا (کا پانچواں کانفرنس کا پیغام)

اللہ کے نام پر مہربان ہے

پیارے بھائیو:

میں ہمیشہ کام کرنا اور بات نہ کرنا پسند کرتا، اور اخوت اور اخوان کے اقدامات کے بارے میں بات کرتے ہوئے، اور صرف اس کام کے لئے خود کو وقف کرنا چاہتا، اور میں اس وقفے کے علاوہ آپ کے پچھلے مراحل سے پر سکون اور سکون سے وابستہ ہونا چاہتا تھا جس کے ذریعہ ہم دس سال قبل جہاد کی تعریف دوسرے مرحلے کو دوبارہ شروع کرنے کے لئے کرتے ہیں۔ اپنے عمدہ خیال کو حاصل کرنے کے لئے بے حد جہاد کریں۔

لیکن آپ یہ چاہتے تھے، اور میں ان سے محبت کرتا تھا کہ وہ اس جامع اجلاس سے ہمیں خوش کریں، آپ کا شکریہ اور ہمارے لئے یہ ٹھیک ہے کہ وہ ہمارے نتائج کا جائزہ لینے، ہمارے کام کے ہمارے انڈیکس کا جائزہ لینے، مقصد اور طریق کار کا تعین کرنے کے لئے اس فراخدلی موقع سے فائدہ اٹھائیں، لہذا مبہم خیال واضح ہو جاتا ہے، غلط نظریہ درست ہو جاتا ہے، نامعلوم قدم سیکھا جاتا ہے، اور گمشدہ لنک مکمل ہو جاتا ہے۔ اخوان المسلمون کے عوام اپنے مشن کی حقیقت کو، ابہام اور مبہمیت کے بغیر جانتے ہیں۔

،اس میں کوئی حرج نہیں ہے اور ہمارے لئے یہ اچھا ہے کہ ہم نے اس دعوت پر بھروسہ کیا ہے اور جس نے بھی یہ بیان سنا یا پڑھا ہے، اس نے ہمارے مقصد، ہمارے ذرائع اور ہمارے اقدامات کے بارے میں اس کی رائے کے ساتھ ہم اس کی رائے سے بھلائی اٹھاتے ہیں، اور اس کے مشورے سے سچائی کی طرف آتے ہیں، کیونکہ دین خدا، اس، کے رسول، اس کی کتاب اور مسلمانوں اور ان کے عام لوگوں کو نصیحت ہے۔

پیارے بھائیو: مجھے آپ کے سالم اور آپ کا شکریہ ادا کرنے ،اور آپ کے مابین میرے موقف سے مجھے خوش کرنے والے ،اور آپ سے ملنے کی خوشی اور مسرت سے ،اور آپ کے تعاون کی بہت بڑی امید کے لئے نا گزیر ہے۔

مجھے یہ احساس نا گزیر معلوم ہوتا ہے کہ عظیم جذبات کے اس سیالب سے یہ سب سمجھانا جو اس جلسے کو ملحوظ رکھتا ہے ، لہذا اس، میں ہر چیز گہری محبت قریبی روابط ، مخلص اخوت اور قابل تعاون کی بات کرتی ہے ،اور خدا آپ کو ان سب سے بہتر نیکیاں عطا کرے جو وہ پسند کرتا ہے اور راضی ہے۔

چاروں کے دلوں میں اخوت ایک خیال ہے۔

عزیز بھائیو:

میں نے بہت کچھ پڑھا، بہت کوشش کی، بہت سے حلقوں میں گھل مل گیا اور بہت سے حادثات دیکھنے میں آئے، لہذا میں اس قلیل

مدتی سیاحت، طویل مراحل سے نکل آیا، ایک مستقل نظریہ کے ساتھ، جو ترک نہیں کرتا، جو وہ ہے:۔

سبھی خوشی کی تالش یہ ہے کہ جو کچھ ان کی روحوں اور دلوں سے ان پر پھیلتا ہے، اور ان کے دلوں کے باہر سے کبھی ان تک نہیں آتا ہے ، اور جو تکلیف ان کو گھیرتی ہے اور اس سے بھاگتی ہے وہی ان کو صرف ان روحوں اور قلوبوں ، سے ہی تکلیف دیتا ہے اور ، یہ کہ قرآن پاک اس معنی کی تائید کرتا ہے اور واضح کرتا ہے ، خداوند متعال فرماتا ہے خدا کسی قوم کی حالت اس وقت تک نہیں بدال جب تک کہ وہ اپنی ذات کو تبدیل نہ کریں۔) (الرعد: 11)

اور میں نے ان دونوں میں جو کچھ دیکھا وہ اس فلسفے کے جلسے سے کہیں زیادہ گہرا تھا کہ:

آپ کی زندگی کے لئے، اس کے لوگوں کا ملک تنگ نہیں ہو گا...

لیکن مردوں کے اخلاق تنگ ہیں۔

میں یہ سوچتاہوں، اور میں نے اس کے سوا سوچا کہ ایسی کوئی قواعد وضوابط موجود نہیں ہیں جو ان انسانی جانوں کی خوشی کی ضمانت دے اور لوگوں کو اس خوشی کی راہ پر گامزن کرے جو اسلامی مذہب کی واضح، فطری اور خالص تعلیمات ہیں، اور ان تعلیمات کی تفصیل دینے کی کوئی گنجائش نہیں ہے۔ ظاہر کرنے کا کوئی راستہ نہیں ہے کہ اس میں یہ نتیجہ بھی شامل ہے اور تمام انسانیت کی خوشی کی ضمانت دیتا ہے۔ لہذا، یہ ایک اور شعبہ ہے، اس کے علاوہ ہم سب بھی اس نظریہ کی صداقت کو قبول کرنے میں یقین رکھتے ہیں، بشرطیکہ بہت سارے غیر مسلم اس کو تسلیم کریں اور اسلام کے حسن وکمال کو تسلیم کریں۔

یہی وجہ ہے کہ میری روح چونکہ میں بڑی ہوئی ہے، ایک مقصد پر کھڑی ہوئی، جو لوگوں کو حقیقی اور عملی طور پر اسلام کی رہنمائی کرنا ہے، اور اسی وجہ سے اخوان المسلمون کا نظریہ اس کے مقصد اور اسباب میں خالصتا اسلامی تھا اور اس کا اسلام کے علاوہ کسی اور چیز سے کوئی تعلق نہیں ہے۔

یہ خیالات اپنے لئے اپنی روح میں ایک نفسیاتی گفتگو اور ان کے ساتھ روحانی گفتگو بنے رہے، اور یہ میرے آس پاس کے بہت سے لوگوں کی راہنمائی کا باعث بنی، اور اگر یہ تدریس کا موقع پیدا ہوا تو مساجد میں ایک فرد یا خطبہ یا مطالعے کی صورت میں ظاہر ہوسکتی ہے، یا کچھ دوستوں اور اسکالروں سے توانائی کی تقویت اور کوشش کو دوگنا کرنے کی تاکید. لوگوں کو بچانے اور ان کی رہنمائی میں جو اسلام میں اچھا ہے۔

دوسرے ممالک میں پھر مصر اور عالم اسلام کے ایسے متعدد واقعات ہوئے جنہوں نے اپنے آپ کو سوجھا اور میرے دل میں قوی امکانات کا اندیشہ ہو، اور میں نے اپنی توجہ سخت محنت کی ضرورت، اور درس کے بعد انتباہ، اسٹیبلشمنٹ کے راستے کی طرف مبذول کروائی اور میں آپ کو ان واقعات کا طوالت نہیں دیتا جو ختم ہوچکے ہیں اور ان کے اثرات کو معاف کردیا گیا تھا الرشید یا کچھ اور مالکان کو بالغ کرنا۔

میں نے کھڑے ہونے، کام کرنے، اور سنجیدگی اور تربیت کا راستہ اختیار کرنے کی ضرورت میں بہت سارے سینئر لوگوں سے رجوع کیا ہے، لہذا مجھے کبھی حوصلہ شکنی، کبھی حوصلہ افزائی اور کبھی صبر مال، لیکن میں عملی

کوششوں کے انعقاد میں دلچسپی سے کیا نہیں ڈھونڈ پایا۔ اور وفاداری سے، مجھے یاد ہے کہ مرحوم احمد پاشا تیمور مرحوم، خدا انہیں جنت، الفردوس میں اجازت دے اور میں نے جو کچھ دیکھا وہ جوش وجذبے اور جلن حسد کی مثال نہیں ہے، اور میں نے امت کے عوامی امور کے بارے میں جو بات کی تھی، لیکن میں نے ایک مکمل ذہن، پوری تیاری، ایک جامع امام، اور، کام کی قیامت کا انتظار کیا خدا کی رحمت ہے۔ اور اس کے ثابت ہونے کو منسوخ کردیں۔

میں ان دوستوں اور بھائیوں کے ساتھ اپنا چہرہ بانٹنا چاہتا ہوں جنہوں نے مجھے اکٹھا کیا، اور وہ درخواست اخالص، دوستی اور فرض شناسی کا دور ہیں۔ مجھے اچھی طرح سے تیار اور ان کے لئے میرے ساتھ سوچنے میں شامل ہونے کا سب سے تیز رفتار اور جلدی اور دھوکے میں کام کرنے کی ضرورت کا انتہائی قائل معلوم ہوا۔ وہ معزز بھائی ہیں: احمد افندی السکری، اور مرحوم شیخ حامد عسکریہ مرحوم کے پیارے بھائی، خدا ان کے وسیع وعریض باغات میں بسر کرے، اور بھائی شیخ احمد عبدالحمید اور بہت سے دوسرے۔

یہ ایک عہد تھا، اور دستاویزی دستاویزات تھیں کہ ہم میں سے ہر ایک اس مقصد کے لئے کام کرے گا، تاکہ امت میں عمومی رواج اچھی اسلامی سمت میں بدل جائے۔

خدا کے سوا کوئی نہیں جانتا ہے کہ ہم قوم کی حالت اور اس کی زندگی کے مختلف پہلوؤں کا جائزہ لینے میں کتنی راتیں صرف کرتے ہیں، جن پر وہ پہنچ چکے ہیں بیماریوں اور دوائیوں کا تجزیہ کرتے ہیں، بیماری کے حل اور اس کے حل کے بارے میں سوچتے ہیں، اور ہم اس بات سے متاثر ہوتے ہیں کہ ہم جس رونے کی منزل تک پہنچ چکے ہیں۔ جب ہم نے خود کو ایسے متشدد، نفسیاتی ورک ہاؤس میں، اور بیکار بچوں کو کیفے اور بار بار بد عنوانی اور بد عنوان کلبوں کے مابین گھومتے ہوئے دیکھا، اور اگر آپ کسی سے اس بورنگ خالی سیشن میں کیا لے جانے کے، بارے میں پوچھتے ہیں تو اس نے آپ کو بتایا: میں وقت کو مارنے کی کوشش کر رہا ہوں، اور یہ بیچارہ جانتا ہے کہ اپنا وقت کون مارتا ہے؟ وہ خود کو مارتا ہے، لیکن وقت زندگی ہے۔

ہم ان لوگوں پر حیرت زدہ رہتے تھے، اور ان میں سے بہت سارے تعلیم یافتہ تھے، اور وہ لوگ جو ہم سے اس بوجھ کو اٹھانا زیادہ اہم ہیں، پھر ہم میں سے کچھ ایک دوسرے سے کہتے ہیں: کیا یہ قوم کا کوئی مرض نہیں ہے اور شاید سب سے زیادہ خطرناک، اس کی بیماری یا اپنے عالج کے لئے کام کرنے کے بارے میں نہیں سوچتا ہے، اور اس اور اس کی پسند کے، ہم اس کرپشن کو ٹھیک کرنے کے لئے کام کرتے ہیں، ہم خود کھڑے ہوگئے ہم اپنے آپ کے ساتھ کھڑے ہوئے، تسلی دیئے اور خدا کی تعریف کرتے ہوئے ہمیں ان لوگوں میں شامل کیا جو اس کے دین کے لئے کام کرتے ہیں۔

وقت نے اپنا کام کیا، چنانچہ ہم چاروں نے علیحدگی اختیار کی، چنانچہ احمد ایفینڈی السکري "المحمودیہ" میں تھے، اور مرحوم شیخ حامد عسکریہ "زقازگ" میں تھے، اور شیخ احمد عبد الحمید "کفر الدوار" میں تھے، اور منے "اسماعیلیہ" میں تھا، اور مجھے ہمیشہ شعر کا یہ قول یاد آیا: شام میں، میرے اہل خانہ اور بغداد میں۔۔۔

دو نمبروں کے ساتھ اور میرے پڑوسیوں فوسٹیٹ کے ساتھ

، اور اسماعیلیہ میں، اواخوان اس نظریہ کا پہال ابتدائی مرکز رکھا گیا تھا، اور کام کرنے اور اس کا بینر اٹھانے واال پہال معمولی ادارہ نمودار ہوا، اور ہم خدا) اخوان المسلمین (کے نام سے اس کے لئے مکمل سپاہیوں کے لئے عہد کیا اور وہ ذوالقعدہ میں 1347 ہجری میں تھا۔ **اخوان المسلمون کا اسلام**

، اور میرے بھائیوں کو یہ اصطلاح استعمال کرنے دیں۔ میرا مطلب یہ نہیں ہے کہ اخوان المسلمون کے علاوہ ایک نیا اسلام ہے جو ہمارے آقا محمد، خدا کی دعائیں اور سالمتی لے کر اپنے رب کے بارے میں االیا اور میرا مطلب یہ ہے کہ بہت سارے مسلمان ممالک میں بہت سے مسلمان ضبط ہو چکے ہیں اسلام کے خصوصیت، بیانات اور نقاشی کی اطالع خود انھوں نے دی ہے، اور انہوں نے اس کی لچک اور استعداد کو مؤثر انداز میں استعمال کیا، حاالنکہ یہ صرف عظمت حکمت کے لئے تھا۔ وہ اسلام کے مفہوم میں مختلف طور پر مختلف تھے اور اس کے بچوں کی روح میں اسلام کے متعدد تصاویر نمودار ہوئیں، جو خدا کے رسول اور اس کے ساتھیوں نے سب سے بہتر نمائندگی کرتے ہوئے پہلے اسلام پر لگ بھگ اور دوری کا اطالق کیا۔

اور ان لوگوں میں جو صریح عبادت کے سوا اور کچھ نہیں دیکھتے، اگر اس کی کارکردگی یا اس کی انجام دہی کرنے والے کی رائے اس سے آسانی سے ہو اور اس سے مطمئن ہو جائے اور یہ اسلام کی اصل منزل تک پہنچ گیا، اور یہ عام مسلمانوں کا مشترکہ مفہوم ہے۔

اور اہل اسلام کے مابین، نیک تخلیق، وافر روحانیت، اور دماغ و روح کے مزید ار فلسفیانہ کھانا اور ان کے مابین جابرانہ اور جابرانہ مادے سے دوری۔

ان میں سے کچھ اسلام کے ان اہم عملی معنوں کی تعریف کے مقام پر اپنے اسلام کا ساتھ دیتے ہیں، لہذا انہیں دوسروں کی طرف دیکھنے کی ضرورت نہیں ہوتی ہے، اور نہ ہی وہ دوسروں کے بارے میں سوچنا پسند کرتے ہیں۔

اور ان میں سے کچھ لوگ اسلام کو ایک وراثت میں پائے جانے والے عقائد اور روایتی کاموں کے طور پر دیکھتے ہیں جو اس سے گاتے نہیں ہیں اور نہ ہی اس سے ترقی کرتے ہیں، لہذا وہ اسلام اور اسلام سے وابستہ ہر چیز سے وابستہ ہے اور آپ کو یہ مطلب بہت سارے لوگوں کے دلوں میں واضح معلوم ہوتا ہے جنہوں نے غیر ملکی ثقافت کی تعلیم حاصل کی اور انہیں اسلامی حقائق کے ساتھ اچھی طرح سے گفتگو، کرنے کے مواقع نہیں ملے ہیں کیونکہ انہیں اسلام کے بارے میں کچھ بھی معلوم نہیں تھا۔ اصل میں، یا وہ اس کو اچھی طرح سے نمائندگی نہیں کرنے والے مسلمانوں کے ساتھ گھل مل کر، اسے ایک مسخ شدہ تصویر جانتے تھے۔

اور ان سب حصوں کے تحت، دوسرے حصے بھی گرتے ہیں جن میں سے ہر ایک دوسرے کے بہت کم یا زیادہ کے نظریہ سے اسلام کے نظریہ سے مختلف ہوتا ہے، اور بہت کم لوگ اسلام کو ایک مکمل اور واضح تصویر سمجھ چکے ہیں جو ان تمام معانیوں کو منظم کرتی ہے۔

لوگوں کے دلوں میں ایک ہی اسلام کی ان متعدد تصاویر نے انہیں اخوان المسلمون کی تفہیم اور اس کے نظریے کے بارے میں اپنے خیالات میں فرق پیدا کر دیا۔

کچھ لوگ اخوان المسلمون کو ایک گروہ اور رہنمائی کے ساتھ ایک خطبہ کے طور پر تصور کرتے ہیں، جن کی ساری فکر لوگوں کو خطبات پیش کرنا اور ان کو اس دنیا میں چڑھ جانا اور آخرت کی یاد دالنا ہے۔

اور ان میں سے کچھ اخوان المسلمون کو ایک صوفی انداز میں تصور کرتے ہیں جس کا مطلب ہے لوگوں کو یاد کی راہیں اور عبادت کے فنون کو تعلیم دینا، اور غیر جانبداری اور سنجیدگی کی پیروی کیا ہے؟

اور ان میں سے کچھ یہ سمجھتے ہیں کہ وہ ایک، نظریاتی اور فقہی گروہ ہیں ان میں سے سبھی ایسے فیصلوں کے ایک گروہ پر کھڑے نظر آتے ہیں جس کے بارے میں جھگڑا ہوتا ہے اور ان سے جدوجہد کرتے ہیں،، اور لوگوں کو ایسا کرنے اور جھگڑا کرنے یا ان سے راضی نہیں ہونے والے افراد کو راضی کرنے پر مجبور کرتے ہیں۔

بہت کم لوگ اخوان المسلمون کے ساتھ گھل مل گئے اور ان کے ساتھ گھل مل گئے اور انہوں نے سننے کی حد تک نہیں رکا اور اخوان المسلمون کو کسی ایسے اسلام کے سامنے انکشاف نہیں کیا جس کی انہیں خبر ہے، لہذا وہ ان کی حقیقت کو جانتے تھے اور علم و عمل سے ان کی پیشرفت کے بارے میں ہر چیز کا ادراک کرتے ہیں، اور اسی وجہ سے میں آپ کے معززین سے اخوان المسلمون کے دلوں میں کی معنویت اور اس کی طرح کی شبیہہ کے بارے میں بات کرنا چاہتا ہوں۔ ہم جس چیز کی دعوت دیتے ہیں اور اسے پسند کرتے ہیں اس سے تعلق رکھتے ہیں اور یہ اس سے ڈرائنگ کرتے ہیں۔

ہم سمجھتے ہیں کہ اسلام اور اس کی تعلیمات کے احکام جامع ہیں اور اس دنیا اور آخرت کے 1-لوگوں کے امور کو باقاعدہ بناتے ہیں، اور جو یہ سمجھتے ہیں کہ یہ تعلیمات کسی دوسرے پہلو کے بغیر صرف عبادت یا روحانی پہلو سے نمٹتی ہیں وہ اس مفروضے سے انکار کرنا غلط ہیں، کیونکہ اسلام ایک عقیدہ اور اس کے پرستار، ایک ملک اور قومیت، ایک مذہب اور، ریاست، روحانیت اور کام اور قرآن مجید ہے۔ اور ایک تلوار. قرآن مجید یہ سب کچھ بولتا ہے، اسے اسلام کے بنیادی اور اس کے بنیادی حصے کا سمجھتا ہے، اور اس سب میں صدقہ کی سفارش کرتا ہے۔ اور اس کی طرف اس آیت کی طرف اشارہ کیا گیا ہے): اور جو کچھ خدا نے آخرت میں، آپ کو دیا

ہے اس پر عمل کرو اور دنیا میں اپنا حصہ مت بھولو اور اس سے بہتر کہ (خدا نے تم پر محاصرہ کیا ہے). 77- القصص)

اور اگر آپ قرآن مجید اور نماز میں تالوت کرتے ہیں تو اگر آپ چاہیں تو، عقیدہ اور عبادت میں خدا کے، بابرکت اور اعلی درجے کے الفاظ: اور انہیں اس کے سوا کوئی حکم نہیں دیا گیا) ۱) کہ صرف اللہ کی عبادت کریں اسی کے لیے دین کو خالص رکھیں۔ ابراہیم حنیف کے دین پر اور نماز قائم رکھیں اور زکوۃ دیتے رہیں یہی ہے دین سیدھی ملت کا البینہ -5)

سیاست میں اور آپ عدل، فیصلے اور اللہ تعالی کے ارشادات کو پڑھتے ہیں: 1 سو قسم ہے تیرے پروردگار کی! یہ مومن نہیں ہو سکتے جب تک کہ تمام آپس کے اختلاف میں آپ کو حاکم نہ مان لیں، پھر جو فیصلے آپ ان میں کر دیں ان سے اپنے دل میں کسی طرح کی تنگی اور ناخوشی نہ پائیں اور فرماں برداری کے ساتھ قبول کر لیں النساء۔

اور ہم دین و تجارت میں تعالی کے قول کو پڑھتے ہی اے ایمان والو جب تم آپس میں ایک دوسرے سے میعاد مقرہ پر قرض کا معاملہ کرو تو اسے لکھ لیا کرو) ۱)اور لکھنے والے کوی نے اسے سکھایا چاہیے کہ تمہارا آپس کا معاملہ عدل سے لکھے، کاتب کو چاہیے کہ لکھنے سے انکار نہ کرے جیسے اللہ تعال ی سے ڈرے جو اس ہے پس اسے بھی لکھ دینا چاہیے جس کے ذمہ حق ہو) ۲)وہ لکھوائے اور اپنے اللہ تعال کا رب ہے اور حق میں سے کچھ گھٹائے نہیں، جس شخص کے ذمہ حق ہے وہ اگر نادان ہو یا کمزور ہو یا لکھوانے کی طاقت نہ رکھتا ہو تو اس کا ولی عدل کے ساتھ لکھوائے اور اپنے میں سے دو مرد گواہ رکھ لو۔ اگر دو مرد نہ ہوں تو ایک مرد اور دو عورتیں جنہیں تم گواہوں میں پسند کر لو) ٤)تا کہ ایک کی بھول چوک کو دوسری یاد دال دے)٥)اور گواہوں کو چاہیے کہ وہ جب بالئے جائیں تو نزدیک یہ بات ی کے انکار نہ کریں اور قرض کو جس کی مدت مقرر ہے خواہ چھوٹا ہو یا بڑا ہو لکھنے میں کاہلی نہ کرو، اللہ تعال بہت انصاف والی ہے اور گواہی کو بھی درست رکھنے والی ہے شک و شبہ سے بھی زیادہ بچانے والی ہے)٦)ہاں یہ اور بات ہے کہ معاملہ نقد تجارت کی شکل میں ہو

جو آپس میں تم لین دین کر رہے ہو تم پر اس کے نہ لکھنے میں کوئی گناہ نہیں۔ خرید و فروخت کے وقت بھی گواہ مقرر کر لیا کرو) ٧ (اور) یاد رکھو کہ (نہ لکھنے والے کو نقصان پہنچایا جائے نہ گواہ کو) ٨ (البقرۃ 282

اور جہاد، لڑائی اور فتح میں اللہ تعالی کا ارشاد پڑھیں: 3 جب تم ان میں ہو اور ان کے لیے نماز کھڑی کرو تو چاہیے کہ ان کی ایک جماعت تمہارے ساتھ اپنے ہتھیار لی ے کھڑی ہو، پھر جب یہ سجدہ کر چکیں تو یہ ہٹ کر تمہارے پیچھے آ جائیں اور وہ دوسری جماعت جس نے نماز نہیں پڑھی وہ آ جائے اور تیرے ساتھ نماز ادا کرے اور اپنا بچاؤ اور اپنے ہتھیار لیے رہے، کافر چاہتے ہیں کہ کسی طرح تم اپنے ہتھیاروں اور اپنے سامان سے بے خبر ہو جاؤ، تو وہ تم پر اچانک دھاوا بول دیں) ١ (ہاں اپنے ہتھیار اتار رکھنے میں اس وقت تم پر کوئی گناہ نہیں جب کہ تکلیف لیے ذلت ی نے منکروں کے ہو یا بوجہ بارش کے یا بسبب بیمار ہو جانے کے اور اپنے بچاؤ کی چیزیں ساتھ لیے رہو ی قینا اللہ تعال کی مار تیار کر رکھی ہے۔ النساء-102 اور اس کے عالوہ بہت سی دوسری آیات جو انہی مقاصد میں اور دیگر عوامی اخالق اور معاشرتی امور ہیں مہارت رکھتی ہیں۔

چنانچہ، بھائیوں نے کتاب خدا سے رابطہ کیا اور اس سے متاثر ہوئے اور اس کی رہنمائی کی، لہذا انہیں یقین ہو گیا کہ اسلام ہی اس کا مکمل اور جامع مفہوم ہے، اور اس کو زندگی کے تمام امور پر غلبہ حاصل کرنا چاہئے اور آپ اس سب پر عمل پیرا ہوں اور اس کی حکمرانی پر گامزن ہو جائیں، اور آپ اس کے اصول و تعلیمات پر عمل کریں اور اس سے اخذ کریں جب تک کہ امت ایک حقیقی مسلمان بننا چاہے۔ لیکن اگر اس نے اپنی عبادت میں اسلام قبول کر لیا اور اپنے باقی معامالت میں غیر مسلموں کی تقلید کی، تو وہ اسلام میں ایک ایسی قوم کی کمی ہے جس کے مقابلے میں کی سزا اس کے بیکیا بعض احکام پر ایمان رکھتے ہو اور بعض کے ساتھ کفر کرتے ہو) ١ (تم میں سے جو بھی ایسا کرے، اس، ی تمہارے اعمال سے بے خبر نہیں۔ سو کیا ہو کہ دنیا میں رسوائی اور قیامت کے عذاب کی مار، اور اللہ تعال البقرۃ 85

اس کے عالوہ، اخوان المسلمون کا ماننا ہے کہ اسلامی تعلیمات کی بنیاد خدا کی کتاب اور اس 2- کے رسول کی سنت کی خصوصیت ہے، خدا کی دعائیں اور سالمتی ہیں، اگر آپ ان سے قائم رہتے ہیں تو آپ کبھی بھی گمراہ نہیں

ہوں گے ، اور بہت سی آراء اور علوم جو اسلام کے ساتھ رابطے میں آئے ہ یں اور اس کے رنگین رنگین ہ یں جس نے اس کی تخلیق کی ہے اور جس قوم نے اس کا مشاہدہ کیا ہے۔ یہی وجہ ہے کہ اسلامی نظام جس پر قوم اس پر عمل پیرا ہے اسے الزمی طور پر اس خالص اور آسانی سے نکالنا چاہئے ، اور اسلام کو سمجھنے جیسے صحابہ کرام کے ل اور نیک پیشروین کے پی روکار سمجھتے ہیں ، خدا ان پر راضی ہو ، اور ان الہی اور پیشن گوئی کی حدود پر as کھڑا رہے تاکہ ہم اپنے آپ کو کسی اور چیز تک محدود نہ رکھیں جس کے ذریعہ خدا ہم پر پابندی عائد کرتا ہے۔ ہم اپنے عہد کو کسی ایسے دور کے رنگ پر پابند نہیں کرتے جو ہم سے متفق نہیں ہوتا ہے۔

اس کے عالوہ ، اخوان المسلمون کا خیال ہے کہ اسلام ایک عوامی مذہب کی حیثی سے ، تمام 3- ممالک اور اوقات کے لئے تمام لوگوں اور قوموں میں زندگی کے تمام معاملات کو باقاعدہ کرتا ہے۔ اس زندگی کے ذرات کو بے نقاب کرنے سے زیادہ مکمل اور بلند تر ہوا ، خاص طور پر مکمل طور پر دن یاوی معاملات میں ، کیونکہ یہ ان معاملات کے ہر معاملے میں مجموعی اصول طے کرتا ہے ، اور لوگوں کو ان کے اطالق اور ان کی حدود میں چلنے کے عملی طری قے کی رہنمائی کرتا ہے۔۔

اس اطالق میں حق کے ضامن ہونے کے لئے ، یا کم از کم ان کی تفتیش کے لئے اسلام نے انسانی روح کے عالج ، کے لئے پوری توجہ دی ہے جو نظام ، نظام فکر اور تخیالت اور تشکیل کا ذریعہ ہے۔ اس نے اس کے موثر دوائیں تجویز کیں جو اس کو جذبے سے پاک کرتی ہیں ، مقصد اور مقاصد کے نقصانات سے دھوتی ہیں ، کمال اور فضیلت کی طرف رہنمائی کرتی ہیں اور ناانصافی ، کمی اور جارحیت سے حوصلہ شکنی کرتی ہیں۔ اور اگر روح سیدھی اور بیان کی گئی ہے ، تو پھر اس سے جو بھی چیز نکلتی ہے وہ اچھی اور خوبصورت ہو جاتی ہے۔ ان کا کہنا ہے کہ انصاف ، شریعت کے متن میں نہیں بلکہ ایک ہی جج میں ہے.

ہو سکتا ہے کہ یہ جذبہ اور مقصد کے قاضی کے لئے مکمل اور انصاف پسند قانون لے آئے اور اسے انصاف کے بغیر غیر منصفانہ طور پر الگو کیا جاسکے۔ ہو سکتا ہے کہ یہ نامکمل اور ناجائز قانون ان نیک اور انصاف پسند جج کے پاس السکے جو سنجیدہ اور اختتام سے دور ہے ، اور اس کو ایک نیک نیتی اور انصاف پسندانہ انداز میں الگو کرتا ہے جس

میں تمام نیکی، برکت رحمت اور صداقت اور یہاں سے انسان کی روح خدا کی کتاب میں بڑی توجہ کا مرکز تھی۔ اس اسلام کی تشکیل کردہ پہلی روحیں انسانی کمال کی طرح تھیں، اور اس سب کے لئے اسلام کی فطرت عمروں ،اور اقوام کے مطابق تھی اور تمام مقاصد اور تقاضوں کو مد نظر رکھتی تھی، اور اس کے لئے بھی اسلام ہر اچھے نظام سے فائدہ اٹھانے سے کبھی انکار نہیں کرتا تھا جو اس کے کل اصول و عام اصولوں کے منافی نہیں ہے۔

میں اس بیان کو مزید آگے بڑھانا پسند نہیں کرتا، کیوں کہ یہ ایک وسیع عنوان ہے اور ہم نے اخوان المسلمون کے دلوں میں اسلامی نظریہ کے اس معنی پر روشنی ڈالتے ہوئے اس مختصر تفہیم کا حساب لگایا۔

اخوت ایک جامع اصلاحی خیال ہے۔

ہر مخلص، غیرت مند اصالح پسند کو اپنی خواہش مل جاتی ہے، اور پھر وہ اصالح پسند لوگوں کی امیدوں سے ملتی ہے جو اسے جانتی ہے اور اس کے مقاصد کو سمجھتی ہے، اور آپ کہہ سکتے ہیں اور آپ پر کوئی الزام نہیں ہے کہ اخوان المسلمین:

1. سلفی کال: کیوں کہ وہ خدا کی کتاب اور اس کے رسول کی سنت سے اس کے خالص مصدر اسلام کی واپسی کا مطالبہ کرتے ہیں۔

2. وہ جس طرح سے یہ سنت ہیں کیونکہ وہ اپنے آپ کو ہر چیز میں خصوصا عقائد اور رسومات میں پاکیزہ سنت پر عمل کرنے پر مجبور کرتے ہیں، اگر انہیں ایسا کرنے کا کوئی راستہ مل جاتا ہے۔

3. اور ایک صوفیانہ سچائی کیونکہ وہ جانتے ہیں کہ نیکی کی اساس روح کی پاکیزگی، قلب کی 3 پاکیزگی، کام کی ثابت قدمی، انسانیت کی باز آوری، خدا سے محبت اور بھالئی سے لگاؤ ہے۔

4. اور ایک سیاسی ادارہ، کیونکہ وہ مطالبہ کرتے ہیں کہ وہ ملک کے اندر حکمرانی کی اصالح، بیرون 4-ملک دیگر ممالک کے ساتھ اسلامی قوم کے رابطے پر غور و فکر اور فخر و وقار کے ساتھ لوگوں کی تعلیم، اور اپنی قوم پرستی کے لئے پوری حد تک تشویش کا اظہار کریں۔

5. اور کھیلوں کا ایک گروپ کیونکہ وہ اپنے جسم کی پرواہ کرتے ہیں اور وہ جانتے ہیں کہ ایک مضبوط مومن 5-ایک کمزور مومن سے بہتر ہے،، اور نبی کریم صلی اللہ علیہ وآلہ وسلم نے ارشاد فرمایا، "آپ کے جسم پر آپ کا حق ہے، اور یہ کہ مضبوط جسم کے عالوہ، اسلام کے تمام اخراجات پورے اور صحیح طری قے سے انجام نہیں دیئے جا سکتے ہیں۔ نماز، روزہ، حج اور زکو کے پاس ایک ایسا جسم ہونا چاہئے جو روزی کی تالش میں کمائی، محنت اور جدوجہد کا بوجھ اٹھائے، اور اسی کے مطابق ان کی تشکیل اور کھیلوں کی ٹیموں میں ایک ایسی نگہداشت موجود ہے جو میچ ہو سکتی ہے اور صرف جسمانی کھیلوں میں مہارت رکھنے والے بہت سے کلبوں سے تجاوز کر سکتی ہے۔

6. اس کا سائنسی اور ثقافتی روابط: کیونکہ اسلام علم کے حصول کو ہر مسلمان اور مسلمان پر فرض بناتا ہے، اور اس لئے کہ اخوان کے کلب در حقیقت تعلیم و تعلیم کے اسکول ہیں، اور جسم، دماغ اور روح کو بلند کرنے کے لئے ادارے ہیں۔:

7. اور اس کا شرک معاشی ہے کیوں کہ اسلام کا مطلب ہے رقم کا انتظام کرنا اور اسے اپنے ہی 7-چہرے سے کمانا، اور یہ وہی شخص ہے جو اپنے نبی صلی اللہ علیہ وسلم کو کہتا: ہے، سالمتی اور رحمتیں ہیں ہاں، اچھی رقم ایک نیک آدمی کے لئے ہے اور کہتا ہے) جو شخص اپنے ہاتھ کے کام سے تھک جاتا ہے اس کو معاف کر دیا جاتا ہے (،) خدا پیشہ ور افراد سے محبت کرتا ہے(۔

8. اور ایک معاشرتی خیال: کیوں کہ وہ اسلامی معاشرے کی دوائی سے وابستہ ہیں، اور وہ اس سے اور قوم کو اس سے عالج کرنے کے طریقے تالش کرنے کی کوشش کر رہے ہیں۔

اس طرح، ہم دیکھتے ہیں کہ اسلام کے مفہوم کی جامعیت نے اصالح کے تمام پہلوؤں ہمارے جامعیت کا نظریہ حاصل کر لیا ہے اور اخوان کی سرگرمی کو ان سب پہلوؤں میں کی ہدایت کی ہے، جبکہ دوسرے افراد بغیر کسی ایک، عالقے کی طرف جا رہے ہیں اور وہ جانتے ہیں کہ اسلام اس سب کا مطالبہ کرتا ہے۔

لہذا، اخوان کے اقدامات کے بہت سے پہلو لوگوں کو متضاد اور متضاد نظر آئے۔

لوگ مسلمان بھائی کو محراب میں، ذلیل ورسوا، رونے اور ذلیل وخوار ہوتے ہوئے دیکھ سکتے ہیں، اور تھوڑی دیر کے بعد وہ خود بھی استاد مبلغ ہوگا اور تبلیغ کی قطار میں نماز کا مطالبہ کرے گا، اور تھوڑی دیر بعد وہ خود کو ایک خوبصورت ایتھلیٹ کے طور پر دیکھتا ہے، گیند پھینکتا ہے یا دوڑنے یا تیراکی کی تربیت دیتا ہے اور تھوڑی دیر بعد وہ اپنی دکان یا فیکٹری میں مشق کرے گا۔ دیانت اور خلوص۔ ان ظاہری شکل کو لوگ متضاد اور ایک دوسرے کے ساتھ اتحاد کے طور پر نہیں دیکھ سکتے ہیں، یہاں تک کہ اگر وہ جانتے تھے کہ وہ سب اسلام کے ذریعہ متحد ہیں اور اسلام کے ذریعہ حکم دیا ہوا ہے اور سالمتی کے ذریعہ نصیحت کی گئی ہے، تاکہ آپ ان میں ہم آہنگی کے مظہر اور ہم آہنگی کے معنی کو سمجھ سکیں، اور اس جامعیت کے ساتھ، اخوان نے ان سبھی چیزوں سے اجتناب کیا ہے جو اُن نقائص اور کوتاہی کے ان پہلوؤں پر لیا جاتا ہے۔

انہوں نے لقب کی تعصب سے بھی گریز کیا، کیونکہ اسلام نے انہیں پہلے ہی "اخوان المسلمون" کے ذریعہ اکٹھا کیا تھا۔

اخوان کی دعوت کی خصوصیات

،شاید خدا کی مرضی کا کچھ حصہ اخوان المسلمون کے اسماعیلیہ میں پیدا ہونے کے مطالبے پر، اور اس کی وجہ یہ ہے کہ فیملی اور تفریق کے مابین فقہی تنازعہ ہے جو کچھ ذیلی نکات پر سالوں سے جاری تھا جس نے اس گروہ کو آگ بھڑکا دی جس میں عزائم اور اہداف والے افراد تھے۔ اور یہ کہ اس کا آغاز جنونی غیر ملکی اور مجاہد کے ح الوطنی کے مابین زبردست اور پر تشدد کشمکش کے دور سے ہم آہنگ ہے، اور ان حالات کا اثر یہ ہوا کہ یہ کال آن خصوصیات کے ذریعہ ممتاز تھی جس میں اس نے پکارنے والی متعدد کالوں کی مخالفت کی تھی۔ ان خصوصیات میں سے:

(1) اختلاف کے شعبوں سے دور۔

(2) قابل ذکر افراد اور بزرگوں کے تسلط سے دور۔

(3) پارٹیوں اور باڈیوں سے دوری۔

(4) تشکیل اور بتدریج اقدامات کا خیال رکھیں۔

(5) تشہیر اور اشتہارات کے مقابلے میں پیداوار کے عمل کو ترجیح دی جاتی ہے۔

(6) نوجوانوں کی کثیر تعداد

(7) . دیہات اور شہروں میں پھیلنے کی رفتار

1-.اختلاف رائے کے شعبوں سے دوری

جہاں تک فقہی اختلاف کے علاقوں سے فاصلہ کیوں کہ اخوان کا خیال ہے کہ شاخوں میں اختلاف ایک، ضروری اور ناگزیر معاملہ ہے کیونکہ اسلام کی ابتداء آیات احادیث اور اعمال ہیں جو ان کے فہم اور ذہن و فہم کے ادراک میں مختلف ہیں، اور یہی وجہ ہے کہ اختلاف خود صحابہ کے مابین ایک حقیقت تھا اور اب بھی ہے، قیامت تک امام مالک رحمت اللہ علیہ نے اس فیصلے کا انکشاف نہیں کیا جب انہوں نے ابو جعفر سے کہا جو لوگوں کو موطا تک لے جانے کے خواہاں تھے": خدا کے رسول کے ساتھی شہروں میں بکھرے پڑے ہیں اور ہر لوگوں کا جھنڈا ہے، لہذا اگر آپ ان کو ایک قول پر لے جاتے ہیں تو اس کا فتنہ ہوگا۔" عیب اختلاف رائے میں نہیں ہے، لیکن رائے کی جنونیت میں نقص اور لوگوں کے ذہنوں پر پتھر اور ان کی رائے متنازعہ امور کے اس نظریہ نے ایک خیال پر منتشر لوگوں کے دل اکٹھے کر دیئے۔ لوگوں کو اس بات پر ملنا تھا کہ مسلمان اور امن کے ساتھ کیا ہوگا، جیسا کہ زید رحمت اللہ علیہ نے کہا، اور یہ نظریہ اس گروہ کے لئے ضروری تھا جو ایک ایسے ملک میں ایک نظریہ پھیلانا چاہتا ہے جس میں اس نے ابھی تک ایسے معاملات پر اختلاف رائے کو جنم نہیں دیا ہے جن کے بارے میں تنازعہ یا اختلاف رائے کے کوئی معنی نہیں ہیں۔

2- بزرگوں اور قابل افراد کے تسلط سے دوری

جہاں تک بزرگوں اور قابل افراد کے تسلط سے دوری کی بات ہے تو، ان کو ابھرتی ہوئی کالوں سے ان کا رخ موڑنے دیں جو اہداف اور جذبات سے خلاصہ ہیں جو موجودہ چیزوں کی طرف لوٹ آئیں گے، اور فوائد لائیں گے، یہاں تک کہ اگر لوگوں کے خیال میں، واقعی نہیں۔ اور چونکہ ہم اخوان کہنے والے ہی ہیں، لہذا ہم نے جان بوجھ کر یہ آواز پیش ہونے کے آغاز کے لئے کی، تاکہ اس کا خالص رنگ آن بزرگوں کے ذریعہ پائے جانے والے دعوت ناموں کے رنگ کو واضح نہ کردے، اور تاکہ ان میں سے کوئی بھی ان کا استحصال کرنے کی کوشش نہیں کرتا ہے یا مقصد کے علاوہ کسی اور کو ان کی ہدایت نہیں کرتا ہے۔ کمی ہے جس کی اوسط اور یہ اس حقیقت کی وجہ سے ہے کہ بہت سارے عظیم لوگوں کے پاس اسلامی کمال کی مسلمان کی خاصیت ہونی چاہئے، اس کے علاوہ لوگوں کی رہنمائی کے لئے اسلامی دعوت کا نام لینے والے عظیم مسلمان کے علاوہ، اور اس طرح یہ طبقہ اخوان سے بہت دور رہ گیا ہے، سوائے چند معزز افراد کے، جو ان کے خیال کو سمجھتے ہیں اور اپنے اہداف اور حصص سے ہمدردی رکھتے ہیں۔ ان کے کام میں، میں انہیں کامیابی کی امید کرتا ہوں۔

3- تنظیموں اور جماعتوں سے دوری کا تعلق:

جب جماعتوں اور تنظیموں سے رابطے سے دوری کا تعلق ہے، جب ان کے باطن اسلام سے متفق نہیں ہونے والے تنازعات اور دشمنی کے ان اداروں کے درمیان موجود تھا اور اب بھی موجود ہے، اور اس کا اسلام قبول کرنا ایک عام اجتماع ہے اور الگ نہیں ہوتا ہے اور اس میں اضافہ نہیں ہوتا ہے اور سالمیتی اس کے لئے کام نہیں کرتی ہے کہ وہ اپنے تمام رنگوں کو چھین لے اور خدا پاک بن گیا۔ اس سے قبل، یہ معنی خواہش، مند جانوں کے لئے مشکل تھا جو اپنی پارٹی اور گروہ کے ذریعہ نیکی اور پیسہ سے، حاصل کرنا چاہتے ہیں لہذا، ہم نے فیصلہ کیا کہ ہر ایک سے بچیں اور بہت سارے اچھے عناصر سے محرومی کا مظاہرہ کریں جب تک کہ انکشاف نہیں ہوتا، اور لوگوں کو ان کے بارے میں پوشیدہ کچھ حقائق کا ادراک ہو جاتا ہے۔ وہ تجربے کے بعد زیادہ سے زیادہ منصوبے کی طرف لوٹ جاتے ہیں، اور ان کے دل یقین اور یقین سے بھر جاتے ہیں۔

اور ہم، جب اس اذان کی حمایت نے اپنے وعدے کو تقویت بخش اور مستحکم کیا ہے، ہم ہدایت کرنے اور نہ جانے، متاثر ہونے یا متاثر، ہونے کے قابل ہو چکے ہیں، ہم بزرگوں، قابل ذکر افراد اداروں اور جماعتوں سے مطالبہ کرتے ہیں کہ وہ ہمارے ساتھ شامل ہوں، اپنے راستے پر چلیں اور ہمارے ساتھ کام کریں اور ان خالی پہلوؤں کو چھوڑ دیں جن کا ان میں کوئی فائدہ نہیں ہے۔ اور عظیم القرآن کے جھنڈ کے نیچے متحد ہو جائیں، وہ حضور کی رائے اور اسلام کے صحیح نقطہ نظر میں پناہ مانگتے ہیں، اگر وہ اطاعت کرتے ہیں تو یہ دنیا اور آخرت میں ان کی بھالئی اور خوشی ہے، اور آپ انہیں وقت اور کوششوں کو مختصر کرنے کی دعوت دے سکتے ہیں۔ کہ ہم اور اگر انکار کرتے ہیں تو ہمارے لئے ٹھیک ہے کہ ہم تھوڑی دیر انتظار کریں اور اکیال ہی خدا سے مدد حاصل کریں جب تک کہ وہ ان کے گرد گھیرا نہ ہو یا ان کے ہاتھوں میں آ جائے اور وہ اس کی اوالد کہالنے کے لئے کام کرنے پر مجبور ہو جاتے ہیں جب کہ وہ سر بننے کے قابل تھے،) اور خدا اس کے حکم پر قابو رکھتا ہے، لیکن زیادہ تر لوگ نہیں جانتے ہیں) (یوسف-21).

4-قدموں میں تدریجی۔

جہاں تک اخوت اور اخوت اور اخوان المسلمون کی راہ میں قدموں کی وضاحت پر انحصار ہے، اس لئے کہ وہ سمجھتے ہیں کہ ہر اذان کے تین مراحل ہونگے: پروپیگنڈا کا مرحلہ نظریہ کی تعریف اور تبلیغ اور لوگوں کے طبقے تک اس کی فراہمی۔ پھر تربیت کا مرحلہ، معاونین کا انتخاب، سپاہیوں کو تیار کرنے اور مدعو کیے جانے والوں میں صفوں کو پر کرنا پھر بہر حال عمل درآمد، کام اور پیداوار کا مرحلہ، اور اکثر یہ تینوں مرحلے اتحاد کے اتحاد اور ان سب کے مابین روابط کی مضبوطی کی وجہ سے شانہ بہ شانہ ہوتے ہیں۔ دعا کا مطالبہ اسی وقت ہوتا ہے جب وہ انتخاب کرتا ہے اور تعلیم دیتا ہے، اور اسی کے ساتھ ساتھ وہ کام بھی کرتا ہے اور کارکردگی کا مظاہرہ بھی کرتا ہے، لیکن اس میں کوئی شک نہیں کہ حتمی مقصد اور پورا نتیجہ عام پروپیگنڈے اور بہت سارے حامیوں اور کمپوزیشن کی مضبوطی کے بعد تک ظاہر نہیں ہوتا ہے۔

،ان مراحل کی حدود میں ہمارا پیش گو بن گیا اور اب بھی چل رہا ہے، ہم نے اذان کے ساتھ آغاز کیا، لہذا ہم نے اسے اخرت اسباق، یکے بعد دیگرے، دوروں، متعدد اشاعتوں میں سرکاری و نجی جماعتوں میں، اخوان المسلمون کے پہلے اخبار میں اور پھر ہفتہ وار رسالہ النظیر میں قوم کو ہدایت کی۔ اور ہم اب بھی دعا کرتے ہیں، اور اسی وقت تک رہیں گے یہاں تک کہ ایک بھی فرد ایسا نہ ہو جس کی آواز اخوان المسلمون کو اس کے بے داغ سچائی، اور اس کے صحیح چہرے پر نہ پہنچا ہو، اور خدا اس کی روشنی پوری ہونے تک دعا نہیں کرتا ہے، اور مجھے لگتا کہ ہم اس مرحلے پر پہنچ چکے ہیں جس کا ہمیں یقین ہے اور ہم اس کے ساتھ چل رہے ہیں، اور یہ ہماری ذمہ داری بن گیا ہے۔ دوسرا قدم اٹھانے کے لئے، انتخاب تربیت، اور متحرک ہونے کے خطبات.

ہم نے دوسرا قدم تین طریقوں سے اٹھایا:

1. کاتب :اس کا مقصد شناسائی روحوں اور روحوں کو آپس میں جوڑنا، عادات اور اصولوں کی 1- مزاحمت کرنا اور خدا، قادر مطلق کے ساتھ، اچھے تعلقات کی تربیت کرنا اور اس سے فتح حاصل کرنا ہے، اور یہ اخوان المسلمون کے لئے روحانی تعلیم کا ادارہ ہے۔

2. فرق اسکاؤٹنگ، معائنہ اور کھیلوں کے کھیلوں کے لئے ہے ان کا مقصد اخوان کے جسم، کو تیار کرکے ،اطاعت، حکم اور کھیلوں کی اخلاقیات کی عادت ڈالنا، اور انہیں صحیح سولنگ کے لئے تیار کرنا ہے جس کا ہر مسلمان پر اعتراف ہے، اور یہ اخوان المسلمون کی جسمانی تعلیم کا ادارہ ہے۔

3. بر گیڈ میں یا اخوان المسلمون : کے کلبوں میں تعلیم کے سبق ان کا مقصد اخوان کے خیالات اور ذہنوں کو اس اہم چیز کے جامع مطالعہ کے ذریعے تیار کرنا ہے جو ایک مسلمان بھائی کو اپنے مذہب اور دنیا کے بارے میں جاننے کی ضرورت ہے، اور یہ اخوان المسلمون کا سائنسی اور فکری تعلیم کا ادارہ ہے۔ یہ اس سرگرمی کے مختلف دیگر پہلوؤں کے علاوہ ہے جس کے ذریعہ اخوان المسلمین کے فرائض پر عمل پیرا ہے جو ان کا منتظر ہے کہ وہ ایک گروپ کی حیثیت سے کسی قوم کی قیادت کے لئے خود کو تیار کرتا ہے، بلکہ جہان کی رہنمائی کے لئے۔

اس قدم پر ہمیں اپنے مؤقف، کی یقین دہانی کرانے کے بعد ہم خدا کی رضا کے مطابق تیسرا قدم اٹھاتے ہیں، جو عملی اقدام ہے جس کے بعد اخوان المسلمون کی دعوت کے مکمل ثمرات ظاہر ہوتے ہیں۔

صداقت:

محترم اخوان المسلمون خاص طور پر آپ میں جلدی کے شوقین افراد اپنی:

پوری کانفرنس میں اس فورم کے اوپر سے مجھ سے ایک اونچی: آواز میں اور بہادر تقریر سنیں آپ کا راستہ اس کی حدود کے طے شدہ اقدامات کے ساتھ طے ہوا ہے، اور میں ان حدود کی خلاف ورزی نہیں کرتا، جس نے سب کو یہ باور کروایا ہے کہ یہ پہنچنا سب سے محفوظ راستہ ہے، لیکن ہو سکتا ہے کہ یہ لمبا سفر طے کرے. کوئی دوسرا نہیں ہے۔

مردانگی صبر، استقامت مستعدی اور مستعد کام کے ساتھ ظاہر ہوتا ہے، لہذا جو شخص چاہتا ہے کہ آپ اس کے پھل کو پکنے سے پہلے جلدی کریں اور قبل از وقت اس کے پھول کو چنیں، آپ اس کے، ساتھ ویسے بھی نہیں ہیں اور اس کے لئے بہتر ہے کہ وہ اس دعوت سے دوسرے دعوت نامے سے انحراف کریں۔ وہ جو مجھ سے صبر کرتے ہیں یہاں تک کہ بیج اگتا ہے، اس، کا درخت بڑھتا ہے پھل، طے ہو جاتا ہے، اور جب فصل کی کٹائی ہو جاتی ہے، تو اس کا بدلہ خدا پر ہے اور وہ ہمیں اور اس سے فائدہ اٹھانے والوں کا اجر نہیں گنائے گا: جیسا کہ فتح اور حاکمیت، اور شہادت اور خوشی کی بات ہے۔

اے اخوان المسلمون:

ذہنوں کی نگاہوں سے جذبات کی چمک دمک میں مبتلا ہو جائیں، اور جذبات کے شعلے سے دماغوں کی کرنوں کو روشن کریں، اور تخیل کو حقیقت اور حقیقت پر یقین کرنا چاہئے، اور حقائق کو تخیل کی روشن روشنی میں دریافت کرنا چاہئے۔ اور سارے جھکاؤ کو مت. جھکاؤ، جیسے وٹھارہ معطل اور کائنات کے قوانین سے متصادم

نہ ہونا، کیوں کہ یہ اس کی فتح ہے، لیکن انہوں نے ان پر قابو پالیااور ان کا استعمال کیااور اپنا موجودہ رخ موڑ دیا اور ایک دوسرے سے مدد مانگی، اور فتح کے وقت کا انتظار کریں، جو آپ سے دور نہیں ہے۔

محترم اخوان المسلمون:

آپ خدا کا چہرہ ڈھونڈتے ہیں اور اس کے اجر اور اس کی، خوشنودی کے جمع کرتے ہیں اور یہ آپ کی ضمانت ہے جب، تک کہ آپ مخلص ہیں اور، خدا نے آپ کے ساتھ کام کے نتائج کا الزام نہیں عائد کیا بلکہ اس نے آپ پر اخلاص اور، تیاری کا الزام عائد کیا ہے، اور اس کے بعد یا تو غلط ہے ہمارے پاس محنتی کارکنوں کا، اجر ہے، اور ہم صحیح ہیں لہذا ہمارے پاس فاتحوں کا اجر ہے۔ تاہم، ماضی اور حال کے تجربات نے یہ ثابت کیا ہے کہ آپ کے راستے کے سوا کوئی اچھا نہیں ہے، اور آپ کے منصوبے کے علاوہ کوئی پیداوار نہیں ہے،، اور آپ کے کاموں کے سوا کوئی حق نہیں ہے، لہذا اپنی کوششوں کو خطرہ نہ بنائیں اور اپنی کامیابی کے نعرے پر جوانہ لگائیں۔ کام کرو، اور خدا تمہارے ساتھ ہے اور وہ تمہارے اعمال کو نظر انداز نہیں کرے گا اور جہانوں کے جیت نہیں دے گا) خدا تمہارے اس عقیدے کو نہیں کھوئے گا کہ لوگوں میں خدا--رحیم اور مہربان ہے)(البقر-

ہمارا عمل درآمد کب ہو گا؟

محترم اخوان المسلمون:

ہم یہاں ایک کانفرنس میں ہیں کہ میں ایک خاندانی کانفرنس پر غور کرتا ہوں جس میں اخوان المسلمون کا کنبہ شامل ہے، اور میں آپ کے ساتھ بے حد واضح رہنا چاہتا ہوں، اب یہ ہمارے لئے مفید نہیں رہا سوائے صاف گو کہ: تقریر کا میدان تخیل کا میدان نہیں اور جہاد کا میدان کام کا میدان نہیں اور جہاد کا میدان نہیں ہے۔ جہاد کے غلط میدان کو تبدیل کریں۔

بہت سارے لوگوں کے لئے یہ تصور کرنا آسان ہے، لیکن ہر وہ تخیل جو ذہن میں نہیں آتا اسے زبان کے ساتھ الفاظ میں پیش کیا جاسکتا ہے، اور بہت سے لوگ یہ بھی کہہ سکتے ہیں، لیکن اس میں سے تھوڑا بہت کام ثابت ہوتا ہے، اور اس میں سے بہت کچھ کام کر سکتا ہے، لیکن ان میں سے کچھ سخت جہاد اور محنت کش کاموں کا بوجھ برداشت کرنے کے اہل ہیں۔

اور یہ مجاہدین، جو انصار، کے چند اشرافیہ طبقے ہیں راستے میں غلطیاں کر سکتے ہیں اور نشانے پر نہیں لگ سکتے ہیں، اور اگر خدا کی نگہداشت نے انھیں گرفت میں نہ لیا تو اس کی کہانی میں میں نے اس کی وضاحت طلب کی کہ میں کیا کہتا ہوں۔ لہذا اپنے آپ کو تیار کرواور اسے صحیح تعلیم اور محتاط، امتحان کے ساتھ قبول کرواور اسے کام، سخت اور قابل نفرت کام کی آزمائش کرو جو اس پر سخت ہے، اور اسے اپنی خواہشات اور عادات سے باز رکھے۔

ایسے وقت میں جب آپ کے درمیان اخوان المسلمون کی تین سو بٹالینیں نفسیاتی اور روحانی طور پر سائنس اور ثقافت سے فکری طور پر، اور جسمانی طور پر تربیت اور، کھیلوں سے لیس ہو چکی ہیں اس وقت انہوں نے مجھ سے مطالبہ کیا کہ آپ کو سمندر میں داخل ہوں اور آپ کے ساتھ آسمان میں داخل ہوں۔

اور ہر ضدی اور طاقت ور کو اپنے ساتھ فتح دو، کیونکہ میں خدا کی رضا کے ساتھ ایسا کروں گا، اور خدا کے رسول نے کہا): اس کی کمی سے بارہ ہزار کو شکست نہیں دی جائے گی(۔ اور میں توقع کہ اللہ کی کامیابی کے بعد اور اس کی مدد کے ل،، اور اس کی اجازت اور اس کی مرضی کی پیش کش کے بعد زیادہ دیر تک نہیں۔ کرتا ہوں اور آپ، اخوان کے نمائندے اور نمائندے، اگر آپ اپنی کوششیں کرتے اور اپنی کوششوں کو دوگنا کرتے ہیں تو، یہ آخری تاریخ کم کر سکتے ہیں۔ اور آپ اس حساب کتاب کو نظرانداز کر سکتے ہیں اور اس کے نتائج مختلف ہو سکتے ہیں، لہذا اپنے آپ کو بوجھ محسوس کریں، بٹالین، پھینکیں، ٹیمیں تشکیل دیں اسباق کو قبول کریں، تربیت میں جلدی کریں، اور جہاد میں اپنی کال پھیلائیں جو آپ ابھی تک نہیں پہنچ پائے، اور بغیر کسی کام کے ایک منٹ بھی ضائع نہ کریں۔

جو لوگ یہ سنتے ہیں وہ یہ سوچ سکتے ہیں کہ اخوان المسلمون ان کی کوششوں میں تعداد میں بہت کم یا کمزور ہے ،اور میرا اس سے یہ مطلب نہیں ہے اور یہ میرے الفاظ کا تصور نہیں ہے، کیونکہ اخوان المسلمون کی تعریف خدا کے لئے ہے ، بہت سارے ہیں۔ اور اس گروپ میں ہزاروں ممبران کی طرف سے ایک گروپ کی نمائندگی کی جاتی ہے ، جن میں سے ہر ایک آزاد گروپ بننے سے زیادہ تعداد کے ایک پورے گروپ کی نمائندگی کرتا ہے ، یا وہ اپنی ، کوششوں کو بھول جاتے ہیں یا اپنے حقوق کو مدھم کر دیتے ہیں۔ لیکن میرا مطلب اس سے ہے جس کا میں نے پہلے ذکر کیا ہے کہ یہ کہنے واال آدمی کام کا آدمی نہیں، کام کرنے واال، آدمی جہاد کا آدمی نہیں ہے اور جہاد کا آدمی ہی عقلمند پروڈیوسر ہے جو کم سے کم قربانیوں سے سب سے زیادہ منافع کا باعث بنتا ہے۔

5- عملی طور پر پرستی

جہاں تک عملی پہلو کی ترجیح کی بات ہے تو، اس نے اخوان کے ذہنوں پر اس کے اثرات مرتب کیے اور اپنے نصاب میں اس پر زور دیا:

اس کے علاوہ جو اسلام میں ذکر کیا گیا ہے جو خاص طور پر ان پہلوؤں سے مخصوص ہے، اور اس کا خوف یہ ہے کہ یہ عمل منافقت کے نقائص سے داغدار ہیں، لہذا نقصان اور بدعنوانی ان کو جلد پہنچے گی اور اس قول کے درمیان توازن اور جو نیکی کو نشر کرنے اور اس کا حکم دینے اور جلد بازی کرنے میں اس کا اعلان کرنے میں جلد بازی کا مظاہرہ کیا گیا ہے، ایسا ہی ایک نازک معاملہ معاملہ جو شاذونادر ہی کامیابی کے بغیر ہوتا ہے۔

جھوٹے پروپیگنڈوں اور تیپرڑ چالوں پر لوگوں کے انحصار کے لئے اخوان کی فطری نفرت کو بھی شامل کرنا، جس کے پیچھے کوئی کام نہیں ہے، اور اس قوم میں اس نے جو برے اثرات مرتب کیے ہیں، وہ بڑے فریب اور ٹھوس بدعنوانی ہے۔

اس میں شامل ہے کہ اخوان کو تیز مخلافین کے ساتھ کال سے نمٹنے یا خوفناک دوستی کا خدشہ ہے جس کے نتیجے میں یہ دونوں مارچ کو روکنے یا مقصد میں خلل ڈال رہے ہیں۔

یہ سارے معاملات اخوان المسلمون نے اپنے توازن میں رکھے ہوئے ہیں، انہوں نے مستعدی اور جلدی سے اپنی پیشہ وارانہ حرکت کو آگے بڑھانے کے لئے متاثر کیا، یہاں تک کہ اگر آس پاس کے لوگ ہی انہیں محسوس کر سکیں چاہے اس سے صرف ان کے آس پاس ہی اثر پڑ جائے۔

بہت کم لوگ جانتے ہیں کہ مبلغ جس کو اخوان نے بالیا وہ جمعرات کی سہ پہر اپنا، روزمرہ کا کام چھوڑ سکتا ہے لہذا اگر وہ منیا میں عشاء، ہے تو، لوگ تقریر کرتے ہیں اور اگر وہ جمعہ کی نماز میں، منالوت میں تبلیغ کرتے ہیں تو وہ سہ پہر میں لیکچر دے رہے ہیں، اور شام کی نماز کے بعد وہ سوہاگ میں لیکچر دیتے ہیں، پھر وہ واپس آ جاتا ہے۔ اس کی شمولیت پر سکون، ہے، دل کو راحت بخش ہے خدا کا شکر ہے کہ جس میں، اس نے کامیابی حاصل کی ہے اور یہ بات سننے والوں ہی کو محسوس ہوتی ہے۔

یہ ایک کوشش ہے، اور اگر یہ اخوان کے علاوہ کسی اور نے بھی کیا ہوتا، تو یہ دنیا چیخ و پکار اور پروپیگنڈے سے بھر جاتا، لیکن اخوان نے جب اس کو پیش کیا تو ترجیح دیتے ہیں کہ لوگ انہیں صرف کارکن کی حیثیت سے دیکھیں لہذا جو شخص بھی اسے کام پر راضی کرے گا، اسے بھی الفاظ کے ذریعہ ہدایت نہیں دی جاسکتی ہے۔ بھائی ایک مہینہ یا دو ماہ اپنے کنبہ، گھر، بیوی اور بیٹے سے خدا کی دعا مانگ سکتا ہے۔ رات کے وقت وہ لیکچرر ہوتا ہے اور جس دن وہ سفر کرتا ہے، ایک دن میری تبلیغ، میں اور ایک دن گارنےٹ میں اس نے ملک کے مشرق سے لے کر مغرب تک ساٹھ سے زیادہ لیکچرس دیئے اور اس میں جماعتیں شامل ہو سکتی ہیں جس میں ہزاروں کی تعداد میں شریک ہوں۔ تب مختلف کلاسوں کو مشورہ دیا جاتا ہے کہ وہ تشہیر نہ کریں۔

اخوان نے اسکندریہ میں ایک ماہ کے لئے ایک ماڈل کیمپ لگایا ہے، لہذا یہ جسمانی اور جسم کے کھیل سے تفکر اور روح کے کھیل کو یکجا کرنے واال واقعی ایک مثالی کیمپ ہوگا، اور اس کی نمائندگی پوری طرح سے اور ریاضی کے مکمل معنی اور نظریاتی معنی رکھتی ہے، اور یہ اس پورے دور تک جاری رہتا ہے۔ اپنے مبارک خیمے کے نیچے اس میں ایک سو متقی نوجوان شامل ہیں، لہذا یہ اخوان المسلمین کے سوا کسی اور سے گونج نہیں کرے گا۔

آپ جیسی کانفرنس کا انعقاد کیا گیا ہے، اور یہ در حقیقت مصر کے لئے سب سے مخلص پارلیمنٹ ہے، کیونکہ اس کے نظامت، مراکز، دیہات اور میٹروپوالسز تمام طبقے کے نمائندوں نے انتہائی مخلص نمائندگی کی نمائندگی کی تھی، اور میں نے ان سب میں شرکت کی ہے، جو آپ کو نتیجہ خیز کام کی مستعدی خواہش کے علاوہ اس پر لے نہیں جاتی ہے، لہذا ہم آپ کو دعوت دیتے ہیں اور اخوان المسلمون اس مبارک مقام پر آپ سے شامل ہو جاتے ہیں۔10

اخوان المسلمون یہ اور اصلاحات کی دوسری شکلیں انجام دیتی ہے جس سے، بہترین اثرات مرتب ہوتے ہیں اور پھر وہ لب ولہجہ کی، خدمت یا تکبر نہیں کرتے ہیں اور حقیقت کا ذکر تک نہیں کرتے ہیں، نیز مبالغہ آرائی اور ڈوبتے ہیں، اور اگر اس سرگرمی میں سے کچھ اور ان اقدامات میں سے کچھ ایسا ہوتا جو اداروں کی طرف سے اخوان کے اتفاق رائے سے ہوتا تو وہ دنیا کو چیخ وپکار سے بھر دیتے اور سنتے کہ کون ہے مشرق اور مغرب، اور حیرت ہے کہ ہم پروپیگنڈا کے دور میں ہیں۔

پیارے بھائیو:

جس معنی سے آپ کے معنی ہیں وہ واقعی ایک خوبصورت معنی اور منصوبہ ہے جو خدا اور لوگوں، کے لئے قابل ستائش ہے لہذا اس کو بھی شامل کریں، اور یہ آپ کے لئے ٹھیک ہے لیکن نوٹ کریں کہ اب آپ نے کال کو وسیع میدانوں میں خصوصی رکاوٹوں کو عبور کرنے پر مجبور کر دیا ہے، اور، کال خود ہی ظاہر ہو گئی ہے لہذا لوگوں نے اس پر سوال اٹھانا شروع کیا اور آپ کے بارے میں۔ سے کچھ متجسس لوگوں نے دوسروں کے آپ کی تصویر کشی کے لئے، رضاکارانہ طور پر کام کیا اور وہ آپ کے معاملات میں زیادہ سے زیادہ نہیں جانتا تھا، کیوں کہ یہ آپ کے لئے ضروری تھا کہ آپ لوگوں کو اپنا ہدف، اپنے اسباب، اپنے خیالات کی حدود اور اپنے افعال کے لئے پلیٹ فارم کی وضاحت کریں اور لوگوں کو ان اعمال کا اعلان کریں، نہ کہ انہیں دکھاوے کی خاطر، بلکہ قوم کے مفاد اور اس کے بچوں کی بھالئی کے لئے رہنمائی کریں۔ ماقبل کو لکھیں، اور یہ آپ کی زبان ہے۔ اور روزانہ کے اخبارات کو لکھیں اور یہ خیال کریں کہ وہ آپ کے راستے پر کھڑے نہیں

ہیں، اور یہ یقینی بنائیں کہ آپ ایماندار ہوں اور سچائی سے آگے نہیں بڑھیں، اور یہ کہ آپ کا پروپیگنڈا مکمل ادب اور نیک اخلاق کی حدود میں ہے اور دلوں کو اکٹھا کرنے اور جانوں کو تحریر کرنے کی پوری خواہش ہے، اور جب بھی آپ کے پکار یہ ظاہر ہوتا ہے کہ اس سب کا سہرا خدا ہے:) خدا آپ کو برکت عطا فرمائے کہ اگر آپ سچے ہیں تو ایمان کی رہنمائی کریں۔ الحجرات۔

حلقوں میں نوجوانوں کی کال کے لئے ٹرن آؤٹ: جہاں تک نوجوانوں کے مطالبے کا مطالبہ ہے، بہت سے اس کی نشوونما جس نے محنت کش اور درمیانے طبقے کی دعاوں کو جنم دیا ہے، لہذا یہ ایک بہت بڑی کامیابی ہے، ہم اس کے لئے خدا کا شکر ادا کرتے ہیں۔ ہر جگہ سے نوجوانوں نے اخوان کی دعوت قبول کی ہے جو اس پر یقین رکھتا ہے، اس کی حمایت کرتا ہے اور خدا اس کے حق کو آگے بڑھانے کا وعدہ کرتا ہے۔ اور اس کی طرف کام کریں۔

یونیورسٹی کے چھ جوانوں نے برسوں پہلے ترقی کی، خدا کو اپنی جانیں اور کوششیں دیں، اور خدا جانتا ہے کہ ان سے، لہذا وہ بہترین اور ان کی رہنمائی کر رہے ہیں، لہذا پوری یونیورسٹی اخوان المسلمون کے حامیوں میں شامل ہے جو ان سے محبت کرتا ہے اور ان کا احترام کرتا ہے اور ان کی، کامیابی کی خواہش رکھتا ہے اور یونیورسٹی کے نوجوانوں کا ایک فیاض اور وفادار گروہ ہے جو اپنے آپ کو دعوت کے لئے وقف کرتا ہے اور ہر جگہ اس کی تبلیغ کرتا ہے۔

یہی بات االزھر الشریف پر، بھی الگو ہوتی ہے، اور االزہر اس کی فطرت میں، اسلامی دعوت کا مضبوط گڑھ اور ، اسلام کے لئے ایک حوالہ ہے اخوان المسلمون کی دعوت کو اپنا مقصد سمجھنا اور اس کا مقصد اپنا مقصد بنانا، اور اخوت اور اخوت کے کلبوں کو ابھرتے ہوئے نوجوانوں، اپنے معزز علماء، اساتذہ اور مبلغین سے بھرنا عجیب بات نہیں ہے۔ . اور ان سب کے پکار پھیا لئے، اس کی تائید کرنے اور ہر جگہ پکارنے میں سب سے زیادہ اثر پڑا۔ نوجوانوں کا حصہ صرف طلباء اور نیک نیتی اور ان کی ذات تک ہی محدود نہیں تھا، بلکہ بہت سے مومن طبقے نے اس دعوت کو قبول کیا اور اس کی وکالت کا بہترین حامی تھا۔ بہت سارے جوان ضائع ہو گئے اور خدا

نے اس کی رہنمائی کی اور حیرت زدہ رہا، لہذا خدا نے اس کی رہنمائی کی اور نافرمانی ایک عادت تھی لہذا خدا نے اسے اطاعت کرنے کی اجازت دی اور وہ زندگی کا مقصد نہیں جانتا تھا، لہذا اس کا مقصد واضح تھا،)خدا اپنے نور کو جسے چاہتا ہے ہدایت دیتا ہے)(النور-35).

ہم اس کو کامیابی کی عالمت سمجھتے ہیں، اور ہم ہر روز اس حصے میں ایک نئی پیشرفت دیکھتے ہیں جو ہمیں مضبوط کام، استقامت اخور دوغلوہ کوششوں کی طرف راغب کرتی ہے، اور فتح صرف خدا، غالب، حکمت واال عمران کا کنبہ -)۔ پنج دیہات اور شہروں میں -7 پھیلاؤ کی رفتار: جہاں تک دیہات اور شہروں میں دعوت کے تیزی سے پھیلاؤ کی بات ہے، میں نے آپ کو پیش کیا ہے کہ یہ کال اسماعیلیہ میں شروع ہوئی ہے اور اپنے واضح ماحول میں پروان چڑھ رہی ہے، جو اس ملک کی بھالئی کے لئے ہر صبح و شام غیر ملکی قبضے اور یورپی اجارہ داری کے مظہروں کے ذریعہ آپ کی دیکھ بھال اور نشوونما پا رہی ہے۔. یہ سویز نہر ہے، بیماری کی، وجہ اور تکلیف کی اصل ہے اور مغرب میں انگریزوں کے کیمپ اپنے اوزاروں اور ساز و سامان کے ساتھ، اور مشرق نہر کمپنی کے انتظام کے لئے عمومی دفتر جس میں اس کا فرنیچر، قیادت، شان اور تنخواہ ہے۔

مصری اپنے ملک کے ان تمام، ماحولوں میں اجنبی ہے محروم ہے اور دوسرے اپنے وطن کی خوشحالی اور رسوا کرتے ہیں، اور غیر ملکی کو اس بات پر فخر ہے کہ وہ اپنی معاش سے محروم ہو جاتا ہے۔ احساس ایک خوبصورت کھانا اور بھائیوں کے لئے ایک اچھی رسد تھا، لہذا اس نے نہر کے عالقے میں اپنی راہداری پھیالئی، پھر اسے چھوٹے سے سمندر اور پھر ضلع داکلیہ تک پہنچا، ایک چھوٹی سی عاجز بیج کے ساتھ اس میں موجود مومنین کے دلوں پر قبضہ کر لیا، پھر جلد ہی ان کے دلوں کو اپنی لپیٹ میں لے لیا اور ان کے احساس و فکر کو لیتا ہے، اور آدمی امیدوں اور اہداف کی، امید بن جاتا ہے وہ پکارتا ہے قربانیاں دیتا ہے اور اس کے لئے کوشش کرتا ہے۔

قاہرہ کی کال نے اسلامی تہذیب ایسوسی ایشن کے ان کے حامیوں اور اوزاروں کے ساتھ اخوان کی طرف ضم ہو جاتے ہوئے، گروپ کے ساتھ کام کرنے پر ان کے خیال اور، ترجیح پر یقین رکھتے ہوئے اور لقبوں اور ناموں میں شہادت دی اور اس انفرادی خود غرضی سے نفرت کی جس نے ہر عمل کو خراب کر دیا۔ پھر اس

کے بعد قاہرہ میں جنرل گائیڈنس آفس کا قیام عمل میں آیا اور خطوں اور ممالک ابھرتی ہوئی برادری کی شاخوں کی نگرانی اور اس خیال کو پھیلانے اور اسے ان ممالک تک پہنچانے کے لئے اس کا مستقل کام جس نے ابھی تک اس سے رابطہ نہیں کیا ہے۔

اس کے بعد، دفتر اپنے ممبروں کو ان کی طاقت، وقت، اور کوششوں سے کٹاتار ہاجو انہوں نے شیر کی عفت میں اس کے مسلک کی خدمت کی کوشش کی تھی، اور اس کے بادل پانی کی پاکیزگی میں، انہوں نے کسی کا ہاتھ نہیں بڑھایا اور کسی سے بڑا یا کسی جسم سے کچھ نہیں پوچھا، اور انہوں نے حکومتی رقم سے نہیں لیا اور خدا کے سوا کسی کی مدد نہیں مانگی۔ جب تک اخوان کی شاخیں مصری ملک کے تمام علاقوں میں نہایت تیزی سے پھیل گئیں، اسوان سے اسکندریہ، سے راشد تک پورٹ سید سوئٹ سے ٹنٹا سے فییئم، بنی سویف سے منیا، اسیوٹ سے جرگہ سے قینا اور اس کے درمیان مراکز اور دیہات.

یہ ان مصری سرحدوں پر نہیں رکا بلکہ اس کو وطن عزیز کے جنوبی حصے، چھڑایا ہوا سوڈان اور پھر باقی عزیز اسلامی قوم تک پہنچا: شام مشرق میں اپنے تمام خطوں میں، اور مغرب میں اس کے تمام خطوں میں مراکش اور پھر ہمارے بقیہ اسلامی ممالک کے دوسرے حصوں تک.

ہم دعوت کی ہدایت کرتے تھے اور اسے پھیلانے کے لئے کام کرتے تھے، لیکن اب یہ دعوت ہم سے پہلے ممالک اور دیہات کی طرف جارہی ہے اور ہم اس پر عمل پیرا ہونے اور اس کے حقوق کو پورا کرنے پر مجبور ہیں، خواہ اس میں کتنی ہی سختی اور تھکن ہو. اہم بات یہ ہے کہ ان تمام اداروں کے مابین صرف عام مقصد میں نام یا اتحاد کی مماثلت ہی نہیں ہے، بلکہ یہ ان سب میں سب سے مضبوط ہے، یہ گہری محبت، قریبی تعاون اور مضبوط مقدس رشتہ، اور دعوت کے مرکز اور مرکز کے ارد گرد مکمل فتنہ اور درد، امید، جہاد اور عمل میں جامع اتحاد کا ربط ہے۔ اسباب، اختتام، نقطہ نظر اور اقدامات، اور اس کے بعد نہیں، انھیں اور بھی بڑھائیں

ممالک یا دیہات میں یہ الشیں قاہرہ میں اپنے مرکزی دفتر کی ہدایات پر عمل درآمد تک محدود نہیں ہیں بلکہ عوامی خدمت کے شعبوں میں ان کی تلاش اور کام کرتی ہیں اور ان کے کلب بناتے ہیں اور ان میں سے بہت

سے لوگوں نے اپنے مکانات تعمیر کر لیے ہیں اور وہ اپنی ایک خاص ملکیت بن چکے ہیں۔ اور ان میں سے بہت سارے نے بہت سارے رفاہی، معاشی اور معاشرتی منصوبے بھی انجام دیئے ہیں، یہ سب مستقل طور پر فعال اور انتہائی نتیجہ خیز ہیں اور اس کی مختلف شاخوں اور اداروں سے اس دفتر کا رابطہ ماتحت کے، ساتھ اعلی کا رشتہ نہیں ہے نہ ہی خالص نظم و نسق اور، سائنسی نگرانی کا رشتہ ہے بلکہ یہ سب سے بالا تر ہے۔ سب سے پہلے روح کا رشتہ اور ایک ہی خاندان کے افراد کا ایک دوسرے سے رشتہ خدا کا واسطہ، لہذا اخوان کے مبلغین اپنے بھائیوں کی عیادت کرتے ہیں اور ان کے ساتھ مل جاتے ہیں اور ان کی زندگی اور ان کی نجی اور عوامی امور سے متعلق سب سے اہم چیزوں کو جانتے ہیں، اور جو بات مجھے معلوم ہے اس میں موجود اداروں کے کسی ادارے کے لئے یہ دستیاب نہیں تھا، اور یہ خدا کا فضل ہے جس کی طرف وہ چاہتا ہے۔

پیارے بھائیو:

میں آپ کو پوشیدہ نہیں رکھنا چاہتا ہوں کہ میں اخوان کے اس مخلص اتحاد سے بہت خوش ہوں، مجھے مستقبل کے اس مضبوط اور ٹھوس الہی تعلق عظیم کام پر فخر ہے، جب تک کہ آپ خدا اس کے بھائی بھی ہیں، پیار اور تعاون کر رہے ہیں، لہذا اس اتحاد کے خواہشمند رہیں، کیونکہ یہ آپ کا ہتھیار اور آپ کا دفاع ہے۔

اور بہت سے لوگ پوچھتے ہیں کہ اخوان المسلمون اس دعوت کے اخراجات کہاں ادا کر رہی ہے، جو بہت سے اخراجات ہیں کہ غریبوں کے علاوہ، امیر ناکام ہو جاتے ہیں؟

ان لوگوں کو نہ بتائیں اور دوسروں کو یہ بھی بتائیں کہ اخوان المسلمون اپنے بچوں کی روزی، ان کے خون کا جوس اور ان کی ضروریات کی قیمت کے علاوہ، ان کے عیش و آرام اور ان کے اخراجات کی زائد قیمت کے ساتھ فون کرنے میں بخل نہیں کرتی ہے، اور جس دن انہوں نے یہ بوجھ اٹھایا تھا انہیں اچھی طرح سے معلوم تھا کہ یہ وہ کال ہے جس سے خون اور پیسہ کم نہیں ہوتا ہے، خداوند متعال اُن کے اس فرمان کے معنی میں رہنمائی فرمائے): یہ خدا نے خود مومنوں سے خریدا ہے اور ان کا پیسہ ہے کہ انہیں جنت ہو گی)(التوبہ-). تو انہوں نے فروخت کو قبول کیا اور سامان کو اطمینان اور، احسان کے ساتھ پیش کیا یہ یقین رکھتے ہوئے کہ

خدا کا تمام شکر ہے، لہذا انہوں نے لوگوں کے ہاتھوں میں سے جو کچھ ان کے ہاتھ میں اسے استعمال کیا، اور خدا نے انہیں تھوڑی ہی دیر میں برکت بخشی، لہذا انہوں نے بہت کچھ پیدا کیا۔

اب تک، اخوان المسلمون جنرل گائیڈنس آفس کو کسی بھی حکومت کی طرف سے، ایک بھی امداد نہیں ملی ہے اور وہ فخر کرتا ہے، فخر کرتا ہے اور تمام لوگوں کو یہ کہتے ہوئے چیلنج کرتا ہے کہ کوئی کہتا ہے کہ یہ دفتر اپنے خزانے، میں ایک پیسہ داخل ہوا ہے سوائے اس کے ممبروں کی جیبوں کے۔ ہمیں اس کے سوا اور کچھ نہیں چاہیئے، اور ہم صرف کسی ممبر یا عاشق سے قبول کریں گے، اور ہم کسی بھی چیز کے لئے حکومتوں، پر انحصار نہیں کرتے ہیں اور آپ کو اپنی تعلیم یا اپنے طریقہ کار میں ایسا نہیں بناتے ہیں، اور اس پر نظر نہیں، ڈالتے ہیں یا کرتے ہیں اور)، خدا سے اپنے فضل کے لئے دعا گو ہیں کہ خدا سب کچھ جانتا تھا)(النساء-32)).

وہ، اخوان، آپ کی کال کی کچھ خصوصیات ہیں۔ اس موقع پر آپ سے بات کریں اور پھر مشن کے ایک اہم پہلو کی طرف بڑھیں۔ معاملہ بہت سارے لوگوں کے لئے اخوان کی حیثیت سے اس کی طرف الجھن میں پڑ سکتا ہے، اور یہ اس وقت تک کچھ بھائیوں سے پوشیدہ ہو سکتا ہے جب تک ہم مل کر اس کی وضاحت نہیں کریں گے اور ساتھ میں انکشاف کر سکتے ہیں کہ کیا ہو سکتا ہے۔ نا قابل فہم چیزیں۔

اخوان المسلمون کا نقطہ نظر۔

مقصد اور طریقہ کار۔

میرے خیال میں آپ عزیز بھائیوں نے اس طویل گفتگو سے اخوان کا مقصد، ان کے ذرائع اور ان کے مشن کو پوری طرح جان لیا ہے۔ اخوان کا ہدف اسلام کی اصل تعلیمات میں اہل ایمان کی ایک نئی نسل کی تشکیل تک محدود ہے، اپنی زندگی کے تمام پہلوؤں میں قوم کو مکمل اسلامی کردار سے رنگین کرنے کے لئے کام کر رہے ہیں: خدا نے اسے رنگین کیا اور خدا، کے رنگنے سے بہتر کون ہے اور اس میں ان کے ذرائع عام رواج کو تبدیل کرنے اور اذکار کے مداحوں کو ان ماڈل کی حیثیت سے تعلیم دینے تک ہی محدود ہیں۔ دوسروں کے اس پر قائم رہنا اور اس کا خیال رکھنا اور اس کے فیصلے پر اترنا۔ اور وہ اپنے وسائل کی حدود میں رہ کر اپنے مقصد

کی طرف گامزن ہوئے اور کامیابی کی اس حد تک پہنچے جس کا انہیں یقین دالیااور خدا کا شکر ہے اور مجھے لگتا ہے کہ مجھے اس سلسلے میں مزید وضاحت یا وضاحت کی ضرورت نہیں ہے۔

اخوت، اقتدار اور انقلاب:

بہت سے لوگ پوچھتے ہیں کیا اخوان المسلمون کے ارادے میں ہے کہ وہ اپنے مقاصد کے حصول اور اپنے مقاصد تک پہنچنے کے لئے طاقت کا استعمال کرے؟ کیا اخوان المسلمون مصر میں سیاسی یا معاشرتی نظام کے خلاف عام انقلاب کی تیاری کے بارے میں سوچ رہی ہے؟

میں ان سائلوں کو الجھن میں ڈالنے کی دعوت نہیں دینا چاہتا ہوں، بلکہ، میں اس موقع کے واضح الفاظ میں اس کے واضح جواب کو ننگا کرنے کے لیتا ہوں، لہذا جس کو بھی سننی ہے اسے چھوڑنے دو۔ جہاں تک طاقت کی بات ہے تو، اس کے تمام قوانین اور قانون سازی میں یہ اسلام کا نعرہ ہے۔ نوبل قران واضح اور واضح طور پر کہتے ہیں:)ان کے لئے جتنی طاقت ہو اور گھوڑوں کے بندھن سے تیاری کرو، جس سے آپ خدا اور اپنے دشمن سے ڈریں گے (60-االنفال)

اور نبی کا ارشاد ہے ایک مضبوط مومن کمزور مومن سے بہتر ہے۔ بلکہ تقوی میں بھی اسلام اسلام کی عالمت ہے، اور یہ عاجزی اور عاجزی کا مظہر ہے، سنو نبی جو اپنی کو اپنی ذاتی حیثیت میں پکارتے تھے، اور وہ اسے اپنے صحابہ سے تعلیم دیتا ہے اور اپنے رب سے مخاطب ہوتا ہے۔

اے خدا)، میں تمھیں پریشانی اور افسردگی سے پناہ مانگتا ہوں، اور میں نامردی اور کاہلی سے تمہاری پناہ مانگتا ہوں، اور میں تمہیں بزدلی اور بدکاری سے پناہ مانگتا ہوں، اور میں تمہیں دین اور انسانوں کے ظلم و ستم سے شکست دینے سے پناہ مانگتا ہوں(، کیا تم اس دعوے میں نہیں دیکھتے کہ خدا ہر کمزوری کے ظاہر سے پناہ مانگتا ہے:

کمزور ہوگا پریشانی اور افسردگی، نامردی اور کاہلی کے ساتھ کمزور پیداوار، پنی راور بدکاری کے ساتھ جیب اور پیسے کی کمزوری، اور مذہب اور جبر میں فخر اور وقار کی کمزوری؟ تو آپ اس شخص سے کیا چاہتے ہو جو اس

مذہب کی پیروی کرے لیکن ہر چیز میں مضبوط رہے، جس کا مقصد ہر چیز میں طاقت ہے ؟اخوان المسلمون کو مضبوط ہونا چاہئے ،اور انہیں طاقت کے ساتھ کام کرنا چاہئے.

لیکن اخوان المسلمون فکر میں گہرا ہے اور اعمال اور فکر کی فوقیت کے لالچ میں مبتال ہونے سے دور ہے،اور وہ اپنی گہرائی میں کھوج نہیں کرتے اور ان کے نتائج کا وزن نہیں کرتے، کیا مقصد ہے اور ان کا کیا ارادہ ہے، کیونکہ وہ جانتے ہیں کہ پہلی ڈگری عقیدے اور ایمان کی ہے،اور پھر اس کے بعد اتحاد اور ربط کی طاقت،اس کے بعد بازو اور اسلحہ کی طاقت. کسی گروہ کے طاقت کے طور پر بیان کرنا درست نہیں ہے جب تک کہ یہ سب معنی اس کو دستیاب نہ ہو جائیں،اور یہ کہ اگر وہ بازو اور اسلحہ کی طاقت کا استعمال کرے اور اس نظام سے جدا ہو اور خلل پذیر ہو یا غیر فعال عقیدہ میں،اس کا مقدر فنا اور تباہی ہو گا۔

یہ ایک قول ہے،اور دوسرا نظریہ: کیا اسلام -اور طاقت اس کا نعرہ ہے۔ ہر حالت میں طاقت کے استعمال کی سفارش کرتا ہے؟ یا اس نے اس کے لئے حدود متعین کر دیے تھے اور شرائط طے کیں،اور اس قوت نے محدود سمتیں بنائیں؟

اور ایک تیسری نظر: کیا پہال عالج زبردستی کرنا ہے یا آگ سے عالج کرنے والی آخری دوا؟ کیا کسی فرد کے لئے فائدہ مند طاقت کے استعمال کے نتائج اور اس کے نقصان دہ نتائج اور اس استعمال کے آس پاس کے حالات کے درمیان توازن رکھنا ضروری ہے؟ یا کیا اس کا فرض ہے کہ وہ طاقت کا استعمال کرے اور اسے اس کے بعد ہونے دے؟

اخوان المسلمون نے طاقت کے استعمال کرنے کے طریق کار کے بارے میں ان کے خیالات کو سامنے رکھنے سے پہلے ان کا خیال کیا ہے، اور انقلاب طاقت کا سخت مظہر ہے۔ اخوان المسلمون کا اس کے بارے میں نظریہ زیادہ درست اور گہرا ہے، خاص طور پر مصر جیسے ملک میں۔ اس نے انقلابات سے اپنی قسمت آزمائی ہے،اور صرف وہی جو آپ جانتے ہو ان سے فائدہ اٹھایا ہے۔

ان سارے نظروں اور جائزوں کے بعد، میں ان سائلوں سے کہتا ہوں کہ اخوان المسلمین عملی طاقت کا استعمال کرے گی جہاں کوئی دوسرا کارآمد نہیں ہے، اور جہاں انہیں اعتماد ہے کہ انہوں نے ایمان اور اتحاد کی سیٹ پوری کردی ہے، اور جب وہ اس طاقت کو استعمال کریں گے تو وہ ایماندار ہوں گے اور پہلے انتباہ کریں گے، اور اس کے بعد انتظار کریں گے اور پھر وقار اور وقار کے ساتھ پیش ہوں گے، اور برداشت کریں گے۔ اطمینان کے ساتھ ان کی پوزیشن کے تمام نتائج.

جہاں تک انقلاب کی بات ہے تو اخوان المسلمون اس کے بارے میں نہیں سوچتی، نہ ہی اس پر انحصار کرتے ہیں، اور نہ ہی اس کے فوائد اور نتائج پر یقین رکھتے ہیں، اور اگر وہ پوری طرح مصر کی حکومت کے ساتھ ہیں کہ اگر صورتحال اس طرح برقرار رہتی ہے اور اس معاملے کے لوگوں نے فوری طور پر اصلاحات اور ان مسائل کے فوری حل کے بارے میں نہیں سوچا تھا، تو یہ المحالہ ایک انقلاب کا باعث بنے گا یہ نہ تو اخوان المسلمون کا کام ہے اور نہ ہی اس کی وکالت لیکن حالات کے دباؤ اور شرائط کی مایوسی، اور مرمت کی سہولیات کی نظراندازی، اور یہ مسائل جو وقت گزرنے کے ساتھ پیچیدہ ہو جاتے ہیں اور دن گزرنے کے ساتھ ساتھ بدتر ہو جاتے ہیں، لہذا بچانے والوں کو کام میں تیزی لانے دیں۔

اخوان المسلمون اور حکمرانی۔

لوگوں کے ایک اور گروپ نے پوچھا: کیا اخوان المسلمون کی حکومت تشکیل دینے اور حکمرانی کا مطالبہ کرنے کے طریق کار میں ہے؟

اس کا ان کا طریقہ کیا ہے؟ میں ان کو کنفیوژن نہیں ہونے دوں اور نہ ہی میں اس کے جواب سے بخل کروں گا۔

اخوان المسلمون اپنے تمام اقدامات، امیدوں اور کاموں میں، حقیقی اسلام کی رہنمائی کی پیروی کرتی ہے جیسا کہ وہ اس کو سمجھ گئے تھے، اور جیسا کہ انہوں نے اس لفظ کے آغاز میں اس تفہیم کا ثبوت دیا ہے۔ اور یہ اسلام، جس کا اخوان المسلمون کا ماننا ہے، حکومت کو اس کے ستونوں کا ایک ستون بنا دیتا ہے، اور اس پر عمل درآمد

کے ساتھ ساتھ ہدایت پر بھی انحصار کرتا ہے، اور ماضی میں تیسرا خلیفہ، خدا اس پر راضی ہو سکتا ہے، نے کہا:)یہ خدا اتھارٹی کے ساتھ اقتدار پر قبضہ کرنا ہے جو قرآن کے ذریعہ اختلاف نہیں کیا جاسکتا(.

نبی صلی اللہ علیہ وسلم خدا کی دعائیں اور سالمتی فیصلے کو اسلام کے برہنہ ہونے کی ایک کڑی قرار دی تے ہیں۔ اصول فقہ اور شاخوں سے نہیں، فقہ کی ہماری کتابوں میں یہ فقہ شمار کیا گیا ہے، اسلام ایک اصول اور نفاذ ہے ،کیونکہ یہ قانون اور عدلیہ ہے، کیونکہ اس میں سے ایک دوسری سے الزم وملزوم ہے۔

اور اگر اسلامی مصلح اس کے لئے اپنے فقیہ ہونے کے لئے راضی ہو جاتا ہے جو ایک رہنما ہدایت کے طور پر فیصلہ کرتا ہے اور تعلیمات کی تالوت کرتا ہے اور شاخوں اور ابتداء کو بیان کرتا ہے، اور جب تک خدا نے اس کے احکامات کی خلاف ورزی پر اس کو پھانسی کے زور سے امت کا قانون نافذ کرنے کی اجازت نہیں دی، تب فطری نت یجہ یہ ہے کہ اس مصلح کی آواز چیخ وپکار کی گہراوادی میں طرح ہو گی.

یہ بات قابل فہم ہو سکتی ہے کہ اسلامی مصلحین اگر اصلاحی لوگوں کے درمیان خدا کے احکامات سننے اور اس کے احکامات کو نافذ کرنے ،اور اس کی آیات اور اس کے نبی کی احادیث پر گفتگو کرنے کے لئے پائے جاتے ہ یں تو اسلامی اصالح پسندوں کو تبلیغ اور رہنمائی کے عہدے پر راضی کر دیتے۔

اسلامی قانون سازی ایک وادی میں ہے اور اصل قانون سازی دوسری وادی میں ہے۔ اسلامی اصالح پسندوں کا حکم مانگنے میں ناکامی ایک اسلامی جرم ہے جس کو آگے بڑھایا اور اسلامی قوانین پر عمل نہ کرنے والوں کے ہاتھوں سے نفاذ کی طاقت کو نکالنے کے عالوہ اس کا خاتمہ نہیں کیا جاسکتا۔

یہ ایک واضح بیان ہے کہ ہم خود سے سامنے نہیں آئے بلکہ اس کے ساتھ ہی ہم حقیقی اسلام کے احکام طے کرتے ہیں اور اسی پر اخوان المسلمون اپنے لئے حکمران ی کا مطالبہ نہیں کرتا ہے۔ اگر انہیں امت میں کوئی فرد مل جائے جو بوجھ اٹھانے کی تیاری کر رہا ہو اور کسی اسلامی اور قرآنی نقطہ نظر کے مطابق اس اعتماد اور حکمرانی کی تکمیل کرے، تو وہ اس کے سپاہی، اس کے حامی اور اس کے مددگار ہیں، اور اگر وہ اسے نہیں مل

پاتے ہیں تو حکم ان کا طریقہ ہے اور وہ اسے ہر ایسی حکومت کے ہاتھ سے نکالنے کا کام کریں گے جو خدا کے احکامات پر عمل درآمد نہیں کرتا ہے۔

اسی بناپر، اخوان المسلمون اس صورتحال میں اپنے حکمران اور قوم کی روحوں کے کام کو آگے بڑھانے سے زیادہ سمجھدار اور مضبوط ہے، لہذا ایک دورانیہ ضرور ہونا چاہئے جس میں اخوان کے اصول پھیلے اور غالب آئیں، اور جس میں عوام نجی مفاد پر عوامی مفاد کو ترجیح دینے کا طریقہ سیکھیں۔

اور اس کا لفظ بھی اس منصب میں ان کا یہ کہنا ضروری تھا کہ: اخوان المسلمون نے ایسی حکومت میں نہیں دیکھا جس کی وہ مشاہدہ کرتی ہے۔ اور نہ ہی موجودہ حکومت، پچھلی حکومت، اور نہ ہی کسی دوسری پارٹی کی حکومت اس بوجھ کے ساتھ اٹھنے کے لئے، یا اسلامی نظریہ کی حمایت کرنے کے لئے صحیح آمادگی ظاہر کرنے کے لئے امت کو یہ بتائیں کہ، اس کے حکمران اپنے اسلامی حقوق کا مطالبہ کرتے ہیں اور اخوان المسلمون کو کارروائی کرنے دیتے ہیں.

اور اس کے لئے دوسرا لفظ: یہ غلطی کی طرف زیادہ گہرا نہیں ہے کیونکہ کچھ لوگوں کا خیال تھا کہ اخوان المسلمون کسی بھی دور میں حکومتوں کی حکومت کا اطاعت کرنے والے، یا ان کے عالوہ کسی اور مقصد کے لئے نفاذ کرنے والے، یا ان کے عالوہ کسی اور طری قے پر کام کرنے واال ہے، لہذا ان لوگوں کو جو اخوان کے بارے میں نہیں جانتے تھے اور ان کے بغیر اخوت.

اخوان المسلمون اور آئین.

لوگوں کا ایک گروپ یہ بھی سوچتا ہے کہ مصر کے آئین کے بارے میں اخوان المسلمون کا کیا موقف ہے؟ خاص طور پر الندھی رمیگزین کے چیف ایڈیٹر برادر صالح ایفندی اشماوی کے بعد، اس موضوع لکھا، اور ان کی تحریر نے) مصر الفتاہ(اخبار میں تنقی د اور موازنہ کا معاملہ کیا۔ یہ ایک اچھا موقع ہے کہ آپ اخوان المسلمون کی رائے اور مصری آئین کے بارے میں ان کے مؤقف کے بارے میں بات کریں، اور میں اس سے پہلے ہمیشہ) آئین (کے مابین تفری ق کرنا چاہوں گا جو عوامی حکومت کا نظام ہے جو اختیارات کی حدود اور

حکمرانوں کے فرائض اور حکومت کے ساتھ ان کے تعلقات) قانون(کے مابین باقاعدہ ہے۔ لہذا، قانون وہی ہے جو افراد کے تعلقات کو ایک دوسرے سے کنڑول کرتا ہے، ان کے اخلاقی اور مادی حقوق کا تحفظ کرتا ہے، اور ان سے پیدا ہونے والے معاملات کے لئے انھیں جوابدہ ٹھہراتا ہے۔ اس بیان کے بعد، میں آپ کو عام طور پر آئینی نظام حکومت اور خاص طور پر مصری آئین کے بارے میں ہمارے موقف کی وضاحت کر سکتا ہوں:

حقیقت، اخوان المسلمون: جب محقق آئینی حکمرانی کے ان اصولوں پر نگاہ ڈالتا ہے، جن کا خلاصہ شوری پر ہر طرح کی ذاتی آزادی کے تحفظ میں پیش کیا جاتا ہے تو، قوم سے طاقت کھینچی جاتی ہے، اور لوگوں کے سامنے حکمرانوں کی ذمہ داری ہوتی ہے، تو وہ اپنے اعمال کے لئے جوابدہ ہوتے ہیں، اور حکام کی طرف سے ہر اتھارٹی کی حدود یہ سب اصول ہیں محقق پر یہ بات عیاں ہے کہ اس کا اطلاق حکومت کی شکل میں اسلام کی تمام تعلیمات اور اصولوں پر ہوتا ہے۔

اسی لئے اخوان المسلمون کا ماننا ہے کہ حکومت کا آئینی نظام اسلام کے قریب ترین ہے اور وہ اس کو کسی دوسرے نظام کے مطابق نہیں اپناتے ہیں۔

اس کے بعد دو چیزیں باقی ہیں:

پہلی تحری ریں جس میں یہ اصول مرتب کیے گئے ہیں،

اور دوسرا اطلاق کا طریقہ ہے جس کے ذریعہ ان عبارتوں کی عملی طور پر تشریح کی جاتی ہے.

درست اور درست اصول کو ایک مبہم متن میں رکھا جا سکتا ہے، جس میں خود میں چھیڑ چھاڑ اور اس اصول کی سالمیت کی گنجائش باقی رہ جاتی ہے، اور یہ کہ درست صوتی اصول کے واضح اور واضح متن کو وسوسوں اور خواہشات کے ذریعہ طے شدہ طری قے سے نافذ اور الگو کیا جا سکتا ہے، لہذا یہ اطلاق اُن تمام امیدواروں کے ساتھ ہے جو امید کی جاتی ہے۔

اگر اس کا فیصلہ کر لیا جاتا ہے، تو پھر مصری آئین کی تحریریں، جنھیں اخوان المسلمون نے مبہم سمجھا ہے، اہداف اور جذبات سے تعبیر اور تشریح کی وسیع گنجائش چھوڑ دی ہے، اور اس کی وضاحت، تعریف اور وضاحت کی ضرورت ہے... یہ ایک ہے، اور دوسرا: کیا اس عمل کا وہ طریقہ ہے جس کے ذریعہ آئین کا اطالق ہوتا ہے، اور اس پر عمل کیا جاتا ہے؟ اس کے ساتھ ہی مصر میں آئینی حکمرانی کے ثمرات کا فائدہ اٹھانا، ایک ایسا طریقہ جو ناکام ثابت ہوا ہے اور قوم نے اس سے فائدہ اٹھایا ہے اس فوائد کو کوئی نقصان نہیں پہنچا ہے، کیونکہ اسے مطلوبہ ترمیم اور ترمیم کی اشد ضرورت ہے جو مقصد کو حاصل کرتی ہے اور مقصد کو پورا کرتی ہے۔

ہمارے لئے یہاں انتخابی قانون کی طرف رجوع کرنا کافی ہے، جس کے لئے یہ راستہ ہے کہ وہ ایسے نمائندوں کا انتخاب کریں جو قوم کی نمائندگی کریں اور اس کے آئین کو نافذ کریں اور ان کی حفاظت کریں، اور اس قانون نے قوم کو جھگڑوں اور جھگڑوں کے معاملے میں کیا الیا ہے، اور جو کچھ اس نے پیدا کیا اس کی ثبوت ٹھوس حقیقت ہے۔ غلطیوں کا سامنا کرنے اور ان میں ترمیم کرنے کے ل ہم میں اتنی ہمت ہونی چاہئے۔ یہی وجہ ہے کہ اخوان المسلمون مصر کے آئین میں مبہم تحریروں کی وضاحت کرنے، اور اس آئین کو جس طرح سے ملک میں نافذ کیا جاتا ہے اس میں ترمیم کرنے کی پوری کوشش کر رہی ہے، اور مجھے لگتا کہ اس بیان کے ساتھ اخوان کی حیثیت کو واضح کیا گیا ہے، اور معاملات ان کے صحیح نقطہ پر پہنچ چکے ہیں۔

بھائی صالح ایفندی اشماوی اپنے پہلے مضمون میں اس تنقید کا اظہار کرنا چاہتے تھے جو اخوان المسلمون دیکھتا ہے، لہذا یہ اور زیادہ شدت اختیار کرتا گیا، اور جب ہم نے انہیں متنبہ کیا کہ یہ حقیقت میں ہمارا مقام نہیں ہے تو، ہم آئینی حکمرانی کے بنیادی اصولوں کو تسلیم کرتے ہیں کیونکہ وہ متفقہ نہیں ہیں بلکہ اسلامی نظام سے ماخوذ ہیں، بلکہ ہم ابہام اور نجات کے طریقوں پر تنقید کرتے ہیں۔. وہ اس کا اظہار کرنا چاہتا تھا، اور یہ معاملہ اخوت کے حوالے سے اپنی فطری حالت میں ہوگا، لہذا وہ نرمی کا مظاہرہ کر رہا تھا، اور کیونکہ، دونوں ہی حالتوں میں، اس کو بدلہ دیا جاتا اچھی چیز وہی چاہتا ہے جس کی خواہش اس کے کام سے بہتر ہے۔ ہم ان لوگوں کا شکریہ ادا کرتے ہیں جنہوں نے برادر صالح اوفندی پر یہ عہدہ اختیار کیا، اور اس سے انہیں کوئی نقصان نہیں

پہنچا ہے کیونکہ مجھے یقین ہے کہ وہ اس انتباہ سے فائدہ اٹھائے گا، لہذا وہ ہر معاملے میں اعتدال پسند ہیں، اور مجھے لگتا ہے کہ اس بیان کے بعد کہنے کی کوئی گنجائش نہیں ہے، جیسا کہ ایک خاص پیغام میں مفصل مثال اور کافی ثبوت اور عالج اور اصالح کے طریقوں کی تفصیل ہے۔ اگر خدا چاہتا ہے۔

اخوان المسلمون اور قانون۔

میں نے پیش کیا کہ آئین اور قانون کچھ اور ہیں، اور میں نے آئین کے بارے میں اخوان کی حیثیت کی وضاحت کی ہے، اور اب میں آپ کو اس قانون سے متعلق ان کی حیثیت کی وضاحت کر چکا ہوں۔

اسلام قوانین سے مبرا نہیں ہوا بلکہ اس نے قانون سازی کے بہت سارے اصولوں اور احکام کے کچھ حص ،وں کو واضح کیا ہے، چاہے وہ مادی ہو یا مجرم، تجارتی یا بین الاقوامی، اور قرآن اور احادیث ان معنوں میں بہت زیادہ ہیں، اور فقہا کی کتابیں ان تمام پہلوؤں سےماال مال ہیں، اور خود بھی غیر ملکیوں نے اعتراف کیا ہے۔ اس حقیقت میں، اسے "ہیگ انٹر نیشنل کانفرنس" نے دنیا بھر کے قانونی اسکالرز سے اقوام عالم کے نمائندوں کے سامنے منظور کیا تھا۔

یہ ناقابل فہم اور غی رمعقول ہے کہ اس کی اسلامی قوم کا قانون اس کے مذہب کی تعلیمات، اس کی شادی کی دفعات اور اس کے نبی کی سنت کے منافی ہے، جو خدااور اس کے رسول کی طرف سے آیا ہے اس سے پوری طرح تصادم ہے۔ اور خدا نے اپنے نبی کو متنبہ کیا تھا کہ خدااس سے پہلے اسے سالمت رکھے، اور برکت واال اور بلند مرتبہ نے کہا:)المائدہ:

.(50-49اس کے بعد ہی خدا تعالی نے ارشاد فرمایا:)اور جو شخص خدا کی نازل کردہ باتوں کے مطابق فیصلہ نہیں کرتا ہے، وہ کافر اور ظالم ہیں()المائدۃ:.(47-45—44ان سے ٹکرا جاتا ہے۔ خدااور اس کی باتوں پر یق ین رکھنے والے مسلمان کا رویہ کیسا ہو گا اگر وہ ان شواہد اور دیگر احادیث اور ف یصلوں کو سنتا ہے اور پھر اپنے آپ کو اس قانون سے حکمرانی کرتا ہے جو ان سے ٹکرا جاتا ہے۔ لہذاا گروہ ترمیم کا مطالبہ کرتا ہے تو، ان سے کہا جاتا ہے۔ غیر ملکی اس کو قبول نہیں کرتے اور اس سے اتفاق نہیں کرتے، پھر اس پتھر اور پابندی کے

بعد کہا جاتا ہے کہ مصری آزاد ہیں اور انہیں ابھی تک مذہب کی آزادی حاصل نہیں ہے، جو آزادیوں کا سب سے مقدس ہے۔

تاہم، یہ انسان ساختہ قوانین مذہب اور اس کے متون کے ساتھ ٹکراتے ہیں، اور خود انسان ساختہ آئین سے ٹکرا جاتے ہیں، جس میں کہا گیا ہے کہ ریاست کا مذہب اسلام ہے، تو ہم پہلے ان دونوں دروازوں کے مابین کس طرح صلح کر سکتے ہیں؟

اور اگر خدا اور اس کے رسول نے زنا پر پابندی عائد کر دی ہے، سود پر پابندی ہے، شراب پر پابندی عائد کی ہے ،اور جوا لڑا ہے،اور یہ قانون زانی اور زانی کو بچانے کے لئے آیا ہے،اور سود کی پابندی کرتا ہے،اور شراب کو اجازت دیتا ہے،اور جوئے کو منظم کرتا ہے تو پھر ان دونوں کے درمیان مسلمان کی حیثیت کیسی ہے؟

کیا وہ خدا اور اس کے رسول کی فرمانبرداری کرتا ہے، یا حکومت اور اس کے قانون کی نافرمانی کرتا ہے، اور خدا نیک ہے اور قائم ہے؟ یا وہ خدا اور اس کے رسول کی نافرمانی کرتا ہے اور حکومت کی فرمانبرداری کرتا ہے، تو اسے آخرت اور پہلے میں تکلیف ہو گی؟ ہم اس کا جواب وزیر اعظم، وزیر انصاف اور ہمارے ممتاز علمائے کرام سے انخال ء سے لینا چاہتے ہیں؟

جہاں تک اخوان المسلمون کی بات ہے تو، وہ اس قانون سے بالکل بھی راضی نہیں ہیں، اور نہ ہی وہ کسی بھی طرح سے اس کو قبول کرتے ہیں، اور وہ قانون کے پہلوؤں میں اس کو منصفانہ اور نیک اسلامی قانون سازی کے ساتھ بدلنے کے لئے ہر طرح سے کام کریں گے۔ ہم یہاں شکوک و شبہات کے بارے میں جو کچھ کہا گیا تھا، یا رکاوٹوں کے فریب کے راستے میں کیا ہے اس کا جواب دینے کے لئے یہاں موجود نہیں ہیں، لیکن ہم اپنی حیثیت کی وضاحت کرنے کی جگہ پرہ یں پر ہیں کہ ہم نے کام کیا ہے اور اس پر کام کرنے والے، ہر رکاوٹ کو عبور کرتے ہوئے، اس کی تمام مماثلتوں کو واضح کرتے ہیں تا کہ کوئی فتنہ نہ ہو اور تمام مذہب خدا ہے۔

اخوان المسلمون نے اس معاملے پر ایک اضافی یادداشت کے ساتھ وزیر انصاف کے سامنے پیش کیا۔ اور انہوں نے اس شرمندگی کے ساتھ لوگوں کو شرمندہ کرنے کے خلاف حکومت کو انتباہ کیا، اور اعتقاد وجود کی

سب سے قیمتی چیز ہے، اور وہ دوبارہ کوشش کریں گے اور یہ ان کی آخری کوشش نہیں ہوگی اور خدا اس پر برکت دے گا جب تک کہ اس سے نفرت نہیں کی جاتی ہے۔ کافر (32-التوبہ)

اخوت، قوم پرستی، عربیت اور اسلام.

اکثر لوگوں کے نظریات کو ان تین اقسام میں تقسیم کیا جاتا ہے: قومی اتحاد، عرب اتحاد اور اسلامی اتحاد، اور وہ اس مشرقی اتحاد میں اضافہ کر سکتے ہیں، پھر زبانیں اور نظریات ان کے مابین ایک توازن اور اس امکان کے حصول یا دشواری کے امکان کے ساتھ شروع ہو جاتے ہیں فائدہ یا نقصان کی مقدار اور ان میں سے کچھ کے لئے حوصلہ افزائی ہوتی اور اس سے ہے۔

خیالات اور پہلوؤں کے اس مرکب پر اخوان المسلمون کا کیا موقف ہے؟ خاص طور پر جتنے لوگ اخوان المسلمون کو اپنی حب الوطنی کا الزام دیتے ہیں اور اسلامی نظریات پر ان کی پابندی کو قومی پہلو سے وفاداری سے استثنیٰ سمجھتے ہیں۔

اس کا جواب یہ ہے کہ ہم اس حکمرانی سے انحراف نہیں کریں گے جو ہم نے اپنے خیال کی اساس کے طور پر رکھے ہیں، جو اسلام کی رہنمائی اور اس کی عمدہ تعلیمات کی روشنی پر عمل پیرا ہے۔ اس پہلوؤں کے بارے میں خود اسلام کا کیا موقف ہے؟

اسلام نے ہر فرد کو اپنے ملک کی بھالئی کے لئے کام کرنے اور اس کی خدمت کے لئے وقف کرنے کی ایک الزمی اور ناگزیر ذمہ داری عائد کر دی ہے۔ اور اس قوم کو جس میں وہ رہتا ہے اس کے لئے سب سے بہتر نذر پیش کریں اور اس میں پیش کش کریں کہ قریب ترین، قریب ترین، ہمدرد اور ہمسایہ، تاکہ محل کے فاصلے سے زکوۃ کا فاصلہ طے کرنا جائز نہ ہو۔ سوائے ضرورت کے۔ رشتہ داروں کا احسان کرنے کے لئے، لہذا ہر مسلمان پر اس خال کو پر کرنے کا پابند ہے۔ اور اس ملک کی خدمت بھی کی جس میں وہ بڑا ہوا، اور یہاں سے ہی مسلمان اپنی حب الوطنی کا سب سے گہرا تھا کیونکہ یہ ان پر رب العالمین کی طرف سے مسلط کیا گیا تھا، اور اسی لئے اخوان المسلمین اپنے وطن کی بھالئی اور اپنے عوام کی خدمت کے لئے لگن کا سب سے زیادہ خواہشمند

تھا، اور وہ ان عزیز و تکمیل والے ممالک کے لئے ہر فخر، شان اور ہر ترقی کی تمنا کرتے ہیں۔ اور بلندی، اور ہر کامیابی. اور اسلامی اقوام کی ان کی قیادت بہت سارے حالات کی وجہ سے ختم ہوگئی ہے جو اس معزز صورت حال پر متفق ہیں، اور یہ کہ مدینہ کی محبت نے رسول خدا کو مکہ کی آرزو اور کسی نیک نسل سے یہ کہتے ہوئے روکا نہیں کہ جس نے اس کی وضاحت کرنا شروع کردی ہے اے مستند، دلوں کو منظور ہو جائے اور یہ نہیں جانتا کہ وہ بالل کو اپنے دل میں دہرا رہا ہے:

کیا مجھے اپنے احساسات نہیں ہوں گے، کیا میں رات کو.....

ایک وادی میں اور اپنے آس پاس رہوں کیا

ہم کبھی پاگل پانی چاہتے تھے اور کیا

وہ مجھے تل اور پر جیوی دکھاتے ہیں؟ گا؟ اور

اور اخوان المسلمون اپنے وطن سے محبت کرتا ہے اور اس غور و فکر کے ساتھ اپنے قومی اتحاد پر راضی ہے۔ وہ کسی بھی شخص سے ناراض نہیں ہوں گے جو اپنے ملک سے وفادار ہے، اپنے لوگوں کی خاطر ہالک ہو جائے گا، اور اپنے ملک کو تمام وقار، فخر اور فخر کی خواہش کرے گا، یہ قوم پرست کے اپنے نقطہ نظر سے ہے۔

مزید یہ کہ حقیقی اسلام کی ابتداء عرب دنیا میں ہوئی اور عربوں کے توسط سے اقوام تک پہنچی، اور اس کی کتاب واضح عرب زبان میں سامنے آئی، اور اقوام عالم میں اس وقت اس کے نام پر متحد ہوگئے جب مسلمان مسلمان تھے۔ کڑوا پن ان کے ہاتھوں سے دوسرے غیر عربوں اور دیالمائوں اور ان کے ل. ہے، کیونکہ عرب اسلام اور اس کے محافظ ہیں.

میں یہاں یہ بتانا چاہتا ہوں کہ اخوان المسلمون عربیت کو ہی مانتی ہے، جیسا کہ نبی نے اس کی تعریف کی ہے، جیسا کہ ابن کثیر نے معاذ ابن جبل کے قول سے روایت کیا، خدا اس پر راضی ہو:) یہ نہیں کہ عربی زبان ہے، بلکہ عربی زبان ہے(۔

لہذا، عربوں کا اتحاد اسلام کی بحالی، اس کی ریاست قائم کرنے اور اس کے اختیار کی پاسداری کے لئے ایک الزمی امر تھا، اور یہاں سے ہر مسلمان پر یہ ذمہ داری عائد ہوتی ہے کہ وہ عرب اتحاد کی بحالی اور اس کی حمایت اور حمایت کے لئے کام کرے، اور عرب اتحاد پر ریسرچ گروپ کا یہی مؤقف ہے۔

اب بھی ہمارے لئے اسلامی اتحاد کے بارے میں اپنے مؤقف کی وضاحت کرنا باقی ہے،، اور حقیقت یہ ہے کہ اسلام اسی طرح کا ایک عقی دہ ہے اور اس نے لوگوں کے مابین متعلقہ اختلافات کو ختم کر دیا ہے خدا مبارک ہے اور خدا تعالی کا ارشاد ہے:)مومن بھائی ہیں() الحجرات -10 ،)اور نبی، خدا کی دعا اور سالمتی، نے کہا:)مسلمان ایک مسلمان کا بھائی ہے۔ مسلمانوں کا خون مساوی ہے، اور ان کی قربانیوں کی تالش کی جارہی ہے جبکہ وہ ایک دوسرے کے ہاتھ ہیں۔

اسلام اور یہ صورتحال جغرافیائی سرحدوں کو تسلیم نہیں کرتی ہے اور جنسی اور خونی اختلافات کو نہیں مانتی ہے۔ یہ تمام مسلمانوں کو ایک ہی قوم سمجھتا ہے اور اسلامی قوم کو ایک ہی وطن سمجھتا ہے، خواہ اس کی حدود کتنی ہی دور کیوں نہ ہو. اسی طرح، اخوان المسلمون اس اتحاد کا احترام کرتی ہے اور اس یونیورسٹی میں ی قین رکھتی ہے، اور وہ مسلمانوں کے کالم اور اخوان المسلمون کے فخر کو اکٹھا کرنے کے لئے کام کرتے ہیں، اور اعلان کرتے ہیں کہ ان کا آبائی وطن ہر انچ زمین ہے جس میں ایک مسلمان کہتا ہے)خدا کے سوا کوئی معبود نہیں، محمد رسول خدا ہیں، اور اخوان کے ایک شاعر نے اس معنی میں کتنا خوبصورت کہا ہے:

میں اپنے لئے اسلام کے سوا کچھ نہیں جانتا......

میرا وطن جہاں لیوینٹ وادی نیل جیسا ہی ہے۔

اور یہ سب جو کسی ملک میں خدا کے نام کا ذکر کرتے ہیں.....

میں نے اس کے حصوں کو اپنے ملک کے حصے میں شمار کیا۔

کچھ لوگ کہتے ہیں: یہ دنیا میں موجودہ مروجہ نظریہ نسلوں اور رنگوں میں عدم رواداری کے نظریہ سے متصادم ہے اور دنیا اب جنسی قومیتوں کی لہر کا سامنا کر رہی ہے، تو آپ اس رجحان کے سامنے کیسے کھڑے ہو جاتے ہیں، اور اس بات سے آپ کیسے نکل جاتے ہیں جس پر لوگوں نے اتفاق کیا ہے؟

اس کا جواب یہ ہے کہ لوگ غلطیاں کرتے ہیں اور اس میں ان کی غلطی کا نتیجہ اقوام کے سکون کو پریشان کرنے اور لوگوں کے ضمیر کو اذیت دینے میں ایک عجیب و غریب واقعہ ہے، جس کے ثبوت کی ضرورت نہیں ہے۔ ڈاکٹر کا کام بیماروں کے ساتھ رہنا نہیں ہے، بلکہ ان کا عالج کرنا ہے اور انھیں صحیح راہ پر گامزن کرنا ہے۔ یہ اسلام کا کام ہے اور جو بھی اس کی دعوت کو اسلام تک پہنچا۔

دوسرے کہتے ہیں: کہ یہ ممکن نہیں ہے اور اس کے لئے کام کرنا بیکار اور بی کار ہے اور کوشش بیکار ہے، اور اس گروہ کے لئے کام کرنے والوں کے لئے بہتر ہے کہ وہ اپنی کوششوں کے لئے اپنے لوگوں کو اپنے آبائی علاقوں کی خدمت کریں۔

اس کا جواب یہ ہے کہ یہ کمزوری اور مطیع کی زبان ہے، کیونکہ یہ قومیں پہلے ہر چیز میں الگ اور متصادم تھیں، مذہب اور زبان احساسات، امیدیں اور تکلیفیں۔ اسلام نے صرف ان کے دلوں کو ایک مشترکہ لفظ اکٹھا کیا۔ اسلام ابھی بھی ویسا ہی ہے جیسا کہ اپنی حدود اور فیسوں کے ساتھ ہے، لہذا اگر کوئی ایسا ہے جو اس کو پکارنے اور مسلمانوں کے دلوں میں تجدید کرنے کا بوجھ اٹھائے تو پھر وہ ان اقوام کو دوبارہ اکٹھا کرتا ہے جیسا کہ اس نے انہیں پرانے سے اکٹھا کیا تھا، اور اس کا اعادہ کرنا شروع سے زیادہ آسان ہے، اور تجربہ ممکنہ کا سب سے بڑا ثبوت ہے۔

اس کے بعد، کچھ لوگ مشرقی اتحاد کے بارے میں چیخ اٹھے، اور میں سمجھتا ہوں کہ اس نے مغربیوں کے مغرب کی عدم رواداری اور مشرق اور اس کے لوگوں میں ان کے برے عقیدے کو چھوڑنے والوں کے دلوں میں یہ عیب پیدا نہیں کیا، اور وہ اس بارے میں ہیں، اور اگر مغرب کے لوگ اپنے عقائد کو جاری رکھتے ہیں تو ان کا بدنام کیا جائے گا۔ اور اخوان المسلمون اس مشرقی اتحاد کو صرف اس جذبے کے ذریعہ نہیں دیکھتی

ہے، اور مشرق اور مغرب میں ایک ہی حیثیت ہے اگر ان کا اسلام کے بارے میں موقف برابر ہے اور وہ صرف اس پیمانے پر لوگوں کو آراستہ کرتے ہیں۔

یہ واضح ہو چکا ہے کہ اخوان المسلمون اپنی اپنی قوم پرستی کو مطلوبہ رقم کی پہلی بنیاد کے طور پر عزت دیتی ہے، اور وہ ہر شخص کو اپنے ملک کے لئے کام کرنے اور اسے صرف وطن کے سامنے پیش کرنے میں کسی بھی طرح کی غلطی نہ یں دیکھتے ہیں، اور اس کے بعد وہ ترقی میں دوسرے مرحلے کی حیثیت سے عرب اتحاد کی حمایت کرتے ہیں۔ پھر وہ اسلامی یونیورسٹی کو عام اسلامی وطن کے لئے مکمل باز کی حیثیت سے کام کرتے ہیں، اور میرے نزدیک میں اس کے بعد کہتا ہوں: اخوان پوری دنیا کے لئے بھلائی چاہتا ہے، کیونکہ وہ عالمی اتحاد کا مطالبہ کررہے ہیں کیونکہ یہ اسلام اور اس کا مقصد ہے اور خداوند کریم کا ارشاد ہے کہ:)ہم نے آپ کو دنیا کے لئے رحمت نہیں بھیجا۔)الانبیاء-107

اس بیان کے بعد، میں یہ کہنے میں مالا مال ہوں ان اکائیوں کے مابین اس غور سے کوئی تضاد نہیں ہے، اور یہ کہ ہر ایک اپنے مقصد کو حاصل کرنے کے لئے ایک دوسرے کی طاقت کو تقویت دیتا ہے، لہذا اگر لوگ خصوصی قوم پرستی کو ایک ہتھیار کے طور پر بال کر اتحاد کرنا چاہتے ہیں جو اس کے نیچے کے احساس کو مار ڈالتا ہے، تو اخوان المسلمون ان کے ساتھ نہیں ہے اور شاید یہ ہے۔ ہمارے اور بہت سارے لوگوں میں فرق ہے۔

اخوان المسلمون اور خلافت۔

شاید اس تحقیق کی تکمیل میں سے ایک یہ ہے کہ اخوان المسلمون کا خلافت اور اس سے کیا تعلق ہے کے بارے میں موقف پیش کرنا، اور یہ ظاہر کرنا کہ اخوان کا ماننا ہے کہ یہ تنازعہ اسلامی اتحاد کی عالمت ہے اور اقوام عالم کے مابین ربط کا مظہر ہے اور یہ ایک اسلامی رسم ہے جس کے بارے میں مسلمانوں کو سوچنا چاہئے اور اس پر توجہ دینا چاہئے۔ اور خلیفہ کو دین خدا کے بہت سارے احکامات سونپ دیئے گئے ہیں، اور اسی وجہ سے صحابہ کرام رضی اللہ عنہم نے ان کو پیغمبر کی تیمارداری اور تدفین کے بارے میں غور کرنے کے لئے پیش کیا، یہاں تک کہ جب تک وہ اس کام کو پورا نہیں کرتے، انہیں اس کی تکمیل کا یقین دلایا گیا۔

ان احادیث میں جو امام کو کھڑا کرنے اور امام کے احکام کی وضاحت کرنے اور ان سے متعلق ہونے کی تفصیل کے بارے میں مذکور ہیں ان کوئی شک نہیں ہے کہ مسلمانوں کا یہ فرض ہے کہ وہ اپنی خلافت کے معاملے کے بارے میں سوچنے سے وابستہ رہیں چونکہ یہ اس کے طری قہ کار سے تبدیل ہو چکی ہے اور پھر اب تک بالکل منسوخ کر دی گئی ہے۔

اور اخوان المسلمون اسی وجہ سے، خلافت کا نظریہ بنائیں اور اپنے نصاب کے اوپری حصے پر اس کی بحالی کے لئے کام کریں، اور اس کے باوجود انہیں یقین ہے کہ اس کے لئے بہت سی تیاریوں کی ضرورت ہے جو ضروری ہیں، اور یہ کہ خلافت کی بحالی کے لئے براہ راست اقدام کو پہلے اقدامات سے پہلے ہونا چاہئے:

تمام اسلامی عوام کے مابین مکمل ثقافتی، معاشرتی اور معاشی تعاون ہونا چاہئے، اس کے بعد اتحاد اور معاہدات ہوں گے اور ان ممالک کے مابین کونسلیں اور کانفرنسیں ہوں گی، اور فلسطین کے سوال سے متعلق اسلامی پارلیمانی کانفرنس اور اسلامی ریاستوں کے وفود کو بابرکت سرزمین میں عربوں کے حقوق کا مطالبہ کرنے کے لئے دو اچھے مظاہر اور دو وسیع اقدامات کے لئے اس راہ میں گزارنا چاہئے۔ پھر اس کے بعد لیگ آف اسلامک نیشنز کی تشکیل یہاں تک کہ اگر یہ مسلمانوں کے لئے کی گئی تھی، تو اس کا نتیجہ) امام (کی) امام (کی مالقات کا نتیجہ نکال جو معاہدے کا ثالث، اتحاد تنظیم، دلوں کا ہدف اور زمین پر خدا کا سایہ ہے۔

اخوت اور مختلف تنظیمیں۔

اخوان المسلمون اور اسلامی تنظیمیں۔

اب جب میں نے اس وقت امت کے ذہنوں پر قبضہ کرنے والے بہت سے عمومی امور کے بارے میں اخوان کی رائے اور مؤقف کا انکشاف کیا ہے، تو میں مصر میں اسلامی تنظیموں پر اخوان المسلمون کے اپنے اعزاز کے بارے میں بھی انکشاف کرنا چاہتا ہوں۔ اس کی وجہ یہ ہے کہ بہت سارے مخیر حضرات کی خواہش ہے کہ یہ باشندے ایک اسلامی اتحاد میں اکٹھے ہو کر ایک ہی جھکاؤ کا مقصد بنیں، یہ ایک بہت بڑی امید اور ایک پیاری خواہش ہے کہ اس ملک میں اصالح پسندی کا ہر خواہش کرے.

مختلف شعبوں میں اور اخوان المسلمون ان اسلامی اداروں میں اپنے اسلام کی فتح کے لئے کام کرتے ہوئے دیکھتی ہے، اور وہ سب ان لوگوں کے لئے کامیابی کی خواہش کرتے ہیں جو اپنے نصاب کو اپنے قریب بنانے میں ناکام رہے اور عام خیال کے گرد جمع اور متحد کرنے کے لئے کام کرتے ہیں۔ اس کا فیصلہ گذشتہ سال منصورہ اور اسیوٹ میں اخوان کی چوتھی بین الاقوامی کانفرنس میں کیا گیا تھا، اور میں آپ کو خوشخبری سناتا ہوں کہ جب کونسلنگ آفس نے اس فیصلے کو عملی جامہ پہنانے کے لئے کام کرنا شروع کیا تو، اس نے ان تمام اداروں سے ایک عمدہ جذبہ پایا جس سے اس نے رابطہ کیا اور بات کی، جو خدا کی رضا کے ساتھ کوشش کی کامیابی کا ثبوت ہے۔

اخوت اور جوان لوگوں کے ذہنوں پر ایک سوال اکثر آتا ہے:

اخوان المسلمون اور جوانوں میں کیا فرق ہے؟ آپ کسی ایک نصاب پر ایک ہی تنظیم کیوں کام نہیں کر رہے ہیں؟

جواب دینے سے پہلے، میں ان لوگوں کو یہ یقین دالنا چاہتا ہوں کہ کارکنوں کی کاوشوں اور تعاون سے پوری طرح سہولت فراہم کر رہے ہیں کہ اخوان اور نوجوان خاص طور پر یہاں قاہرہ میں یہ محسوس نہیں کرتے ہیں کہ وہ تبادلہ خیال کے میدان میں ہیں، بلکہ مضبوط اور قریبی تعاون کے میدان میں ہیں، اور یہ کہ بہت سے عمومی اسلامی امور جن میں اخوان اور نوجوان ایک بات اور ایک گروہ دکھاتے ہیں۔ چونکہ مشترکہ عمومی ہدف یہ ہے کہ اس کیلئے کام کیا جائے کہ اسلام کا فخر اور مسلمانوں کی خوشی کیا ہے، لیکن اس دعوت کے انداز اور اس کو آگے بڑھانے والے اور دونوں گروہوں میں اپنی کوششوں کی ہدایت کرنے والوں کے منصوبے میں معمولی فرق موجود ہے۔ میرے خیال میں اور یہ وقت جس میں تمام اسلامی گروہ متحدہ محاذ کے طور پر ابھریں گے وہ وقت زیادہ دور نہیں ہے۔

اخوان المسلمون اور جماعتیں۔

اور اخوان المسلمون کا ماننا ہے کہ مصر کی تمام سیاسی جماعتیں خصوصی وجوہات میں موجود ہیں، ان وجوہات کی بنا پر جو زیادہ تر ذاتی ہیں اور دلچسپی نہیں۔ اس کی وضاحت آپ سب جانتے ہو۔

ان کا یہ بھی ماننا ہے کہ ان جماعتوں نے ابھی تک اپنے پروگراموں اور نصاب کی وضاحت نہیں کی ہے، کیوں کہ ان میں سے ہر ایک یہ دعوی کرے گا کہ وہ اصلاحات کے تمام پہلوؤں میں قوم کے مفاد میں کام کرتی ہے، لیکن ان اقدامات کی تفصیلات کیا ہیں اور ان کو حاصل کرنے کے ذرائع کیا ہیں؟ ان ذرائع سے کیا تیار ہے؟ وہ کون سی رکاوٹیں ہیں جن کے نفاذ کی راہ میں کھڑے ہونے کی توقع کی جاتی ہے، اور ان پر قابو پانے کے لئے کیا تیار ہیں؟ یہ سب پارٹی سربراہان اور فریقین کی انتظامیہ کی طرف سے جواب نہیں دیا گیا ہے، کیونکہ وہ اس خال پر متفق ہیں۔ انہوں نے ایک اور معاملے پر بھی اتفاق کیا، جو حکمران کی بربادی ہے اور تمام فریق پروپیگنڈوں اور ہر ایماندار اور بے ایمان ذرائع کو بروئے کار لانے کے لئے اس تک پہنچنے اور ان تمام لوگوں کو ناراض کرنے کے لئے جو اس کو حاصل کیے بغیر ہی متعصبانہ مخالفین کو روکتے ہیں۔

اخوان کا یہ بھی ماننا ہے کہ اس پارٹی شراکت نے لوگوں کو ساری زندگی کی سہولیات سے خراب کر دیا، ان کے مفادات کو درہم برہم کر دیا، ان کے اخلاق کو تباہ کیا، ان کے تعلقات پھاڑ دیئے، اور ان کی سرکاری اور نجی زندگی پر برا اثر پڑا۔

ان کا یہ بھی ماننا ہے کہ نمائندہ نظام، حتی کہ پارلیمانی نظام بھی، مصر میں موجودہ نظام میں پارٹی ناگزیر ہے، اور ind نظام کے ل جب تک جمہوری ممالک میں مخلوط حکومت قائم نہیں کی جاتی، پارلیمنٹ کی موجودگی کا صرف پارلیمانی نظام ہی تصور کر سکتا ہے اس استدلال ایک عجیب دلیل ہے اور بہت آئینی پارلیمانی ممالک پارٹی نظام کی پیروی کرتے ہیں۔ ایک اور یہ ممکن ہے۔ سے

اخوان کا یہ بھی ماننا ہے کہ، آزادی رائے، سوچ، اظہار انکشاف، مشاورت، اور مشورے کے مابین ایک فرق، ہے، جو اسلام نے نافذ کیا ہے اور رائے میں عدم رواداری اور گروہ سے علیحد گی، اور قوم میں تفریق کو وسیع

کرنے اور حکمرانوں کے اختیار کو مجروح کرنے کے لئے انتھک کام، جس کو تقویت کے ذریعہ ضروری ہے اور اس کے تمام قانون میں اسلام حرام اور حرام ہے۔اس میں اتحاد اور تعاون کی ضرورت ہے.

یہ اخوان کی طرف سے مصر میں متعصبانہ معاملات اور جماعتوں کے نقطہ نظر کا خاکہ ہے اور اس کے لئے انہوں، نے فریقین کے سربراہان سے ایک سال قبل،اس مدمقابل کو ایک طرف رکھنے اور ان میں سے کچھ کو ساتھ دینے کے لئے کہا ہے،اور انہوں نے اس معاملے میں عظمت شہزادہ عمر طوسون سے ثالثی کرنے کی تجویز بھی پیش کی تھی۔ بادشاہ نے ان موجودہ جماعتوں کو اس وقت تک تحلیل کردیا جب تک کہ وہ سب ایک ہی ایسی مقبول تنظیم میں ضم ہو جائیں جو اسلام کی بنیاد پر قوم کے مفاد کام کرے۔

اگر حالات ماضی میں اس خیال کو حاصل کرنے میں مددگار نہیں ہوئے تو ہم سمجھتے ہیں یہ سال اخوان المسلمون کے نظریہ کے خلوص کا ثبوت تھا اور ان لوگوں کو اس بات پر راضی کررہا تھا کہ ان لوگوں کو شک کہ ان جماعتوں کی بقاء میں کوئی فائدہ نہیں ہے۔ اور اخوان المسلمون اپنی کوششیں اسی طرح جاری رکھے گا، اور وہ خدا کے فضل و کرم اور قوم کی چوکسی کے فضل سے ان تک پہنچیں گے جو کامیابی کے ساتھ پارٹی کارکنوں کی ان کے میدانوں میں ناکامی کو یقینی طور پر پورا کریں گے :) مکھن کی بات تو یہ خشک ہو جاتی ہے، لیکن جو کام لوگوں کے لئے مفید ہے -وہ زمین پر ہی رہے گا)(الرعد.(17

پارٹیوں کے کچھ افراد کا خیال ہے کہ ہم ان تعلیمات سے اپنی جماعت کو دوسری جماعتوں کی خدمت میں گرانے اور نجی مفادات کے پیچھے بھاگنا چاہتے ہیں اور اس خیال کی غلطی کا کوئی ثبوت نہیں ہے کہ یہ فریب تمام جماعتوں کی جانوں تک پھیل چکا ہے۔ وفد کے بہت سارے افراد نے اخوان المسلمون پر الزام عائد کیا ہے کہ وہ اس سے لڑنے کے لئے کام کررہے ہیں اور یہ کہ ان کا مطلب صرف اور صرف ان ہی بیانات اور بیانات سے ہے اور اخوان المسلمون صرف لوگوں کو اس سے لڑنے اور اس کے خلاف بغاوت کے لئے لے جارہا ہے، اور اس کا مطلب یہ ہے کہ وہ حکومت کی خدمت کریں اور اس میں شامل جماعتوں کو مضبوط بنائیں۔اور جب ہم سرکاری جماعتوں کی طرف سے بھی یہ خاص الزام سنتے ہیں، تو کیا اس سے زیادہ سچا ثبوت

ہے کہ اخوان المسلمون ہر طرف سے ایک ہی حیثیت اختیار کرتی ہے اور، اپنے عقائد جاری کرتی ہے اور، اس پر ان کی ضمیر اور ان کے عقیدے کی تحریک پر مبنی کام کرتی ہے؟

اور میں اپنے ان بھائیوں سے کہنا چاہتا ہوں جو جماعتوں اور ان کے مردوں کی وکالت کرتے ہیں: وہ دن جب اخوان المسلمون اپنے خالص اسلامی خیال کے علاوہ کسی اور چیز کا استعمال کرے گی اور نہیں آئے گی۔ اور یہ کہ اخوان المسلمون کسی بھی جماعت کا محاصرہ نہیں کرتا، جہاں، بھی مخلافین اپنی ہی ہیں لیکن ان کا خیال ہے کہ یہ ان کے اپنے دل کی بات ہے کہ مصر نہ تو اسے طے کرتا ہے اور نہ ہی اسے بچاتا ہے جب تک کہ ان تمام جماعتوں کو تحلی ل نہیں کیا جاتا، اور ایک ورکنگ قومی ادارہ تشکیل دیا جاتا ہے جو قرآن پاک کی تعلیمات کے مطابق قوم کو فتح کی طرف لے جاتا ہے۔

اس موقع پر، میں کہتا ہوں کہ اخوان المسلمون کا خیال ہے کہ فریقین کے مابین اتحاد کا نظریہ بیکار ہے، ان کا ماننا ہے کہ یہ عالج کی بجائے ایک رہائش ہے۔ چنانچہ ان کے مابین جنگ اتحاد سے پہلے کی نسبت زیادہ شدید ڈنڈے کی طرف لوٹتی ہے، اور فیصلہ کن اور کامیاب سلوک یہ ہے کہ ان جماعتوں کو احسن طریقے سے ختم کیا جائے، کیونکہ انہوں نے اپنا مشن پورا کیا ہے اور جن حالات نے انھیں پیدا کیا ہے وہ ختم ہو چکے ہیں، اور ہر بار ریاستیں اور مرد موجود ہیں، جیسا کہ ان کا کہنا ہے۔

الاخوان اور مصر الفتاہ:

اس موقع پر، مجھے اخوان المسلمون کا مؤقف "مصر کی لڑکی" گروپ کے بارے میں پیش کرنا ہے۔ اخوان کا یہ گروپ دس سال قبل تشکیل دیا گیا تھا اور پانچ سال قبل "ینگ گرل مصر" گروپ تشکیل دیا گیا تھا۔ ینگ مصر سوسائٹی، اخوان المسلمین کی ایسوسی ایشن، اس کی، عمر دوگنی تک بڑھتی ہے اور اس کے باوجود یہ بہت حلقوں میں بھی عام ہے کہ اخوان المسلمین ینگ مصر، کی شاخوں میں سے ایک ہے اور اس کی وجہ یہ ہے کہ اس لڑکی کا مصر ایک ایسے وقت میں پروپیگنڈے اور اشتہارات پر انحصار کرتا تھا جب اخوان نے کام اور پیداوار کو متاثر کیا تھا۔ ہمیں ان سب سے کیا کرنا ہے وہ یہ کہ اخوان المسلمون ہی وہ ہے جس نے لڑکی کے

مصر کو جہاد اور اسلام کے لئے کام کرنے کا راستہ چارٹ کیا تھا، یا یہ اس لڑکی کا مصر ہے جس نے اخوان اور لوگوں میں سب سے نمایاں مظاہرہ کیا تھا، اور وہ اس سے پہلے ہی پیدا ہوئیں اور اس کو جہاد اور میدان سے پہلے پانچ سال تک لے گئے تھے، یعنی وہی عمر جو اس کی تھی۔

یہ ایک نظریاتی معاملہ ہے جس کے لئے اخوان اس پر زیادہ وزن نہیں ڈالتا، لیکن میں اس لفظ میں جو متنبہ کرنا چاہتا ہوں وہ یہ ہے کہ اخوان المسلمون اس لڑکی کے مصر میں کبھی نہیں رہا اور نہ ہی اس کے کارکنان۔ میں اس کا مطلب اس سے یا ان لوگوں سے حاصل کرنے کے لئے نہیں ہے جنھوں نے اسے دعوت دی تھی ، لیکن میں حقیقت کی ایک رپورٹ کہہ رہا ہوں، اور یہ کہ اخبار مسر الفتح نے اخوان پر حملہ کیا اور ان پر جھوٹے الزامات عائد کیے اور یہ دعوی کیا کہ وہ اس پر حملہ کر رہے ہیں اور اس پر الزام لگا رہے ہیں، اور یہ بھی حقیقت نہیں ہے، اور ہم، اخوان نے اس اہمیت کے لکھا ہوا تبصرہ نہیں کیا، اور نہیں ہم کسی چیز کا قصور وار ٹھہر نا پسند کریں گے، اور مجھے امید ہے کہ یہ سب بھائیوں کا احساس ہو گا۔ بارے میں

اور یہ کہ بہت سارے لوگ چاہیں گے کہ مصر الفتاہ گروپ کو اخوان المسلمون کے ساتھ متحد کرے، اور اس احساس میں کوئی شک نہیں ، کہ یہ خوبصورت اور عمدہ ہے یہ اچھے کے لئے اتحاد اور تعاون سے زیادہ خوبصورت نہیں ہے، بلکہ جن معاملات میں صرف وقت طے ہوتا ہے۔ مصر الفتاہ" ہے جو "اخوان کے گروہ کو چھوڑ کر اس کے علاوہ کسی دوسرے کے نصاب کے انکار نہیں کرتی ہے اور اخوان میں یہ خیال رکھتے ہیں کہ اس کے بہت سے ممبروں کے دلوں میں اس کا صحیح اسلامی معنی نہیں پایا ہے جوان کو اسلامی دعوت کے لئے بالنے کے لئے کو الیفائی کرتا ہے، لہذا آئی اپنے مشن اور مسئلے کو پورا کرنے کے لئے وقت چھوڑ دیں۔ فیصلہ اور تزئین کا بہترین ضامن ہے۔

اس کا مطلب یہ نہیں ہے کہ اخوان المسلمین "مصر الفتاہ" کا مقابلہ کرے گا، بلکہ اس کے بجائے ہمیں خوشی ہے کہ ہر کارکن بھلائی اور بھلائی کے لئے صلح کرتا ہے، اور اخوان المسلمون کو عمارتیں مسمار کرنے میں مکس کرنا پسند نہیں کرتا ہے، اور جہاد کے میدان میں سب کی گنجائش موجود ہے۔

جب تک اس نے اعلان کیا ہے کہ یہ کوئی سیاسی جماعت نہیں ہے، اور یہ اسلامی نظری ے اور اسلام کے اصولوں کے لئے کام کر رہی ہے اور اس حقیقت میں اخوان المسلمون کے اصولوں کے لئے ایک نئی فتح ہے، تب تک اس "مصر الفتاہ" سے متعلق ہمارا موٴقف ہے۔

باقی آخری معاملے میں توڑ پھوڑ کے معاملے میں اخوان "المسلمون کا" مصر الفتاہ کے ساتھ روی ہے، اور یہ معلوم ہے کہ مصر میں کوئی بھی غیرت اس کی سرزمین پر ایک بار کو دیکھنے، کی خواہش نہیں کرتا ہے اور، اخوان نے اس بربادی کا ذمہ دار حکومت کو اس کے برباد کرنے والوں سے پہلے قرار دیا تھا، کیوں کہ یہی وہ شخص تھا جس نے اپنے مسلمان لوگوں کے لئے یہ شرمندگی پیدا کی تھی۔ اسے اس نفسیاتی تبدیلی، اور مضبوط نئے رجحان کا احساس نہیں ہوا جو اسلام کی تعظیم اور اس کی تعلیمات پر فخر کی وجہ سے رونما ہوا تھا۔ اور ماضی میں یہ کہا جاتا تھا): اس سے پہلے کہ رونے، سے رونے کا حکم دیا جاتا تھا بلے باز کو چھڑی اٹھانا بند کرنے کا حکم دیا گیا تھا اور ہم سمجھتے ہیں کہ یہ چیلنج ابھی نہیں آیا ہے، اور اس میں مناسب حالات کا انتخاب کرنا یا اس میں حتمی دانشمندی کا استعمال کرنا ضروری ہے، اور اس کو نافذ کرنے والے طریقوں سے نافذ کریں اور مقصد کے اشارے سے آگاہ کریں۔ میں نے حکومت کی توجہ اس کے اسلامی فریضہ کی طرف سونپی، اور اگرچہ گرفتار، افراد نے اعتراف نہیں کیا لیکن اخوان نے وزیر انصاف کی طرف ہدایت کی، کہ اس معاملے میں ایک معزز مقصد کے مطابق اس معاملے پر ایک خاص غور کیا جائے، اور ملک کو ان اخلاقی نقصانات سے بچانے والے قانون سازی کے اجرا میں تیزی الئی جائے

یورپی ممالک کے بارے میں اخوان کی پوزیشن انتہائی

،اہم داخلی امور کے بارے میں اخوان المسلمون کے موٴقف کے، بارے میں اس بیان کے بعد میرے لئے یہ اچھا ہے کہ آپ اپنے معزز لوگوں سے یورپی ممالک کے بارے میں ان کے موٴقف کے بارے میں بات کریں۔

اسلام، جیسا کہ میں نے پیش کیا ہے، مسلمانوں کو ایک ہی قوم کے طور پر مانتا ہے جو عقائد اور ایک دوسرے کی امیدوں اور تکلیفوں میں شریک ہے، اور ان میں سے کسی کے خلاف یا کسی مسلمان فرد کے خلاف کوئی جارحیت ان سب کے لئے حقیقت ہے۔ فقہی فیصلے کے لئے ہنستے اور رونے کی آواز۔ میں نے اسے کتاب)الشرار الصغیر قریب قریب کی راہیں (میں اتفاق سے دیکھا تھا۔ اس: کے مصنف نے کہا:

ایک مسلمان عورت کا معاملہ جو مشرق میں جالوطن ہو چکا ہے، مراکش کے لوگوں پر الزم ہے کہ وہ اسے چھڑا لیں اور اسے چھڑا دیں، یہاں تک کہ اگر یہ بات تمام مسلمانوں کے پیسوں پر آتی ہے اور میں نے اس سے پہلے بھی اسی طرح کی ایک کتاب) حنفی اسکول میں البحر (میں دیکھی تھی اور ہنستے ہوئے اور اپنے آپ :سے کہا تھا:

ان مصنفین کی نگاہیں کہاں ہیں تا کہ تمام مسلمان کفر و جارحیت کے دوسرے لوگوں کی قید میں نظر آئیں؟؟؟

میں اس سے یہ نتیجہ اخذ کرنا چاہتا ہوں کہ اسلامی قوم ایک ہے اور ناقابل تقسیم ہے اور یہ کہ اس کے ایک حصے کے خلاف جارحیت اس سب کے خلاف جارحیت ہے۔ یہ ایک اور دوسرا واقعہ ہے کہ اسلام نے مسلمانوں کو اپنے گھروں میں، اپنے آبائی علاقوں میں مالک بننے کے لئے مسلط کیا ہے۔ ان کی پیشہ ورانہ تعلیم میں داخل ہونا اور اسلام کی روشنی سے رہنمائی حاصل کرنا کہ ان کی رہنمائی پہلے کی گئی تھی۔

لہذا، اخوان المسلمون کا ماننا ہے کہ اسلام کی سرزمین پر حملہ کرنے والی ہر قوم ایک ناجائز ریاست ہے جسے اپنی جارحیت کو روکنا ہوگا، اور مسلمانوں کو اپنی آگ سے چھٹکارا پانے کے لئے خود کو تیار کرنا چاہئے اور مدد کے لئے کام کرنا چاہئے۔

انگلینڈ مصر کے ساتھ اتحاد کے باوجود بھی اسے ہراساں کر رہا ہے، اور یہ کہنے کا کوئی فائدہ نہیں ہے کہ یہ معاہدہ مفید ہے یا نقصان دہ ہے، یا اس میں ترمیم کی جانی چاہئے یا اس پر عمل درآمد ہونا چاہئے۔ یہ بیکار بات ہے اور معاہدہ مصر کی گردن میں گپ شپ ہے اور اس کے ہاتھ میں کوئی شک نہیں ہے، اور اس سے نجات

مل سکتی ہے۔ یہ پابندی لیکن کام اور اچھی تیاری؟ طاقت کی زبان سب سے زیادہ فصاحت زبان ہے، لہذا اسے اس پر کام کرنے دیں اور اگر وہ آزادی اور آزادی چاہتی ہے تو وقت خریدیں۔

انگلینڈ ابھی بھی فلسطین کو مجروح کر رہا ہے اور اپنے عوام کے حقوق کو ختم کرنے کی کوشش کر رہا ہے، اور فلسطین ہر مسلمان کے لئے ایک سرزمین ہے، جیسا کہ یہ سرزمین اسلام اور پیغمبروں کے گہوارے کی حیثیت سے ہے، اور مسجد اقصی کی نشست کے طور پر جس کے، ارد گرد خدا نے برکت دی ہے فلسطین انگلستان کو ایک ایسا قرض ہے جب تک کہ وہ ان کا حق نہیں دیتا ہے۔ اور انگلینڈ جانتا ہے کہ سائنس، یہی وجہ ہے کہ اس نے مسلم ممالک کے نمائندوں کو لندن کانفرنس میں مدعو کیا، اور ہم اس موقع سے فائدہ اٹھاتے ہیں اور اسے یاد دالتے ہیں کہ عربوں کے حقوق، کو کم نہیں کیا جاسکتا ہے اور یہ ظالمانہ کاروائیاں جو ان کے نمائندے فلسطین میں کرنے کا عزم کر رہے ہیں وہ نہیں ہے جو ان کے بارے میں اچھے سوچنے میں مسلمانوں کی مدد کرتا ہے۔

اس کے لئے بہتر ہوگا کہ وہ آزادانہ بے گناہ افراد کے خلاف ان جارحانہ مہموں کو روکیں۔ ان کے فضل و کرم سے، عظیم الشان مفتی نے اس پوڈیم کے اوپر سے اخوان المسلمون کا سب سے مخلص مبارکباد اور ان کی نیک تمناؤں کو بھیجا۔ اور اس سے اس کی عظمت کو کوئی نقصان نہیں پہنچے گا اور یہ الحسینی خاندان کو اپنے گھروں کی تالش کرنے اور ان کے آزاد لوگوں کو قید کرنے میں کوئی نقصان نہیں پہنچائے گا، یہی وجہ ہے کہ وہ ان کے اعزاز اور فخر کو اس کے فخر کی حیثیت سے بڑھا دیتا ہے، اور ہم انگلینڈ کے دھوکہ دہی اور دھوکہ دہی کے مسلم وفود کو یاد دالتے ہیں اور عربوں کے حقوق کو مکمل اور غیر سمجھوتہ کی تکمیل کے لئے الزمی قرار دیتے ہیں۔

اس موقع پر، میں اخوان کو یاد دالتا ہوں کہ مسلم یوتھ ہاؤس میں ایک عمومی کمیٹی نے تمام اسلامی معاشرے تشکیل دیئے ہیں جو متحد پیسہ جاری کرنے میں تعاون کریں گے جو جدوجہد کرنے والے فلسطین کو امداد کے طور پر ہجری سال کے آغاز سے تقسیم کیا جائے گا، اور یہ ڈاک ٹکٹ تمام اداروں کے تمام مختلف ڈاک ٹکٹوں کی جگہ لے گا، لہذا اخوان کی اس کمیٹی کی حوصلہ افزائی کے لئے اپنی کوششیں جاری رکھے گی جاری کیے جانے

پر ان کے ڈاک ٹکٹ تقسیم کرتے ہوئے اور پرانے اسٹیمپ اکاؤنٹ سے ان میں جو چیز ہو سکتی ہے اسے کم کر کے اور دفتر میں تباہی کے واپس کر دیتے ہیں۔

اس کے بعد اسلامی علاقوں میں انگلینڈ کے ساتھ ہمارے پاس ایک حساب ہے جو اس، نے غیر قانونی قبضہ کیا ہے اور جسے اسلام اپنے عوام پر مسلط کرتا ہے، اور ہمیں اسے بچانے اور بچانے کے لئے ان کے ساتھ مل کر کام کرنا چاہئے۔

جہاں تک فرانس کا، جس نے قدیم زمانے سے ہی اسلام سے دوستی کا دعوی کیا ہے اس کا مسلمانوں کے ساتھ، ایک لمبا لمبا محاسبہ ہے اور ہم برادران شام کے ساتھ اس شرمناک موقف کو نہیں بھولتے، اور ہم دور مغرب اور وحشی پیچھے کے معاملے میں اس کی پوزیشن کو نہیں بھولتے، اور ہم یہ نہیں بھولتے کہ ہمارے بہت سے عزیز، بھائی، مغرب کے نوجوان آزاد محب وطن اور مجاہد ہیں۔ جیلوں کی گہرائیوں اور، جالوطنی کے مضافات میں وہ دن آئے گا جب اس اکاؤنٹ کو صاف کیا جائے گا، اور ان دنوں لوگوں میں تبادلہ خیال ہو گا)(آل عمران-140).

اٹلی کو جوابدہ ٹھہرانا فرانس کو جوابدہ ٹھہرانے سے کم نہیں ہے۔ اس طرابلس، عرب مسلمان پڑوسی، قریبی اور پیارے پڑوسی، ڈکی اور اس کے افراد اس کو ختم کرنے اس کے لوگوں کو ختم کرنے اس کو ختم کرنے اور اس سے عربیت اور اسلام کے تمام نشانات کو مٹانے کے لئے کوشاں ہیں۔ جب اسے اٹلی کا حصہ سمجھا جاتا تھا تو عربیت اور اسلام کے اثرات کیسے ہو سکتے ہیں؟ اس کے بعد، ڈکی نے اسلام کی محافظ ہونے کے دعوے کرنے اور اس لقب سے مسلمانوں کی دوستی کی تلاش میں کوئی ! ! رکاوٹ نہیں پایا

محترم اخوان المسلمون:

اس بیان سے دلوں میں خون آتا ہے اور جگر ٹوٹ جاتا ہے؟ میں ان آفات پر اس بیان پر غور کرتا ہوں۔ یہ ایک سلسلہ ہے، جو کوئی اور نہیں ہے اور، آپ کو یہ معلوم ہے، لیکن کو لوگوں کو اس کی وضاحت کرنی ہو گی اور انھیں یہ سکھانا ہو گا کہ اسلام خود مختاری اور اعلان جہاد کے علاوہ، اپنے بچوں کو کم آزادی اور آزادی سے

راضی نہیں کرتا ہے،اور اگراس پر ان کا خون اور پیسہ خرچ ہوتا ہے تو، موت اس سے بہتر ہے۔ زندگی، غالمی، غالمی اور ذلت کی زندگی اور اگر آپ یہ کرتے ہیں، اور آپ کو یقین ہے کہ خدا عزم کریں گے، فتح: الزمی ہو گی، خدا نے چاہا، خدا نے ان میں سے بیشتر میں اور میرے رسول کو لکھا (ہے کہ خدا قوی اور پیارا ہے (المجادلہ-21).

نتیجہ اخذ کرنا۔

محترم اخوان المسلمون:

میں نے آپ کو اس بیان میں آپ کے نظریات کا ایک جامع خلاصہ، اپنی صورت میں پیش کیا اور آج میں آپ کے ساتھ مصری معاشرے میں موجود کچھ معاشرتی اور معاشی پریشانیوں کا جائزہ لینا چاہوں گا، اور اگر آپ چاہیں تو اسلامی مرض کہیں، کیونکہ یہ بیماری سب میں ایک اگر یہ وقت کی کمی کے لئے نہ ہوتا، اور اگر یہ کسی ایک تک محدود نہ ہوتا، جو ہے: کمزور:

اخالق اور نظریات کا نقصان مفاد عامہ پر نجی مفاد کے اثرات، حقائق کا سامنا کرنے میں بزدلی، عالج کے نتائج سے بچنے، اور علیحدگی خدا، کی لڑائی، یہ ایک بیماری ہے اور دوائی بھی ایک لفظ جو ان اخالق کے خلاف ہے۔ یہ روحوں، بھائی چارے اور لوگوں کے اخالق کی اصالح ہے۔ (وہ اسے ترک کرنے میں کامیاب ہو گیا، اور اس کے صدمے سے مایوس ہو گیا)(الشمس 9-10)

محترم اخوان المسلمون:

اُس مذہب نے خدا پر ایمان کی مضبوط بنیادوں، فانی زندگی کی خوشیوں سے پرہیز، حق کی وکالت کے لئے لہو، روح اور پیسے کی قربانی، اور خدا، کی راہ میں موت کی محبت اور سبھی جو عظیم القرآن، کی رہنمائی پر عمل پیرا ہیں پر آپ کے اجداد کا جہاد کیا۔ ان مضبوط ستونوں پر، اپنی ثانی قائم کریں، اپنی na نشاا اصالح کریں، اپنی آذان پر توجہ دیں، اور قوم کو بھالئی عطا کریں،)خدا آپ کے ساتھ ہے اور وہ آپ کے کاموں کو ترک نہیں کرے گا) (محمد-35)

. محترم اخوان المسلمون:

مایوس نہ ہوں، کیوں کہ مایوسی مسلمانوں کے اخالق کا حصہ نہیں ہے،اور آج کی حقیقتیں کل کے خواب ہیں، اور کل کے خواب اور آج کے خواب کل کی حقیقتیں ہیں۔

اور یہ وقت ابھی بھی وسیع ہے اور بدعنوانی کے مظاہروں کے ظلم وستم کے باوجود، کے ماننے والوں کی جانوں میں سالمتی کے عناصر مضبوط اور عظیم ہیں۔

کمزور ساری زندگی کمزور نہیں رہتا، اور قوی ہمیشہ کے لئے نہیں رہتا ہے: ہ پھر ہماری چاہت ہوئی کہ ہم ان پر کرم فرمائیں جنہیں زمین میں بیحد کمزور کر دیا گیا تھا، اور ہم انھیں کو پیشوا اور) زمین (کا وارث بنائیں) ۱ القصص-5

وقت کے نتیجے میں بہت سے سنگین حادثات ہوں گے، اور یہ مواقع عظیم اعمال کے لئے پیدا ہوں گے، اور یہ کہ دنیا آپ کو اس کی تکلیف سے نجات دالنے کے لئے رہنمائی فتح اور امن کا مطالبہ کرنے پر غور کرے، اور یہ کہ آپ کا کردار معروف اقوام اور لوگوں کی باالدستی میں ہے، اور یہ دن لوگوں میں گردش کر رہے ہیں،، اور ہم خدا سے امید کرتے ہیں کہ ان کی کیا امید ہے۔ لہذا آج تیار ہو جاؤ اور کام کرو، آپ کھو گئے ہو، اور کل کام کرنے سے قاصر ہوں گے۔

میں نے ان لوگوں کو مخاطب کیا ہے جو آپ کے درمیان جوش وخروش کے ساتھ انتظار کریں اور وقت کے چکر کا انتظار کریں، اور میں ریٹائرڈ لوگوں کو اٹھ کھڑے ہو کر کام کرنے کی ہدایت کر رہا ہوں، لہذا جہاد سے کوئی راحت نہیں مل سکتی:)اور جو لوگ ہماری جدوجہد کرتے ہیں، انھیں ہمارے راستوں کی طرف رہنمائی کریں، اور خدا مددگاروں کے ساتھ ہے (العنکبوت-69)

اور ہمیشہ آگے......

خدا عظیم ہے اور الحمد ہلل،

حسن البنا۔ *(: ماخذ: ویکیپیڈیا، اخوان المسلمون).

ضمیمہ 2

انتہائی اہم اسلامی حوالوں اور اخوان المسلمون پر ان کے اثرات کا ایک جائزہ

مفکر	خوارجوں	احمد بن حنبل	ابو حامد الغزالی	ابن تیمیہ	محمد بن عبد الوہاب
	658م	780م-855م	1058م-1111م	1263م-1328م	1703م-1791م
اپنائے ہوئے عہدے	• مسلمانوں کے مابین پہلی خانہ جنگی میں ثالثی کا انکار۔ • وہ معاویہ اور علی کی دو متحارب فریقوں کا کفر کرتے ہیں اور ان کے خلاف جہاد کی منظوری دیتے ہیں۔ • خارجیوں نے اس فیصلے پر بیعت کرنے کا انتخاب کرتے اور ان سے وعدے کرنے پر اصرار کیا۔ • صرف خدا کا حکم ہے۔ • معمولی گناہوں کا کڑا اور سخت نظریہ کفارہ قائم کریں۔	• عقیدہ کی بنیادیں جو قرآن و سنت پر مبنی اس کے نام سے مشہور ہیں۔ • نصاب کی بنیاد روایات اور پیشرفت پر منطقی پر مبنی ہے۔ • اس نے معتزلہ کی منطق اور نقطہ نظر کا مقابلہ کیا، جس میں ایمان تک پہنچنے کے لئے استدلال کے استعمال کا مطالبہ کیا گیا ہے۔ • احادیث جمع کر کے ایک متن حوالہ تشکیل کرنے میں تعاون کریں۔	• وہ فکری مداحل (شبہات، نظریات اور عقائد کا مطالعہ، الہیات، فلسفہ، اور باطنی فلسفہ کے مطالعے کے بعد تسوق کے نظریہ پر آزاد ہو گیا)۔ • اس نے ان مسلم فلسفیوں پر حملہ کیا جو کافر یونانی تصنیفوں سے متاثر تھے۔ • اسماعیلی اور قرامطیان اسلام کو باطنی فرقوں کے خطرہ کو بے نقاب کرنا۔ • علوم احیاء الدین لکھا جو مسلمانوں کے لئے سب سے اہم مذہبی حوالہ ہے۔	• وہ بن حنبل کے نظریے سے متاثر تھا جس سے، سخت بیان کیا جاتا ہے۔ • اس نے احمد بن حنبل کے ذریعے شروع کردہ سلفی حوالہ کو تقویت ملی۔ • انہوں نے منگول حکمران کو کافر قرار دیا اور ان کے خلاف جہاد کا فتویٰ جاری کیا۔ • تصوف سے لڑا۔ • شیعوں سے لڑا۔	• خدا کے لئے خالص توحید • مسترد شیعوں، تصوف اور توہمات کا مقابلہ کرنا، اور قبروں کی زیارت کرنے یا زیارت گاہوں اور درگاہوں میں فراخ دلی سے تخلیق کرنا۔ • راستباز پیشرو افراد کے نقطہ نظر کی طرف لوٹنا اور کفارہ دینا اور ان لوگوں کو سزا دینا جس میں اس کی پیروی کی جاتی ہے۔ • وہ امام احمد بن حنبل، ابن تیمیہ، اور ابن القیم الجوزیہ سے متاثر تھے۔
اخوان المسلمون کو متاثر کرنا	• خدا کا حکم • خدا کے فیصلے تک کفارہ کارنگ • حکمران کو چھوڑنے کی اجازت	تمام ترقی کے لئے ایک ضروری فقہی حوالہ	• ایک نظام کے اندر تصوف کی پیشن گوئی اور فلسفیات سنت کے مابین ہم آہنگی پیدا کرنا۔ • مذہب کے علوم کی ترجمانی میں اسلامی تحریکوں کا سب سے اہم حوالہ	کفارہ کے معاملات میں سلفی اور جہادی، اور خدا کا حکم تحریکوں کا سب سے اہم حوالہ	• اسلام کی آفاقی • کفارہ • جہادیہ

توسیع- ضمیمہ 2

انتہائی اہم اسلامی حوالوں اور اخوان المسلمون پر ان کے اثرات کا ایک جائزہ

فکر	جمال الدین الافغانی 1838م-1897م	محمد عبدہ 1849م-1905م	محمد رشید رضا 1865م-1935م	ابو الاعلیٰ المودودی 1903م-1979م
اپنائے ہوئے عہدے	• خلافت کی بحالی کے لئے اسلامی یونیورسٹی کا نظریہ پیش کریں۔ • انہوں نے علم اور دین کی تجدید کی عالم میں انقلاب کرنے کا مطالبہ کیا۔	• ان کا ماننا ہے کہ جمود اور پسماندگی کا سامنا کرنے کے لئے معاشرے میں تبدیلی اور اصلاح کرنا بتدریج ہونا چاہئے۔	• سلفی، مذہبی، مائل ہونے کے ساتھ۔ • صوفی طریقوں سے انکار۔ • انہوں نے زمین کے کسی خاص حصہ میں خلافت کے نظام کے قیام کا مطالبہ کیا، تاکہ وہ صرف ایک مرحلہ طے ہوگا جس میں علمائے کرام کی گریجویشن کے لئے ایک خاص پروگرام طے کیا جائے گا، بشرطیکہ اس کے بعد، ان کی طرف سے خلیفہ کا انتخاب ان کی شرائط حاصل کرنے کے بعد ہوگا۔	• حدیث اور فقہ کی تعلیم حاصل کی • انہوں نے مغربی نظریات خصوصا برطانوی استعمار کا مقابلہ کیا۔ • ہندوؤں نے مسلمانوں کے خلاف اپنی مہم چلائی۔ • انہوں نے مطالبہ کیا کہ ہندوستان سے آزادی کے بعد پاکستان میں حکومت اسلام کے نظام میں تعلیمات کو اسلام کے اطلاق میں لاگو کیا جائے۔ • ان کا رسالہ، القرآن کا ترجمان، ایک سب سے اہم عامل ہے جس نے ہندوستان میں اسلامی رجحان کو پھیلانے میں مدد فراہم کی۔
اخوان المسلمون کو متاثر کرنا	• اپنے خیالات پیش کرنے کے لئے سول اور رضائی معاشروں کے قیام اور پریس رسالوں کا خیال رکھیں۔ • سیاسی انقلاب اسلامی معاشرے کو آزاد کرنے کا تیز ترین راستہ ہے۔	سیاسی اور معاشرتی تبدیلی کے عمل میں اسلام کو ایک اہم آلے کے طور پر استعمال کرنے کے ذریعے (اسلام ہی حل ہے) نعرے کا بانی۔	• انہوں نے المنار میگزین کی بنیاد رکھی، جو مصر میں عصری اسلامی بنیاد پرستی کی سب سے اہم فکری جڑ ہے، کیونکہ اس نے متعدد دینی نظریات کو اپنایا جسے بعد میں متعدد سلفی تحریکوں نے قبول کیا۔ • حکمران کے خلاف مزاحمت کرنے کی اجازت۔ • یہ ترقی پسند اہداف پر منحصر ہے۔	• مودودی فکر کا اثر حسن البنا اور سید قطب پر پڑتا ہے۔ • داعش نے ان کی تحریروں کو متاثر کیا۔ • اسلامی ریاست کے قیام اور اسلام کی آفاقی کے نظریہ کا سب سے اہم نظریہ۔ • اصلاح پسند سیاسی اسلام کی تحریکوں کی سب سے اہم علامتیں (سلفی اور جہادی) • خدائی حکمرانی، معاشروں اور ریاستوں کا کفارہ، اور عالمی جہاد کے بارے میں اس کا نظریہ۔

ضمیمہ (3)

اخوان المسلمون کے انتہائی اہم فکری حوالوں کی سوانح کا خلاصہ۔

خوارج: 658 میلادی (عیسوی)

ان کی پیدائش کے حالات

بغاوت کی تحریک اور ایک اسلامی زبانی گروہ، جو تیسرا راشدون خلیفہ عثمان بن عفان کے دور کے اختتام پر اور چوتھے راشدون خلیفہ علی بن ابی طالب کے عہد کے آغاز کے بعد پیدا ہوا، جو اس کے عہد کے دوران شروع ہوئے سیاسی تنازعات کے نتیجے میں حکمرانی اور خانہ جنگی کے بحران سے پیدا ہوا تھا۔ جانشینی پر ایک جدوجہد شروع ہوگئی، اور قانونی چارہ جوڑے دو مخلاف گروہوں میں تقسیم ہوگئے اور دونوں فوجیں عیسوی میں "صفین" کی لڑائی میں مل گئیں۔ اقتدار کے خلاف لڑنے والی دونوں جماعتوں نے اپنے درمیان تنازعہ طے کرنے کے لئے ثالثی کے خیال کا سہارا لیا۔ علی بن ابی طالب کی فوج نے صفیں کھڑی کیں اور اسے چھوڑ دیا، اسی وجہ سے خارجیوں کا نام لیا گیا۔ ثالثی کے خیال کو مسترد کرتے ہوئے، حکم صرف اور صرف خدا کا ہے۔ خارجیوں نے علی اور بعد میں معاویہ پر کافر ہونے کا الزام لگایا، پھر انہوں نے اس وقت اسلامی ریاست کے رہنماؤں کا مقابلہ کیا اور اپنے مسلک اور اپنے خیالات کی جنونیت کے دفاع میں ایک شدت پسند گروہ تشکیل دیا۔ کھارجیوں نے اس حکم کی پاسداری اور بیعت کرنے پر اصرار کیا، اس کے ساتھ ہی ہر چھوٹی چیز کے لئے مسلمانان امیر کو بھی جوابدہ ٹھہرایا جائے۔

اخوان المسلمون نے ان کے نظریات سے کس حد تک متاثر کیا۔

اس گروہ کا جدید اسلامی تحریکوں پر براہ راست اثر ورسوخ نہیں تھا بشمول اخوان المسلمون بشمول عقیدے کے۔ بلکہ ،ان کے اثر ورسوخ کی نمائندگی ان کے سیاسی عہدوں کی کی گئی تھی جس اس گروہ سے علیحدگی کی اجازت دی گئی اور ایک مذہبی نقطہ نظر پر مبنی حکمران اتھارٹی جو انسانوں تقلید میں میں پر ہی نہ یں بلکہ خدا حکمرانی کرتی ہے۔ اخوان المسلمون کے نظریاتی ماہرین خصوصا مسٹر قطب نے اس قانون کو انسانی قانون سازی)مثبت قانون(کی حمایت کرنے والے سیاسی فیصلے کی خلاف ورزی کرنے اور اس بنیاد پر کافر قرار دینے اور اس کے خلاف جہاد کے حق کو جائز قرار دینے کے لئے استعمال کیا۔ لہذا، یہ تین متعلقہ خیالات ہیں: حکمرانی خدا کے لئے ہے،اور جو شخص خدا کے سوا کسی اور پر حکمرانی کرتا ہے، پھر)ان کے نقطہ نظر سے (اسے کافر قرار دینے کا حق ہے،اور اس طرح) جہاد (سے اس کا مقابلہ کرنا چاہئے۔

أحمد بن حنبل، 680-855 عیسوی

چار اماموں میں سے آخری امام بغداد میں پیدا ہوئے اور ان کی پرورش ہوئی، وہ امام، کا طالب علم تھا of الشافعي اور وہ سلفی افکار کی ایک ایسی بنیاد تھی، جو قرآن اور حدیث میں صرف ایک حقیقی عقیدے کی اساس کو دیکھتی ہے. اسی وجہ سے، انہوں نے سخت کوششوں کے بجائے ایک طویل عرصہ حجاز، یمن اور الیونت کے ممالک کا دورہ کرتے ہوئے احادیث نبوی کو جمع کیا، خدا کی دعا اور سالمتی ہو، جو انہوں نے سنی حدیث المسجد "کے ایک سب سے "اہم مجموعہ میں پیش کیا اور جو اس وقت تک حدیث کے مطالعہ کے اس میدان میں ایک بہت بڑا اثر ورسوخ جاری رکھے ہوئے ہے۔ ابن حنبل نے سحر طاری اور رواداری کی زندگی بسر کی اور سینئر لوگوں کی طرف سے پیش کردہ گرانٹ اور تحائف کو قبول نہیں کیا.

ایسی شرائط جنہوں نے اس کے فکری رجحانات کو ابھرنے میں مدد فراہم کی۔

احمد ابن حنبل کی فکری شخصیت کے قیام کا فیصلہ کن واقعہ معتزلی افکار کے خلاف ان کی جدوجہد ہے، جو عباسی خلیفہ المومن کے دور میں اور المعتصم اور الوثق کے بعد عباسی ریاست کے لئے سرکاری حوالہ تھا۔ اس کی جدوجہد اس وقت مرکزی امور کے گرد گھوم رہی تھی جس نے اس وقت فکری میدان پر قبضہ کیا تھا، جس میں قرآن کریم کی تخلیق کا مسئلہ بھی شامل تھا، جہاں ابن حنبل نے قرآن مجید کا عالج نہ ہونے کے دفاع کے سلسلے میں اس خیال کی بھرپور مزاحمت کی تھی اور اس طرح یہ ابدی ہے، اور اسی وجہ سے جو کچھ بھی اس آیا وہ ہر جگہ اور وقت کے لئے اچھا ہے اور یہ ضروری ہے۔ یہ اس کی کاریگری اور تفصیالت کے ساتھ الگو ہوتا ہے۔ ابن حنبل کی فکر اور معتزلی کی فکر میں فرق مذہبی حقیقت تک پہنچنے کے نقطہ نظر میں ہے، کیوں کہ معتجلی اور یونانی فلسفیانہ ورثہ کے، زیر اثر وجہ پر منحصر ہے جبکہ ابن حنبل منتقلی کا طریقہ اختیار کرتا ہے، قرآن مجید سے براہ راست تبدیلی کے بغیر اور پھر حدیث کی ترسیل کا طریقہ.

آخر کار، ابن حنبل نے ایک طویل قید اور اذیت کے بعد اپنے مخالفین پر فتح حاصل کی جس کے دوران یہ خلیفہ المتوکل نے 847 عیسوی میں اقتدار سنبھال لیا، کیونکہ بعد میں مؤقف نے اپنے ریٹائرڈ ایمانیے کے ساتھ فلکر کا کام ختم کیا اور احمد بن حنبل کی آزمائش ختم کر دی.

اخوان المسلمون جس حد تک اس کے نظریات سے متاثر تھا۔

آج تک اسلامی افکار میں ابن حنبل کے مستقل اثر ورسوخ کی نمائندگی اس کے طریقہ کار میں کی گئی ہے جو اسلامی مذہب کی مقدس بنیاد متون، یعنی قرآن اور سنت پر مکمل اور لفظی انحصار پر مبنی ہے، اور ان کو اپنانے کے اس کی ضرورت، جیسا کہ منظور شدہ حوالوں سے نقل کیا گیا ہے۔ جدید الشان دور میں حامد الغزالی، ابن تیمیہ، اور محمد عبد الوہاب سے لے کر رشید رضا اور حسن البنا تک، محمد نصر الدین االلبانی اور عبد العزیز بن الباز تک، یکے بعد دیگرے سلفیوں نے یہی جانا تھا۔

اس کی تحریریں۔

مسند: مسند امام احمد حدیث کی سب سے ، مشہور اور وسیع کتاب ہے اور امام احمد نے اپنی زندگی کے دنوں میں اس کی تالیف کی، اور اس میں ابوالحسن بن المناوی کی روایت کے مطابق تیس ہزار احادیث بھی شامل ہیں، بشرطیکہ المسجد کی احادیث کو سات سو سے زیادہ صحابہ کرام نے روایت کیا ہے۔ لوگوں کے لئے یہ عظیم کام جاری ہونے سے پہلے ہی ان کی موت ہوگئی، لہذا ان کے بیٹے عبد اللہ نے اس کی تیاری پر کھڑے ہو کر کچھ ایسی مستند احادیث بھی شامل کیں جو انہوں نے سنی تھیں کہ انہوں نے اپنے والد کی وفات کے بعد شامل کیا۔ :

بیماریوں اور مردوں کا علم: اس کے بیٹے عبداللہ کے ذریعہ روایت کیا۔

اسامی اور لقب

ابی داؤد کے۔ سواالت

سنت کے اصول

جہمیہ اور علمائے دین کا جواب

سنسنی

بیماریوں اور مردوں کا بہشان: المروزی روایت اور لوگ

ابو حامد محمد الغزالی ع. نام: ابو حامد 1850-1111

نام: ابو حامد الغزالی بن محمد بن أحمد الغزالی الطوسی [325]

تاریخ اور تاریخ پیدائش: گاؤں میں سن 1558 عیسوی کو سن وہ خراسان کے صوبہ طوس کے قریب "غزالہ" نامی ہجری میں پیدا ہوا، اسی 450 وجہ سے اس کا نام الغزالی تھا[326]، اور اسی مناسبت سے (ہجری 505 عیسوی 1111 میں ان کا انتقال ہوا)۔

ایسے حالات جنہوں نے ابو حامد الغزالی کی فکر کے خروج کو متاثر کیا:

الغزالی عہد کو) پانچویں صدی ہجری کے نصف (کے دوران اسلام میں فلسفیانہ نقطہ نظر کی نشو و نما کے ساتھ دانشورانہ طور پر نشان زد کیا گیا تھا، اور اسلام میں روحانی زندگی کے مضمرات اور اس میں صوفی مکتب کی خصوصیات کو گہرا کیا گیا تھا۔ سیاسی طور پر، ابو حمید محمد الغزالی کے عہد کو ایک سیاسی، فوجی اور اخلاقی، گراوٹ کا نشانہ بنایا گیا جس میں ترک عناصر بغداد، میں اقتدار پر قابض ہو گئے اور سلجوق اس میں موثر طاقت کے مالک بن گئے، اور اسماعیلیوں اور البطینیہ نے خلافت کو خطرہ بنا دیا، اور قمر طین یوں کا خطرہ پھیل گیا، اور اینٹیوک اور بیت المقدس عیسائیوں کے ہاتھوں میں آ گئے۔ جب سلجوقی سنی مسلک کے دفاع کے لئے باقاعدہ اسکول قائم کر رہے تھے، مصر میں فاطمی عبیدی سر گرمی سے شیعہ مسلک کی حمایت کر رہے تھے، اور اس طرح اسلام میں فرقہ وارانہ تنازعہ شدت اختیار کرتا گیا[327]۔

---

325. نزار عیون السود، عربی انسائیکلوپیڈیا، الغزالی ابو حامد، لنک پر: https://arab-ency.com.sy/detail/7001

326. سمیر حلبی، امام الغزالی، اخلاقی نقطہ نظر کی جھلکیاں (ان کی وفات کی برسی کے موقع پر 14 جمادی الآخرہ 505 ھ) اشیف سائٹ پر، اسلام آنلائن، لنک پر: https://archive.islamonline.net/10903

327. ابو حامد الغزالی، الجمهرہ سائٹ لنک پر: https://islamic-content.com/term/443

اپنی زندگی کے آغاز میں، ابو حامد محمد الغزالی اپنے غریب صوفی والد کے آغاز سے ہی متاثر ہوئے تھے، جنہوں نے اپنی وفات سے پہلے ہی ان کی دیکھ بھال اور تعلیم کے ایک صوفی دوست کی سفارش کی تھی، اور ان کی جوانی ابو حامد محمد الغزالی نے متعدد علماء کے تحت تعلیم حاصل کی تھی۔ چنانچہ اس نے طوس میں امام احمد الرازاکانی، اور امام ابو نصر االسماعیلی کے ہاتھوں فقہ لیا اور جب وہ نیشا پور چلے گئے، تو انہوں نے دو مقدس مساجد کے امام "ابي المعالي الجويني"[328] کے ہاتھ سے فقہ کی بنیادی اصولوں اور سائنس الهیات کا علم حاصل کیا۔ ابو حامد محمد الغزالی کو اسلامی عقیدے میں مہارت حاصل کرنے اور اس سے بیزار "دفاع کے لئے "حجت الاسلام کے نام سے جانا جاتا تھا[329]۔ ابو حامد محمد الغزالی کتنے معروف تھے کہ وہ سیکھنے اور سیکھانے کی اپنی شدید خواہش کے لئے مشہور تھا، اور ان کے اس زمانے کے مروجہ علوم میں دلچسپی لینے کا جنون ان کے فکری مراحل سے ظاہر ہوتا ہے کہ وہ پہنچنے سے پہلے ہی گزرے اور آخر کار تصوف کی سائنس میں بس گئے، اس کے مطابق انہوں نے اپنی کتاب "نجات سے نجات دہندہ" میں بیان کیا ہے۔ ابو حامد محمد الغزالی نے جو فکری مراحل طے کیے وہ اس طرح ہیں۔ شک کا مرحلہ .2- مطالعہ -1 کے افکار اور عقائد .3- مطالعہ تقریر .4- مطالعہ کا فلسفہ۔. تصوفعقیدہ بازی کا مطالعہ۔6-5

اُبو حامد محمد الغزالی نے جن مراحل سے گذرے ان کی فکر کی نشو ونما میں انھیں بہت تقویت ملی اور اس نے انھیں چھپی ہوئی چیزوں کی تحقیق و تفتیش کی طرف راغب، کیا، اور وہ اپنے عقیدے مطالعے، گہرائی اور فکر کے بعد تک کسی فکری مرحلے سے دوسرے فکری مرحلے میں تبدیل نہیں ہوا، یہاں تک کہ وہ آخر کار تصوف کے نظریہ پر قائم ہوا۔ ابو حامد محمد الغزالی صوفی نصاب سے اس حد تک متاثر ہوئے کہ انہوں نے بغداد کے نظامیہ اسکول میں تدریس چھوڑ دی، لوگوں سے سبکدوش ہوئے اور 11 سال سفر کیا جس کے

328. قتیحہ زرداوی، سیاست اور اخلاق غزالی کے فکر میں، مطالعیں اور بحث، 3 Volume، 141-152 Pages، Numero، ASJP سائٹ پر: https://www.asjp.cerist.dz/en/article/4202

329. سابقہ ماخذ، نزار عیون السود،، عربی انسائیکلوپیڈیا، ابو حامد الغزالی

دوران انہوں، نے دمشق، یروشلم، ہیبرون مکہ اور مدینہ کے درمیان سفر کیا[330]۔ سائنس آف دین، "جو الغزالی کی لکھی جانے والی اب تک کی سب سے اہم کتابوں میں سے ایک ہے، کیونکہ یہ پوری دنیا میں بڑے پ یمانے پر پھیل چکی ہے اور اس کی متعدد رواں زبانوں میں ترجمہ ہو چکا ہے۔ ابو حامد محمد الغزالی پانچویں صدی ہجری میں عالم اسلام میں ایک عظیم مقام رکھتے تھے، اور امام الغزالی نے اپنی زندگی)55 سال(کے دوران سائنس کی مختلف اقسام میں متعدد کتابیں مرتب کیں تاکہ یہ کہا گیا: اگر اس کی درجہ بندی کو ان کی زندگی کے ایام میں تقسیم کیا جاتا تو ان کے پاس ہوتا۔ ہر روز ایک کتاب اور اس کی متعدد دینی کتب کا مطالعہ آج بھی ہو رہا ہے[331]، شاید ان میں سب سے اہم کتاب "مذہب کے احیاء" پر ان کی کتابیں ہیں۔

أبو حامد الغزالی کا اسلامی فکر کے ساتھ رشتہ.

الغزالی کی اپنی کتاب فالسفروں کے زوال "کی" اشاعت نے فلسفہ کو اس طرح پسماندہ کر دیا کہ عالم اسلام میں اس کے سابقہ اہم مقام پر اس کا سراغ لگانا مشکل ہو گیا۔ اور چونکہ الغزالی - اور بغیر کسی تنازعہ کے - الہیات اور فلسفے کا ماہر تھا، اس لئے انہوں نے اپنے نقادوں کے مطابق، مسلمانوں میں سائنس کے خلاف نفرت پھیلائی، جو باآلخر اسلامی تہذیب کے زوال اور زوال کا باعث بنی۔ یونانی فلسفیانہ ادب کو عربی میں ترجمہ کرنے کا اثر ابو حامد الغزالی کی اپنی مشہور "کتاب "فالسفروں کا فالس شائع کرنے کی بنیادی وجہ تھی اور اس کے آغاز میں یہ بتایا گیا کہ الفرابی اور ابن سینا جیسے مسلمان فلسفی کافر ہیں۔ کیونکہ وہ یونان کے کافر، فلسفیوں، جیسے سقراط افالطون اور ارسطو سے متاثر تھے۔ یہ کتاب عرب مشرق فلسفے کے خلاف مزاحمت کے ایک موجودہ حریف میں تبدیل ہو گئی ہے۔ ابن شید نے بارہویں صدی سے عرب مغرب کو اس موجودہ عمل سے متاثر ہونے سے روکنے کی کوشش کی، لہذا اس نے الغزالی پر حملے کے لئے پوری طرح سے تین

330. مذید معلومات کے لئے دیکھو: اشعریہ "شدت پسندی کے مقابلہ میں اعتدال"، اسلامی موومنٹ پورٹل سائٹ، 2018 November 05، لنک پر:
https://www.islamist-movements.com/3449

331. محمد جمال امام، الھدی منزلیں، حجت السلام ابی حامد غزالی، پہلا حصہ، 2014، ص23

کتابیں شائع کیں جو بالترتیب ہیں": مضمون "مضمون،""ثبوت کا طریقہ اور ثبوت کی گھبراہٹ "تاہم ان پر الحاد کا الزام لگایا گیا تھا اور اس کی تمام کتابیں جال دی گئیں۔اور پھر اسے ایلیسانہ جالوطن کر دیا گیا۔

www.ikhawanwiki.com

بہت سارے محققین نے ابو حامد محمد الغزالی کی فکر کا مطالعہ کیا،اور الغزالی سمجھتے ہیں کہ ان کی زندگی میں ایک ایسا فکری تجربہ ہوا کی وجہ سے وہ فکری جائزے کا باعث بنے جس نے،اس فیلڈ میں ایک علمبردار اپنی فکر کو افزودہ کرنے میں بہت بڑااثر ڈاال،انہوں نے سنت نبوی،فلسفہ اور تصوف کوایک ہم آہنگی نظام بنانے میں بہترین کارکردگی کا مظاہرہ کیااور مذہبی اسکالرز کے ایک بڑے شعبے کو یہ سوچنے کے لئے کہ وہ منظم سوچ کی فلسفیانہ منطق سے مطمئن ہوں، تصوف کو شریعت کے مظہر کی تعمیل کرنے کے لئے بحال کریں،اور فلسفوں کی لگام کوان کی قطعی علت سے منسلک کریں۔-:

ان کی سب سے اہم کتابیں:

1- مذہب کے علوم کو زندہ کرنا یہ ان کی سب سے اہم کتاب ہے اور مسلمانوں میں سب سے زیادہ وسیع ہے، اور یہ ایک جامع انسائیکلوپیڈک کتاب ہے جس میں کہا گیا تھا: اگر اس کتاب کے بارے میں لکھی گئی ساری کتابیں تباہ کر دی گئیں اور صرف اس کتاب سے نجات پائی جاتی ہیں، اور اسی وجہ سے اسے علوم کے الجامع کہا جاتا تھا۔:

2- فریب سے نجات دہندہ: یہ ایک ایسی متاثر کتاب ہے جس میں الغزالی نے اپنی سوانح عمری ریکارڈ کی ہے، اور اس میں وہ بیان کیا ہے جس سے اس نے مکمل روحانیت اور یقین اور روحانی زندگی اور نیک اعمال کے طور پر ان کے مذہب کے تصور کو حاصل کرنے سے قبل نفسیاتی اضطراب اور فکری انتشار کے روحانی سفر میں کیا سامنا کیا تھا، نہ کہ صرف رسومات اور رسم رواج ہی۔

3- البطینیہ اسکینڈلز: البطینیہ اس نام سے منسوب ایک کھوئی ہوئی جماعت ہے کیونکہ اس کے پیروکار یہ دعوی کرتے ہیں کہ قرآن مجید کی ظاہری شکل اور ایک پوشیدہ ہے، اور صرف ان کے امام کو اس داخلہ کے بارے میں معلوم تھا، لہذا بہت سے لوگوں کو ان کے کالم سے دھوکہ دینے کا ایک سبب تھا، اور ان گروپوں میں سے سب سے مشہور اسماعیلی قرمتیہ اور خرمیہ (کتاب الغازی میں پیش کیا گیا تھا۔ یہ گروہ اسلام کے خلاف ہیں کیونکہ انہوں نے اپنے کرپٹ عقائد کو پھیلانے کے لئے مسلمانوں کی صفوں میں دراندازی کی ہے۔ ان میں قرآن مجید کی ان کی تحریف شدہ تاویلیں، اور ممنوع کی اجازت کے لئے ان کی کالیں ہیں۔ جیسے بیٹیوں اور بہنوں کے نکاح کی اجازت شراب پینا، اور دیگر حرام خوبیوں سے الجزالی نے ان گروہوں کے مقصد کو بے نقاب کیا اور ان کو پکارنا در حقیقت ماگی کے مذہب کی دعوت ہے۔

4- فلسفیوں کا رش: اس کتاب نے فلسفہ دانوں کے تکبر اور ان کے دماغ سے غیب کے معاملات میں حقیقت جاننے کے دعوے کو زبردست دھچکا پہنچا ہے۔ الغزالی نے اپنی کتاب میں فلسفے کی خامی کا جواب تلاش کرنے میں ناکامی کا اعلان کیا، جیسے تخلیق کار کی نوعیت اور دیگر امور جن کی حقیقت کو خلاصہ وجہ سے سمجھا نہیں جاسکتا۔ الغزالی نے بیان کیا کہ فلسفہ کے مفادات پیمائش کے معاملات تک ہی محدود رہیں۔

تقی الدین ابن تیمیہ 1263-1328 عیسوی

مغل کے ہاتھوں بغداد کے خاتمے کے صرف چار سال بعد ابن تیمیہ پیدا ہوا، یہ واقعہ جس نے عباسی ریاست کے خاتمے کا اشارہ کیا۔

ابن تیمیہ دمشق میں پروان چڑھا، جو حاران)اُب ترکی میں (پر اپنے ملک کے وطن پر تاتار حملے کے نتیجے میں مہاجر کی حیثیت سے آیا تھا۔ وہ حنابلی اسکول میں پڑھتا تھا اور ابتدائی عمر) 17 سال (سے لکھنا پڑھنا شروع کرتا تھا۔ انہیں اچھی طرح سے آگاہ کیا گیا، عقیدے کے بارے میں لکھا گیا اور مقررین خصوصا مفت بجلی کی رائے کی تردید کی اور اسلام سے متعلق ہر بڑے اور معمولی مسئلے میں بحث کی، چاہے یہ قرآنی متن ہو یا رسول اللہ کی احادیث حتی کہ یہاں تک کہ شیخ الاسلام کا لقب بھی۔ انہوں نے متعدد الزامات کے تحت، ایک بار عوام کو اکسانے اور ایک بار تصوف اور دیگر کے خلاف اپنے فتوے کے الزام میں، 67 سال کی عمر میں ان کی جیل سے گذرنے تک، اسے متعدد بار جیل کا سامنا کرنا پڑا۔

وہ حالات جنہوں نے اس کے فکری رجحان کو سامنے آنے میں اہم کردار ادا کیا:

ابن تیمیہ نے اس کے منتشر اور زوال کے دور میں اسلامی عرب سلطنت کی زندگی بسر کی، جو منگولوں، مملوکس اور صلیبی جنگوں کی بیرونی قوتوں کے حملوں سے کمزور ہو چکا تھا۔ اس اعتکاف کا ابن تیمیہ کی فکر اور فتوؤں پر اثر پڑا، اور انہوں نے اپنے فقہ اور دشمنوں سے مقابلہ کرنے اور اس مرحلے پر اسلام اور مسلمانوں کی پوزیشن کو بحال کرنے کا بہترین طریقہ ان پر عمل کرنے میں سختی کو دیکھا۔

ابن تیمیہ ابن حنبل کے نظریے سے متاثر تھا، جسے انتہا پسندی سے تعبیر کیا جاتا ہے اور انہوں نے مسلمانوں کے مابین جہاد کا نظریہ تیار کیا اور قرآن مجید میں طے شدہ جہاد کی آیات کے ذریعہ اسے مذہبی اور دنیاوی جہت عطا کی۔ ابن تیمیہ نے بہت ساری فکری اور سیاسی جدوجہد کیں، ان میں سب سے مشہور یہ تھا کہ وہ منگولوں کی مزاحمت میں ان کا حصہ تھا جو اپنے ملک شام کو خطرہ بنا رہا تھا، لوگوں کو ان سے لڑنے کے لئے اکسایا اور اپنے

کفارہ کے لئے مشہور فتوے جاری کیااور فاتح کے بجائے فاتح کی حیثیت سے ان کا مقابلہ کرنے کی ضرورت کو پیش کیا۔اس نے صوفی افکاراور طرز عمل کے ساتھ ساتھ اسماعیلی شیعوں کی بھی مخالفت کی ہے۔

اخوان المسلمون نے اس کے نظریات سے کس حد تک متاثر کیا:

،بعد میں اسلامی تاریخ میں فکری اور سیاسی تحریکوں نے ابن تیمیہ تیمیہ کے نظریات اور فتوؤں کو بڑے پیمانے پر استعمال کیا ہے،اس کے علاوہ ابن قایم الجوزیہ ابن کثیر اور شمس الدھابی جیسے براہ راست طلباء کے علاوہ .ابن تیمیہ نے اٹھارہویں صدی میں وہابی تحریک کے لئے ایک بنیادی فقہی حوالہ تشکیل دیا،اس کا اثر معاصر تاریخ تک پھیال، جہاں مسلح، تحریکوں سے گزرتے ہوئے محمد راشدہ ردا، حسن البنااور سید قطب سے شروع ہو کر مختلف مفکرین اور اصلاحات اور جہادی تحریکوں کے افکار اور فتوے اختیار کیے : گئے ، جیسے :القائدہ :داعش بوہورام اور دی گر.

ان کے خیالات میں جو ہنگامہ خیز اسلامی تاریخ کی لہروں سے اوپر تیرتا ہے اور ان کے ابتدائی ظہور کی صورتحال اور وجوہات سے مختلف حالات اور مقامات پر کام کیا جاتا تھا: حکمرانوں کے کفارہ کا خیال، کیوں کہ وہ خدا کے ، قانون پر عمل نہیں کرتے ہیں اور ان کے خلاف جہاد کا اعلان کرنے کی اجازت ہے۔ یہ جدید مفکرین بھی ابن تیمیہ کی پیروی کرتے ہوئے اپنے تصوف اور شیعہ مخالف موقف میں بدعت اور اصلی خالص اسلام یعنی پہلے پیش رو کے اسلام سے علیحدگی اختیار کرتے تھے۔

ان کی سب سے اہم کتابیں:

1- **مکمل پیغام**: یہ کتاب کمال کی صفات کے بارے میں بات کرتی ہے، خدائے تعالی، کیونکہ یہ ابن تیمیہ کی ایک مشہور کتاب ہے اور اسی کے ذریعہ اس نے اشعری کے عقائد کی مخالفت کی۔

2- **اماموں اور قائدین پر الزامات اٹھانا**: ابن تیمیہ اس کتاب میں مسلم ائمہ کرام کی سوانح حیات کے بارے میں گفتگو کرتے ہیں، اور ان کے نظریات پر کام کرتے ہیں اور ان پر تبادلہ خیال کرتے ہیں، اور کتاب تین حصوں پر مشتمل ہے۔

3-استدلال اور ترسیل کے تصادم کو روکنا: یہ کتاب فخر الدین الرازی کی کتاب "کامل قانون" کے جواب میں سامنے آئی ہے، جس میں اس کے اور کتاب کے لوگوں اور فلسفیوں کے مابین ایک بحث ہوئی۔

4-جہنم کے مالکان سے متصادم: ہونے کے لئے سیدھے راستے کی ضرورت: اس میں ابن تیمیہ نے عیسائیوں اور یہودیوں کی تقلید کے معاملے اور ان کے تہواروں کے بارے میں بات کی۔

5-وسعتیاہ عقیدہ: اس کتاب --5 میں ابن تیمیہ نے اہل سنت، والجماع کے نقطہ نظر اعتقاد کی بنیادی باتیں اور متعدد امور پیش کیے ہیں جن میں شامل ہیں: مذہب اور عقائد کی بنیادی باتیں۔--

6- مسیح کے مذہب کو تبدیل کرنے والوں کے لئے صحیح جواب: اس کتاب میں بائبل کی تحریف کے بارے میں ثبوت اور خصوصی دلائل کا ایک سیٹ شامل ہے، اور یہ کتاب عیسائیوں کے جواب میں سامنے آئی ہے[332]۔

332. ابن تیمیہ کی کتابوں کی فہرست، ویکیپیڈیا سائٹ لنک پر: https://bit.ly/310sVKO

محمد بن عبدالوہاب بن سلیمان التمیمي 1703-1791

اس کا گھر: نجد، پہال سعودی عرب۔ انتہائی اہم خیالات: خدا کی خالص توحید. شیعوں) صوفیوں (اور صوفیاء، قبروں کی زیارت کرنے میں یا خرافات اور بدعتوں سے لڑنا یا مزارات اور مزارات میں فراخ دلی سے لڑنا، کیونکہ وہ شرک ہیں اور ان پر سزا الزمی ہے۔ اس نے توحید پرستی کے اپنے نقطہ نظر کی خلاف ورزی کرنے والوں سے ملنے کے لئے پولیس) مطوعین (کی طرح کی بات کی۔

-صورتحال :اس کے خیالات کو پھیالنا عقائد اور خرافات ہیں اور بعض مسلم حلقوں کے درمیان نیک پیشروؤں کی روایات سے انحراف، جیسے قبروں، مزارات اور مزارات کی زیارت کرنا، مردہ یا زندہ، لوگوں کے لئے بھیک مانگنا یا ذاتی ضروریات کے حصول میں خدا کی بجائے ان کا احسان کرنا۔

-وہ اس سے متاثر ہوا: -امام أحمد بن حنبل، ابن تیمیہ، اور ابن القیم الجوزیہ

-اس سے متاثرہ سب سے نمایاں افراد: -اخوان المسلمون کے بانی حسن البنا، اخوان المسلمون کے رہنما، اسامہ بن الدن، القاعدہ کے بانی اور امیر، اور القاعدہ میں اسامہ بن الدن کے جانشین ایمن الظواہری اور ابراہ یم عابد، ، ابراهيم علی البدري السامر عرفیت ہے): ابو بکر البغدادی (عراق اور دولت اسلامیہ) داعش (میں اسلامی ریاست کے رہنما۔

-محمد عبداللہ عبدالوہاب سعودی معاشرے کو مکمل طور پر قابو کرنے میں کامیاب ہوئے، خاص طور پر جب)پہلی (سعودی ریاست جزیرہ نما عرب میں اٹھارویں صدی کے وسط کے آس پاس قائم ہوئی تھی اور یہ محمد بن عبدالوہاب اور محمد بن سعود بن محمد آل کے مابین مذہبی سیاسی اتحاد پر مبنی تھی۔ مقرین، جو پہلے سعودی ریاست کا بانی یا درریا کا شہزادہ تھا، اور یہ اتحاد خدا کے دین کی وکالت، افواہوں اور خرافات کی مزاحمت اور اپنے

خادم خدا سے عقیدت کے ذریعہ بنایا گیا تھا۔ اور اس نے خدا کے دین میں داخل ہونے والی ہر چیز کو مسترد کر دیا جو اس میں نہیں ہے، اور محمد بن سعود نے اس کی تائید کی، چنانچہ وہ دریا شہر سے روانہ ہوا اور محمد بن عبدالوہاب سے مال، اور دونوں اس معاہدے کے اختتام کے بعد خدا کے قانون کے قیام کے لئے ایک ریاست کے قیام پر متفق ہو گئے اور انھیں "میثاق آف درعیہ" کہا جاتا ہے۔

اسی مناسبت سے وہابی سلفی مکتبہ فکر نے اپنے آپ کو عدم برداشت کیا اور ان تمام عقائد اور عقائد کو مسترد کر دیا، جنہوں نے اس کو لوٹا دیا اور جہاد کا نعرہ بلند کرتے ہوئے دوسروں کی سوچ کے وہابی نقطہ نظر کو بلند کیا اور پہلی سعودی ریاست نے جزیرہ العرب اور عراق کے کچھ حصوں، لیونت اور یمن پر قبضہ کیا۔ اور یہ دمشق اور کربال کے شمال میں حسین بن علی کے مقبرے کے مقام تک پہنچا، خداوند کریم اس سے راضی ہو جائے، جنوب میں یمن میں عمان اور حودیدیہ کے علاوہ عراق میں۔

محمد جمال الدین بن السید صفدر اافغانی، جمال الدین اافغانی

الاسد آبادی، اس نام سے مشہور تھا۔)1838-1897(عیسوی

وہ اسد آباد میں پیدا ہوا تھا۔

افغانی کا تعلق ایک قدیم افغان گھرانے سے ہے اور وہ کابل میں پال بڑھا، اور اپنی تعلیم کے آغاز میں ہی انہوں نے عربی اور فارسی دونوں زبانیں سیکھیں اور قرآن مجید اور اسلامی علوم کی کچھ تعلیم حاصل کی، اور جب وہ اٹھارہ سال کی عمر میں پہنچا تو اس نے سائنس کی تعلیم مکمل کی، پھر کچھ جدید علوم کے مطالعہ کے لئے ہندوستان کا سفر کیا[333]۔

-وہ حج کرنے کے لئے انیس سال کی عمر میں حجاز گیا، پھر افغانستان واپس آیا اور اپنی پوری زندگی علم اور سیکھنے کے خواہشمند رہا، کیوں کہ اس نے اپنی عمر کو فرانسیسی زبان سیکھنا شروع کی تھی اور اس نے بہت کوشش اور عزم کیا یہاں تک کہ اس نے اسے سیکھنے میں اچھے اقدامات کیے[334]۔

-اس نے آستانہ کا سفر کیا، اس کی شہرت پھیل گئی، اس کا قد بڑھ گیا، اور اصالح کو تیز کرنے کی ضرورت کے لئے اس کے مطالبے پر عثمانیوں میں اچھی بازگشت سنائی دی۔

-اافغانی 1871 میں مصر آیا اور، تھوڑی دیر کے لئے وہاں رہا االزہر کے بارے میں ہچکچاہٹ محسوس کی اور اپنے علماء سے مالقات کی، اور قرضوں کے بحران کے بڑھتے ہوئے اس نے وہاں اپنی سیاسی سرگرمی کا آغاز 1876 میں کیا اور اس کے آس پاس متعدد اسکالرز، مالزمین، معززین اور طلباء جمع ہوئے جنھوں نے کھیڈیو

333. سمیر حلبی، الفغانی، تنازعہ کے باوجود ایک مصلح (ان کی وفات کی برسی کے موقع پر: 5 شوال 1314ھ) ارشیف سائٹ، اسلام اون لاین، لنک پر:
https://archive.islamonline.net/9118

334. سابقہ ماخذ

کے ظلم و بربریت کے بارے میں شکایت کی اور جس سے مصری عوام رہتے ہیں۔ غیر ملکی مداخلت جو خود کو دو طرفہ مانیٹرنگ سسٹم اور پبلک ڈیبٹ کمیشن میں ظاہر کرتی ہے۔

-افغانی کو مصر نے اپنے خیالات کو فروغ دینے کے لئے ایک زرخیز ماحول پایا۔انہوں نے قومی صحافتی تحریک کا اظہار کرتے ہوئے سیاسی صحافت کے قیام میں کردار ادا کیا۔ شام اور لبنان کے متعدد صحافیوں اور دانشوروں کی پناہ کے نتیجے میں، کھیڈیو اسماعیل کی حکمرانی کے دوران مصر میں عام ماحول نے اس پریس کو ابھرنے میں مدد فراہم کی۔ اس کے علاوہ مصری مصنفین اور دانشوروں کے ذہنوں میں قومی خیالات کو ابھارنے کے علاوہ ان کے طالب علم محمد عبدو، عبداللہ الندیم یعقوب صنوع، محمود سامی البارودی اور ابراہی م المویلحی بھی ہیں۔

-مصر میں، افغانی نے مشرق کی پہلی قوم پرست جماعت (فری پی ٹریاٹک سیکرٹ پارٹی) کی قیادت کی، جس نے مصر کے نعرے کو مصریوں تک پہنچایا، سیاسی جمہوریت اور انفرادی حکمرانی کی آمریت سے آزادی کا مطالبہ کیا اور بیرونی اثر ورسوخ کے خلاف انقلاب برپا کرنے کا مطالبہ کیا۔

-انہوں نے مستعدی کو زندہ، کرنے، فکر کی تجدید کرنے افہام و تفہیم کو درست کرنے تقلید اور اندھے جنونیت کو مسترد کرنے، سنتوں کو زندہ کرنے اور بدعنوانیوں اور توہم پرستی کی موت، جادو اور تخریب سے دور نجاستوں سے پاک اور سائنس، تخلیقی صلاحیتوں اور جدتوں کی حوصلہ افزائی کرنے اور سائنس سے ہر کام میں بہترین کام لینے اور زیادتی اور غفلت سے دور رہنے کا مطالبہ کیا۔

-انہوں نے ظلم کا مقابلہ کرتے ہوئے اور مذہب کی تجدید کے لئے ایک انقلاب کا مطالبہ کرتے ہوئے کہا" :ایک ایسی مذہبی تحریک ہونی چاہئے جس کا تعلق عام لوگوں کے ذہنوں جکڑی ہوئی ہے اور ان کے حقیقی چہرے کے علاوہ کچھ مذہبی عقائد اور قانونی متن کو سمجھنے کی زیادہ تر خصوصیات ہیں۔تاکہ انھیں لے جائے جو دنیا اور آخرت میں ان کی خوشی ہے۔ ہماری الئبری ری کو ضرور بہتر اور نظرثانی کی جانی چاہئے، اور اس میں

تالیفات رکھنی چاہیں، جس کو سمجھنا آسان ہے، تاکہ ہم اسے ترقی اور کامیابی تک پہونچنے کے لئے استعمال کر سکیں۔" اس کی کال نے انہیں جدیدیت اسلام کے رجحان کا سرخیل اور بانی بنادیا۔

-وہ یہ مانتے تھے کہ دعوت دین کی اصالح اور سہولت کے لئے بنیادی اصول قرآن کریم پر انحصار ہے، اور وہ کہتے ہیں": قرآن فرینکس کی توجہ کو اسلام کی بھالئی کی طرف راغب کرنے کا ایک سب سے بڑاذریعہ ہے، کیونکہ یہ اس کی طرف اس کی حالت کی زبان کی دعوت دیتا ہے۔ وہ حق، آزادی اور مساوات کے اصولوں کی تصدیق کر رہا تھا۔

-اسلامی یونیورسٹی کے "اسلامی خلافت کی بحالی" کے خیال سے افعونی کے ذہن میں داخل ہوا، پھر اس نے اس پر دوبارہ غور کیا اور ہندوستان میں جالوطنی کے بعد اسے وجود میں الیا۔ اور اسلامی لیگ کا ان کا مطالبہ سامراج کے مستقل دعوؤں کا جواب تھا کہ مغربی ممالک اسلامی ممالک کے خلاف اپنے حملوں اور جارحیت اور ان کی رسوا اور جبر کے لئے یہ عذر یہ کہتے ہوئے استعمال کر رہے ہیں: یہ اسلامی مملکتیں تنزلی اور رسوائی کی ہیں، اس لئے کہ وہ اپنے طور پر اپنے معاملات، پر مبنی نہیں ہوسکتی ہ یں جبکہ انہی ممالک کی طرف سے وہ ہزاروں بہانے، یہاں تک کہ جنگ، لوہے اور آگ کے ساتھ، اسلامی ممالک میں تحریک احیائے اصالح کی ہر تحریک کو ختم کرنے کے لئے شکایت کرنے سے باز نہیں آتے ہیں۔ عالم اسلام کو ایک عظیم دفاعی اتحاد میں متحد ہونا ہے جو اپنے آپ کو اس فنا سے بچائے گا۔ اس مقصد کو حاصل اسے مغرب میں، it کرنے کے ل ترقی کی وجوہات کو بھی مدنظر رکھنا ہوگا اور اس کی برتری کے راز بھی رکھنا ہوں گے۔

-جن حالات نے اس کے فکری رجحان کو سامنے آنے میں اہم کردار ادا کیا:

-جس ماحول میں افغانی رہتے تھے اس وقت ہندوستان، ایران اور مصر میں آمریت، ظلم اور معاشرتی ناانصافیوں کا ہجوم تھا، جب کہ برطانوی قبضہ مشرق کے بہت بڑے علاقوں پر حاوی تھا، لہذا مذہبی اصلاحات کے لئے افغانی نقطہ نظر کو قرآن مجید اور تبلیغ کا مطالبہ کرنا تھا۔ یہ اس کی زندگی میں افغانی کی سب سے بڑی خواہشات میں سے ایک ہے۔

ان کی کتابیں:

-افغانی کو لکھنے میں زیادہ دلچسپی نہیں تھی، بلکہ ان کی فکر اپنے طلباء تک اپنے الفاظ اور خطبات فراہم کرنا تھی، پھر ان میں سے کچھ نے ان کو ریکارڈ کرنے اور اس کو ریکارڈ کرنے کی پہل کی۔ انہوں نے یہاں تک کہ اپنے طلباء کے بعد یہ بھی ذکر کیا کہ ان کا انتقال ہو گیا ہے اور انہوں نے صرف سیکولر عقیدہ کے خاتمے میں "ایک پیغام لکھا تھا جو انہوں نے حیدر آباد میں فارسی میں لکھا تھا۔

-اس نے اسے ایک چھوٹا خط لکھا جس میں اس نے افغانوں کی تاریخ میں بیان) کا تسلسل (کہا تھا اور یہ مصر میں چھپا تھا۔ ان دونوں، خطوط کے استثناء کے ساتھ اس نے اخبارات اور رسائل میں شائع ہونے والے مضامین آزادانہ طور پر چھاپے، اور محمد عبدو کی اس کے ساتھ العروہ الوثقہ میگزین "میں" شرکت اور اس میں ہر مضمون کے مصنف کا نام نہ الٹنے کا اثر ہوا۔ اس کے مالک سے اس کی وابستگی میں بڑی۔ یہ مطالعہ) جبونیت (امام، کے نام سے شائع کیا گیا تھا حالانکہ یہ جمال الدین نے تخلیق کیا تھا، اور یہاں ایک اور مشہور کتاب ہے، یعنی مذہب علم و تہذیب میں اسلام۔ اس کے ابواب، اسلام اور عیسائیت میں، اس کو االفغانی نے لکھا تھا۔

-اخوان المسلمون نے اپنے خیالات سے اس حد تک کس حد تک اثر ڈاال:-

-ایسا لگتا کہ البانی اپنے منصوبے میں البنا کے ساتھ موجود تھا۔ سیاسی مقاصد کے لئے مذہب، کے حصول کے خیال کے بعد البنا نے بہت سے معاملات میں افغانی کی تقلید کرنے کی کوشش کی۔ جبکہ البانی نے آزاد پیٹریاٹک فورم "کے نام"، سے جانا جاتا ہے، کو قائم کیا البنا نا نے ایک گروپ قائم کیا یہ "اخوان المسلمون ہے۔ جب افغانی اور عبدو نے کھیڈیو اسماعیل کے قتل کا منصوبہ بنایا تو، البنا نے قتل و غارت گری اور بم دھماکوں کی ایک مکمل خفیہ تنظیم قائم کی، اور جب افغانی نے فرانسیسی اور ولی عہد توفیق کے ساتھ مل کر خادیو اسماعیل کو ملک بدر کرنے کی سازش کی تو، البنا نے یمن میں امام یحیی کو معزول کرنے کے لئے کچھ اہل خانہ کے ساتھ مل کر سازش کی، جو کے نام سے مشہور ہوا 1948 ہے۔ اور جب افغانی ہر اس ملک کی جماعتوں

کے ساتھ اپنے سیاسی عہدوں پر ہیرا پھیری کر رہا تھا جس میں وہ رہتا تھا، البنا نے محل، "وفد پارٹی" اور دیگر جماعتوں اور انگریزوں کے مابین اپنے اتحاد آگے بڑھے اور ثقافتی اشرافیہ کی چاپلوسی کی میں حسین کے ساتھ جیسے طہ حسین گفتگو میں یا احمد امین پر فتح حاصل کرنے کی کوشش میں اور آخر کار بھی۔ افغانی.. نے متعدد اخبارات تخلیق ک البنا نے بھی ایسا ہی کیا۔

-البنا کو سلفی نظام سے تعلق رکھنے واال ایک افغانی طالب علم سمجھا جاتا ہے، کیونکہ وہ ایک فوجی بازو کے ذریعہ بندش اور خطرے کی ایک بڑی کاروائی کے ساتھ اس کو مذہبی سیاسی تنظیم میں تبدیل کرنے میں کامیاب ہو گیا۔

محمد عبدو حسن خیر اللہ 1849-1905 عیسوی

اصلاح اور نشاۃ ثانیہ کے ایک وکالت

پرورش کے حالات:

-وہ ترکمن باپ اور بنی ادی کے عرب قبیلے سے ایک مصری والدہ کے ہاں پیدا ہوا تھا، اور وہ بہیرا گورنری کے محل نصر گاؤں میں پال بڑھا تھا۔اس کے والد نے اسے گاؤں کے اسکول بھیج دیا جہاں اس نے اپنا پہال سبق حاصل کیا، پھر پندرہ سال کی عمر میں وہ ٹنٹا میں احمدی، مسجد-السید البدوی مسجد میں شامل ہوا، جہاں اس نے علوم فقہ اور عربی زبان اور قرآن مجید نے اپنے وجود کو محفوظ رکھا، پھر وہ 1865 میں االزہر میں تعلیم حاصل کرنے کے لئے منتقل ہوا، اور گریجویشن ہوا اس میں سال 1877[335]

- محمد عبدو اپنی زندگی کے آغاز میں خفیہ، تنظیمی اور تحریک کے کاموں پر یقین رکھتے تھے، اور وہ کھیڈوی توفیق کا تختہ پلٹنے کی کوشش کر رہے تھے اور ایک خفیہ تنظیم کی تالش کر رہے تھے جس میں انھوں نے حاصل کردہ تمام منصوبوں پر عمل درآمد کریں گے اور شیخ جمال الدین االفغانی کے ہاتھوں سیکھا جب وہ سے 1871 کے درمیان 1879 مصر میں مقیم تھے[336]۔

- اس کا نقطہ نظر اپنی زندگی کے آغاز میں لوگوں اور عوام کو ان کے معامالت کے حکمرانوں کے خلاف بھڑکانے اور ان کی بدنامیوں کو پھیالنے پر مبنی تھا، کیونکہ وہ 1881 میں احمد اور بی کے انقالب کے حامیوں میں سب سے آگے تھا اور جب اس میں ناکام رہا تھا، تو اسے جیل میں قید کر دیا گیا تھا اس سے پہلے کہ اسے تین سال کی جالوطنی کی سزا سنائی گئی تھی۔ مصر سے ان کی جالوطنی ایک نئے مرحلے کا آغاز تھا جس میں عرب ممالک میں اس کے اثر ورسوخ کا دائرہ وسیع ہوا اور بیروت میں، محمد عبدو رحلہ نے 6 سال سے زیادہ عرصہ گذرا، اس دوران اس نے پیرس اور تیونس کے ادوار کے لئے سفر کیا۔

335. محمد عبدو، معرفہ سائٹ لنک پر: https://bit.ly/2SKyet0

336 . عمر عبد المنعم، التی تصویر۔۔ امام محمد عبدو کا دہشت گردی سے تجدید تک کا سفر، (7)، امان سائٹ، 29 مئی 2018، لنک پر: http://aman.dostor.org/show.aspx?id=10929

1884 میں ، محمد عبدو اپنے پروف یسر اور دوست جمال الدین االفغانی کے ساتھ شامل ہوئے، جو ان سے پہلے پیرس گئے، جہاں انہوں نے "العروہ الوثقہ "نامی اخبار شائع کیا جس کی بنیاد اسلامی افکار نے اسی نام سے رکھی تھی، جس کا مقصد اسلامی فکر، مذہبی، سیاسی اور معاشرتی اصلاحات، اور استعماری فساد کے خلاف جدوجہد کے خلاف جدوجہد کرنا تھا۔

-عبدو تقریبا افغانی کے ایک فتوی کے ذریعہ کھیڈوی اسماعیل کے قتل میں ملوث تھا،اور یہ اسی بات کا خود محمد عبدو اپنی یادداشتوں کے متن میں اعتراف کرتے ہیں، جہاں انہوں نے کہا: شیخ جمال االفغانی نے خول سے اتفاق کیا اور تجویز دی کہ میں اسماعی ل کو مار ڈالوں اور وہ ہر روز اپنی گاڑی سے قصر النیل پل پر جا رہا تھا۔ لیکن یہ سب ایک لفظ تھا جو ہم آپس میں سرگوشیاں کر رہے تھے۔ اور میں نے اسماعیل کو مارنے کے لئے پوری منظوری سے اتفاق کیا، لیکن جو کمی تھی وہ تھا جو اس تحریک میں ہماری رہنمائی کرے گا۔

-پھر عبدو اور محمد رشید رضا نے اس کے بعد عام طور پر نوآبادیات کے لئے غیر جانبدارانہ مؤقف اختیار کیا، اور اس کی ترجیحات نوجوانوں کو تعلیم یافتہ اور تعلیم دینے کی تھیں تاکہ ان مغرب کا سامنا کرنے والی نشاۃثانی اور طاقت کے ان حالات کا اندازہ کیا جاسکے اور محمد عبدو الرڈ کرومر کے ساتھ دوستی کے ٹھوس بندھن میں جکڑے ہوئے تھے۔ جو میں اسلامی سرزمین 1899 کے مفتی کی حیثیت سے اپنی تقرری کے پیچھے کھڑا ہوا اور میں، یعنی محمد علی 1905. کی پیدائش کی صدی کو اس پر محمد علی، اس کی دانشمندی اور عزائم پر حملہ کرنے والے مضامین لکھے۔

- عملی طور پر، شیخ عبدو نے، اپنی اصلاحی تحریک کا قیام قدامت پسند اور لبرل سیکولر سلفی آپشنوں کو ختم کرنے کی بنیاد پر کیا، جو اس بات پر متفق تھا کہ سائنس مذہب سے متصادم ہے، اور اسی وجہ سے محمد عبدو نے دو محاذوں پر لڑنا شروع کیا، اس نے اپنی اصالح پسندانہ سرگرمیاں دو فریقوں) سلفی اور لبرل کو اپنانے کی خاطر تقسیم کیں۔ مذہبی تجدید کے انتخاب کے ، سلفی گروپ کو قائل کرکے اسلام کی روایتی تشریح کو مسترد

کرتے ہوئے، اور دوسری طرف، اسلام کی قابلیت اور اہلیت کے آزاد خیال گروہ کو اپنی نئی ترمیمی شکل میں قائل کرنے سے۔

-وہ حالات جنہوں نے اس کے فکری رجحان کو سامنے آنے میں مدد فراہم کی: محمد عبدو ایک ایسے مرحلے پر نمودار ہوا جس نے شکست کا ایک سلسلہ دیکھا جس کی سلطنت عثمانیہ کے تمام حصوں میں پھی ل گئی، جس نے بیشتر عرب خطوں کو کنٹرول کیا۔ عرب خطوں میں مظاہرے اور مسترد ہونے کے جذبات بڑھنے لگے اور بہت سارے عرب، خطوں خصوصا مصر سوڈان، لیبیا اور الجزائر میں خانہ جنگی بڑھ گئی، جو عثمانی کنٹرول کے حلقوں کو کمزور کر رہے تھے۔ محمد علی کے ذریعہ اختیار کی جانے والی اصلاحات انتظامیہ اور معیشت کی سطح پر کوالیٹی چھالنگ نہیں لگا سکیں۔ نیز عرب ریاستوں پر نو آبادیاتی جماعت کا تسلط جو عثمانی کے زیر اقتدار تھا۔

کھیڈیو کی ناکامی نے ان اہم نظریاتی امور کی راہ کھولی جو تقریبا پورے اسلامی وسطی میں پیش کیے جارہے ہیں اور جو مذہب کو دنیا کی جدید ترقیوں، کے برخلاف رکھتے ہیں تو دوسری طرف یہ سوال مذہب اور سائنس، سیاست معاشرے، معاشیات، اور خواتین ...وغیرہ کے مابین تعلقات کے گرد گھومتا ہے۔ اس طرح، عرب افکار نے اصلاحی مسئلے کو فوجی اور انتظامی شعبوں سے منتقل کر دیا اور انہیں مذہبی شعبے میں منتقل کر دیا، جہاں اس نے مذہب پر اپنی روشنی کو تیز کرنا شروع کیا تھا جس کی تائید کی گئی تھی۔ مشہور منطق کے مطابق۔ کھیڈویو کی اتھارٹی، عربوں کی سماجی اور تاریخی پسماندگی سے متعلق امور کے جوابات ڈھونڈنے کی کوشش میں تھی۔

-،ان کی کتابیں:

-محمد عبدو نے متعدد کتابیں لکھیں، تصنیف کیں اور ان کی وضاحت کی،"جس میں "رسالہ التوحید "التوسی کی مختصر بصیرت" کی تحقیقات اور وضاحت جارجانی کی "معجزات کے ثبوت "، "بیانات کے راز "کی تحقیقات اور وضاحت، اور اس کتاب "علم و تہذیب کے مابین اسلام اور عیسائیت شامل ہیں۔ کتاب امام محمد "

عبدو نے اسلامی اور عیسائی مذاہب اور سائنس اور تہذیب پر ان کے اثرات کے درمیان ایک انٹرویو، اور 1899 میں شریعت عدالتوں میں اصلاحات کی رپورٹ.

اخوان المسلمون کے ساتھ اس کا رشتہ:

-عبدو کو حالیہ برسوں میں بڑے پیمانے پر تجویز کیے جانے والے نعرے کے پس منظر کے لئے قائم کرنے واال پہال مذہبی مصلح سمجھا جاتا ہے)اسلام اس کا حل ہے، جسے گذشتہ دو دہائیوں کے دوران اسلامی گروہوں، نے بڑے پ یمانے پر اٹھایا ہے کیونکہ اس نعرے کا بنیادی مقصد اسلامی تعلیمات کو عام کرنا اور مشرقی معاشروں کو دعوت دینا تھا۔ اسلامی سیاق وسباق کی طرف لوٹنا۔ اور یہ بھی کہ سیاسی اور معاشرتی تبدیلی کی دو کرنسیوں میں اسلام کو ایک اہم ذریعہ کے طور پر استعمال کرنا، اور توسیع کے ذریعہ مسلمانوں کو مستقل طور پر یاد رکھنا ہے کہ اسلام آب بھی اپنے عصری مسائل اور ان کی معاشرتی بیماریوں کے تمام حل جمع کرتا ہے، اور یہ کہ اسلام اپنی چھتری کو موجودہ وقت اور پھر مستقبل تک بڑھانے کی کافی صلاحیت رکھتا ہے۔

ابوالعلی المودودی بن سید احمد المودودی 1903-1979 عیسوی۔

-صحافی مفکر اور پاکستانی نژاد فلسفی۔ تاریخ اور پیدائش کی جگہ :وہ 25 ستمبر 1903 کو ہندوستان کی ریاست حیدر آباد میں اورنج آباد کے قریب واقع شہر "گلی بورا" میں پیدا ہوئے اور 22 ستمبر 1979 کو ان کا انتقال ہوا۔[337]

ویڈیو کا عنوان: ابوالاعلی المودودی۔۔۔ جماعت اسلامی کا بانی اس لنک پر: https://www.youtube.com/watch?v=sY26mEsZMDw ابو الا علی المودودی نے "اسلامی بغاوت کے لئے نقطہ نظر" کے عنوان سے اپنے کتاب میں حب الوطن اور قوم پرستی سے انکار اور اسلامی دانشور ریاست کے قیام پر زور دیا ہے، اس میں بیروت میں امام الاوزاعی یونیورسٹی میں تقابلی عقائد اور مذاہب کے پروفیسر ڈاکٹر اسعد سمحرانی نے اس بات کی نشاندہی کی ہے کہ مودودی نے تکفیریوں کے پھیلاو کی راہ ہموار کی۔	

https://www.youtube.com/watch?v=sY26mEsZMDw	

337. مذید معلومات کے لئے دیکھو: حسام الحداد، ابوالاعلی المودودی جماعت اسلامی کا بانی، تکفیریوں کا حوالہ جات، بوابت سائٹ، اسلامی تحریکیں، 26 اگست 2020، لنک پر: http://www.islamist-movements.com/2941?fb_comment_id=730582716979874_991962954175181

وہ حالات جنھوں نے المودودی کی فکر کے خروج کو متاثر کیا:

جس ماحول میں ابواالعال المودودی نے جنم لیااس کاان کی فکر کی تشکیل پر بہت زیادہ اثر پڑا، کیوں کہ اس کا کنبہ ایک قدامت پسند مسلمان تھاجو مذہب اور ثقافت کے لئے مشہور تھا،اس کے والد نے انھیں انگریزی اسکولوں میں تعلیم نہیں دی تھی اور مغربی نظریات کے اثرورسوخ سے بچانے کے لئے گھر پر ہی سکھاتے تھے۔

انہوں نے اپنے والد کے ساتھ عربی زبان، قرآن، حدیث اور فقہی تعلیم حاصل کی۔المودودی کو تحریری طور پر تحفہ دیا گیا تھا، جو خدا کو پکارنے میں ان کا ہتھیار تھا۔

-میں ہندوستان 1926 میں ہنگامہ برپاہوا، جہاں مسلمانوں کو ہندوؤں کے ایک پر تشدد حملے کا سامنا کرناپڑا، جنہوں نے زبردستی مسلمانوں کو ہندو مذہب میں تبدیل کیا، اور ابواالعال الموجودی ان مسلم نوجوانوں میں شامل تھے جو اس حملے کا سامنا کرتے ہوئے کھڑے ہوئے تھے۔

-میں انہوں نے گاندھی 1928 کے ان الزامات کے جواب میں کتاب) جہاد میں اسلام (جاری کی جس میں انھوں نے دعوی کیا تھا کہ اسلام تلوار کے دھارے سے پھیل گیا ہے، اور میں انہوں نے حیدرآباد 1932 ڈارک اپنا رسالہ "قرآنی مترجم" شائع کیا، جس کا نعرہ تھا": اے مسلمان، قرآن کی آواز اٹھائیں اور اٹھ کر دنیا بھر میں اڑیں۔" ان کے رسالہ "قرآن مترجم" کے ذریعہ المعودی کا اثر ان سب سے اہم عوامل میں سے ایک تھا جس نے ہندوستان میں اسلامی رجحان کو پھیلانے میں مدد فراہم کی تھی، اور اس کی تصدیق مسلم اکثریتی ریاستوں کی خود مختاری کے لئے شمالی ہندوستان میں لکھنؤ میں 1937 میں منعقدہ کانفرنس کے دوران ہوئی تھی[338]۔ میں اسلامی گروپ 1941 قائم ہوا، جو مصر میں اخوان المسلمون کے قیام کے 13 سال بعد پیدا ہوا۔ المودودی نے 1947 میں پاکستان سے ہندوستان سے علیحدگی میں اہم کردار ادا کیا اور

338. ابوالاعلی المودودی۔۔ بادلوں پر مبلغ، اسلامی قصہ سائٹ، 5 مئی 2011، لنک پر:https://bit.ly/2SJ26pX

پاکستان میں حکومت کی اسلام کی تعلیمات پر عمل پیرا ہونے اور سیکولرازم سے دور ہونے کا مطالبہ کیا، جس کی وجہ سے انہیں پاکستانی حکومت نے فرقہ وارانہ اینڈ ھن کے الزام میں گرفتار کیا اور سال 1948 اور 1950 کے درمیان انھیں قید کیا گیا اور سال میں دوسری بار گرفتار کیا گیا۔ 1953 سے 1955 تک، اور انھیں 1953 میں سزائے موت سنائی گئی۔ تاہم عوامی دباؤ کی وجہ سے اس عمر میں قید کی سزا میں کمی واقع ہوئی، اور بعد میں ان کی سزا 1955 میں خارج کردی گئی۔

-ابوالعلی المودودی کا اخوان المسلمون کے ساتھ تعلقات:

-زیادہ تر اسلامی گروہوں خاص طور پر تکف یریوں پر ابوالعال الموجودی کا اثر ورسوخ، جو طاقت کے ذریعہ اپنے مقاصد کو حاصل کرنے کی کوشش کرتے ہیں، اور جو بعد میں پوری دنیا میں نمودار ہوئے اور جس کی نظریاتی بنیادیں اصول کی ابتداء سے شروع کی گئیں)حکیمیہ، ڈاؤن لوڈ اور متن "متضاد" اور برائی، طاقت کے ساتھ بدالوٗاطاعت اور اطاعت، بدکاری اور رسومات (، کفارہ پیدا کرنے والے سیاسی اسلام کی فائل کے بہت سے ماہرین کے مطابق اس نے کیا بنادیا؟[339]

- حسن البنا المودودی کے قول وحکمرانی، اسلامی ریاست کے فلسفہ، اور مذہب اور سیاست کے ضم ہونے سے متاثر تھے اور انہوں نے اپنی بہت ساری تحریروں میں ان دو انتہائوں کے مابین دشمنی کی مخالفت کی، جیسے اچھے اور برے، حق اور غلط، اور دیگر۔ المودودی کی لکھی گئی کتاب، اسلام میں جہاد اسلام "میں" حسن البنا نے اپنے اور جہاد کے بارے میں اپنے نظریات کے مابین ایک معاہدہ پایا، اور اس نے اس کی تعریف کی[340]۔

339. مذید معلومات کے لئے دیکھو: حسام الحداد، ابوالاعلی المودودی جماعت اسلامی کا بانی، تکفیریوں کا حوالہ جات، بوابت سائٹ، اسلامی تحریکیں، 26 اگست 2020، لنک پر: http://www.islamist-movements.com/2941?fb_comment_id=730582716979874_991962954175181

340. احمد عبدالموجود، مذاہب، فرقوں اور عصری جماعتوں کی میسرت کا انسائیکلوپیڈیا، اشاعت کرنے والا CICC، 11 اکتوبر 2018

-المودودی اور سید قطب کے مابین جب تک قطب الموجودی کے اپنانے تک ایک نیم روحانی تعلق نہیں تھا۔ سید قطب کی کتاب "راہ میں سنگ میل" اس کتاب کو سمجھی جاتی ہے جو خدائی حکمرانی[341]، غالمی اور جہالت پر مبنی مودودی تھیوری کے مرکزی خیالات کو قبول کرتی ہے اور یہ کتاب صرف اپنے اخوان المسلمون ہی کے لئے نہیں بلکہ تمام متشدد گروہوں کے لئے ایک اشتعال انگیز اور متاثر کن دستاویز بن چکی ہے۔ سید قطب نے مودودی کا نظریہ منتقل نہیں کیا، بلکہ اس کو عربی کرنے کے بعد اس کو ایک نئ نظریاتی حکمت عملی میں تبدیل کیا اور اس کی تشکیل نو کی۔ سید قطب "کی کتاب "سنگ میل پر راہ نے مولودی کے افکار سے متاثر ہو کر حکیمیہ کے تصور کی تشکیل میں جہادی سوچ کو اہمیت حاصل کی[342]۔

-اور اسلامی مفکر جمال البنا نے اپنی ایک کتاب میں زور دے کر کہا ہے کہ اخوان المسلمین کے رہنما سید قطب تکفی ر کرنے میں ناکام رہنے کی وجہ اس کی وجہ مودودی کی تحریروں کا علم تھا[343]۔

-ابواالعلی المودودی کی فکر کا موجودہ وقت میں داعش کے عناصر اور القائدہ کے وفادار عناصر پر بہت اثر پڑا ہے ،اور مصر کے سکیورٹی ذرائع نے انکشاف کیا ہے کہ ہندوستان میں اسلامی گروپ کے بانی ابواالعال الموجودی کی کتابیں اور تکفی ر اور حکمرانی کے نظری ے کے بانی، مسلح خلیوں کے قبضے میں سب سے زیادہ موجود ہیں جو اسے گذشتہ برسوں میں مصر میں، خاص طور پر 30 جون، 2013 کو اخوان کے اقتدار کے خاتمے کے بعد گرفتار کیا گیا تھا[344]۔

---

341. ھشام مناع، شیماء مفتاح۔ اسراء ابراہیم، تکفیر ہی حل ہے، شیطان کے زریعہ گمراہ کن گروہ کی کہانی، فیتو سائٹ، 25 اکتوبر، 2014، لنک پر: https://bit.ly/3jRDPdb

342. سابقہ ماخذ

343. حسام الحداد، اسلامی تشدد اور خون، اسلامی فقہ کی خطاب، اشاعت ہاوس، Ibn RoshdK، 2018، ص88

344. عمرو النقیب، ابو الاعلی المودودی کی کتابیں مصر میں مسلح تکفیری تنظیموں میں سب سے زیادہ مشہور ہیں، سائٹ 24، 11 فروری 2018، لنک پر: htts://24.ae/article/419646

-"المودودی کو "اسلامی ریاست کے قیام کے نظریے کے سب سے اہم نظریات میں شمار کیا جاتا ہے اور اصالح پسند، تحریک سلفیت، اور "جہاد "سمیت سیاسی اسلام کی تحریکوں کی ایک سب سے اہم عالمت ہے۔ وہ الہی حکمرانی "اور معاشروں اور ریاستوں کا "کفارہ "اور "عالمی جہاد کا نظریہ اور اسلامی، قانون کی بنیاد پر ریاست کے قیام کے نظری ے کے مصنف ہیں ،انھوں نے سول، سیکولر اور قومی ریاست سے ان کے دوٹوک ردکا اعلان کیا۔

سب سے اہم نکات جن پر المودودی کی فکر مبنی تھی

- اسلام کی آفاقی۔
- خدا کی—
- حکمرانی
- کفارہ
- .ڈاؤن لوڈ. اور ٹیکسٹ۔
- عالمی جہاد
- جانشینی
- .دوطرفہ تنازعہ
- بغاوت کا نقطہ نظر.
- ایمان اور اطاعت
- .بدکاری اور رسومات۔
- عالمیت اور عالمی بالادستی۔
- سول، سیکولر اور قومی ریاست کی دوٹوک مسترد۔

ان کی کتابوں میں

سب سے اہم کتاب :-

المودودی کی کتابوں کی تعداد 140 تالیفات تک پہنچی، جس میں ایک کتاب سے لے کر ایک پیغام تک شامل تھا، اور ان کتابوں میں سب سے زیادہ مشہور یہ کہ :

- اسلام میں جہاد[345].
- خدا کی خاطر جہاد (عربی میں ترجمہ)۔
- عصری چیلنجوں کے مقابلہ میں اسلام (عربی میں ترجمہ).
- استدلال کی عدالت. میں: توحید، پیغام، آخرت
- اسلام کا سیاسی نظریہ (عربی میں ترجمہ)
- مسلمان اور موجودہ سیاسی تنازعہ. تین حصے۔
- اسلامی دعوت اور اس کی ضروریات۔
- اسلامی گروپ کال.
- ..اسلامی حکومت (عربی میں ترجمہ)۔
- موجودہ صدی میں اسلامی قوم کے مسائل کی ایک رینج۔
- اسلامی بغاوت کے لئے پلیٹ فارم (عرب ی میں ترجمہ)۔

345. راغب السرجانی، ابوالاعلی المودودی۔۔۔ اسلامی دعوت کا دیو، اسلامی قصہ سائٹ، 19 جون 2014 ، لنک پر: https://bit.ly/2H0z8iM

محمد رشید بن علی رضا.(1935-1865)م[346]

وہ لبنان گاؤں قالمون میں پیدا ہوا تھا اور مصر میں فوت ہوا تھا۔

محمد رشید رضا ایک اسلامی مفکر ہیں جو اسلامی اصالح کے ان علمبرداروں میں سے ایک تھے جو چودھویں صدی ہجری کے آغاز میں نمودار ہوئے۔ مزید برآں، وہ ایک صحافی، مصنف، اور ادبی شخصیت تھے۔ وہ شیخ محمد عبدو کے طالب علموں میں سے ایک ہیں۔ انہوں نے امام محمد عبدو کے ذریعہ قائم کردہ رسالہ "العروہ الوثقہ" کی طرز پر مصر میں 1898 میں المنار "رسالہ قائم" کیا[347]۔

وہ پہلی جنگ عظیم کے بعد فیصل بن الحسین کی قائم کردہ پہلی شامی حکومت کا رکن تھا، جب فرانسیسیوں نے شام کا کنٹرول سنبھال لیا اور یہ حکومت گر گئی تو وہ مصر واپس چال گیا اور رسالہ المنار "رکنے کے بعد اسے" دوبارہ جاری کیا[348]۔

-جمال الدین االفغانی اور محمد عبدو کی اصالح پسند کال سے رشید رضا متاثر تھا۔

-انہوں نے صوفی ہونے کے بعد سلفی فکر کا ساتھ دیا، جب اس نے اپنے استاد، محمد عبدو سے اس فکری پہلو میں فرق ظاہر کیا[349]، جب رشید نے سیاسی اصلاحات میں شامل ہونے کا رجحان ظاہر کیا کیونکہ وہ اس کے لئے سلطنت عثمانیہ کی ضرورت کا قائل تھا۔ تاہم، اس کے بارے میں بات کرنے سے پہلے، انہوں نے ایسے

346. مذید معلومات کے لئے دیکھو: جاسم الشمری، فکر اور سیاست کی شخصیات کا ایک گروپ (ا) محمد رشید رضا: اسکا دین پر غیرت مند اسلامی مفکر، الرفیڈین سینٹر برائے اسٹریٹجک اسٹڈیز، 25 اکتوبر 2019، لنک پر: https://rasamcenter.com/estimate-position/5023#

347. ولد السالم، حجاج او عر مھاجرون، شنقیط کی اسکالرز، مورتانیا، عرب ممالک او عر ترکی میں، فیکلٹی آف آرٹس یونیورسٹی آف نواقشط، موریتانیا، سائنسی کتاب ہاوس بیروت، 1 جنوری 2011

348. محمد رشید رضا، عصری تجدیدات، انسائیکلوپیڈیا شیخ سرور زین العابدین، لنک پر: https://bit.ly/30Wt8yA

349. مجید معلومات کے لئے دیکھو: حسام الحداد، رشید رضا اور وہابی نظریہ قائم کرنا، 23 ستمبر 2020، اسلامی موومنٹ پورٹل سائٹ، لنک پر: https://www.islamist-movements.com/35235

سیاسی معاملات پر محمد عبدو سے مشورہ کرنے کو ترجیح دی، لہذا موٴخر الذکر نے انہیں سیاست میں نہ جانے اور جو کچھ اس نے بتایا تھا اس سے مشورہ کیا۔ اس دور میں مسلمانوں کا قرآن کے علاوہ کوئی محاذ نہیں ہے، اور عثمانی سیاست میں جانا اس کے نقصان سے ڈرنے کا لالچ ہے اور اسے اس، کے فائدے کی امید نہیں ہے اور یہ کہ یہاں کے کچھ لوگ اختیارات اور ریاست سے ان کی خواہش کے سوا سننا پسند نہیں کرتے ہیں، اور مصر کی ، کوئی پالیسی نہیں ہے اور، مسلمان تعلیم کے بغیر نہیں اٹھتے ہیں۔ اور تعلیم، سیاست کو اپنے ارادوں سے مت مالو سنا کہ انہیں آپ کے لئے خراب نہ کریں، کیونکہ جب تک سیاست اس میں بدعنوانی پیدا نہیں کرتی تب تک سیاست کام میں نہیں آئے گی[350]۔

-اگرچہ رشید رضا نے محمد عبدو کے مشورے کی تعریف کی، لیکن عثمانی ممالک میں سیاسی واقعات کی نشوونما کے ذریعہ سیاسی کارروائی کے چیلینج اور اس کی اثر کی رفتار سے جو خود عثمانی سلطنت کی کچھ شخصیات کے جاری کردہ کاموں میں رہ گیا تھا، کا سامنا کرنا پڑا۔

- محمد رشید نے جو تجاویز پیش کیں ان میں زمین کے ایک محدود حصے میں خلافت کے نظام کے قیام پر خوشی، ہوئی، تاکہ یہ عارضی ہو علمائے کرام کے فارغ التحصیل ہونے کے لئے خصوصی پروگرام بنائے، بشرطیکہ اس کے بعد خلیفہ ان کے شرائط حاصل کرنے کے بعد ان کا انتخاب کرے گا[351]۔

-المنار "میگزین میں شائع ہونے" والے اپنے متعدد مضامین کے ذریعہ رشید رضا نے اسلامی سیاست میں اہم کردار ادا کیا۔ اس نے دو اسلامی کانفرنسوں میں بھی حصہ لیا، پہلی مکہ مکرمہ المکرمہ میں 1926 میں اور دوسری یروشلم میں 1931 میں۔ انہوں نے سن 1914 سے پہلے، کی وکندریقرن پارٹی میں ینگ ترکی "انقلاب سے لے کر" اپنی موت تک شام کی سیاسی جدوجہد میں بھی اہم کردار ادا کیا، اور سن 1920 میں شامی کانگریس کے صدر کی حیثیت سے اور شام فلسطینی وفد کے رکن کی حیثیت سے جنیوا میں شام کی سیاسی

350. محمد رشید رضا، بارہویں سال کا آغاز، کتاب رسالہ المنار، جدید جامعہ کتب خانہ سائٹ، لنک پر: https://al-maktaba.org/book/6947/2102

351. ادریس الکنبوری، البغدادی اوعر راشد رضا کا خواب، مغربی سائٹ، 18 اکتوبر 2014، لنک پر: https://www.maghress.com/alraiy/13964

جدوجہد میں بھی، اہم کردار ادا کیا۔ 1921 میں اور 1925 اور 1926 میں شامی انقلاب کے وقت قاہرہ میں پولیٹیکل کمیٹی میں۔

وہ حالات جنہوں نے اس کے فکری رخ کو سامنے آنے میں اہم کردار ادا کیا:-

- وہ تاریخی واقعات کی روشنی میں زندہ رہا جس نے بڑے بڑے اور اہم موڑ اور تبدیلیوں کے ذریعہ طوفان برپا کیا، جس نے عالم اسلام کے ٹوٹ جانے کے، انحطاط کی پیش گوئی کی اس دور میں خلافت عثمانیہ کے خاتمے سے قبل اس کی بحالی اور اس کی بحالی کی کوششوں کے مابین بیسویں صدی[352].

- ایسوسی ایشن فار یونین اور ترقی کے ذریعہ پیش کی جانے والی ترک کی پالیسیوں، نے رشید رضا کو اپنے اخبار المنار" کے صفحات پر مضامین، شائع کرنے پر مشتعل کیا کیونکہ عثمانی ریاست نے عربوں کو ملازمت سے الگ تھلگ کیا، عربوں میں عربی زبان کے اسباق کو منسوخ کیا ترک اساتذہ کو عرب ممالک، کے اسکولوں میں بھیج دیا اور ترکی میں عرب ریاستوں کی عدالتوں میں درخواستیں پیش کیں۔

ان کی کتابیں:-

- محمد رشید رضا نے سیکڑوں مضامین اور مطالعات تحریر کیں اور ان، میں تقریبا تیس کتابیں ہیں جس میں نوبل قرآن کی تفسیر اور مکاشفہ محمد شامل ہیں۔

اخوان المسلمون نے ان کے نظریات سے کس حد تک متاثر کیا:

- البنا نے رشید کے کچھ اسباق پر حاضری دی المنار میگزین میں[353] اپنے کچھ مضامین شائع کی اور اسلامی - سیکولر تنازعہ کے ابھری لمحے میں مذہبی رجحان کی قیادت کو سیاسی طور پر اپنایا، کیونکہ وہ اسلامی تحریکوں کا

352. سابقہ ماخذ

353. حسام الحداد، رشید رضا دونوں مرحلوں کے درمیان، جاری ہے یا وقفہ، اسلامی موومنٹ پورٹل سائٹ 23 ستمبر 2020، لنک پر: https://www.islamist-movements.com/3474

روحانی والد سمجھا جاتا ہے۔ المنار اس دور کی اسلامی تحریکوں کی شخصیات کے لئے ایک جلسہ گاہ تھا، جس کے دوران تحریک کے سب سے اہم فیصلے کیے گئے تھے۔ حسن البنا اخوان المسلمون کے قیام کے بعد رشید رضا سے رابطے میں رہے۔

- محمد رشید رضا کی فکر میں خلافت کے مسئلے کو بہت زیادہ توجہ ملی، لہذا جب انہوں نے "المنار" رسالہ تشکیل دیا تو اس نے اپنے مقصد میں ملت کو اسلامی خلافت کے "حالات سے واقف کروانا، اور خلیفہ پر اپنے رعایا کے ساتھ عائد فرائض کو متعارف کروانا تھا۔" اور 1898 سے 1924 کے دوران، محمد رضا نے لکھا مسلمانوں کے خلیفہ کے لقب رکھنے کے لئے عثمانیوں کے دعوؤں کی تردید کے مضامین۔

- جہاں تک محمد رشید رضا کی بات ہے، 1924 عیسوی سے، خلافت کی بنیاد رکھنے کے لئے اس کی جمہوریہ فاؤنڈیشن کا قیام اور زمین پر ایک نئی اسلامی مملکت کی بنیاد کی تشخیص اولین ترجیح کی حیثیت سے سامنے آیا ہے ،تاکہ انسانیت سے مغرب کے مادی اور مفید "تسلط کو ختم کیا جاسکے۔ یہ خیال حسن البنا نے تیار کیا، تھا، جس نے سن 1928 میں یعنی خلافت کے خاتمے کے چار سال بعد، اسماعیلیہ میں اخوان المسلمون کا قیام عمل میں الیا تھا۔ شاید یہ ضروری ہے کہ حسن البنا کے لکھے ہوئے تعارف کی پہلی سطریں پڑھ یں، جس کا فرانسیسی زبان میں ترجمہ کیا گیا ہے ": اساتذہ کی تقریر اخوان المسلمون کے بانی: اصول". جہاں اس کا ذکر تھا—اسلامی خلافت کے زوال کے چار سال بعد، کوئی خلافت کی بحالی کے لئے اپنی پوری طاقت کے ساتھ مطالبہ کرتا ہوا دکھائی دیا، یہ حسن البنا ہے، عبد الرحمن البنا کا بیٹا اور بائیس سال کا بیٹا، اس عمر کے جیسے الکھوں نوجوان گزرتے ہیں، جن کا تعلق صرف خوشیوں اور خواہشات سے ہے[354]۔

354. بان حامیل، خلافت اور نکلی اسلامی اصلاحات ۔"رشید رضا"،البوابہ سائٹ، 27 اکتوبر 2018 ، لنک پر:
https://www.albawabhnews.com/3341568